KNAUR

PIERRE MARTIN

Monsieur le Comte

und die Kunst des Tötens

KRIMINALROMAN

KNAUR

Besuchen Sie uns im Internet:
www.knaur.de

Aus Verantwortung für die Umwelt hat sich die Verlagsgruppe Droemer Knaur zu einer nachhaltigen Buchproduktion verpflichtet. Der bewusste Umgang mit unseren Ressourcen, der Schutz unseres Klimas und der Natur gehören zu unseren obersten Unternehmenszielen. Gemeinsam mit unseren Partnern und Lieferanten setzen wir uns für eine klimaneutrale Buchproduktion ein, die den Erwerb von Klimazertifikaten zur Kompensation des CO_2-Ausstoßes einschließt. Weitere Informationen finden Sie unter: www.klimaneutralerverlag.de

FSC www.fsc.org
MIX
Papier aus verantwortungsvollen Quellen
FSC® C014496

Originalausgabe Oktober 2022
Knaur Taschenbuch

Ein Imprint der Verlagsgruppe
Droemer Knaur GmbH & Co. KG, München

Umschlaggestaltung und Illustration:
buxdesign | Ruth Botzenhardt
Satz: Daniela Schulz, Gilching
Druck und Bindung: GGP Media GmbH, Pößneck
ISBN 978-3-426-52711-5

2 4 5 3 1

PROLOGUE

Der Cimetière de Saint-Pancrace lag oberhalb von Roquebrune. Von hier hatte man über die roten Dächer der verwinkelten Altstadt hinweg einen fantastischen Blick aufs darunterliegende Meer. Oft war es so blau, dass es dem Namen der Küste alle Ehre machte: Côte d'Azur. Weil es hier so schön war, hatten viele Berühmtheiten den Friedhof als letzte Ruhestätte gewählt. So der irische Dichter William Butler Yeats. Auch die russische Großherzogin Alexandrowna Romanowa. Der legendäre Architekt Le Corbusier hatte seinen Grabstein selbst entworfen. Zudem hatte er sich einen bevorzugten Platz mit freier Sicht aufs Meer gesichert – in dem er makabrerweise später ertrank.

Wie fast jeden Tag suchten auch heute Verehrer Corbusiers nach dem Betonwürfel, der an ihn und seine Frau Yvonne erinnerte. Nicht so der junge Mann, der einige Reihen weiter oben vor einer marmornen Grabplatte stand und seinen Gedanken nachhing. Den Rücken hatte er dem Meer zugewandt. Es interessierte ihn nicht. Den Blick kannte er schon sein Leben lang. Von klein auf war er hierher mitgenommen worden. An das Familiengrab der Grafen Chacarasse. Seit Generationen lagen hier die Vorfahren begraben. Seine Vorfahren.

Lucien betrachtete die Grabplatte, deren eingemeißelte Namen und Geburts- sowie Sterbedaten er auswendig wusste. Bis hin zu seiner verstorbenen Mutter. Und seinem älteren Bruder. Ein Name fehlte noch. Der seines Vaters. Die Beisetzung hatte erst gestern stattgefunden. Blumen lagen auf dem Grab. An das mächtige Kreuz am Kopfende war ein Bild seines Vaters gelehnt. Ernst sah er aus und sehr ehrwürdig. Dazu ein Trauerband: »Alexandre Comte de Chacarasse. Il nous a quitté.«

Lucien schluckte. Ja, sein Vater hatte sie verlassen. Plötzlich und unerwartet. Unter dramatischen Umständen, die niemanden etwas angingen. Die ein Geheimnis bleiben würden. Wie so vieles, was sich unter dieser Grabplatte verbarg. Die Welt würde nie davon erfahren.

Er faltete die Hände. Auf dem Marmor stand das Familienmotto: »Obligé aux vivants et aux morts«. *Verpflichtet den Lebenden und den Toten. Darunter zwei gekreuzte Säbel. Wie das zu interpretieren sei, blieb jedem überlassen. Die wahre Bedeutung kannte nur der engste Kreis der Familie. Und von dem war kaum noch jemand am Leben. Er selbst würde alles dafür geben, den tieferen Sinn des Leitspruchs vergessen zu können. Aber er hatte seinem Vater auf dem Sterbebett ein Versprechen gegeben. Er war eine Verpflichtung eingegangen. Nämlich die Verpflichtung, die jahrhundertealte Tradition der Familie fortzusetzen. Ihm war bewusst, dass er über die nötigen Fähigkeiten verfügte. Dass er alle Voraussetzungen mitbrachte – bis auf eine. Daran würde er scheitern.*

1

Vor ziemlich genau zwei Wochen wurde Luciens Leben aus der Bahn geworfen. Von einer Stunde auf die andere. Ohne Vorwarnung.

Als er am späten Vormittag durch Villefranche-sur-Mer lief, war er noch bester Laune. Eine Bekannte, die ihm begegnete, blond und *très sexy*, begrüßte ihn mit Küsschen und meinte, man müsse sich mal wieder verabreden. Super Idee. Dumm nur, dass ihm gerade ihr Name nicht einfiel. Aber er war auch erst vor einer halben Stunde aufgestanden. Da konnte so was passieren.

Vor der Chapelle Saint-Pierre warteten Touristen auf Einlass. Nicht, weil sie besonders fromm waren, sondern weil sie Jean Cocteau bewunderten, der sie ausgemalt hatte. Lucien hätte sie auch in das Haus seines Vaters auf Cap Ferrat einladen können. Dort hatte Cocteau, der ein Freund der Familie gewesen war, das Esszimmer gestaltet. Aber natürlich würden Gäste keinen Einlass bekommen. Fremden gegenüber war sein Vater ausgesprochen abweisend. Lucien lächelte. Erst recht, wenn sie so schlecht angezogen waren wie die Touristen vor der Chapelle Saint-Pierre.

Er selbst trug ein verwaschenes Polo über ausgefransten Bermudas. An den Füßen Flipflops. Damit würde auch er dem konservativen Geschmack seines Vaters nicht entsprechen. Aber bei ihm machte er eine Ausnahme. Er billigte ihm zu, mit Anfang dreißig weniger Wert auf sein Äußeres zu legen. Bei Familienfeierlichkeiten, von denen es nicht viele gab, holte Lucien seinen einzigen Anzug aus dem Schrank. Mit dem Wappen der Grafen von Chacarasse auf der Brusttasche.

Hinauf in die Altstadt nahm er zwei Stufen auf einmal. Dann stand er vor dem Restaurant *P'tit Bouchon*. An der Tür ein Schild: *Fermé! Jour de repos!* Dass das Lokal geschlossen hatte, überraschte ihn nicht. Den wöchentlichen Ruhetag hatte er selbst festgelegt. Schließlich gehörte ihm das Restaurant. Weshalb er auch einen Schlüssel besaß.

Kaum war er drin, machte er die Tür gleich wieder zu. Es sollte nur keiner auf die Idee kommen, es könnte doch geöffnet haben. Er wollte sich nur schnell ein Omelett zubereiten. Das machte er häufig am Ruhetag. Mit Zwiebeln, Tomaten, Käse und Speck – und reichlich Chili. Lucien hatte es gerne scharf. Das weckte die Lebensgeister. Als er sein Handy aus der Gesäßtasche zog, um es neben einem Hackbrett abzulegen, stellte er fest, dass es sich von selbst abgestellt hatte. Weil er vergessen hatte, über Nacht den Akku aufzuladen. Lucien grinste. Hatte auch einen Vorteil. So musste er es nicht auf stumm stellen. Er hatte keine Lust, am *jour de repos* Tischreservierungen entgegenzunehmen. Es wurde höchste Zeit, sich ein zweites Handy zuzulegen. Zwar war das Lokal seine Leidenschaft, aber es gab Grenzen – auch für Leidenschaften.

Das *P'tit Bouchon* hatte er vor zwei Jahren eröffnet. Dabei hatte er nie vorgehabt, ein eigenes Lokal zu besitzen. Der Gedanke war spontan an einem langen Abend gereift. Er war mit Roland zusammengesessen, einem befreundeten Koch, der gerade eine neue Anstellung suchte. Nach der ersten Flasche Wein fiel Lucien ein, dass in Villefranche-sur-Mer, nicht weit von seiner Wohnung, ein Restaurant wegen eines Todesfalls geschlossen hatte und zum Verkauf stand. Was schade war, weil er dort häufig gegessen hatte und die Atmosphäre mochte. Während der zweiten Flasche Wein dachte Lucien, dass es vergnüglich sein müsste, in seinem eigenen Lokal Stammgast zu sein. Man bekäme zuverlässig einen Tisch. Der Koch müsste kochen, worauf er Lust hatte. Das Servicepersonal wäre immer freundlich und zuvorkommend. Die Weinkarte wäre gut sortiert – weil er sich höchstpersönlich darum kümmern würde. Und Roland hätte einen neuen Job … Bei der dritten Flasche Wein war er zwar nicht mehr zurechnungsfähig, aber er besiegelte mit Roland den Deal per Handschlag. Einen Namen für das Lokal hatten sie auch schon. Inspiriert von den gerade entkorkten Flaschen drängte er sich förmlich auf: *P'tit Bouchon,* der kleine Korken.

Nicht vorausgesehen hatte Lucien, dass Roland zwar gut am Herd war, aber kein Restaurant managen konnte. Weshalb er notgedrungen selbst die Führung übernommen hatte. Was sogar Spaß machte, aber keine Dauerlösung sein konnte. Darauf bestand schon sein Vater, der ihm unmissverständlich klargemacht hatte, dass selbst ein »schwarzes Schaf« irgendwann zur Besinnung kommen müsse. Ein Comte de Chacarasse dürfe sich zwar einige Extravaganzen gönnen, sei aber nicht dazu bestimmt, als »Kneipenwirt« zu enden. Den Ausdruck fand Lucien zwar despektierlich, aber es war wohl richtig, dass er dafür nicht an einer *école supérieure* hätte studieren müssen. Auch könnte er, so ein Argument seines Vaters, im *P'tit Bouchon* keine seiner »Spezialkenntnisse«

anwenden, die er sich seit früher Kindheit auf seinen Druck hin angeeignet hatte. Darauf allerdings konnte er gerne verzichten …

Lucien hackte gerade Zwiebeln, als er aus den Augenwinkeln eine Ratte sah, die über den Küchenboden huschte. Ein Problem, das sie in der Altstadt von Villefranche nicht gelöst bekamen – und zudem den Hygienevorschriften in einem Restaurant widersprach. Bei Lucien setzte ein Reflex ein. Ohne eine Sekunde zu zögern, warf er mit dem Küchenmesser nach der Ratte … und obwohl sie fast drei Meter entfernt war, traf er sie präzise. Die scharfe Klinge durchbohrte sie …

Lucien erstarrte. Erschrocken blickte er auf die tote Ratte. Erschrocken über sich selbst und seine Reaktion. Das war jene Seite an ihm, die er nicht mochte. Die er verabscheute. Seine Treffsicherheit dagegen überraschte ihn weniger. So etwas verlernte man nicht. Wie so vieles andere.

Ihm war der Appetit auf sein Omelett vergangen. Er entsorgte die Ratte, machte in der Küche sauber, steckte sein ausgeschaltetes Handy in die Tasche – und lief durch den verdunkelten Gastraum, um das *P'tit Bouchon* zu verlassen. Außen vor der Tür stand ein Mann und klopfte dagegen. Musste das sein? Kapierte der Typ nicht, dass das Lokal geschlossen war?

Lucien wollte ihn zurechtweisen, da erkannte er Paul, der bei ihm den Service leitete, aber keinen Schlüssel besaß. Er hatte einen roten Kopf und war so aufgeregt, dass er kaum Luft bekam. So hatte ihn Lucien noch nie gesehen. Paul war ein Hüne von Mann und nicht so leicht aus der Ruhe zu bringen.

»Lucien, du bist am Handy nicht erreichbar …«, japste er.

»Ich weiß, der Akku ist leer. Was gibt's so Dringendes?«

»Mich hat die Haushälterin deines Vaters angerufen …«
»Rosalie? Sie hat deine Nummer?«
»Ich bin ihr Neffe …«
»Wusste ich gar nicht.«
»Erzähl ich dir ein anderes Mal. Du sollst dringend nach Hause kommen, deinem Vater geht es nicht gut. Rosalie meint, es sei wirklich ernst. Er will dich noch mal sehen …«
Noch mal sehen? Hörte sich so an, als ob es mit seinem Vater zu Ende ginge. Aber das konnte nicht sein. Er war erst Anfang sechzig und bei bester Gesundheit. Vor zwei Tagen noch hatte er mit ihm eine Runde Tennis gespielt.
»Gib mir bitte dein Handy«, forderte er Paul auf.
Der wählte schon Rosalies Nummer und reichte ihm den Apparat.
Rosalie war für Lucien eine Herzensperson. Sie war trotz ihres hohen Alters noch ziemlich rüstig. Und sie war schon so lange im Haushalt, wie er sich erinnern konnte. Sie hatte auf ihn aufgepasst, als er klein war. Sie war wie ein Familienmitglied.
»Rosalie, ich bin's. Was ist passiert?«
»Lucien, mein Lieber, du musst jetzt stark sein, dein Vater liegt im Sterben. Unser Hausarzt ist bei ihm. Er sagt, man könne nichts mehr machen …«
Ihm lief es kalt den Rücken runter.
»Hatte er einen Schlaganfall?«
»Nein, viel schlimmer. Der Comte will dich unbedingt noch sprechen. Unter vier Augen. Du musst dich beeilen.«

2

Lucien rannte zu seiner Vespa, die in einem nahe gelegenen Hof geparkt war. Er startete den Motorroller und fuhr mit Vollgas entgegen einer Einbahnstraße auf kürzestem Weg zur Petite Corniche. Er musste einigen Autos ausweichen, die auf ihn zukamen. Ihr Gehupe ignorierte er. Auch einen Stinkefinger, der ihm entgegengestreckt wurde. Auf den engen und chronisch verstopften Straßen der Côte gab es kein schnelleres Fortbewegungsmittel als ein motorisiertes Zweirad – vorausgesetzt, man hielt sich an keine Verkehrsregeln. Was Lucien auch sonst nicht tat. Heute waren sie ihm erst recht egal. Von Villefranche-sur-Mer war es nur ein Katzensprung hinüber zum Cap Ferrat auf der anderen Seite der Bucht. Die grüne Halbinsel trennte Nizza vom nahe gelegenen Monaco. Hinter hohen Hecken versteckten sich altehrwürdige Anwesen. Auch jenes der Grafen von Chacarasse.
Lucien schlängelte sich durch einen Verkehrsstau, bewältigte die kurze Strecke in Rekordzeit, um dann in einer scharfen Kurve nach Süden auf das Kap abzubiegen. Trotz der Kürze und obwohl die rasende Fahrt eigentlich seine volle Aufmerksamkeit erforderte, schossen ihm viele Gedanken durch den Kopf. Dass sein Vater im Sterben lag, wollte und konnte er nicht glauben. Er hatte ein durchaus gespanntes Verhältnis zu ihm. Aus vielerlei

Gründen. Dennoch liebte er ihn. Dass er jetzt von ihm gehen könnte, sprengte seine Vorstellungskraft. Schließlich hatte er nur noch ihn. Seine Mutter Laetitia, eine gebürtige Italienerin, war vor einigen Jahren an Krebs gestorben. Ihren Verlust hatte er noch immer nicht verarbeitet. Sein älterer Bruder Raymond, der seinem Vater hörig gewesen war und alles getan hatte, was Lucien beharrlich verweigerte, war vor zwei Jahren mit dem Motorrad tödlich verunglückt. Auf der Route de la Turbie, nicht weit von der Stelle, wo Gracia Patricia von Monaco ums Leben gekommen war. Wer blieb noch? Onkel Edmond? Er mochte ihn nicht ...

Das schmiedeeiserne Tor zum Anwesen stand offen. Das kam sonst nie vor. Die *Villa Béatitude* konnte man von hier nicht sehen. Erst ging es durch einen kleinen Park, dann über eine gekieste Auffahrt. Vor dem Eingang parkte der Peugeot des Hausarztes. An der schweren Haustür gab Lucien den Nummerncode ein. Dann legte er den Daumen auf den Fingerabdruckscanner. Sein Vater war ein Sicherheitsfanatiker.

Er eilte durch die Eingangshalle, vorbei an der Büste seines Urgroßvaters, die steinerne Treppe hinauf in den ersten Stock. Rosalie kam ihm entgegen. Ihr Gesicht war verheult.

Er nahm sie in den Arm. »Komme ich zu spät?«, fragte er.

»Nein, aber Docteur Moreau rechnet jede Minute mit dem Ableben des Grafen. Dein Vater kämpft dagegen an, weil er dich unbedingt noch sehen möchte.«

»Was ist passiert? Warum kommt er nicht ins Krankenhaus, wo man ihn vielleicht retten könnte?«

»Weil es zu spät ist. Dein Vater erwartet dich in seinem Schlafzimmer. Moreau ist bei ihm.«

Lucien wusste nicht, ob er anklopfen sollte. Oder die Tür einfach aufstoßen und hineinstürzen? In das Zimmer eines Sterbenden?
Leise drückte er die Klinke herunter und spähte in den abgedunkelten Raum. Die schweren Damastvorhänge waren zugezogen. Einige Kerzen brannten. Im Hintergrund gedämpfte Klänge eines Klaviers. Lucien erkannte eine Nocturne von Chopin.
Sein Vater achtete auch angesichts des Todes auf Stil. Oder Rosalie, die seine Vorlieben kannte.
Moreau, der am Bett stand, drehte sich um und begrüßte Lucien. Er nahm ihn zur Seite.
»Ich muss Ihnen die Wahrheit sagen. Ihr Vater ist in den Rücken geschossen worden. Die Kugel hat zwar die Wirbelsäule verfehlt, aber im Bauchraum schlimme Verletzungen angerichtet. Selbst wenn er sofort in die Notaufnahme gekommen wäre, hätte er kaum überlebt. Er hat massive innere Blutungen, und auch lebenswichtige Organe wurden verletzt. Ich kann nur versuchen, seine Schmerzen zu lindern.«
»Wie lange noch?«
»Eigentlich müsste er schon tot sein. Aber er hat einen starken Willen.« Moreau klopfte Lucien aufmunternd auf die Schulter. »Gehen Sie zu ihm. Ich lasse Sie jetzt allein.«
Lucien atmete tief durch. Die nächsten Schritte waren die schwersten seines Lebens.
Über dem Bett spannte sich ein Baldachin. Ein Ständer mit zwei Infusionsflaschen. Er hörte den schnarrenden Atem seines Vaters.
Lucien beugte sich über ihn und gab ihm einen Kuss auf die Stirn.
»Papa, je suis là«, sagte er leise.

Alexandre schlug die Augen auf. Mit einer Hand tastete er nach Lucien.
»Ja, du bist hier. *C'est bien!*«, flüsterte er.
»Hast du große Schmerzen?«
Er verzog das Gesicht. »Ging mir schon mal besser.«
»Warum spritzt dir Moreau kein Morphium?«
»Tut er doch. Aber nicht zu viel, ich will bei klarem Verstand bleiben. Das ist wichtig …«
Weil er nicht weitersprach, stellte Lucien eine Frage.
»Wer hat auf dich geschossen?«
Er rang nach Luft. »Es gibt Wichtigeres.«
Lucien spürte, wie sich die Hand seines Vaters verkrampfte.
»Mein Sohn, dein Bruder ist tot, jetzt musst *du* das Erbe antreten. Mit allen Konsequenzen …«
Lucien schluckte. Ihm war klar, dass sein Vater nicht das materielle Erbe meinte, sondern das Vermächtnis seiner Vorfahren. Das »Erbe« der Grafen von Chacarasse war eine schwere Last, die zu tragen er nicht bereit gewesen war. Sein Bruder hatte dies übernommen. Aber Raymond lebte nicht mehr. Jetzt blieb nur noch er.
Alexandre sprach stockend weiter. »Du weißt, wir haben dem Vatikan gedient … ist schon lange her. Die Medici haben unsere Dienste in Anspruch genommen. Die Bourbonen. Napoleon hat uns in den Adelsstand erhoben. Mit den Grimaldis von Monaco sind wir weitläufig verwandt. Garibaldi …« Er rang nach Luft.
Er sollte seine Kraft nicht mit der Familiengeschichte vergeuden, dachte Lucien. Natürlich kannte er diese. Vor allem die dunklen Kapitel. Die Grafen von Chacarasse gingen seit Jahrhunderten einem geheimen Gewerbe nach, das auf alten Traditionen fußte. Die Chacarasse verstanden sich als Assassinen. Was in der wörtlichen

Übersetzung »Mörder« bedeutete. Aber sie hatten nichts gemein mit den gleichnamigen Glaubenskriegern des Mittelalters. Sie waren weder fanatisch, noch hatten sie eine Mission. Auch verfolgten sie grundsätzlich keine persönlichen Ziele. Die Chacarasse waren »Dienstleister«, die das Töten zur Kunstform erhoben hatten. Wenn sie einen Auftrag bekamen, wickelten sie ihn ab – verschwiegen und effektiv. Mit kühler, professioneller Distanz. Von den Niederungen krimineller Milieus trennten sie Welten. Auf dieses Niveau ließen sie sich nicht herab. Ihre »Kunden« kamen aus höchsten Kreisen.

»Lucien, von Kind auf bist du ausgebildet worden, unsere Familientradition fortzusetzen«, fuhr Alexandre fort. »Du warst talentierter darin als dein Bruder. Aber du hattest Skrupel. Wahrscheinlich ein Erbe deiner Mutter Laetitia, die ich sehr geliebt habe ... die aber eine weiche Seele hatte ...«

Es war offensichtlich, wie sehr Alexandre das Sprechen anstrengte. Aber er zwang sich dazu, zusammenhängende Sätze zu formulieren. Disziplin und Konzentration – auch das war eine Maxime seines Vaters.

»Raymond ist von uns gegangen. Ich folge ihm nun. Damit ich meinen Frieden finden kann, musst du mir etwas versprechen ... Das kann ich dir nicht ersparen ...«

Alexandre griff sich an den Hals. Lucien wusste, was folgen würde, welches Versprechen er seinem Vater geben sollte. Fast hoffte er, dass sein Vater sofort sterben würde. Noch in dieser Sekunde. Bevor er seine Bitte aussprechen konnte. Ein grausamer Gedanke. Aber das Versprechen war noch viel grausamer.

»Du bist ein Chacarasse. Lucien, versprich mir, dass du die Tradition der Familie fortsetzen wirst. Erweise unserem Namen alle Ehre. Setze einen Sohn in die Welt, der in der nächsten Generation weitermacht. Gemäß unserem Leitspruch: *Obligé aux vivants et aux morts.* Wir stellen keine Fragen ... Wir ersparen den Delinquenten unnötiges Leid ...«

Alexandre röchelte. Er war mit seiner Kraft am Ende.

»Lucien ... schwöre es ... bei allem, was dir heilig ist!«

Lucien überlegte, was ihm heilig war. Nicht viel. Aber er liebte seinen Vater, der gerade unter Qualen aus dem Leben schied. Konnte er seinen letzten Wunsch abschlagen?

»Bitte, Lucien, bitte ...«

Die Hand seines Vaters verkrampfte sich.

»Bitte ...«

Luciens Widerstand war gebrochen. Er konnte nicht anders.

»Naturellement, mon papa, je te le promets!«

Lucien atmete tief durch. Mit diesem Versprechen hatte er seinem Vater den Abschied erleichtert. Und sich selbst ins Unglück gestürzt.

»Merci, mon fils. Que Dieu te bénisse!«, flüsterte Alexandre.

Ob ihn Gott für ein Versprechen segnen würde, das gegen das fünfte Gebot verstieß? Wohl kaum.

Die Hand seines Vaters erschlaffte. Der rasselnde Atem verstummte. Ein kurzes Stöhnen – dann war es vorbei.

3

Eine Stunde später verabschiedete sich der Arzt. Nicht ohne Lucien ein weiteres Mal sein tief empfundenes Mitgefühl auszudrücken. Eine Kleinigkeit wäre noch zu besprechen, sagte er sichtlich verlegen. Wie der junge Herr Graf sicherlich wisse, seien Schussverletzungen meldepflichtig. Erst recht, wenn sie zum Tode führten. Mit dem Comte habe er kurz vor Luciens Eintreffen vereinbart, dass er auf dem Totenschein ein Ableben aufgrund eines Herzinfarktes bescheinigen werde. Auch habe er ein Bestattungsunternehmen an der Hand, das den Leichnam ohne weitere Fragen abholen und gleich morgen früh im Krematorium einäschern werde.

Lucien nickte. Er verstand. Der Asche in einer Urne würde man nicht ansehen, wie der Verblichene zu Tode gekommen war. Natürlich durfte es keine polizeiliche Ermittlung geben. Sein Vater hatte es zeitlebens verstanden, nie mit Gewalttaten in Verbindung gebracht zu werden. Das musste auch über seinen Tod hinaus gelten. Selbst dann, wenn er jetzt selbst Opfer einer solchen geworden war.

»Da sind wir uns einig«, sagte Lucien. »Ich danke Ihnen für Ihre Diskretion.«

»Ist doch selbstverständlich. Wie Sie wissen, hatte schon

mein Vater die Ehre, Ihrer Familie als Hausarzt zu dienen. So etwas verpflichtet.«

Schön, dass er das so sah. Was aber gab es dann noch zu besprechen?

Moreau hüstelte.

»Meine ärztliche Leistung wird quasi außertariflich vergütet«, half er ihm auf die Sprünge.

Jetzt fiel bei Lucien der Groschen.

»Aber natürlich. Nennen Sie mir Ihr Honorar, und ich werde sofort die Zahlung anweisen.«

Moreau knetete seine Finger.

»Wir haben eine etwas andere Vereinbarung getroffen. Der Comte hat mir einen Blankoscheck zugesichert. So haben wir das schon in anderen Fällen gehandhabt, wenn Sie verstehen. Ich trage dann eine Summe ein, die mir angemessen erscheint. Wobei ich Ihnen versichern darf, dass ich keine übermäßige Forderung stelle.«

Eine ungewöhnliche Vorgehensweise. Aber Lucien sah keinen Grund, an der Aussage des Doktors zu zweifeln.

»So machen wir das. Den Scheck bringe ich Ihnen in den nächsten Tagen vorbei.«

Moreau reichte ihm die Hand.

»Ich freue mich, dass ich in dieser schweren Stunde einen neuen Freund gefunden habe. Monsieur le Comte, auf eine gute Zusammenarbeit.«

Lucien verstand nicht genau, wie er das meinte. Hatte Moreau häufiger falsche Totenscheine ausstellen müssen? Oder gab es andere Formen der Zusammenarbeit, von denen er nichts wusste? Die Zeit würde es zeigen. Wie wahrscheinlich vieles, vor dem er sich fürchtete.

Lucien begleitete den Arzt zum Ausgang. Rosalie war nirgends zu sehen.

Auf der Schwelle blieb Moreau stehen.

»Was ich Ihnen noch sagen wollte: Die Kugel, die den Grafen getötet hat, ist vorne wieder ausgetreten. Sonst hätte ich sie rausoperiert und Ihnen gegeben. Vielleicht hätte sie Ihnen bei der Suche nach seinem Mörder weitergeholfen.«

»Ja, womöglich. Vielen Dank jedenfalls.«

Nachdenklich schloss er hinter ihm die Tür. Der Arzt ging davon aus, dass er den Mörder seines Vaters suchen würde. Seltsamerweise war ihm der Gedanke noch gar nicht gekommen. Vermutlich handelte es sich um einen »Arbeitsunfall«. Ein Zielobjekt hatte sich zur Wehr gesetzt ... Sein Vater hatte keine Gelegenheit mehr gehabt, ihm den Namen seines Mörders zu nennen. Ihm war wichtiger gewesen, Lucien in die Pflicht zu nehmen, die Familientradition fortzusetzen. Er hatte von ihm nicht verlangt, ihn zu rächen. Weil es ihm nicht wichtig war? Für diesen kurzen Satz hätte seine Lebensenergie wohl noch gereicht.

Langsamen Schrittes lief Lucien durch das Foyer. Er sah auf seine Füße in den Flipflops. Die ausgefransten Bermudas ... Als ob er an den Strand zum Baden gehen würde. Stattdessen hatte er gerade von seinem Vater Abschied genommen. Nicht nur von ihm. Wohl auch von dem unbeschwerten Leben, das er bis heute geführt hatte. Außer ... ja, außer er würde das Versprechen brechen, das er seinem Vater auf dem Sterbebett gegeben hatte. Doch das würde er mit seinem Gewissen nicht vereinbaren können. Das Gegenteil aber auch nicht. Er war kein Mann, der andere Menschen umbrachte. Dazu war er nicht fähig – auch wenn er alle nötigen Techniken beherrschte. Was hatte sein Vater gesagt? Er wäre talentierter gewesen als sein Bruder? In sportlicher Hinsicht vielleicht, sonst gewiss nicht. Weshalb Raymond die Nachfolge angetreten

hatte. Er war frei von Skrupel gewesen. Es hatte ihm nichts ausgemacht. Leider lebte er nicht mehr.
Und nun? Lucien sah sich in einer ausweglosen Situation. Weder konnte er sein Versprechen brechen, noch konnte er tun, was von ihm verlangt wurde.
Eine Hoffnung gab es. Sein Vater hatte nie verraten, wie die Aufträge an ihn herangetragen wurden. Was also, wenn es einfach nicht geschah? Dann wäre er frei … Ohne zu wissen, ob es plötzlich nicht doch passierte. Das sprichwörtliche Damoklesschwert über seinem Kopf. Er musste überlegen, wie er sich im Falle des Falles verhalten würde. Er brauchte eine Strategie. Doch er hatte keine Ahnung, wie diese aussehen könnte. Heute war der falsche Tag, darüber nachzudenken. Heute war ein Tag des Abschieds.
Lucien sah sich um. Wo war Rosalie?
Er machte sich auf die Suche und fand sie weinend am Küchentisch. Vor ihr eine Flasche Marc de Provence. Sie war halb leer. Lucien ging nicht davon aus, dass sie gerade alles selbst getrunken hatte. Obwohl es ihr zuzutrauen war. Sie vertrug einiges. Trotz ihres hohen Alters. Oder vielleicht gerade deshalb.
»Schenk mir auch ein Glas ein«, sagte er.
»Es geht nicht anders, wir müssen uns betrinken«, meinte sie.
»Das macht meinen Vater auch nicht mehr lebendig.«
»Aber es wäre in seinem … seinem Sinne. Er würde mittrinken, das kannst du mir glauben. Er würde …«
Sie hatte schon mal flüssiger gesprochen. Nüchtern war sie nicht mehr.
»Er würde mit uns anstoßen und auf das … auf das Leben nach dem Tod trinken.«
»Das würde er«, bestätigte Lucien.

»Hoffentlich ist er nicht im Himmel, sondern in der Hölle …«
Er runzelte die Stirn. Wie kam sie dazu, seinem Vater die Hölle zu wünschen? Wobei sie recht haben könnte. In den Himmel kam er gewiss nicht.
»In der Hölle ist mehr los«, lieferte sie die Erklärung. »Dort geht es heiß her. Da sind die interessanteren Menschen. Ich möchte auch mal in die Hölle. Doch, doch … nur nicht in den Himmel.«
Lucien kippte das Glas mit dem Tresterbrand hinunter. Er brannte in der Kehle. Der Bauch wurde warm. Und der Kopf heiß. Ihm fiel ein, dass er immer noch nichts gegessen hatte.
»Du bist ein guter Mensch, ich fürchte, du kommst in den Himmel«, sagte er.
Rosalie stützte ihren Kopf schluchzend in die Hände.
»Was wird nun aus mir? Was soll ich in diesem riesigen Haus ohne den Comte? Am besten stürze ich mich von einer Klippe ins Meer …«
Lucien nahm sie in die Arme.
»Das tu mir nicht an. Mach dir keine Sorgen, wir finden eine Lösung. Ich verspreche es.«
Was für eine Lösung? Wie sollte diese aussehen? Das wusste er selbst nicht. Auch für sich selbst musste er eine finden. Das war die größere Herausforderung.
Er goss sich einen zweiten Tresterbrand ein.
»Hast du ein Ladekabel für mein Handy?«, fragte er. »Der Akku ist leer, deshalb konntest du mich nicht erreichen.«
»Du wirst nie erwachsen. Schon als Kind hast du alles vergessen.«
Aus einer Küchenschublade zauberte sie ein Ladekabel hervor.

»Anstecken musst du es selbst, meine Hände zittern.«
Er sah sie von der Seite an.
»Aber einen Kochlöffel kannst du halten, oder?«
»Was soll diese ... diese bescheuerte Frage?«
»Ich habe heute noch nichts gegessen. Könntest du mir bitte ein Omelett machen, mit drei Eiern?«
Rosalie hielt sich eine Hand ans Ohr.
»Ein Kotelett mit drei Eiern? Wie stellst du dir das vor?«
»Rosalie, du hörst immer schlechter. Kein Kotelett, sondern ein Omelett.«
»Ach so, aber für ein Omelett braucht man keinen Kochlöffel, das solltest du wissen.« Sie schüttelte verständnislos den Kopf. »Hat ein Restaurant, aber keine Ahnung vom Kochen. Das kann nicht gut gehen.«
Heute war ihm nicht danach, sonst hätte er lachen müssen. Er liebte es, sich mit Rosalie zu necken. Aber gerade wollte er nur eines – ein Omelett.
Sie schob den Stuhl zurück.
»Weil du's bist. Mit Tomaten, Speck, Käse und Zwiebeln. Ach ja, und Chili.«
»Du kennst mich ...«
»Besser, als dir lieb ist.«
Er sah ihr zu, wie sie die Eier holte und den Herd anstellte. Sie schwankte leicht. Aber nicht besorgniserregend.
»Eines möchte ich ... richtigstellen«, sagte sie mit belegter Zunge. »Ich höre ausgezeichnet, du dagegen solltest nicht so nuscheln. Deinen Vater habe ich immer verstanden.«
Lucien wunderte das nicht. Sein Vater hatte Rosalie regelrecht angeschrien. Das sollte er sich wohl auch angewöhnen.
»Rosalie«, wechselte er das Thema, »wir müssen überlegen, was als Nächstes zu tun ist.«

»Fürs Überlegen bist du zuständig. Ich überlege höchstens, wo die Zwiebeln sind.«

»Im Ernst, wer organisiert die Trauerfeier? Wer verschickt die Anzeigen? Was soll da überhaupt drinstehen? Es gibt so viel zu erledigen.«

Tatsächlich hatte Lucien keine Ahnung. Er fühlte sich maßlos überfordert.

»Dein Vater hat immer gesagt, für alles gibt es Leute. Man muss nur die richtigen finden. Morgen um acht kommt seine Privatsekretärin …«

»Alice?«

»Nein, er hat schon seit einem halben Jahr eine neue. Ihr Name ist Francine.« Rosalie warf ihm über die Schulter einen Blick zu. »Sie wird dir gefallen.«

Als ob das eine Rolle spielen würde.

»Sagtest du acht Uhr? So früh?«

»Tja, mein Lieber, jetzt beginnt für dich der Ernst des Lebens.«

Das musste sie ihm nicht sagen, das wusste er selbst. Acht Uhr war trotzdem sehr früh.

»Zwölf Uhr reicht völlig. Sie kann ja schon mal alles vorbereiten.«

»Werde ich ihr sagen. Aber ich bezweifle, dass sie dazu in der Lage sein wird.«

»Warum? Weil sie unfähig ist?«

»Nein, du Ignorant. Weil auch sie erst mal mit der Todesnachricht klarkommen muss.«

Stimmt, das hatte er nicht bedacht.

»Ich sollte Edmond anrufen«, fiel ihm ein. »Und ihm mitteilen, dass sein Bruder …«

Sie sah ihn kopfschüttelnd an. »Du willst deinen Bruder anrufen? Ich glaub, du stehst unter Schock. Dein Bruder ist vor zwei Jahren gestorben.«

»Nein, nicht Raymond, sondern Edmond, den Bruder meines Vaters.«
»Ach so. Du musst dich in Zukunft klarer ausdrücken. Aber du hast recht: Das solltest du.« Sie deutete auf ein Telefon an der Wand. »Kannst du von hier machen, brauchst dafür dein Handy nicht.«
»Erst muss ich was im Magen haben. Sonst bin ich dem Gespräch nicht gewachsen.«
»Vor deinem Onkel hast du schon als Kind Schiss gehabt«, stellte sie fest.
»Als Kind schon, heute nicht mehr. Aber er ist der Erste, dem ich die Nachricht vom Tod meines Vaters überbringen muss. So was habe ich noch nie gemacht …«
Lucien griff zum Glas mit dem Marc de Provence. Etwas war noch drin. Er hob es feierlich.
»À la tienne, mon papa. Repose en paix!«

4

Den Abend verbrachte Lucien auf dem kleinen Balkon seiner Wohnung in Villefranche-sur-Mer. Er wollte allein sein. Mit sich und seinen Gedanken. Nur eine angebrochene Flasche Wein leistete ihm Gesellschaft. Der Lärm auf der Straße störte ihn nicht. Er hatte Kopfhörer auf und hörte Musik. Seinem Vater hätte sie nicht gefallen. Doch Techno war ihm gerade lieber als Chopin. Von seinem Balkon konnte Lucien aufs Meer blicken. Das war der größte Vorzug seiner Wohnung. Genau genommen der einzige. Abgesehen von der Nähe zu seinem Arbeitsplatz, zum Restaurant *P'tit Bouchon*.

Er beobachtete eine Motorjacht, die in der Bucht nach einem günstigen Ankerplatz suchte. Zu dieser Jahreszeit gaben sich hier die Schönen und Reichen mit ihren schwimmenden Luxusherbergen ein Stelldichein. Schön und reich? Er kannte einige von ihnen. Schön waren sie nicht alle. Vor allem die Männer wiesen oft erhebliche Defizite auf. Viele Frauen bei näherer Betrachtung auch. Und wirklich reich waren manche Jachteigner ebenfalls nicht. Obwohl sie sich so in Szene setzten. Ihm war egal, wie sie das machten, solange sie das Essen bezahlten, das er an Bord lieferte. Mit diesem »Lieferservice« machte er an manchen Tagen mehr Umsatz als mit den Gästen im

Lokal. Vor allem, wenn zur Bestellung auch Champagner und Wein gehörten.
Lucien hatte ein Fernglas am Geländer hängen. Aber heute interessierten ihn die Jachten nicht. Er kam sich vor wie gelähmt. Immer wieder sah er seinen sterbenden Vater vor sich. Seinen flehenden Blick würde er nie vergessen. In seinen Ohren hallten seine letzten Worte: »Lucien ... schwöre es ... bei allem, was dir heilig ist!« Und dann sein Versprechen, das er gegeben hatte – aber nie hätte geben dürfen. Warum hatte er nachgegeben? Weil er ein sentimentaler Idiot war? Eine andere Erklärung gab es nicht.
Er trank einen Schluck Wein. Der Technobeat aus den Kopfhörern schaffte es nicht, gegen die bösen Geister in seinem Kopf anzukommen. Schließlich war er nicht nur eine unselige Verpflichtung eingegangen, vor allem hatte er ... seinen Vater verloren. Darauf war er nicht vorbereitet gewesen. Damit hatte er nicht gerechnet. Seine Mutter war tot, auch sein älterer Bruder. Seinen Vater hatte er für unsterblich gehalten, für unverwundbar. Bei allen Differenzen, die es zwischen ihnen gegeben hatte, hatten sie sich dennoch nahegestanden. Und jetzt? War sein Vater nicht mehr am Leben. Lucien stellte fest, dass er in der direkten Linie plötzlich allein war.
Ihm fiel sein Onkel Edmond ein. Natürlich, ihn gab es noch. Er war der Bruder seines Vaters. Wahrscheinlich hatte auch er mal einen Treueschwur geleistet, gegenüber seinem Großvater. Aber dann war er als junger Mann beim Fallschirmspringen schwer verunglückt. Sein Schirm hatte sich nicht richtig geöffnet. Ein Wunder, dass er überlebt hatte. Seitdem war Edmond auf den Rollstuhl angewiesen. Lucien kannte ihn als verbitterten Mann. Er wohnte in Beaulieu-sur-Mer in einer

Art-déco-Villa, die er nur selten verließ. Lucien konnte sich vorstellen, dass ihn sein Onkel um sein unbeschwertes Leben beneidete. Vielleicht war er deshalb so mürrisch zu ihm.

Am Telefon heute Nachmittag hatte ihn Lucien von einer anderen Seite kennengelernt. Zwar hatte das Telefonat nicht lange gedauert, aber Edmond hatte überraschende Emotionen gezeigt. Tief betroffen hatte er sich sogar dazu hinreißen lassen, Lucien sein Mitgefühl auszusprechen. Dabei hatte er ja gerade selbst seinen Bruder verloren. Lucien könne auf ihn zählen, hatte er hinzugefügt. Er sei immer für ihn da.

Auf Edmonds Frage nach der Todesursache hatte Lucien zunächst gezögert. Offenbar lange genug, um Edmonds Misstrauen zu erregen. Denn als er von einem Herzinfarkt sprach, wiederholte sein Onkel bedächtig: »Soso, ein Herzinfarkt …« Lucien fühlte sich verpflichtet, ihm die Wahrheit zu sagen. Doch über die ersten Worte kam er nicht hinaus. Edmond würgte ihn ab. Er solle nicht weiterreden, hatte er ihn zurechtgewiesen. Nicht am Telefon. Es gebe Dinge, die dürfe man sich nur im persönlichen Gespräch anvertrauen. Das müsse er sich für die Zukunft merken. Er erwarte morgen Nachmittag seinen Besuch. Dann könne er ihm bei einer Tasse Tee alles erzählen. Auch könnten sie gemeinsam die Trauerfeierlichkeiten durchgehen. Er habe da sehr konkrete Vorstellungen. Auch was die Gästeliste betreffe.

Lucien dachte an die Privatsekretärin seines Vaters, mit der er morgen um zwölf verabredet war. Mit ihr blieb genug anderes zu besprechen. Sie hieß Francine. Warum hatte Rosalie gesagt, dass sie ihm gefallen würde? Besser als ihre adipöse Vorgängerin Alice ganz bestimmt. Das war nicht schwer.

Seine Erinnerungen schweiften zurück in seine Kindheit und Jugend. Die waren so ganz anders gewesen als jene seiner Altersgenossen. Denn von klein auf durchlief er ein von seinem Vater minutiös geplantes Trainingsprogramm. Zusammen mit seinem Bruder Raymond. Er lernte, mit Wurfmessern umzugehen. Mit Pfeil und Bogen und mit der Armbrust. Er war Mitglied in einem Fechtverein. Von einem Shaolin-Meister bekam er Unterricht im Nahkampf. Mit dem Fokus darauf, wie man einen Gegner … nein, nicht kampfunfähig machte … sondern schnell und effektiv töten konnte. Das war auch die Vorgabe auf dem Schießstand im Keller. Es zählten nur die Treffer mitten ins Herz oder in den Kopf. Anfangs machte es ihm nichts aus. Waren ja nur Pappkameraden. Ihn reizte die sportliche Herausforderung. Mit zunehmendem Alter aber begriff er, was das Ganze sollte. Dass das kein Spiel war, sondern bitterer Ernst. Er begann, sich zu verweigern. Ganz im Unterschied zu Raymond, der immer fanatischer wurde. Vielleicht auch deshalb, weil er in allen Disziplinen seinem jüngeren Bruder unterlegen war. Das stachelte ihn an. Irgendwann ließ ihn Lucien gewinnen …

Er verdrängte seine Gedanken an früher und beschloss, noch eine Runde im Meer zu schwimmen. Um wieder einen klaren Kopf zu bekommen. Das war besser, als eine zweite Flasche Wein zu öffnen und gegen die Erinnerungen und die Trauer anzutrinken. Sein Vater würde ihm davon abraten. Und Onkel Edmond sowieso. Der hatte ihn morgen zu einer Tasse Tee eingeladen. Er war ein Asket. Ein Asket im Rollstuhl.

Über der Bucht von Villefranche-sur-Mer glänzte in der Abendsonne das gegenüberliegende Cap Ferrat. Er wusste genau, wo die *Villa Béatitude* lag, auch wenn sie unter den Bäumen und hinter der dichten Hecke selbst mit dem Fernglas nicht zu sehen war. *Béatitude?* Das stand für Glückseligkeit. Die Villa verdiente den Namen nicht. Von ihr führten in den Fels gehauene Stufen hinunter ans Wasser. Häufig fuhr er bei seinen Besuchen mit dem Schlauchboot rüber und legte dort an. Was fast noch schneller ging als mit der Vespa. Das war das Leben, wie er es liebte. Den Wind in den Haaren, die Sonne auf der Haut und Salz auf den Lippen. Am besten in charmanter weiblicher Begleitung. Ob dieses unbeschwerte Dasein mit dem heutigen Tag vorbei war? Lucien überlegte, dass dem nicht zwingend so sein musste. Und doch ahnte er, dass mit dem Tod seines Vaters nichts mehr sein würde wie vorher.

5

Gegen elf Uhr am nächsten Morgen stand Lucien im *P'tit Bouchon* vor der versammelten Mannschaft. Alle waren schon da, um den Mittagstisch vorzubereiten: Roland, der Maître de Cuisine, mit dem er das Lokal gegründet hatte. Alain, der Souschef. Paul, der Chef de Rang, der das Serviceteam leitete und ihm gestern die schlimme Nachricht überbracht hatte. Auch die weiteren Kräfte aus der Küche und dem Service. Lucien informierte seine Leute in knappen Worten, dass sein Vater gestorben sei. Die nächsten Tage kämen einige Verpflichtungen auf ihn zu. Um das *P'tit Bouchon* könne er sich leider nicht kümmern. Aber er sei sich sicher, dass seine wunderbare *équipe* das Lokal allein schmeißen werde. Zu seiner Zufriedenheit und zu der ihrer Gäste. Bis Ende der Woche seien sie ausgebucht, alle Tische belegt. Außerdem gebe es Vorbestellungen für einige Jachten, die in der Bucht vor Anker lägen. Ihnen werde also nicht langweilig werden. Lucien klatschte in die Hände. *Bonne chance et plein de succès!*

Auf der Fahrt nach Cap Ferrat, die er heute ruhiger angehen ließ, ging ihm durch den Kopf, dass er aktuell keine Freundin hatte, bei der er sich »abmelden« musste. Seltsamerweise mochte er diese Phasen des puren Singledaseins, die nie lange dauerten, in denen er aber zu sich selbst finden konnte. Gerade passte es besonders gut. Er wollte mit niemandem über den Tod seines Vaters sprechen. Natürlich nicht, denn er müsste die Wahrheit verschweigen. Und Trost würde ihm auch keine Frau spenden können. Bis auf die alte Rosalie, die von allem wusste – aber selbst gerade am meisten litt.

Lucien stellte seine Vespa neben einem roten Alfa-Cabrio ab. Offenbar das Auto dieser Francine. Klarer Punkt für sie. Ihre Vorgängerin hatte nicht mal einen Führerschein.

Rosalie kam ihm im Hausflur entgegen. Man sah ihr an, dass sie die letzte Nacht kaum geschlafen hatte. Außerdem hielt sie sich ihr Kinn. Nichts Schlimmes, meinte sie. Sie habe sich gestern ihren Kiefer ausgerenkt. Das sei ihr schon mal passiert, beim Gähnen. Diesmal beim Schreien. Sie habe ihren Kummer rausbrüllen müssen. Gott sei Dank sei der Kiefer von allein wieder zurückgesprungen.

Die alte Haushälterin, dachte Lucien, war immer für Überraschungen gut. Ihr waren schon die unglaublichsten Dinge widerfahren, ohne je ernsthaft Schaden zu nehmen.

Wo er Francine finden könne, fragte er. Ob sie die Nachricht vom Tod des Grafen gut verkraftet habe?

Rosalie deutete ein vorsichtiges Kopfschütteln an. Konnte man sich auch dabei den Kiefer ausrenken? Francine sei natürlich im *bureau,* flüsterte sie. Und nein, sie habe die Nachricht nicht gut verkraftet. Sie habe einen hysterischen Anfall erlitten. Danach geheult wie ein Schlosshund. Mittlerweile gehe es ihr besser. Auch bei ihr habe der Marc de Provence geholfen.

Einen hysterischen Anfall, weil der Arbeitgeber gestorben war? Lucien machte sich auf eine überspannte Zicke gefasst. Er bat Rosalie, ihm eine Tasse starken Kaffee ins Arbeitszimmer zu bringen. *Très fort,* sie wisse schon.

Dann ging er in den ersten Stock. Er kam am Schlafzimmer seines Vaters vorbei. Rosalie hatte eine schwarze Schleife an die Klinke gehängt. Lucien blieb kurz stehen und atmete durch.

Am Arbeitszimmer klopfte er. Beim Eintreten war er auf alles vorbereitet, aber nicht darauf: Vor dem Fenster stand mit dem Rücken zu ihm eine Frau mit langen schwarzen Haaren und einer aufregenden Figur. In einem hautengen roten Kleid und hochhackigen Schuhen. Schon von hinten sah sie sensationell aus. Als sie sich langsam umdrehte, fand er seinen Eindruck – übertroffen. Lucien fragte sich, was in seinen Vater gefahren war, eine solche Privatsekretärin einzustellen. Sie war in Luciens Alter. Francine würde ihm gefallen, hatte Rosalie prophezeit. Nun, sie hatte nicht falschgelegen.

Er deutete eine Verbeugung an und stellte sich vor. So förmlich war er selten. Aber die Situation machte ihn verlegen. Denn plötzlich schien ihm klar, warum Francine so emotional auf den Tod seines Vaters reagiert hatte. Auch musste er nicht mehr länger über die Motive seines Vaters nachdenken, diese Frau einzustellen. Lucien hatte die Fähigkeit, in Sekundenbruchteilen scheinbare Kleinigkeiten wahrzunehmen. So hatte er sofort registriert, dass Francine einen Smaragdring trug, den er gut kannte – von seiner verstorbenen Mutter. Immerhin war es nicht ihr Lieblingsring gewesen, so viel Pietät hatte sein Vater bewiesen. Aber einer Sekretärin würde er diesen Ring nicht schenken. Folglich … folglich stand mit Francine … die Geliebte seines Vaters vor ihm. Warum hatte ihm Rosalie nichts gesagt?

»Bonjour, Monsieur le Comte«, begrüßte ihn Francine mit belegter Stimme, aber gefasst.

Monsieur le Comte? Die Anrede versetzte ihm einen

Stich. Für ihn war das immer sein Vater gewesen. Aber natürlich stimmte es.

»*Mes condoléances!*«, fügte sie hinzu. »Mein Beileid!«

Sollte er ihr das Gleiche wünschen?

»*Merci, Madame*«, sagte er stattdessen. »Ist sicherlich auch für Sie nicht leicht.«

»Nein, ist es nicht.«

Respekt, sie bewahrte Haltung.

»Darf ich davon ausgehen, dass Sie auch mit mir …« Er räusperte sich. Er wollte sich nicht missverständlich ausdrücken. »… dass Sie auch mir für die nächste Zeit als Sekretärin zur Verfügung stehen. Ich brauche Ihre Hilfe.«

Sie sah ihn aus verheulten Augen an.

»Dem Sohn des Grafen? Natürlich, Alexandre hätte es so gewollt.«

Sie verwendete seinen Vornamen. Sie machte ihm nichts vor.

»Vielen Dank, ich weiß es zu schätzen.«

Er fragte sich, wie gut sie in ihrem Job war. Gut möglich, dass sein Vater dem kaum Beachtung geschenkt hatte. Bald würde er es wissen.

Francine deutete auf den Schreibtisch.

»Ich habe bereits eine Liste vorbereitet, mit allem, was aktuell zu erledigen ist. Ich schlage vor, wir gehen sie gemeinsam durch.«

Hörte sich gut an, dachte Lucien.

An der Tür klopfte es. Rosalie brachte den Kaffee. Zwei Tassen, eine für Francine.

»*Excellent.* Am besten, wir fangen gleich an.«

Während sie sich setzten, fragte sich Lucien, was Francine alles von seinem Vater wusste. Er kannte seine fast schon pathologische Verschwiegenheit. Auch das war ein Erbe der Chacarasse. Weshalb Lucien vermutete, dass Francine keine Ahnung hatte. Aber er musste Gewissheit haben. Er würde es herausbekommen. Und wenn sich ergeben sollte, dass sie doch Bescheid wusste oder zumindest einen Verdacht hatte … Was dann? Der Logik der Familiengeschichte folgend, würde er sie umbringen müssen.

Am Nachmittag fuhr Lucien nach Beaulieu-sur-Mer zu seinem Onkel Edmond. Mit gemischten Gefühlen. Denn er glaubte zu wissen, dass ihn der Bruder seines Vaters ablehnte. Weil er ein Leben führte, das ihm versagt blieb? Weil er sich der Verantwortung entzogen hatte und stattdessen ein Lokal führte? Weil er bei Frauen gut ankam – während Edmond im Rollstuhl saß? Fast konnte ihn Lucien verstehen.

Obwohl Beaulieu von Villefranche nur wenige Kilometer entfernt lag, quasi spiegelbildlich auf der anderen Seite des Cap Ferrat, hatte der Ort einen völlig anderen Charakter. Man merkte dem traditionsreichen Badeort an, dass er seine Glanzzeit in der Belle Époque hatte. Einige Grandhotels, ein Spielcasino, die Villa Kérylos, eine repräsentative Uferpromenade … Dagegen strahlte Villefranche mit seinem Hafen und der verwinkelten Altstadt noch immer den Charme eines früheren Fischerortes aus. Dies trotz einer wechselvollen Historie als Kriegshafen. Und ungeachtet des heutigen Tourismus. Lucien mochte die Geschichten aus den Zwanzigerjahren, als Jean Cocteau Villefranche zu einem Treffpunkt für Künstler und Homosexuelle gemacht hatte. Er fand, dass man hier die Nähe des pulsierenden Nizza spürte, während Beaulieu auf ihn den gediegenen Eindruck eines Kurortes machte.

So gesehen hatte alles seine Richtigkeit: Er selbst passte besser nach Villefranche, sein konservativer Onkel Edmond dagegen nach Beaulieu. Und das Haus seines

Vaters lag genau dazwischen auf Cap Ferrat – hinter hohen Hecken, versteckt vor den Augen der Öffentlichkeit. Lucien stellte seine Vespa vor einer prächtigen Art-déco-Villa ab. Davor blühten Orangenbäume. Rote Bougainvillea rankte sich an der Fassade empor. Man konnte dem Haus nicht ansehen, dass es von einem alten Griesgram bewohnt wurde.

Ein Bediensteter machte ihm auf. Natürlich kannte er ihn. Er hatte die servile Attitüde eines Butlers, sprach sogar mit englischem Akzent – dabei stammte er aus Marseille. Wie so vieles im Leben war auch er ein Schwindel. Lucien wurde von ihm in den Pavillon geführt, wo Edmond auf ihn wartete. Er winkte ihn zu sich und umarmte ihn.

»Ich habe meinen Bruder verloren, du deinen Vater«, sagte er unerwartet mitfühlend. »Die Trauer wird uns zusammenführen, ob wir wollen oder nicht.«

Lucien wusste nicht, was er darauf sagen sollte.

»Du bist mein Onkel«, antwortete er ausweichend. »Das warst du immer. Ich wüsste nicht, wie uns der Tod meines Vaters stärker zusammenführen könnte.«

»Weil du keine Ahnung hast, *mon cher* …«

Edmond brach ab und wartete, bis der Butler den Tee serviert und die Tür zum Pavillon hinter sich geschlossen hatte.

»Aber alles nacheinander«, fuhr er fort. »Woran ist Alexandre gestorben?«

»Ein Schuss in den Rücken. Laut Docteur Moreau hatte er keine Überlebenschance«, antwortete Lucien so knapp wie möglich.

»Also kein Herzinfarkt, das habe ich mir schon gedacht.«

»Hast du eine Ahnung, wer …?«

»Nein, habe ich nicht. Und wenn, dann würde ich es dir nicht sagen.«

»Warum nicht?«
»Um dich zu schützen. Andere Frage: Hat dein Vater vor seinem Tod noch mit dir gesprochen?«
Lucien zögerte. Was ging das seinen Onkel an? Wahrscheinlich mehr, als ihm lieb sein konnte.
»Das hat er, auf seinem Sterbebett. Mit letzter Kraft.«
»Unter vier Augen?«
Lucien nickte nur.
»Dann gehe ich davon aus, dass du deinem Vater ein Versprechen gegeben hast. Korrekt?«
Ob es Sinn machte, überlegte Lucien, das Versprechen zu leugnen? Er und sein Vater waren allein gewesen, keine Zeugen. Er könnte es abstreiten – und wäre frei. Für alle Zeiten …
Lucien sah seinen Onkel an. Sollte er also lügen? Er hatte nur diese eine Chance. Gab er es jetzt zu, gab es kein Zurück …
Wieder antwortete Lucien mit einem stummen Nicken. Er konnte nicht anders.
»Das ist gut so, sehr gut«, flüsterte Edmond. »Ob du willst oder nicht, du bist ein Chacarasse, du wirst deiner Verantwortung gerecht werden und unserer Familie Ehre machen.«
Ging es noch pathetischer? Die Ehre der Familie war ihm egal, dachte Lucien und dass er sich außerstande sah, eine Tradition fortzusetzen, die es zu keiner Zeit hätte geben dürfen. Wenn es eine Ehre gab, dann war es seine eigene – und die sah so aus, dass er sich an ein Versprechen gebunden fühlte, das er seinem Vater in den letzten Minuten seines Lebens gegeben hatte. Er spürte, wie ihm dieser Schwur den Atem nahm.
»Was, wenn ich Nein gesagt hätte?«
Edmond lächelte. »Dann, *mon cher,* wärst du ein toter

Mann. Ich bin zwar an meinen Rollstuhl gefesselt, aber vergiss nicht, ich habe alles gelernt, was auch dein Vater gelernt hat. Dich umzubringen, um die Ehre der Familie zu retten, wäre ein Kinderspiel.«

Hatte ihm Edmond gerade gedroht? Was war das für eine Welt? Er müsste die Geliebte seines Vaters umbringen, wenn sie das Geheimnis seiner Familie kannte. Sein Onkel würde ihn eliminieren, wenn er nicht tat, was von ihm erwartet wurde … Beides würde nicht geschehen, dafür würde er sorgen.

»Gerade habe ich begonnen, dich zu mögen«, sagte Lucien. »Du machst es mir nicht leicht.«

»Ob wir uns mögen, ist kein Kriterium. Uns verbindet das Band der Familie.« Edmond sah ihn ernst an. »Und mach dir nichts vor: Natürlich mögen wir uns. Halt auf eine besondere Weise. Ich jedenfalls will nur dein Bestes. Das musst du mir glauben.«

Lucien beschloss, das Thema zu wechseln. Es machte wenig Sinn, sich über emotionale Befindlichkeiten auszutauschen. Es gab drängendere Fragen.

»Wir müssen über die Trauerfeierlichkeiten reden. Du hast konkrete Vorstellungen, sagtest du. Auch bezüglich der Gäste …«

»So ist es.«

»Aber vorher beantworte mir noch zwei Fragen. Erstens, was weiß Docteur Moreau? Kann ich ihm vertrauen?«

»Schon sein Vater war unser Hausarzt. Er hat mich nach meinem Fallschirmunfall behandelt. Moreau weiß, dass wir eine besondere Familie sind und unsere Geheimnisse haben. Natürlich weiß er nichts von unserem Gewerbe. Ich glaube, er hält uns für Spione. Ja, ich denke, du kannst ihm vertrauen.«

Spione? Über Generationen? Für wen und warum?

Lucien hielt den Arzt für nicht ganz so einfältig, wie sein Onkel dachte.
»Zweite Frage: Die Aufträge, die wir bekommen, wie werden sie an uns herangetragen?«
»Gute Frage. Trink einen Schluck Tee, bevor er kalt wird. Ein Grand Cru mit Aromen von Jasmin, Kardamom und Zitronengras.«
Lucien kannte sich besser mit den Aromen von Weinen aus. Pflichtschuldigst probierte er den Tee. So schlecht war er gar nicht mal.
»Wie die Aufträge an uns herangetragen werden, willst du wissen? Lass es mich so sagen: auf sehr verschlungenen und verschwiegenen Pfaden. Dabei haben wir eine seit Generationen bewährte Arbeitsteilung. Eine Linie der Familie führt die Aufträge aus, eine andere nimmt sie entgegen.«
»… macht also die Akquise?«
»Akquise? Wie das klingt! Wir haben uns noch nie um einen Auftrag bemüht. Man tritt an uns heran.« Edmond klopfte auf seinen Rollstuhl. »Weil ich weniger für den aktiven Einsatz tauge, bin ich der aktuelle *ministre des Affaires étrangères*. Über mich erfolgt der Kundenkontakt. Von mir bekommst du gesagt, was du zu tun hast. Mehr muss dich nicht interessieren. Auf diese Weise sind wir nicht erpressbar. Ich will nicht wissen, wie du es anstellst. Und du musst nicht wissen, wer der Auftraggeber ist. So halten wir es seit jeher.«
Lucien stellte fest, dass sein Onkel wie selbstverständlich davon ausging, dass er die »Arbeit« seines Vaters fortsetzen würde. Das gegebene Versprechen hatte den Übergang geregelt.
»Wie häufig werde ich von dir hören?«
Edmond sah ihn amüsiert an. »Du hoffst, möglichst nie,

habe ich recht? Da muss ich dich enttäuschen, aber es kann schon mal sein, dass es ein halbes Jahr gar nichts zu tun gibt. Oder sogar länger. In der Zeit kannst du deine Fertigkeiten trainieren.«

Genau das würde er nicht tun, schwor sich Lucien. Lieber schaute er seinem Koch Roland auf die Finger, der beim Ratatouille schon mal die Zucchini oder die Paprikaschoten vergaß oder beim *carré d'agneau* den Thymian.

»Bevor wir zu den Trauerfeierlichkeiten kommen«, sagte Edmond, »beantworte ich dir noch eine letzte Frage. Du würdest sie nie stellen, das weiß ich, aber sie wird sich in deinem Kopf einnisten. Was ist, wenn ich nicht mehr leben sollte? Bist du dann von deiner Pflicht befreit, weil du von mir keine Aufträge mehr bekommst? Irrtum, *mon cher*. Auch *meine* Nachfolge ist geregelt. Die Tradition der Chacarasse wird fortbestehen. Auch über meinen Tod hinaus.«

Lucien sah keinen Grund, an seinen Worten zu zweifeln. Einen kleinen Denkfehler gab es aber doch. Würde er selbst aus dem Leben scheiden, gab es niemanden mehr, der seinen Job erledigte. Dann wäre Schluss mit der gepriesenen Familientradition. Einen Suizid schloss er freilich aus. Dafür hing er zu sehr am Leben. Aber er könnte einen Selbstmord vortäuschen und einfach von der Bühne verschwinden. Um zum Beispiel auf den französischen Antillen ein neues Leben zu beginnen. Edmond wäre er los – aber sein Vater würde ihn begleiten und ihn fortwährend an sein Versprechen erinnern. Am Tag, in der Nacht, in seinen Träumen. Das war also auch keine Lösung.

6

In den nächsten Tagen gab es so viel zu tun, dass er nur wenig Zeit zum Nachdenken hatte. Was ein Vorteil war, denn so blieb es ihm erspart, über seine ungewisse Zukunft nachzugrübeln. Mit Francines Unterstützung regelte er alle Formalitäten, die sich aus dem Ableben seines Vaters ergaben. Und das waren mehr, als er sich vorgestellt hatte. Francine erwies sich als große Hilfe. Weshalb Lucien bei seinem Vater heimlich Abbitte tat. Offenbar hatte er seine Sekretärin nicht nur unter erotischen Gesichtspunkten ausgewählt. Als Nächstes widmeten sie sich der Wunschliste von Onkel Edmond. Nach seiner Anweisung gaben sie die Trauerkarten in Auftrag. Die Umschläge wurden vorbereitet und mit den Adressen versehen, die er von ihm bekommen hatte. Einige riefen bei ihm Stirnrunzeln hervor. War sein Onkel größenwahnsinnig geworden? Außerdem legte Edmond Wert darauf, dass in einigen Zeitungen Todesanzeigen geschaltet wurden. Auch dies zu Luciens Überraschung, schließlich traten die Chacarasse sonst nie öffentlich in Erscheinung. Doch er würde seine Gründe haben. Sie legten den Termin für die Trauerfeier auf dem Friedhof in Roquebrune fest. Da sein Vater bereits eingeäschert war, blieb für die Urnenbeisetzung etwas Zeit. Am Grab würde eine berühmte Violinistin aus Aix-en-Provence ein Adagio spielen.

Lucien unterhielt sich mit dem greisen Familienpfarrer und übergab ihm die Stichwörter, die Edmond für die Trauerrede aufgeschrieben hatte. Der Pfarrer spendete ihm Trost und versicherte ein ums andere Mal, was für ein gutherziger Mann sein Vater gewesen war, auch, dass er ein gottesfürchtiges und wohlgefälliges Leben geführt hatte. Lucien widersprach ihm nicht, natürlich nicht. In seinen Augen bestätigte sich einmal mehr, dass die Kirche nicht im Besitz der Wahrheit war. Und dass regelmäßige Spenden an die Gemeinde noch immer so funktionierten wie der Ablasshandel im Mittelalter. Nur dass einem die Sünden nicht wirklich vergeben wurden.

Lucien ließ jeden Tag im *P'tit Bouchon* ausklingen, wo er zu Abend aß und nach dem Rechten sah. Anschließend ging er in seine nahe gelegene Wohnung und trank auf dem Balkon ein letztes Glas Wein. Am Morgen fuhr er regelmäßig nach Cap Ferrat, um mit Rosalie zu frühstücken. Er tat dies ihr zu Gefallen. Denn eigentlich brauchte er kein *petit-déjeuner*, ihm reichte ein *café noir*. Doch wollte er Rosalie das Gefühl geben, dass mit dem Tod seines Vaters nicht alles vorbei war, dass es irgendwie weiterging. Später kam dann Francine hinzu. Nicht mehr in einem roten Kleid, aber auch nicht in Schwarz. Sie spielte keine trauernde Witwe, was unpassend gewesen wäre. Aber mit den gedeckten Farben erwies sie dem verstorbenen Grafen Chacarasse den gebotenen Respekt. Lucien konstatierte, dass sie in allen Kleidern aufregend aussah. Gleichzeitig versuchte er, den Gedanken nicht an sich heranzulassen. Denn die Geliebte seines Vaters war für ihn natürlich tabu.
Den Blankoscheck an Docteur Moreau hatte er ihm längst vorbeigebracht. Mittlerweile war auch die Ab-

buchung erfolgt. Jetzt wusste er, was der Arzt unter einer »angemessenen« Honorierung verstand. Sie war ganz sicher außertariflich – aber das galt auch für die erbrachte Leistung. Mit einem respektablen Aufschlag für seine Diskretion.

Dass Lucien keine Geldsorgen plagten und definitiv nie plagen würden, hatte er schon am ersten Tag herausgefunden. Da hatte er im Salon einen schweren Holzrahmen mit einem Gemälde von Auguste Renoir zur Seite geschwenkt. Natürlich war er dabei allein gewesen. Denn hinter Renoirs *Femme dans un jardin* verbarg sich ein Wandtresor. Er war dreifach gesichert: mit einer Zahlenkombination, mit Fingerabdruck- und mit Augenscanner. Auch gab es für ungebetene Gäste noch einen besonderen »Willkommensgruß«: Der Tresor stand unter Strom. Außer seinem Vater konnte nur er ihn öffnen. Im Tresor war ein Umschlag mit dem Testament. Es war von einem Notar beglaubigt. Lucien kannte den Letzten Willen seines Vaters. Trotz ihrer gelegentlichen Meinungsverschiedenheiten war er als alleiniger Erbe eingesetzt. Mit dem Appell, dass er sich dem würdig erweisen und seine Pflichten erfüllen solle. Was sein Vater unter den »Pflichten« verstand, bedurfte keiner Erläuterung. Er dürfe die *Villa Béatitude* nie verkaufen, war des Weiteren in seinem Testament verfügt. Sie müsse auch im Besitz seiner hoffentlich zahlreichen Nachfahren bleiben. Außerdem solle er Rosalie, den guten Geist des Hauses, in seinen Diensten behalten und sich bis zu ihrem Tod liebevoll um sie kümmern. Dieser Aufforderung, dachte Lucien, hätte es nicht bedurft. Er würde die Haushälterin nie im Stich lassen. Das war eine Herzensangelegenheit – und wäre auch ein Gebot der Vernunft, denn Rosalie wusste, welcher Tätigkeit sein Vater nachgegangen war.

Sie war verschlossen wie eine Auster. Aber auch Austern ließen sich öffnen, mit Zitrone beträufeln und ausschlürfen. Das durfte nie passieren.
Im Tresor waren einige Bündel Bargeld deponiert. Sein Vater war vom alten Schlag, er brauchte die Gewissheit, immer flüssig zu sein. Auch die Goldbarren und -münzen hatte er schon früher gesehen. Eine »eiserne« Reserve aus Edelmetall. Lucien nahm eine Schatulle heraus und betrachtete wehmütig den Schmuck seiner Mutter Laetitia. Ein Ring fehlte. Den trug jetzt Francine. Lucien hatte kein Problem damit.
Und er stieß auf eine Mappe aus rotem Leder. Sie sah alt aus und ehrwürdig. Mit dem Wappen der Grafen von Chacarasse. Die Mappe kannte er, aber er wusste nicht, was drin war. Er ging mit ihr zum Schreibtisch und öffnete sie. Er brauchte eine Weile, bis er begriff, was er in den Händen hielt. Depotauszüge einer monegassischen Privatbank, die bis ins vorletzte Jahrhundert zurückreichten. Es waren nur Einzahlungen verzeichnet, nie wurde Geld abgehoben. Dafür gab es Zinserträge und Dividendengutschriften, die den Depotwert über die lange Zeit kontinuierlich hatten wachsen lassen – bis zu einer Summe, die Lucien den Atem raubte. Er starrte auf die Zahl und zählte die Stellen. Sie verschwammen vor seinen Augen … Der Mappe war ein Dokument beigelegt, das neben seinem Vater einen gewissen Lucien Comte de Chacarasse als alleinigen Verfügungsberechtigten bestimmte … Spätestens jetzt wurde ihm klar, dass ihn nie Geldsorgen plagen würden.
Seltsamerweise konnte er sich nicht freuen. Er ahnte, dass er den Reichtum bald als Belastung empfinden würde. Vor allem, weil er wusste, wie er zustande gekommen war. Er fühlte sich an den belgischen König Leopold II.

erinnert. Auch er hatte vor über hundert Jahren auf Cap Ferrat gelebt. Sein unermesslicher Reichtum stammte aus dem Kongo. An seinem Geld klebte das Blut von Millionen Menschen, die dort unter seiner Herrschaft zu Tode gequält wurden. Wo war der Unterschied? Auch die Grafen Chacarasse hatten gemordet. Im Verborgenen. Und gemessen am »Kongoschlächter« in äußerst bescheidenem Maßstab, aber jedes Menschenleben zählte. Auch das Vermögen der Chacarasse war mit Blut bezahlt worden. Auch jenes in dem Depot in Monte Carlo.

Es ließ sich nicht rückgängig machen, überlegte Lucien. Mit dem Erbe und mit der Schuld musste er leben – auch wenn er nichts dafürkonnte. Die Vergangenheit war nicht zu ändern. Aber vielleicht die Zukunft.

7

Seit dem Tod seines Vaters waren vierzehn Tage vergangen. Lucien stand auf dem Cimetière de Saint-Pancrace in Roquebrune vor dem Familiengrab der Grafen Chacarasse. Mit dem Rücken zum Meer. Er blickte auf die Blumen und Kränze der gestrigen Trauerfeier. Ob sein Vater mit dem Ablauf zufrieden gewesen wäre? Seinem ernsten Gesichtsausdruck auf dem gerahmten Foto, das am Kreuz am Kopfende lehnte, war das nicht zu entnehmen. Onkel Edmond zumindest hatte sich im Anschluss bei Lucien bedankt. Wohl, weil er alles genauso gemacht hatte wie von ihm gewünscht. Dennoch hatte ihn seine Reaktion überrascht. Sein Onkel hatte sich noch nie bei ihm für irgendetwas bedankt.

Lucien ließ in Gedanken die Trauerfeier Revue passieren. Zunächst hatte es in der überfüllten Église Sainte-Marguerite einen feierlichen Trauergottesdienst gegeben. Mit salbungsvollen Worten des Familienpfarrers. Danach auf dem Friedhof die Urnenbeisetzung. Begleitet von einem Adagio auf der Violine. Lucien war noch immer ergriffen von der großen Zahl der Trauergäste. Er hatte immer gedacht, sein Vater hätte ein eher zurückgezogenes Leben geführt und wenig soziale Kontakte gepflegt, erst recht keine Freundschaften. Doch das konnte nicht stimmen. Viele der Gäste, die ihm im Anschluss kondolierten,

versicherten ihm mit Tränen in den Augen, dass sie mit Alexandre einen guten, sehr guten Freund verloren hätten. *Un très bon, un grand ami!* Ob die herzliche Anteilnahme gespielt war? Lucien jedenfalls war ergriffen – und vergaß in diesem Moment, dass sich sein Vater im Leben nicht nur Freunde gemacht haben konnte.
Auch die Honoratioren, die dem Comte de Chacarasse die letzte Ehre erwiesen, erstaunten Lucien. Die Adressen von Onkel Edmond waren doch nicht »größenwahnsinnig« gewesen. Unter den Gästen fanden sich der Bürgermeister von Nizza, gleich mehrere Parlamentsabgeordnete aus Paris, der Präsident des Gemeinderates des Fürstentums Monaco, ein Gesandter des Vatikans in Rom … Alle gaben sie ihm ihre Hand und drückten ihr Mitgefühl aus. Ihm und seinem Onkel Edmond, der mit ihm die Trauerbekundungen entgegennahm.
Einmal mehr wurde Lucien bewusst, wie wenig er seinen Vater gekannt hatte. Sollte er auf ihn stolz sein, weil so viele wichtige Menschen zu seiner Trauerfeier kamen? Nein, dafür gab es keinen Anlass. Aber beeindruckend war es trotzdem. Allein die schwarzen Limousinen, die auf dem Parkplatz oberhalb des Friedhofs standen, waren Respekt einflößend. Viele mit Diplomatenkennzeichen. Chauffeure standen herum. Manche mit Sonnenbrillen, mit Knopf im Ohr und schlecht geschnittenen Jacketts unter der linken Achsel. Für Personenschutz war also gesorgt. Dabei ging von seinem Vater keine Gefahr mehr aus …
Lucien betrachtete die gekreuzten Säbel auf der Grabplatte. Darüber das Familienmotto: *Obligé aux vivants et aux morts.* Verpflichtet den Lebenden und den Toten … Er wusste, was damit gemeint war. Aber er tat sich immer noch schwer, die tiefere Bedeutung zu verstehen.

Wem war seine Familie verpflichtet? Beziehungsweise ganz konkret: Wem war er persönlich verpflichtet? Unter den Toten fiel ihm nur sein Vater ein. Doch welchen Lebenden war er verpflichtet? Den Menschen, die einen Mord in Auftrag gaben? Oder seinem Onkel Edmond?
Er fuhr sich über die Stirn und beschloss, das Familienmotto zu verdrängen. Bislang war seine Devise immer gewesen, es sich so schön wie möglich zu machen und jeden Tag zu genießen. Das war leicht zu verstehen und hatte die Zustimmung seiner lebensfrohen Mutter gefunden. Er würde sich von diesem Weg nicht abbringen lassen. Das nahm er sich fest vor.
Auf der gestrigen Trauerfeier hatte er nach langer Zeit eine Nichte seiner Mutter wiedergesehen. So schön hatte er Carlotta nicht in Erinnerung gehabt. Sie lebte als Malerin in Saint-Paul-de-Vence. Das war nicht weit von hier. Lucien musste lächeln. Er sollte sich wirklich mehr um seine Familie kümmern.
Seine Familie? Außer seinem Onkel Edmond gab es keine nahen Verwandten. Das war auch auf der Trauerfeier deutlich geworden. Natürlich hatte Rosalie an ihr teilgenommen. Für ihn war die alte Haushälterin eine Familienangehörige. Francine hatte sich im Hintergrund gehalten. Was mochte in ihr vorgegangen sein? Eigentlich hätte auch sie verdient, dass man ihr kondolierte. Immerhin hatte sie ihren Geliebten verloren. Docteur Moreau hatte sich nach der Kirche von Lucien verabschiedet. Vom *P'tit Bouchon* waren nur sein Koch Roland und Rosalies Neffe Paul gekommen. Auch sie hatten es vorgezogen, nach dem Gottesdienst zu verschwinden.
Lucien überlegte, ob er jemanden vergessen hatte. Ein Mann fiel ihm noch ein: Capitaine Achille Giraud von der *Gendarmerie nationale*. Achille war Stammgast im

P'tit Bouchon. Sie duzten sich. Bei der Beisetzung seines Vaters hatte er ihn ganz sicher nicht erwartet. Erst recht nicht, dass er wirklich ergriffen schien. Der Capitaine nahm ihn kurz in die Arme und sagte: »Du musst wissen, dein Vater und ich kannten uns. Ich war immer ein großer Bewunderer von ihm.«
Der Polizist ein Bewunderer seines Vaters? In welcherlei Hinsicht? Lucien nahm sich vor, ihn beim nächsten Restaurantbesuch darauf anzusprechen. Oder sollte er es besser sein lassen?

8

Die Tage vergingen. Lucien fand sich in seinem neuen Leben zurecht – indem er versuchte, sein altes wiederzufinden. So verbrachte er die Abende regelmäßig im *P'tit Bouchon*. Er schaute seinem Koch Roland auf die Finger, der in der Küche rotierte, weil das Lokal immer bis auf den letzten Platz belegt war und alle gleichzeitig bestellten, was ihn in den Wahnsinn trieb. Zu schaffen war das nur, weil sein Souschef Alain auch in der größten Hektik die Ruhe behielt. Er war es auch, der jeden Tag in aller Früh nach Nizza zum *marché aux poissons* fuhr, um fangfrischen Loup de Mer, Dorade, Rascasse, Saint-Pierre oder Thunfisch einzukaufen. Auch Hummer, Oktopus, Krevetten und Miesmuscheln. Mit routiniertem Blick für die Qualität der Meerestiere. Er musste einem Drachenkopffisch nur in die Augen schauen und wusste sofort, wie frisch er war. In großen Kühlboxen mit viel Eis brachte er sie ins *P'tit Bouchon* – und legte sich danach noch einmal hin. Mit den Austern hatte er keine Arbeit, die *huîtres* wurden ihnen aus Arcachon direkt ins Lokal geliefert.

Zwischendurch widmete sich Lucien dem Weinkeller, was er besonders gerne tat. Natürlich hatte er alle gängigen Rosés der Provence vorrätig: Ott, Roubine, Miraval, Aix, Pampelonne, La Coste, Triennes, Brégançon …

Dazu Champagner von Taittinger über Ruinart bis Dom Pérignon. Das *P'tit Bouchon* war zwar kein Nobellokal, aber es hatte viele Gäste, nicht zuletzt von den Jachten, die es krachen ließen, weshalb er auch große französische Rot- und Weißweine aus hervorragenden Jahrgängen vorrätig hatte. Die Pflege dieses Sortiments war es, die ihm besondere Freude machte. Hier war seine Expertise gefordert. Zudem waren im Selbstversuch regelmäßige Verkostungen gefragt, um sich aufs Angenehmste fortzubilden. Jedenfalls redete er sich das ein.
Während also die Abende seinem Lokal gewidmet waren, wo er zu später Stunde oft mit Gästen und Freunden zusammensaß, begann er jeden Tag weiterhin damit, in die *Villa Béatitude* zu fahren, um mit Rosalie zu frühstücken. Das war ihm wichtig – weil es für sie wichtig war. So gab er ihr das Gefühl, dass mit dem Tod seines Vaters nicht alles vorbei war. Und dass sie weiterhin gebraucht wurde. An zwei Tagen der Woche traf er sich anschließend mit Francine im *bureau*. Erstaunlich, was alles noch zu tun war. Zum Beispiel mussten sie die Beileidsbekundungen beantworten. Es gab Rechnungen zu bezahlen. Ummeldungen mussten vorgenommen werden. Zudem machte das Haus Arbeit. Kurz vor seinem Tod hatte sein Vater dem Gärtner gekündigt. Am Springbrunnen im Park war die Pumpe ausgefallen. Das Dach über dem Esszimmer mit der Wandmalerei von Jean Cocteau war undicht ... Lucien wurde klar, dass er die Dienste von Francine weiter benötigen würde. Er fragte sie, ob sie für ihn nicht nur übergangsweise, sondern fest arbeiten wolle. Sie bat um Bedenkzeit – und sagte schließlich zu. Er beschloss, mehr über sie in Erfahrung zu bringen. Francine gab nichts Privates preis. Sie war immer freundlich, aber verschlossen. Vielleicht sollte er

sie mal zum Abendessen einladen? Ins *P'tit Bouchon,* das wäre unverfänglich.
Er gab den Auftrag, ein Gästeappartement im Seitenflügel der *Villa Béatitude* zu modernisieren. Mit dem Ziel, es in Zukunft selbst zu bewohnen. Nicht ständig, aber so oft er eben wollte.
Nach einem ihrer Frühstücke fragte Rosalie, ob er schon im Keller gewesen sei, in den »Katakomben«. Er sah sie nachdenklich an. Nein, antwortete er, dazu habe ihm bislang der Mut gefehlt.
Les catacombes, das waren unterirdische Räume, die schon sein Großvater angelegt hatte. Mit einem versteckten Zugang. Die Stahltür war mehrfach gesichert. Nach dem Tod seines Vaters wusste nur noch Edmond davon, dachte Lucien. Und Rosalie, vor der seine Familie keine Geheimnisse hatte.
Sie könne ihn begleiten, bot sie ihm an. Vielleicht falle es ihm dann leichter. Eigentlich sei doch nichts dabei. Da unten seien ja keine Gebeine wie in den Katakomben von Paris. Sie lachte. Sein Vater habe keine einzige Leiche im Keller.
Lucien mochte ihren Humor. Auch wenn er in diesem Fall makaber war. Denn natürlich hatte sein Vater keine sprichwörtliche Leiche im Keller, aber alle Tötungsinstrumente, um lebende Menschen in solche zu transformieren. Auch gab es einen Schießstand, auf dem er früher trainiert hatte. Und viele Erinnerungsstücke aus der langen Geschichte der Grafen von Chacarasse – Erinnerungsstücke, die mit ihrer Profession zu tun hatten.
Seit Jahren hatte Lucien die Katakomben gemieden. Weil er damit nichts mehr zu tun haben wollte. Doch mit dem gegebenen Versprechen und der Ankündigung von

Onkel Edmond, er werde irgendwann seinen ersten Auftrag bekommen, musste er diese »Hemmschwelle« spätestens dann überwinden. Besser schon jetzt, ohne Druck und in aller Ruhe.

Er nickte Rosalie zu. Sie habe recht, er werde sehr bald nach unten gehen. *Très bientôt ...*

Taratata, antwortete sie ihm. Papperlapapp. Schon als Kind habe er gerne alles vor sich hergeschoben. Er könne doch den Gästen in seinem Lokal auch nicht sagen, die *rouille* zur Bouillabaisse komme *très bientôt,* heute vielleicht nicht mehr, aber dann morgen oder übermorgen. Er solle sich gefälligst einen Tritt in den Hintern geben und die Sache sofort erledigen. *Ne remets pas à demain ce que tu peux faire aujourd'hui ...*

Das hatte er schon lange nicht mehr gehört. Er war durchaus der Meinung, dass man nicht alles heute besorgen musste, was man genauso gut auf morgen verschieben konnte.

Lucien zog eine Grimasse, gab sich einen Ruck und stand auf. Aber er wolle allein hinuntergehen, sagte er.

Rosalie klatschte in die Hände. Bravo, langsam werde er erwachsen. Sie deutete auf die ausgefranste kurze Hose, die er heute wieder anhatte. Er könne sie in der Zeit ausziehen, schlug sie vor.

Lucien sah sie verständnislos an. Bisher hielt er sie nur für schwerhörig, aber nicht für geistesgestört.

Er habe darunter doch hoffentlich eine Unterhose an, sagte sie.

Ja, warum?

Na also, dann könne er ihr die verblichenen Bermudas doch so lange überlassen, und sie würde mit der Nähmaschine wenigstens den Saum in Ordnung bringen. So könne man doch nun wirklich nicht herumlaufen.

Jetzt verstand er. Lucien musste lächeln. Rosalie war echt lieb – aber nicht mehr ganz im Bild, was seine Generation heute trug.
»Rosalie, das gehört so. Erinnerst du dich an meine auf alt gemachten Jeans? Die Löcher wolltest du mir auch schon mal stopfen. Dabei werden sie so verkauft.«
Rosalie pendelte zweifelnd mit dem Kopf hin und her.
»Das behauptest du, aber ich glaube, du schwindelst mich an.«

Auf dem Weg in die Katakomben holte ihn wieder der Ernst des Lebens ein. Vor der schweren Stahltür atmete er einige Male tief durch. Dann entsicherte er sie und trat ein. Innen gingen automatisch die Lichter an. Er zog die Tür hinter sich ins Schloss – und war allein. Kein Geräusch drang von außen an sein Ohr. Ein beklemmendes Gefühl. Eine Belüftungsanlage schaltete sich mit leisem Surren ein. Der Vorraum erinnerte an ein Museum. In Vitrinen lagen Reliquien, die alle eine Geschichte hatten. Bis auf Jahreszahlen gab es keine schriftlichen Erläuterungen. Diese wurden mündlich von Generation zu Generation weitergegeben. Lucien kannte sie alle. So wusste er, dass mit den Duellpistolen im ersten Schaukasten einer seiner Vorfahren im 18. Jahrhundert einen spanischen Thronfolger ins Jenseits befördert hatte. Die Chacarasse waren meisterhafte Pistolenschützen und Degenfechter. Es war ein Leichtes gewesen, die Mordaufträge mit Duellen zu tarnen, die sie vom Zaun brachen. Man musste nur den Frauen der Opfer schöne Augen machen. Berühmte Vorbilder gab es genug. So hatte sich der große Dichter Alexander Puschkin wegen seiner wunderschönen Gattin mit einem französischen Gardeoffizier duelliert – und seine Eifersucht mit dem Tode bezahlt. Auch

der Sozialist Ferdinand Lassalle war wegen einer Frau in einem Pistolenduell gestorben. Duelle seien leider aus der Mode gekommen, hatte sein Vater mal geklagt. Diese elegante Möglichkeit sei ihnen heute verwehrt.
Um Alternativen waren die Grafen von Chacarasse nie verlegen gewesen. Mit einer ausgestellten Armbrust hatte sein Urgroßvater einen englischen Warlord aus dem Sattel geschossen. Auch diese Waffe war danach nicht mehr zum Einsatz gekommen. So war die Familientradition.
Lucien ging an den Vitrinen vorbei und ließ einige Erzählungen Revue passieren. Als Kind hatte er sie spannend gefunden und für Märchen gehalten. Bis ihm klar wurde, dass sie alle der Wahrheit entsprachen.
Vor dem unterirdischen Schießstand kam eine Waffenkammer. Von kleinen Pistolen, die sich im Ärmel verstecken ließen, bis hin zu vollautomatischen Sturmgewehren waren alle Waffentypen vertreten. Lucien stellte fest, dass ein langläufiges Scharfschützengewehr für große Entfernungen fehlte. Einen Mordauftrag hatte er mit ihm wohl nicht ausgeführt, sonst läge es in einer der Vitrinen. Spontan fiel ihm nur eine Erklärung ein: Sein Vater hatte das Gewehr bei seinem letzten Einsatz dabei … den er mit seinem Leben bezahlt hatte.
Lucien nahm eine Schnellfeuerpistole aus der Halterung, lud sie und ging zum Schießstand. Ohne zu zielen, schoss er das Magazin wütend leer. Die Pappfigur traf er trotzdem. Überall, nur nicht in den Kreis am Kopf. Sein Vater hätte ihm das Taschengeld gestrichen, früher, als er noch klein war. Heute brauchte er kein Taschengeld mehr.
Er brachte die Pistole zurück an ihren Platz.
Lucien hatte keine Kraft mehr, sich weiter in den Katakomben umzusehen. Dabei gäbe es noch weitere Waffen und Erinnerungsstücke. Unter anderem einen hohen

Orden, den sein Vater von einem Staatspräsidenten verliehen bekommen hatte. Lucien wusste, wofür. Er hatte seinen politischen Widersacher liquidiert. Ein höchst undemokratisches Verfahren.
Sein Onkel Edmond hatte ihm gesagt, dass sie eine »Arbeitsteilung« hätten. Er sei für die Auftraggeber zuständig, und nur er kenne ihre Namen. Das, dachte Lucien, konnte so nicht stimmen. Er kannte viele Namen. Nur den nicht, der seinem Vater das Leben gekostet hatte. Edmond werde ihn nicht preisgeben, hatte er selbst gesagt. Um ihn zu schützen. Für den Augenblick fand er sich damit ab. Aber irgendwann würde er den Namen wissen wollen. Er würde ihn herausbekommen, ob sein Onkel wollte oder nicht.

9

Am heutigen Tag hatte er sich das Vergnügen gegönnt, mit seinem Schlauchboot von Ville-franche-sur-Mer nach Cap Ferrat zu fahren, um dort an den Felsen anzulegen, von denen Stufen hinauf zur *Villa Béatitude* führten. Entsprechend ging es am Nachmittag auf dem Wasser zurück. Lucien hatte sein Stimmungstief überwunden. Er fuhr langsam und genoss die Fahrt. Er könnte auch Gas geben, und zwar richtig. Denn genau genommen war sein »Schlauchboot« ein Zodiac mit einem festen Rumpf und Steuerstand in der Mitte – sowie zwei starken Außenbordern. Wenn er wollte, könnte er alle anderen Boote abhängen, die gerade in der Bucht unterwegs waren. Doch genügte es ihm völlig, dies zu wissen. Es entsprach seinem Naturell, nicht auf den Putz zu hauen. Deshalb fuhr er Vespa und keinen Sportwagen. Seine Klamotten kaufte er in der Strandboutique einer Freundin. Auf eine teure Armbanduhr verzichtete er gern. Schon deshalb, weil er den Sinn einer Armbanduhr grundsätzlich infrage stellte. Wenn es ihn interessierte, wie spät es war, konnte er auch auf sein Handy gucken. Meistens wollte er es aber gar nicht so genau wissen. Zum südfranzösischen *savoir-vivre* gehörte seiner Meinung nach auch ein entspannter Umgang mit der Zeit.

Von der Reling einer großen Motorjacht wurde ihm hektisch zugewinkt. Weil es sich um eine junge Frau im Bikini handelte, fuhr er pflichtschuldigst näher. Ob er sie an Land bringen könne, rief sie ihm zu. Während er noch dachte, dass die Jacht über ein schönes Beiboot verfügte, das längsseits festgemacht war, für den Shuttle also keine direkte Notwendigkeit bestand, sah er zwei Männer, die hinter ihr auftauchten. Die Frau sah sich kurz um – und hechtete aus beträchtlicher Höhe ins Meer. Lucien war von dieser Flugeinlage beeindruckt. Die Männer an Bord brüllten durcheinander. Er verstand kein Wort. Neben seinem Zodiac tauchte die Frau prustend auf. Er reichte ihr die Hand und half ihr an Bord. Dabei stellte er fest, dass er schon hässlichere Fische aus dem Wasser gezogen hatte.

»*Merci, merci …*«, stammelte sie. »Bitte bring mich schnell weg von hier.«

Jetzt brüllten vier Männer von der Reling. Was hatte sie angestellt? Da sie nur einen Bikini anhatte, konnte sie nichts geklaut haben. Die wasserdichte Klarsichthülle, die sie umklammerte, war für ihr Handy.

»Warum? Bist du auf der Flucht?«

»Frag nicht so viel! Fahr schon endlich los …«

Sie wollte zu den Gashebeln greifen.

»Finger weg. Noch bin ich hier der Capitaine.«

Sie sah panisch hinauf zur Jacht.

»Gleich bekommen wir Ärger, richtig Ärger …«

Er lächelte. »Dann sollte ich dich besser zurück ins Wasser werfen«, sagte er ruhig. »Übrigens heiße ich Lucien. Wie ist dein Name?«

»Chantal, du Idiot.«

»*Enchanté.* Ich freue mich, dich kennenzulernen.«

Sie blickte ihn wütend an.

Er sah, wie zwei Männer ins Beiboot der Jacht kletterten. Vielleicht sollte er jetzt wirklich losfahren?
»Festhalten!«, rief er – und gab Gas.
Die Propeller der Außenborder peitschten das Wasser auf. Nun konnte sein Zodiac doch zeigen, was es draufhatte, dachte Lucien. Sie schossen haarscharf am Heck einer Segeljacht vorbei. Dass er sich mit diesem Manöver auf dem Schiff keine Freunde machte, war ihm klar, im Moment aber egal. Denn er hatte durchaus den Eindruck, dass die Männer, vor denen Chantal gerade Reißaus nahm, tatsächlich für Ärger sorgen konnten.
Lucien hielt auf Villefranche zu. Das Ufer kam rasch näher. Mit Blick über die Schulter sah er, dass ihre Verfolger keine Chance hatten, sie einzuholen. Er drosselte das Tempo und ließ sie rankommen.
»Was machst du?«, schrie Chantal.
»Ich will mir deine Freunde mal aus der Nähe anschauen.«
»Warum komme ich ausgerechnet an einen Geisteskranken? Ich sagte doch, die sind gefährlich.«
»Sagtest du nicht. Nur, dass wir Ärger bekommen würden. Das ist was anderes. Was hast du eigentlich angestellt, warum sind die hinter dir her?«
»Nichts habe ich gemacht, ihr Boss wollte mich vergewaltigen …«
»Keine Sorge, wir fahren gleich weiter«, sagte er, während ihr Zodiac nur noch dahintrieb.
Ihre Verfolger kamen näher. Chantal machte Anstalten, ins Meer zu springen.
Er packte sie am Handgelenk. »Du bleibst an Bord. Hier passiert dir nichts.«
Jetzt waren sie schon so nah, dass er ihre Gesichter erkennen konnte. Er würde sie sich merken – und wieder-

erkennen. Auch sah er, dass einer von ihnen mit einer Pistole herumfuchtelte. Auch das würde er sich merken.
»Es geht weiter«, rief er Chantal zu. »*Accroche-toi!* Halte dich fest, gleich wird's sportlich.«
Er beschleunigte das Zodiac, noch aber moderat. Er wartete, bis sie direkt hinter ihm waren – genau da, wo er sie haben wollte. Erst dann schob er die Gashebel weiter nach vorne. Er hielt auf einen Fischkutter zu, der an einer Boje festgemacht war. Er gehörte dem alten Jules, der Gewohnheiten hatte, die man ihm nicht austreiben konnte. Zum Beispiel hatte er zu einer zweiten Boje, die wenige Meter weiter rechts schwamm und ebenfalls Jules gehörte, eine Kette gespannt. Der Himmel wusste, warum. Die rostige Kette verlief direkt unter der Wasseroberfläche und war kaum zu sehen. Erst recht nicht, wenn man mit hoher Geschwindigkeit auf die Bojen zujagte.
Lucien grinste. Der Tag gefiel ihm immer besser. Im letzten Moment steuerte er heftig nach rechts – und auf dieser Seite haarscharf an der Boje vorbei. Die Verfolger konnten nicht so schnell reagieren und passierten die Boje auf der anderen Seite …
Uupps. Lucien zog die Gashebel zurück. Chantal, die im Zodiac gestürzt war, sich aber tapfer an einem Haltegriff am Steuerstand festklammerte, rappelte sich auf. Gerade noch rechtzeitig, um zu sehen, wie ihre Verfolger außer Gefecht gesetzt wurden. Die Motoren heulten auf – weil die Propellerschrauben abgerissen waren. Der Typ mit der Pistole schleuderte durch die Kollision mit der Kette ins Cockpit. Das Boot bekam Schlagseite … Jetzt tauchten von der Besatzung wieder beide Köpfe auf. Sie schrien in Panik herum. Lucien schlussfolgerte, dass es ihnen den Umständen entsprechend gut ging. Er entrichtete ihnen mit zwei Fingern am Kopf einen höflichen Gruß. Dann

setzte er seine Fahrt mit verminderter Geschwindigkeit fort. Sollten sich andere um die Havarierten kümmern.
»Was war das?«, fragte Chantal kurzatmig.
Er sah sie schmunzelnd an. »Dein *Idiot* hat dir gerade deinen ...« Eigentlich wollte er sagen ... deinen hübschen Hintern gerettet. Aber das gehörte sich nicht. »... hat dir gerade deine Verfolger vom Hals geschafft. Ein kleines Dankeschön wäre angebracht.«
Chantal rieb sich den Ellbogen.
»*Merci*, das hast du gut gemacht«, presste sie hervor.
Na bitte, ging doch.
Lucien steuerte auf den kleinen Hafen am Quai de la Douane zu.
»Wo kann ich dich hinbringen? Wohnst du in einem Hotel?«
Denn dass sie eine Touristin war, schien ihm offensichtlich.
»*Merde, merde, merde ...*«
Das war keine Antwort, mit der er etwas anfangen konnte.
»Ich komme aus Paris«, erklärte sie schließlich, »und mache mit einer Freundin eine Südfrankreichreise. Sie ist gestern allein weitergefahren, und ich bin zu diesem vulgären Arschloch aufs Schiff.«
»Was ein Fehler war.«
»Klugscheißer, das weiß ich jetzt selbst. Meine Reisetasche ist noch an Bord, mit meinen Klamotten.« Sie zuckte mit den Schultern. »Na ja, viel ist nicht drin. Bargeld auch kaum, den Verlust kann ich verschmerzen. Die Kreditkarte kann ich sperren lassen.«
Er deutete auf die wasserdichte Hülle, die sie sich jetzt um ihren Hals gehängt hatte.
»Immerhin hast du dein Handy gerettet.«

Sie lächelte gequält. »Gott sei Dank, ohne mein Handy wäre ich nicht lebensfähig.«
Lucien legte an einer Mole an. Bewusst an einer Stelle, wo mehrere Festrumpfschlauchboote festgemacht waren, die alle ähnlich aussahen wie seines. Nur hatte keines solche Motoren wie er. Doch darauf hatten ihre Verfolger bestimmt nicht geachtet.
Er nahm Chantal genauer in Augenschein. Er schätzte sie auf Ende zwanzig. Sie war braun gebrannt und sah ... nun ja ... verteufelt gut aus. Mit hellblauen Augen und blonden Haaren. Man könnte sie auch für eine Schwedin halten. Am Handgelenk trug sie einen modischen Reif, der an einen Delfin erinnerte. Um den Hals die Hülle mit ihrem Handy. Und sonst – nur ihren weißen Bikini. Nicht gerade viel.
Er wollte ihr an Land helfen. Was nicht nötig war, denn schon war sie auf die Kaimauer gesprungen. Er erinnerte sich an ihren spektakulären Hechtsprung vom hohen Deck der Motorjacht. Diese Chantal hatte es drauf.
»Was willst du jetzt machen?«, fragte er. »Was dagegen, wenn ich dir noch etwas helfe?«
Sie stemmte die Hände in die Hüften.
»Wie stellst du dir das vor?«
»*Alors,* du könntest was zum Anziehen brauchen. Und Sandalen. Eine Freundin von mir hat eine kleine Boutique. Sie gibt mir bestimmt Kredit.«
»Warum einen Kredit? Bist du blank?«
Er zog amüsiert die Augenbrauen nach oben. Tatsächlich hatte er kein Geld einstecken. Aber in seinen ausgefransten Bermudas und dem verwaschenen T-Shirt sah er wohl ganz so aus, als ob er auch sonst keines hätte.
»Ein kleiner Engpass, aber das macht nichts. Du brauchst was zum Anziehen.«

»Ich zahle es dir natürlich zurück.«
»Nett von dir.«
Sie deutete zum Zodiac am Kai. »Das Boot gehört dir wohl auch nicht?«
Es war, dachte er, auf das *P'tit Bouchon* zugelassen. So gesehen hatte sie recht.
»Nein, ich habe es mir ausgeliehen.«
»Gott sei Dank hast du es heil zurückgebracht. Sonst würde ich mir Vorwürfe machen.«
»Ist ja nichts passiert.« Er nahm sie am Arm. »Komm, wir gehen. Die Boutique ist gleich da vorne.«
Er hörte eine Polizeisirene. Ein Boot der *Gendarmerie maritime* fuhr mit Blaulicht hinaus aufs Meer. Das Ziel war nicht schwer zu erraten.

10

Ohne zu zögern, hatte Chantal Luciens Vorschlag angenommen, die folgende Nacht auf der Schlafcouch in seiner Wohnung zu verbringen. Was ihn nicht überraschte, weil sie keine Alternative hatte. Das sah er ganz nüchtern. Zudem hatte er ihr versichert, sie ganz sicher in Ruhe zu lassen. Sie sei eh nicht sein Typ, hatte er gesagt. Woraufhin er sich prompt einen empörten Blick eingefangen hatte. Wie man es machte, war es falsch.

Jetzt saßen sie auf seinem kleinen Balkon und tranken Wein. Eigentlich sollte er schon längst im *P'tit Bouchon* sein, aber er hatte Roland eine Nachricht geschickt, dass er heute Abend leider verhindert sei. Sie trug das gelbe Kleid, das sie aus der Boutique der Freundin hatten. Er fand, dass es ihr stand. Unterwäsche, dachte er, hatten sie keine gekauft. Der Bikini hing zum Trocknen im Bad. Die Vorstellung, dass sie unter dem eng anliegenden Kleid nackt war, verwirrte ihn.

Chantal nahm sein Fernglas und suchte in der Bucht die Jacht, von der sie geflohen war. Dabei schimpfte sie leise vor sich hin. Lucien verstand, dass sie vor allem auf sich selbst wütend war. Weil sie so blöd gewesen sei, sich von diesem Widerling zu einer Party auf sein Schiff einladen zu lassen. Einer Party, die es dann gar nicht gegeben habe.

Lucien konnte ihr nicht widersprechen. Das war definitiv blöd gewesen. Und unsagbar naiv.
Chantal hatte sich überrascht gezeigt, dass er ein doch ganz nettes Appartement bewohnte. Zur Miete, wie sie annahm. Ob er mit den Zahlungen im Rückstand sei, hatte sie gefragt, auf seine offenbar klamme Finanzsituation anspielend. Er zuckte mit den Schultern. Die spartanische Einrichtung sprach offenbar dafür. Chantal konnte nicht wissen, dass das seinem Geschmack entsprach. Er überlegte, warum er das Spiel mitmachte. Er wusste es selbst nicht, aber es bereitete ihm Vergnügen. Er gefiel sich in der Rolle eines armen Schluckers, für den sie ihn hielt. Eine Figur, mit der er sich gerne identifizierte. Wenn er es recht bedachte, wäre er lieber ein mittelloser Bonvivant, als die Bürde eines Comte de Chacarasse zu tragen. Leider konnte er es sich nicht aussuchen.
Er brachte in Erfahrung, dass sie Kunstgeschichte studiert und einen Job im Pariser *Musée d'Orsay* hatte. Klang interessant.
Chantal sagte, sie habe Hunger. Ob sie einen Blick in seinen Kühlschrank werfen dürfe? Lucien sah ihr lächelnd hinterher. Er wusste, was sie erwartete: ein gähnendes Nichts – bis auf einige Wein- und Wasserflaschen. Eine Vorratshaltung erübrigte sich für ihn, schließlich frühstückte er regelmäßig mit Rosalie, und zu Abend aß er im *P'tit Bouchon*. Würde nur alles schlecht werden, und er warf ungern was weg.
»Das gibt's ja nicht«, hörte er sie rufen. »So einen deprimierenden Kühlschrank habe ich noch nie gesehen. Ernährst du dich von Wasser und Wein?«
Er überlegte, dass er sie ins *P'tit Bouchon* einladen könnte. Er würde sogar einen Tisch bekommen. Aber hier auf dem Balkon war es gerade viel gemütlicher.

»Du hast nicht mal was zu knabbern in der Küche. Chips oder Grissini …«

Stimmt, hatte er nicht. Schließlich kam es nie vor, dass er den Abend mit hochgelegten Beinen auf der Couch vor dem Fernseher verbrachte. Er hoffte, dass es noch viele Jahre dauerte, bis er mit seiner Zeit nichts Besseres anzufangen wusste.

»Chantal, komm wieder her. Du musst nicht verhungern, ich bestell uns was zum Essen.«

»Ich mag keine Pizza …«

Auch noch anspruchsvoll? Gerade hätte sie sich noch über Chips gefreut.

»Wie wäre es mit *gigot d'agneau en casserole?*«, fragte er.

»Eine geschmorte Lammkeule? Nimmst du mich auf den Arm? So was gibt's doch nicht im Lieferservice?«

»Ich bin mit dem Koch eines guten Lokals befreundet. Er schuldet mir einen Gefallen. Einverstanden?«

Chantal strahlte. »Natürlich, das wäre großartig.«

Lucien rief im *P'tit Bouchon* an. Paul war dran und nahm seine Bestellung entgegen.

»Sagtest du für zwei Personen?«, fragte Paul.

»Ja, sagte ich.«

»*Oh, là, là,* soll ich eine Flasche Champagner mitbringen?«

»Es ist nicht so, wie du denkst. Bring mir einfach das Essen.«

»Natürlich, Chef. Geht mich auch nichts an.«

»So ist es, bis gleich.«

Chantal sah ihn fragend an.

»Was ist nicht so, wie dein Freund gedacht hat?«

»Keine Ahnung. Vielleicht dachte er, ich hätte ein Rendezvous mit einer jungen schönen Frau?«

Sie warf die Haare nach hinten.

»Jung und schön stimmt ja, aber ein Rendezvous wird das nicht. Schon deshalb, weil ich nicht dein Typ bin.«
Uups, die Bemerkung von vorhin hatte sie getroffen. Besser, er ging nicht darauf ein.
»Das Essen kommt in einer Viertelstunde. In der Zwischenzeit könntest du deine Kreditkarte sperren lassen.«
»Hast recht. Wir sollten uns auf das Wesentliche konzentrieren.«
Sie nahm ihr Handy und brauchte nur wenige Minuten. Offenbar machte sie das nicht zum ersten Mal. Danach googelte sie kurz, um ihm dann das Foto eines Mannes zu zeigen.
»Schau, das ist der widerliche Typ, der mich vergewaltigen wollte. Ist ein reicher Grieche. Er heißt Thanos Pavlidis.«
Lucien hatte den Namen noch nie gehört. Auch kannte er seine Motorjacht nicht, deren Namen er sich aber gemerkt hatte: *Pourquoi pas*. Warum nicht? Offenbar hatte er sich das auch bei Chantal gedacht.
»Sieht auf dem Foto gar nicht so widerlich aus«, stellte er fest.
»Natürlich nicht, sonst hätte ich mich ja von ihm nicht auf sein Schiff einladen lassen. Aber er ist ein Schwein …«
»Willst du ihn anzeigen?«
»Würde ich gerne, aber ich habe keine Zeugen. Besser, ich vergesse die Geschichte so schnell wie möglich. Außerdem bin ich gerade noch davongekommen. Ich habe ihn dahin getreten, wo es Männern besonders wehtut, habe mir mein Handy geschnappt, bin aufs Deck gerannt, habe dich vorbeifahren sehen und dir zugewunken …«
Sie hatte recht, dachte Lucien, eine Anzeige würde nichts bringen. Da stünde Aussage gegen Aussage.

An der Tür klingelte es. Paul brachte das Essen. Lucien machte ihm auf.
»Sie muss nicht wissen, wer ich bin«, flüsterte er.
Gerade noch rechtzeitig, denn schon trat Chantal hinzu, um ihm die kupferne Kasserolle abzunehmen. Sie stellte sie auf den Herd und hob den Deckel.
»Wow, riecht das gut.«
»Ich hab euch noch ein Dessert mitgebracht«, sagte Paul. »*Crème brûlée,* dazu ein Cassis-Sorbet.«
Chantal nahm Paul spontan in die Arme und gab ihm einen Kuss. Dafür musste sie sich auf die Zehenspitzen stellen. Nicht weil sie so klein, sondern weil Paul so groß war. Eigentlich, dachte Lucien, hatte er einen Kuss verdient. Nach allem, was er für sie getan hatte. Aber so waren die Frauen: spontan und ungerecht.
Lucien brachte Paul zur Tür. »Grüß mir Roland«, sagte er zum Abschied. »Und viel Spaß bei der Arbeit.«
Das war gemein. Im *P'tit Bouchon* brummte gerade das Geschäft.
Paul warf einen Blick über die Schulter und schnalzte anerkennend mit der Zunge. »Ich hätte doch Champagner mitbringen sollen.«

11

Am nächsten Morgen verschlief Lucien das obligatorische Frühstück mit Rosalie. Als er aufwachte, stellte er fest, dass eine blonde Schwedin in seinen Armen lag. Er brauchte eine Weile, bis er sich daran erinnerte, dass die Frau Chantal hieß und Französin war. Hätte sie nicht auf der Schlafcouch im Wohnzimmer schlafen sollen? Was machte sie dann hier in seinem Bett? Wie es schien, war sie nackt. Warum denn das? Er hatte ihr doch ein T-Shirt zur Verfügung gestellt ... Ach so, er hatte auch nichts an ... Wie hatte es dazu kommen können? Er hatte doch versprochen, sich nicht an ihr zu vergreifen. Lucien hielt sich für einen Ehrenmann, der zu seinem Wort stand. Chantal schnurrte im Schlaf und kuschelte sich an ihn. Jetzt fiel es ihm ein. Er war nicht wortbrüchig geworden. Chantal war plötzlich zu ihm unter die Bettdecke geschlüpft, wie sich herausstellte ohne T-Shirt, und hatte ihn gefragt, ob sie wirklich nicht sein Typ sei. Das könne sie sich nämlich nicht vorstellen ... Da war er schwach geworden ...

Lucien kroch vorsichtig aus dem Bett. Chantal schlief weiter. Er öffnete die Balkontür und sammelte die leeren Weinflaschen ein. Hatten sie wirklich so viel getrunken? Demnach waren sie letzte Nacht beide nicht mehr zurechnungsfähig gewesen. In der Küche fand er sein

Handy. Er wollte es gerade an das Ladekabel anschließen, da entdeckte er eine Textnachricht von Edmond: »Heute um fünf Uhr bei mir! Dringend!«

Seine gerade noch schlaftrunken gute Stimmung war schlagartig wie weggeblasen. Sein Onkel wollte ihn dringend sprechen? Er ahnte, dass es dafür nur eine Erklärung gab: Er hatte einen Auftrag für ihn! Ihm blieben noch einige Stunden, dann war es vorbei mit der schönen Leichtigkeit des Seins. Dann begann der Ernst seines neuen Lebens. Nichts würde mehr so sein wie früher.

Er ging ins Bad und duschte. Ewig lang ließ er sich das Wasser auf den Kopf prasseln.

Als er wieder herauskam, entdeckte er Chantal auf dem Balkon. Sie drehte ihm ihren nackten Rücken zu und schaute mit dem Fernglas aufs Meer.

»Die Jacht von dem Schwein ist weg«, stellte sie fest. »Oder sie ist gesunken, das wäre noch besser.« Sie drehte sich um und lächelte ihn an. »*Bonjour, chéri.* Hast du gut geschlafen?«

Statt einer Antwort nahm er Chantal in den Arm und gab ihr einen Kuss.

»Und du?«

»Zu wenig, viel zu wenig …«

»Selbst schuld.«

»Bin ich also doch dein Typ?«

Was sollte er darauf sagen? Er war auf keinen bestimmten Frauentyp festgelegt. Sexy konnten viele sein – und Chantal war es ganz bestimmt.

Er grinste. »Da habe ich mich wohl getäuscht«, antwortete er. »Was hältst du davon, wenn ich uns was zum Frühstücken hole? In der Zeit kannst du dich frisch machen.«

»Klingt gut.«

Lucien wusste nicht, wie sich Chantal den weiteren Tag vorstellte. Wann musste sie zurück nach Paris? Wie wollte sie ihr Zugticket bezahlen? Brauchte sie noch was zum Anziehen? Nun ja, dafür würde er selbstverständlich aufkommen. Aber eine gemeinsame Freizeitgestaltung war heute Nachmittag ausgeschlossen. Edmond hatte was dagegen.
Auf dem Weg zur *boulangerie* rief er Rosalie an und entschuldigte sich, dass er zum Frühstück nicht gekommen war. Ein überaus wichtiger Termin sei ihm dazwischengekommen. Er wusste, dass ihm Rosalie nicht glaubte. Dazu kannte sie ihn zu gut. Er werde heute Nachmittag kommen, sagte er. Prompt wünschte sie ihm viel Spaß bei seinem Termin.

Wie sich herausstellte, hatte Chantal noch einige Tage Urlaub. Sie könne sich sehr gut vorstellen, sagte sie, diese mit Lucien zu verbringen. Selbst wenn er für sie wenig Zeit haben sollte, wie er andeutete. Wobei sie nicht verstand, wie das sein konnte. Denn ganz offensichtlich ging er keiner geregelten Arbeit nach.
Lucien gestand sich ein, dass er sich das Problem selbst eingebrockt hatte. Er hätte Chantal nicht aus dem Meer retten und erst recht nicht mit ihr schlafen dürfen. Aber Ersteres war ein Notfall gewesen. Er konnte sie ja kaum ertrinken lassen. Und das Zweite … *alors,* es war nicht mehr rückgängig zu machen. Außerdem wäre er schön blöd. Es gab Dinge, die wiederholte man besser, als sie ungeschehen zu machen. Ergo würde er Chantal bis zu ihrer Rückreise bei sich wohnen lassen. Entgegen jeder Vernunft. Und vorausgesetzt, ihre Anwesenheit ließ sich mit dem Auftrag vereinbaren, den er wohl von Edmond bekommen würde. Wie dringend war dieser wirklich?

Wie viel Zeit blieb ihm bis zur Ausführung? Eigentlich brauchte er einen klaren Kopf, um einen Ausweg aus seinem Dilemma zu finden. Weder wollte er sein Versprechen brechen noch jemanden umbringen.
In jedem Fall würde er gegenüber Chantal mit der Scharade aufhören müssen, den mittellosen Lebenskünstler zu spielen. Natürlich durfte sie nur so viel erfahren wie unbedingt nötig. Die *Villa Béatitude* war tabu. Und damit seine wahren Lebensumstände. Seine Wohnung in Villefranche-sur-Mer barg keine Geheimnisse. Hier würde Chantal nichts finden, selbst wenn sie in einem unbeobachteten Moment alles durchwühlte.
Mit etwas Glück saß sie im Zug nach Paris, bevor er … Bevor? Er wollte nicht daran denken. Vielleicht täuschte er sich, und Edmond hatte ein ganz harmloses Ansinnen? Doch er spürte, dass diese Hoffnung um fünf Uhr wie eine Seifenblase zerplatzen würde.

Er bummelte mit Chantal durch Villefranche. Erstaunt nahm sie zur Kenntnis, dass er von allen Seiten gegrüßt wurde.
»Hallo, Lucien, *comment ça va* …?«
»Lucien, wer ist deine charmante Begleitung …?«
»Lucien, wo warst du gestern Abend? Wir haben dich im *P'tit Bouchon* vermisst …«
»*Salut,* Lucien, du alter Schwerenöter. Ich warte noch auf meine Weinlieferung …«
Chantal nahm ihn am Arm und hielt ihn fest.
»Könnte es sein, dass du mir was verschwiegen hast?«
Wie zur Bestätigung kam ein Pfarrer vorbei, der stehen blieb und dem *Monsieur le Comte* zum Tod seines Vaters kondolierte.
»Gott wird Ihnen beistehen«, sagte er.

Chantal runzelte die Stirn. »*Monsieur le Comte?* Habe ich mich da gerade verhört?«
Lucien kratzte sich am Kinn. »Nein, stimmt schon. Aber dafür kann ich nichts. Im Ort kennen mich die meisten nur als Lucien. Ich entstamme einem verarmten Adel und betreibe ein Lokal, das *P'tit Bouchon*. Da kam gestern unser Essen her. So, nun weißt du alles.«
Sie schüttelte in gespielter Verzweiflung den Kopf. »Ganz schön viel auf einmal. Was ist mit dem Zodiac?«
»Ach ja, ich habe es quasi von mir selbst ausgeliehen. Aber jetzt sind wir wirklich durch.«
»Lucien, Lucien … Bislang sind mir nur Männer über den Weg gelaufen, die mit dem angeben, was sie haben. Sogar solche, die in Wahrheit nichts hatten. Du bist das krasse Gegenteil. Wenn ich heute früh abgereist wäre, hättest du mir nichts gesagt, oder?«
Er grinste. »Natürlich nicht. Warum auch? Ist ja nichts Besonderes. Meine Vorfahren würden sich für mich schämen.«
»Dann hast du ganz schön beschissene Vorfahren. Wo ist dein Lokal? Kann ich es mal sehen?«
Er schaute auf sein Handy. »Wir könnten sogar eine Kleinigkeit essen. Am Nachmittag muss ich dich leider allein lassen. Ich habe einen Termin, den ich nicht verschieben kann.«
»Ich kann doch mitkommen …«
»Das geht nicht. Aber am Abend bin ich zurück. Dann können wir erneut ins *P'tit Bouchon*.«
»Was mach ich bis dahin?«
»Kriegst meinen Wohnungsschlüssel.«
»*Vraiment?* Du kennst mich doch gar nicht.«
Da hatte sie recht. Aber das Risiko war überschaubar.
»Dann enttäusche mich nicht.«

»Kannst dich auf mich verlassen. Ich bin ein braves Mädchen.«
Er lächelte. Da war er sich nicht so sicher.
»Ich kann dich später ein Stück auf meiner Vespa mitnehmen«, schlug er vor. »Die Plage de la Marinière liegt auf meiner Strecke. Zurück kannst du laufen, ist nicht weit.«
»Wunderbar, meinen Bikini habe ich ja noch.« Sie sah ihn verlegen an. »Apropos, ich sag's ja nur ungern, aber ein bisschen mehr als dieses eine Kleid bräuchte ich doch. Schon aus hygienischen Gründen. Ich zahl's dir auch ganz bestimmt zurück.«
Im Film *Pretty Woman* würde er ihr jetzt seine Kreditkarte geben und sagen, sie könne damit unbegrenzt shoppen gehen. Aber er war nicht Richard Gere – und auch nicht verrückt.

12

Punkt fünf Uhr kam er in Beaulieu an. Der Möchtegernbutler öffnete die Tür. Wie schon bei seinem letzten Besuch würde ihn Graf Edmond im Pavillon erwarten. Lucien schwante, dass er gleich wieder Tee serviert bekam. Dabei könnte er Härteres vertragen – sofern das Gespräch die von ihm erwartete Entwicklung nahm.

Es dauerte nicht lange, und Lucien bekam die Bestätigung, dass er mit beiden Annahmen recht hatte. Erstens bekam er in eine vorgewärmte Tasse Tee eingegossen. Mit Aromen von Jasmin, Kardamom und Zitronengras. Und zweitens kam Edmond, kaum war die Tür zum Pavillon hinter dem Butler geschlossen, ohne Umschweife auf den Grund des »dringenden« Termins zu sprechen.

»Lucien, *mon cher*, wir haben unseren ersten Auftrag. Du hast Glück, er stellt dich vor keine besondere Herausforderung. Gerade das Richtige zum Eingewöhnen.«

Zum Eingewöhnen? Die Formulierung, dachte Lucien, war an Harmlosigkeit kaum zu überbieten. Gab es einen Mord zum *Eingewöhnen?*

Edmond nahm einen Schluck Tee, ließ ihn aber über den Rand der Tasse nicht aus den Augen. Ahnte er, was in ihm vorging?

»Du sagst ja nichts?«

»Was soll ich sagen?«, erwiderte Lucien. »Irgendwann musste es ja kommen. Ich hab nur nicht erwartet, dass es schon so bald sein wird.«

»Sei froh, dann hast du es hinter dir. Ist wie beim Springen vom Zehnmeterturm. Je länger man wartet und nach unten ins Schwimmbecken starrt, umso schwieriger wird es. Es gibt nur eine Devise: einfach springen. Fertig. Das nächste Mal ist es ganz einfach.«

Aus dem Mund eines Mannes, der im Rollstuhl saß, hörte sich dieser Vergleich seltsam an. Aber Lucien kannte Fotos von seinem Onkel aus der Zeit vor seinem Absturz mit dem Fallschirm. Da war er sicher, ohne zu zögern, von einem Zehnmeterturm gesprungen. War auch nichts dabei. Er selbst konnte dabei sogar einen Salto schlagen. Aber das war gerade nicht gefordert.

»Mach's nicht so spannend«, sagte Lucien um ein beherrschtes Äußeres bemüht.

»Nichts lieber als das. In Hollywoodfilmen bekommen Auftragstäter Mappen mit Fotos ihrer Zielpersonen oder alberne Tonbänder, die sich nach dem Anhören selbst vernichten. Das ist natürlich alles Blödsinn. Wir machen das auf die althergebrachte Art. Ich nenne dir den Namen, Alter und Adresse. Nicht viel mehr. Das wirst du dir merken müssen. Und ich zeige dir ein Bild des Delinquenten. Du prägst es dir ein – dann verbrennen wir es. *C'est tout.*«

»Das ist alles?«

»Fast. Im konkreten Fall bittet der Auftraggeber um Erledigung innerhalb der nächsten zwei Wochen. Es soll wie ein Unfall aussehen. Oder nach einem Suizid, das ist ihm egal. Nur nicht nach Mord.«

»Der Auftraggeber? Demnach handelt es sich um einen Mann?«

Edmond lächelte süffisant. »Du bist zu neugierig, das musst du dir abgewöhnen. Ich verwende den Begriff geschlechtsneutral. Es könnte sich genauso gut um eine Frau handeln, um eine Firma, eine Organisation, eine Regierungsbehörde … Das tut nichts zur Sache. Das vereinbarte Honorar wurde bereits auf ein Treuhandkonto eingezahlt. Nach erfolgreichem Abschluss wird es freigegeben.«

Lucien störte sich am geschäftsmäßigen Ton. Doch ging es wahrscheinlich nicht anders.

»Darf ich fragen, wie hoch das Honorar ist?«

»Natürlich. Wir verlangen immer das Gleiche. Aktuell eine Million Euro.«

Lucien schluckte.

»Nur bei besonders schwierigen Fällen«, fuhr Edmond fort, »gibt es einen Aufschlag. Mein Anteil beträgt vierzig Prozent. Der Rest ist für dich. Ohne Abzüge und steuerfrei. Allerdings werden auch keine Spesen ersetzt …«

Edmond grinste. Er fand das wohl witzig.

Eine Million minus vierzig Prozent? Das war nicht schwer auszurechnen. Da blieben Lucien schlappe sechshunderttausend Euro. Sechshunderttausend Euro, die er nicht haben wollte.

»Was ist, wenn ich patze und es doch nach Mord aussehen sollte?«

»Ich hoffe, das ist eine hypothetische Frage. In diesem Fall wird das Honorar rückabgewickelt, und wir gehen leer aus. Außerdem würde es unserer Reputation schweren Schaden zufügen. Besser, du strengst dich an.«

13

Statt sofort nach Villefranche zurückzufahren, machte Lucien einen Abstecher zur *Villa Béatitude*. Chantal konnte warten. Obwohl ihm die Ablenkung guttun würde. Vorher aber brauchte er einige Minuten für sich. Rosalie respektierte seinen Wunsch, allein zu sein. Wie sie wusste, kam er von Edmond. Kein Wunder, dass er kurz angebunden war. Vielleicht hatte sie sogar eine Ahnung, womit er von seinem Onkel konfrontiert wurde.

Lucien lief langsamen Schrittes durch den Park. Der Springbrunnen war immer noch defekt. Aber offenbar hatten sie einen neuen Gärtner. Die Rosen waren frisch geschnitten. Er setzte sich auf eine Bank. In Gedanken wiederholte er immer einen Namen: Didier Pascal. Didier Pascal … Einundfünfzig Jahre. Wohnhaft in Lyon … Dazu das Bild, das ihm Edmond gezeigt und wie angekündigt anschließend verbrannt hatte. Braune, schüttere Haare, nahe beieinanderliegende dunkle Augen, große Ohrläppchen, knubblige Nase, flüchtiges Kinn … Ein Allerweltsgesicht. Weder besonders sympathisch noch das Gegenteil. Lucien nahm sein Smartphone und recherchierte die angegebene Adresse in Lyon. Didier Pascal wohnte am Stadtrand nahe einem Industriegebiet mit einer großen Raffinerie. Alles andere als eine noble Wohngegend. Auf Street View sah er, dass es sich um ein

sechsstöckiges Mietshaus handelte. Er googelte Pascals Namen. Fehlanzeige. Lucien konnte sich schwer vorstellen, dass der Tod eines solchen Mannes eine Million Euro wert sein konnte. Und für wen ... Edmond hatte ihm trotz erneuter Nachfrage nicht den kleinsten Hinweis gegeben. Nur maliziös gelächelt.
Zwei Wochen hatte er also Zeit. Um etwas zu tun, das er nicht tun würde. Edmond hatte auf die Reputation der Familie verwiesen. Was war das für eine Reputation? Gewiss keine, auf die man stolz sein konnte. Sollte sie doch zum Teufel gehen. Was Besseres konnte ihm nicht passieren.
Lucien stand auf und ließ seinen Blick durch den Park schweifen. Er sah sich als Kind auf der Wiese spielen. Zusammen mit seinem Bruder Raymond. Er betrachtete einen Baum, auf den er gerne geklettert war. Schon deshalb, weil sein Bruder, der ja älter und größer war, nicht hinaufkam. Vor seinem geistigen Auge erschien sein Vater, der ihnen beigebracht hatte, einen Bumerang so zu werfen, dass er um den Baum herumflog und so wieder zurückkam, dass man ihn auffangen konnte. Sein Vater ... Lucien atmete tief durch. Ja, sein Vater. Sie hatten ihn verehrt und bewundert. Und geliebt. Auch wenn er sehr streng sein konnte. Dafür durften sie Dinge tun, von denen andere Jungs in ihrem Alter nur träumen konnten. Heute wusste er, dass alles nur dazu gedient hatte, sie auf ihr späteres Leben vorzubereiten.
Er glaubte seine Stimme zu hören: »Kommt, traut euch ... trainiert eure Fähigkeiten ... vermeidet Fehler ... strengt euch an ...«
Dass er sich anstrengen solle, hatte vor einer Stunde auch Edmond gefordert. Sein Onkel hatte das auf die professionelle Ausführung des Auftrags bezogen. Dabei lag die wahre Herausforderung ganz woanders. Er musste sich

anstrengen, einen Gewissenskonflikt zu lösen. Denn immer wieder hörte er die letzten Worte seines Vaters: »Lucien ... schwöre es ... bei allem, was dir heilig ist!« Und auch seine Antwort: *»Naturellement, mon papa, je te le promets!«*

Ihm war klar, dass es nichts half, länger im Park herumzulaufen. Damit würde er sein Problem nicht lösen. Er ging zurück ins Haus, wo ihm Rosalie entgegenkam. Mit der Flasche Marc de Provence und einem Glas auf einem silbernen Tablett.

»Du siehst so aus, als ob du Medizin brauchst«, sagte sie mit wissendem Lächeln. »Der Tresterbrand ist ein altbewährtes Hausmittel.«

Als Lucien in Villefranche-sur-Mer seine Vespa abstellte, fühlte er sich besser. Was sowohl am Marc liegen mochte als auch am Fahrtwind. Wahrscheinlich an beidem. Er nahm sich vor, heute Abend nicht mehr an Edmonds Auftrag zu denken. Mit Chantals Hilfe sollte ihm das gelingen. Er schmunzelte. Sie verfügte über alle erforderlichen Attribute.

Wie zum Beweis kam sie ihm bei seinem Eintreffen in der Wohnung nackt entgegen. Sie hatte laut Musik aufgedreht. Chantal lachte, machte einige Tanzschritte und gab ihm einen Begrüßungskuss. Erst dann begab sie sich auf die Suche nach ihrem gelben Kleid.

Wie sein Termin gewesen sei, fragte sie. Wahrscheinlich nicht so schön wie die Plage de la Marinière. Sie habe sich gesonnt und im Meer gebadet. Jetzt habe sie Hunger, redete sie munter weiter. Und noch immer nichts anderes zum Anziehen als dieses gelbe Kleid.

Er verkniff sich die Bemerkung, dass sie ihm ausgezogen sowieso am besten gefiel. Morgen Vormittag könnten sie

shoppen gehen, schlug er vor. Und gegen den Hunger könnten sie gleich was unternehmen.
Wenige Minuten später machten sie sich auf den Weg zum *P'tit Bouchon*. Ihm fiel auf, dass sie zwar weiter eine gute Laune zur Schau trug, sich aber immer wieder umschaute. Als ob sie Angst hätte, verfolgt zu werden.
Zwar hatte er selbst kurz den Eindruck gehabt, beobachtet zu werden, aber er hatte sich wohl getäuscht. Außerdem gab es für Chantal keinen Grund, besorgt zu sein. Thanos Pavlidis, der versucht hatte, sie zu vergewaltigen, hatte mit seiner Motorjacht die Bucht verlassen. Wahrscheinlich hoffte er, den Vorfall vergessen zu können. Und nie mehr was von ihr zu hören. Geschweige denn von der Polizei.
Im Lokal angekommen, ging er mit Chantal zunächst in die Küche. Den Koch Roland kannte sie schon von heute Mittag. Auch Paul, der ihnen gestern Abend die köstliche Lammkeule gebracht hatte. Und die *crème brûlée* mit dem Cassis-Sorbet. Zu Luciens schlechten Angewohnheiten gehörte, dass er mit Begeisterung in alle Töpfe guckte. Das hätte Roland noch ohne Protest hingenommen. Dass er aber von den halb fertigen Gerichten probierte, um dann Verbesserungsvorschläge zu machen, brachte den Koch regelmäßig zur Weißglut. Heute schoss Lucien erst recht über das Ziel hinaus, weil er Chantal von der Bouillabaisse kosten ließ, von den marinierten Sardinen und von der Entenbrust. Weil sie dabei aber überaus charmant war und seine Kochkunst überschwänglich lobte, gelang es Roland, sich zu beherrschen. Mehr noch: Er fühlte sich geschmeichelt. Wie ihr die *sauce au vin* zur Entenbrust schmecke, fragte er. In der Sprache seiner Heimatstadt Nizza fügte er hinzu: *Couma va?* Chantal verdrehte genussvoll die Augen. *Lou pantai,* antwortete

sie ebenfalls auf Nissart, was so viel bedeutete wie: ein Traum! Bevor Lucien darüber nachdenken konnte, wie es kam, dass eine Pariserin einen okzitanischen Dialekt beherrschte, bekam er von ihr schon einen Löffel zur Probe in den Mund gesteckt. Die Soße schmeckte wirklich fantastisch. Wobei ihm ein schlimmer Verdacht kam.

»Welchen Wein hast du verwendet?«, fragte er.

Sein Koch zupfte sich verlegen am Ohr.

»Du weißt, man soll zum Kochen keinen schlechteren Wein verwenden, als man zum Gericht trinken würde«, erklärte Roland.

Lucien hatte mittlerweile die leere Flasche entdeckt.

»Aber doch keinen Pomerol von einem meiner Lieblingsweingüter. Ich glaube, du spinnst.«

Roland wand sich und suchte nach einer Ausrede.

»Der Wein hatte Kork, den konnte man eh nicht ausschenken.«

»Woher willst du das vor dem Öffnen wissen?« Lucien schnappte sich die Flasche und roch daran. »Der Pomerol ist makellos. Von dem Jahrgang hat noch nie einer gekorkt. Außerdem hast du mir mal erklärt, dass man zum Kochen keinen Wein mit Korkgeschmack verwenden dürfe.«

»Na ja, so eng sehe ich das auch nicht.«

Chantal schubste Lucien. »Sei doch nicht so streng mit ihm. Die Soße ist himmlisch. Und vielleicht … vielleicht hat Roland …«, sie zwinkerte dem Koch zu, »… auch ein Gläschen selbst getrunken. Zur Inspiration.«

Lucien, der sich nicht wirklich aufgeregt und seine Empörung nur gespielt hatte, rückte Roland die verrutschte Kochmütze zurecht.

»Ach so, dann sei es dir verziehen. Aber das nächste Mal nimm bitte unseren Hauswein, der tut es auch. Oder wir verdreifachen den Preis für unser *magret de canard sauce au vin.*«

»Dann bestellt es keiner.«

»Eben, deshalb besser unser Hauswein.«

Sie hatten einen wunderbaren Abend im *P'tit Bouchon.* Schon deshalb, weil sich Lucien ausnahmsweise um nichts kümmerte. Alain, der Souschef, stand Roland in der Küche zur Seite. Und Paul sorgte mit seinen Kollegen für einen reibungslosen Service. Ab und zu kamen Stammgäste an den Tisch, um ihn zu begrüßen. Aber sie hielten sich zurück, weil sie mit Blick auf Chantal erkannten, dass er heute privat hier war. Zum ersten Mal seit der Trauerfeier war auch Achille Giraud wieder zum Essen bei ihm. Der Capitaine von der *Gendarmerie nationale* hatte ihn auf dem Friedhof mit seiner Anwesenheit überrascht. Und mit dem Bekenntnis, ein großer Bewunderer seines Vaters gewesen zu sein. Bevor er das Lokal verließ, kam auch er zu Lucien an den Tisch. Er freue sich, ihn in so charmanter Gesellschaft zu sehen, machte er Chantal ein Kompliment. Ihre Reaktion fiel verhalten aus. Wegen seiner Uniform? Vielleicht überlegte sie gerade, die Gelegenheit zu nutzen und entgegen ihrer ursprünglichen Absicht Thanos Pavlidis doch wegen versuchter Vergewaltigung anzuzeigen?

Das, dachte Lucien, war allein ihre Entscheidung. Und weil sie nichts sagte, wechselte er mit Achille Giraud nur einige unverbindliche Worte. Zum Abschied umarmten sie sich. »Ich denke oft an deinen Vater«, sagte der Capitaine. »Ich kann mir vorstellen, dass du ihn sehr vermisst. Aber so ist das Leben. Nicht immer ein Honigschlecken.«

Achille Giraud hatte recht.

14

Die Geschichte von Villefranche-sur-Mer reicht zurück bis ins 13. Jahrhundert. Kaum jünger sind die Gewölbe einer dunklen Gasse, die versteckt durch die Altstadt führt: die Rue Obscure. Über weite Strecken erinnert sie an einen Tunnel, weil sie später von Häusern überbaut wurde. Anfänglich wurde sie vom Militär genutzt, das hier unbeobachtet von Angreifern patrouillieren konnte. Später diente sie als Weinkeller, als Stall für Esel und Ziegen und als schattige Markthalle. Heute hat die mittelalterliche Rue Obscure keinen Nutzen mehr – außer als Sehenswürdigkeit für Touristen und seit Jean Cocteau immer wieder als Filmkulisse. In der Nacht ist sie verwaist. Beleuchtet nur von vereinzelten Lampen, wirkt das Bogengewölbe unheimlich, fast gruslig.

Es war schon nach Mitternacht, als Lucien und Chantal das *P'tit Bouchon* verließen. Sie waren die Letzten. Und nicht mehr nüchtern. Alain schloss hinter ihnen ab, verabschiedete sich und ging in die entgegengesetzte Richtung. Lucien dagegen wählte für den Nachhauseweg besagte Rue Obscure. Er liebte die finstere Stimmung und den hohlen Widerklang seiner Schritte. Chantal hatte sich bei ihm eingehakt. Unter den anderen Arm hatte er die Börse mit den Tageseinnahmen geklemmt. Chantal machte nicht den Eindruck, als ob sie sich fürchten

würde. Sie ahmte das schaurige Heulen eines Gespenstes nach. Dann kicherte sie wie ein kleines Kind …
Plötzlich merkte Lucien, dass jemand hinter ihnen war. Er blieb stehen und drehte sich um. Schatten kamen näher. Zu den Schatten gehörten zwei Männer. Sie hatten es eilig, zu ihnen aufzuschließen. Als sie unter einer gelben Deckenlampe durchkamen, glaubte er sie zu erkennen. Chantal, die sich an ihn presste, erging es offenbar genauso.
»*Merde, merde* … Jetzt bekommen wir Ärger …«
Fast die gleichen Worte hatte er von ihr schon mal gehört. Auf dem Zodiac, als die Männer von der Jacht hinter ihnen her waren.
Jetzt war er sich sicher. Um genau die beiden handelte es sich. Offenbar hatten sie ihnen vor dem Lokal aufgelauert. Er erinnerte sich an den Hinweg, wo er kurz das Gefühl hatte, beobachtet zu werden. Anscheinend hatte er sich nicht getäuscht. Auch Chantal hatte es gespürt, weshalb sie sich immer wieder umgeschaut hatte. Das war vor dem Abendessen gewesen. Der Wein hatte wohl ihre Sinne getrübt, sonst hätten sie bemerken müssen, dass sie erneut verfolgt wurden. Egal, jetzt war es nicht mehr zu ändern.
»Sofort stehen bleiben!«, rief er ihnen entgegen. Mit dem ausgestreckten Arm zielte er auf sie. Im Dunkeln könnten sie glauben, dass er eine Pistole in der Hand hielt. Dabei war das die Börse mit den Tageseinnahmen.
Seine entschlossene Reaktion überraschte die beiden. So sehr, dass sie tatsächlich stehen blieben.
»Schon gut. Kein Grund zur Panik«, erwiderte einer. »Ihr kommt jetzt mit! Unser Boss will euch sehen.«
Lucien lachte. »Aber *wir* wollen euren Boss nicht sehen. Das könnt ihr ihm gerne ausrichten.«

»Du bist verrückt. Entweder ihr kommt jetzt freiwillig mit, oder wir zwingen euch.«

»Würde mich interessieren, wie ihr das anstellen wollt«, antwortete Lucien. Dabei ging er von der Überlegung aus, dass die beiden Ganoven nicht auf sie schießen würden. Pavlidis wollte sie sicher lebendig sehen. Wobei er nicht verstand, warum. Aber darüber konnte er später nachdenken.

Chantal, die sich gerade noch fest an ihn geklammert hatte, riss sich los. Offenbar wollte sie wegrennen. Dummerweise fiel ihm dabei die Börse aus der Hand. Jetzt wussten die zwei, dass er geblufft hatte.

Chantal rutschte aus und fiel hin. Die Situation geriet außer Kontrolle. Der größere der beiden Angreifer stürzte sich auf ihn. Der andere, klein, aber stämmig, nahm Chantal zum Ziel.

Bei Lucien setzten die antrainierten Reflexe ein. Obwohl er sie lange nicht gebraucht hatte, waren sie nicht verloren gegangen.

Er wirbelte um die eigene Achse ... schon traf er seinen Kontrahenten mit dem Fuß an der Schläfe. Sekundenbruchteile später hämmerte er ihm die Faust in die Magengrube. Als Nächstes wäre die Nase dran gewesen und die Kniescheibe ... Aber es war schon vorbei. Der bullige Mann sackte auf den Boden der Rue Obscure.

Lucien richtete seine Aufmerksamkeit auf den anderen Angreifer. Der hatte Chantal an den Haaren gepackt und hielt ihr eine Pistole an den Kopf.

»Was willst du tun?«, fragte Lucien. »Sie erschießen? Besser, du erschießt erst mich.«

Der Mann brauchte einige Sekunden, um eine Entscheidung zu treffen. In Stresssituationen dauerte das bei manchen etwas länger. Und führte oft zum falschen

Ergebnis. Denn er tat ihm den Gefallen und richtete die Pistole auf ihn. Dorthin, wo gerade noch sein Kopf gewesen war. Aber Lucien war bereits unter ihm weggetaucht, hatte sich auf dem Boden abgerollt – um ihm mit einem Fußkick die Pistole aus der Hand zu schlagen. Der Schuss, der sich löste, machte im Gewölbe einen fürchterlichen Knall. Wo die Kugel einschlug, war egal. Jedenfalls traf sie weder Chantal noch ihn. Lucien packte den Typen am Handgelenk und verdrehte es. Der schrie auf und ließ ihre Haare los. Dann warf er ihn über die Schulter. Eine unsanfte Landung …

Das war's dann. Aus und vorbei. In die Rue Obscure kehrte wieder nächtliche Ruhe ein. Lucien rieb sich seinen Ellbogen. Die Hechtrolle hatte er schon mal besser beherrscht. Vor allem geschmeidiger. Er suchte nach der Pistole, sicherte sie und steckte sie ein. Dann hob er die Börse mit den Tageseinnahmen auf.

Er reichte Chantal, die noch am Boden lag, die Hand und zog sie hoch.

»Lass uns gehen. Bevor jemand kommt, weil er den Schuss gehört hat.«

Chantal sah ungläubig zwischen den außer Gefecht gesetzten Männern und Lucien hin und her.

»Ich kann's nicht glauben«, sagte sie. »Wie hast du das gemacht?«

Er zuckte mit den Schultern. »Keine Ahnung. Ich denke, die beiden haben sich irgendwie gegenseitig k. o. geschlagen. Eine andere Erklärung fällt mir nicht ein.«

15

Bei Lucien dauerte die morgendliche Aufwachphase häufig etwas länger. Weil er ein Grundbedürfnis verspürte, weiterzuschlafen. So auch heute. Während sich sein Körper noch im Ruhemodus befand, waren die Neuronen und Synapsen in seinem Hirn bereits wach und machten Frühgymnastik. Er wollte es ihnen verbieten, aber sie gehorchten nicht. Stattdessen hüpften sie wild herum und vereitelten damit alle Bemühungen, dem Tag noch einige Minuten abzutrotzen. So ging ihm durch den Kopf, was er am gestrigen Tag alles erlebt hatte. Das war nicht so wenig gewesen. Bis hin zum folgenschweren Gespräch mit Onkel Edmond. Umso schöner der anschließende Abend mit Chantal … Er mochte ihr Lachen. War da noch was? Ach ja, auf dem Heimweg in der Rue Obscure. Die zwei unfreundlichen Typen, die sie verschleppen wollten. Warum eigentlich? Waren sie sauer, weil sie bei der Verfolgung auf dem Wasser ihr Boot geschrottet hatten? Das wurde so auch nicht mehr heil. Chantal hatte später ebenfalls keine Erklärung gewusst. Chantal? Mit geschlossenen Augen tastete er nach ihr. Dass sie mit ihm ins Bett gegangen war, wusste er definitiv. Auch dass sie erneut auf sein T-Shirt verzichtet hatte. Lucien lächelte versonnen. Protestiert hatte er nicht dagegen …

Er vergrößerte im Bett den Suchradius. Ohne Erfolg. Schließlich setzte er sich auf und blickte sich um. Keine Chantal.

Er wälzte sich aus dem Bett und schaute als Erstes auf dem Balkon nach. Da war sie nicht. Auch nicht im Bad. Da seine Wohnung sehr übersichtlich war, ließ das nur einen Schluss zu: Chantal war weg! Um Baguettes und Croissants zu holen? Sehr unwahrscheinlich – sie hatte kein Geld.

Apropos Geld: Wo war die Börse mit den Einnahmen aus dem *P'tit Bouchon*? Er wusste genau, dass er sie letzte Nacht auf den Küchentresen gelegt hatte. Wie auch die Pistole, die er einem der Angreifer abgenommen hatte. Aber der Küchentresen … er war leer. Lucien kniff die Augen zusammen. Stimmte nicht … der Wohnungsschlüssel, den er ihr zur Verfügung gestellt hatte, diente als Beschwerer für einen handgeschriebenen Zettel.

»Guten Morgen, mein Lieber. Nicht böse sein, aber ich kann nicht anders. Bin auf dem Weg zurück nach Paris. War schön mit dir. *Bisous.*«

Er musste den Zettel zweimal lesen, um es zu glauben. Dieses … dieses Miststück hatte ihn verschaukelt. Sie war auf und davon. Mit den Tageseinnahmen, die er später auf die Bank bringen wollte. Und der Pistole, aus der vor einigen Stunden ein Schuss abgefeuert worden war.

Den Verlust konnte er verschmerzen. Die Pistole gehörte ihm sowieso nicht. Und weil immer mehr Gäste mit der Kreditkarte bezahlten, war auch nicht übertrieben viel Cash in der Börse. Abgesehen davon, dass er nicht auf die Einnahmen angewiesen war. Aber … aber Chantal konnte das nicht wissen.

Lucien ärgerte sich. Über sich selbst. Weil er so blöd gewesen war, ihr zu vertrauen. Einem Luder, das sein

Vertrauen missbraucht hatte. Die es ihm nicht gedankt hatte, dass er sie aus dem Meer gefischt und vor ihren Verfolgern gerettet hatte. Dass er ihr ein hübsches Kleid gekauft hatte. Dass er sie zum Essen eingeladen hatte. Dass er ihr in der letzten Nacht erneut aus dem Schlamassel geholfen hatte … Lucien musste trotz allem schmunzeln. Denn zugegeben, er hatte mit ihr auch seinen Spaß gehabt. Und ganz ehrlich … er fand es schade, dass sie nicht mehr da war.

Sollte sie mit dem Geld glücklich werden. Hoffentlich richtete sie mit der Pistole kein Unheil an. Blieb die Frage, warum dieser Thanos Pavlidis ihr zwei Männer auf den Hals geschickt hatte? Genauer gesagt: ihnen beiden. Denn einer der beiden Angreifer hatte klar und deutlich gesagt, dass sein Boss sie beide sehen wolle. Was erst recht keinen Sinn machte. Pavlidis sollte froh sein, dass ihn Chantal nicht wegen versuchter Vergewaltigung angezeigt hatte. Und so einzigartig war sie bei allem Respekt nun auch nicht, dass er an der Côte d'Azur nicht im Handumdrehen einen Ersatz finden würde. Es sei denn … Lucien schaltete die Espressomaschine ein. Es sei denn, es war alles ganz anders …

Eine halbe Stunde später war er frisch geduscht und mit der Vespa unterwegs zum verspäteten Frühstück mit Rosalie auf Cap Ferrat. Er hatte sich vorgenommen, an Chantal keinen weiteren Gedanken mehr zu verschwenden – wenigstens für den Augenblick. Er hatte wahrlich andere Probleme. Zwei Wochen blieben ihm für den Auftrag, den er von seinem Onkel erhalten hatte. Ein Auftrag, der seine volle Konzentration erforderte. Dies erst recht, weil er keine Lösung wusste. Vielleicht sollte er es wie Chantal machen und einfach verschwinden?

Doch den Gedanken hatte er schon mehrfach verworfen. Aus Respekt vor seinem Vater.
»Du siehst aus wie ein begossener Pudel«, begrüßte ihn Rosalie. »Was ist passiert?«
Lucien wusste nicht, wie ein begossener Pudel aussah. Insofern konnte er mit dem Vergleich nichts anfangen. Aber dass ihm Rosalie sofort ansah, dass heute Morgen was passiert war, überraschte ihn doch. War er wirklich ein so schlechter Schauspieler? Dabei hatte er doch entschieden, nicht mehr an Chantal zu denken …
»Ich hab verschlafen, das ist passiert. Tut mir leid.«
»*Taratata*, du kannst mir nichts vormachen. Aber ich kann mir schon denken, was dich belastet. Dein Onkel Edmond hat dich gestern überrumpelt. Das Gespräch wirkt nach.«
»Ja, du hast recht.«
Rosalie langte sich ans Ohr. »Wie bitte, dir wird schlecht?«
Jetzt hatte sie ihn doch zum Lachen gebracht.
»Ich kauf dir ein Hörgerät.«
»Das hat schon mal dein Vater gemacht. Ich habe es gleich weggeschmissen.«
»Warum?«
Sie winkte entsetzt ab. »Weil ich mir erstens nichts Elektrisches in die Ohren stecke. Stell dir mal vor, es kommt zu einem Kurzschluss. Und zweitens ist die Kakofonie unerträglich. Die Geräusche um mich rum machen mich wahnsinnig. Sie sind so laut, dass ich erst recht nichts verstehe.«
»Das lässt sich bestimmt regulieren. Wir sollten es noch mal probieren.«
»Ganz bestimmt nicht. Ich bin doch kein Versuchskaninchen.«

Heute hatte es Rosalie mit den Tieren. Erst ein Pudel, jetzt ein Kaninchen.

Später saß Lucien vor dem Computer. Francine war noch nicht da. Er nutzte die Zeit und versuchte, im Internet etwas über seine Zielperson herauszufinden. Didier Pascal, einundfünfzig Jahre, wohnhaft in Lyon … Wie schon beim gestrigen Versuch mit dem Smartphone im Park kam er auch diesmal nicht weiter. Entweder gab es wirklich nichts zu dem Mann, oder es lag daran, dass er kein Talent für Internetrecherchen hatte.

Die Tür ging auf, und Francine kam ins *bureau*. Früher als gedacht. Im Kostüm und top gepflegt wie immer. Er mochte ihr Parfum. Sie hatte wirklich gut zu seinem Vater gepasst, dachte Lucien. Abgesehen vom Alter … aber warum nicht? Mit ihr hätte er sich überall und jederzeit sehen lassen können. Auf dem Rotkreuzball in Monte Carlo genauso wie beim Empfang auf den Filmfestspielen in Cannes. Er hätte es seinem Vater gegönnt. Und natürlich auch Francine, die er noch nie hatte lächeln sehen.

»*Bonjour, Monsieur le Comte*«, begrüßte sie ihn förmlich. »Ich hoffe, ich habe Sie nicht bei was Wichtigem gestört.«

Lucien hatte auf dem Bildschirm noch die Seite geöffnet, auf der er gerade nach Pascal gesucht hatte. Sie hektisch zu schließen hätte höchstens ihre Neugier geweckt.

»Finden Sie sich gut im Internet zurecht?«, fragte er, einer spontanen Eingebung folgend.

»Leidlich.«

Sie neigte zur Untertreibung. So gut glaubte er, sie schon zu kennen.

»Bei mir hat sich ein gewisser Didier Pascal für einen Job in der Küche meines Lokals beworben«, improvisierte er,

»als *Poissonnier*. Ich habe kein gutes Gefühl und wollte was über ihn rausfinden. Komme aber nicht weiter.«
»Vielleicht habe ich mehr Glück«, sagte sie. »Gibt's noch weitere Angaben zur Person?«
»Ich kann Ihnen seine Wohnadresse aufschreiben. Mehr habe ich nicht.«
»Ganz schön dürftig. Was ist mit seinem Lebenslauf? Hat er Referenzen? Wo hat er vorher als Fischkoch gearbeitet?«
Das, dachte Lucien, war heute ein Tag voller Selbsterkenntnisse. Er sollte erstens keiner unbekannten Frau vertrauen, die von einer Jacht springt. Und sei sie noch so sympathisch. Zweitens sollte er sich ein Pokerface antrainieren, damit er in Rosalies Augen nicht mehr aussah wie ein »begossener Pudel«. Und drittens sollte er sich vor Ideen hüten, die er vorher nicht durchdacht hatte. Denn natürlich hatte Francine recht. Warum hatte er von diesem Pascal keine Bewerbungsunterlagen? Außerdem könnte es passieren, dass Francine tatsächlich was herausfand. Zum Beispiel, dass der gute Mann im Vorstand einer Bank saß. Dann kam er wohl kaum für einen Küchenjob infrage. Allerdings, beruhigte sich Lucien, würde er dann nicht in einem schäbigen Mietshaus am Rande eines Industriegebietes wohnen.
Er zuckte mit den Schultern. »Offenbar sind seine Bewerbungsunterlagen bei uns verloren gegangen. Wir suchen zwar wirklich einen *Poissonnier*, aber machen Sie sich nicht zu viel Mühe. Wir finden sicher einen anderen.«
»Ich benötige von Ihnen noch einige Unterschriften«, wechselte sie das Thema. »In einer Stunde habe ich die Papiere fertig. Haben Sie so viel Zeit?«
»Kein Problem. Ich muss ohnehin noch was erledigen.«

Lucien ging hinunter in die Garage der *Villa Béatitude*. Zwar hatte er noch nicht entschieden, ob er wirklich nach Lyon fahren würde, aber wenn ja, wäre das für seine Vespa zu weit. Er öffnete das Tor und stand vor dem »Fuhrpark« seines Vaters. Ein alter Landrover, mit dem Lucien auf dem privaten Gelände seine ersten Fahrübungen gemacht hatte. Wie er feststellte, hatte er keine Nummernschilder und war offenbar abgemeldet. Er würde ihn demnächst wieder in Betrieb nehmen. Daneben ein 2CV, den sein Vater gelegentlich für Kurzstrecken verwendete, maximal bis Nizza. Ganz rechts stand sein Lieblingsauto: ein Citroën DS aus den Sechzigerjahren. Die *Déesse* war ein avantgardistisches Glanzstück, ein zu ihrer Zeit geradezu revolutionär modernes Gefährt. Sein Vater war ebenso in ihre Formen verliebt gewesen wie auch in ihre fortschrittliche Technik, die allerdings häufig Probleme bereitete. Doch hatte er der »Göttin« alles verziehen. Sogar, dass erst kürzlich wieder die hydropneumatische Federung ausgefallen war, die einen ansonsten wie auf Wolken schweben ließ. So hatte er jedenfalls behauptet. Mittlerweile war sie repariert.
Lucien öffnete die Fahrertür – und erschrak. Denn der Sitz war blutverschmiert, auch der Teppich im Fußraum. Offenbar hatte sein Vater die *Déesse* an seinem letzten Tag benutzt. Und war schwer verletzt mit ihr nach Hause gefahren – um dort zu sterben.
Lucien musste sich an der Tür festhalten. Er neigte sonst nicht zu Gleichgewichtsstörungen. Aber der Anblick setzte ihm zu. Er stellte sich vor, wie sein Vater blutend und vor Schmerzen gekrümmt die letzten Meter zur Villa geschafft hatte. Um den Wagen sogar noch in die Garage zu fahren. Diszipliniert bis zum Schluss.
Er holte sich Putzeimer und Lappen und begann, die

Blutspuren zu beseitigen. Dabei entdeckte er das Handy seines Vaters. Natürlich war der Akku leer. Und sicherlich war es gesperrt. Aber vielleicht gab es eine Chance, die Sperre zu knacken?

Unter dem Sitz stieß er auf den Fotoapparat seines Vaters. Eine digitale Spiegelreflexkamera. Er schaltete den Apparat ein. Es waren nur wenige Fotos gespeichert. Auf dem Display erkannte er einen Mann mit Strohhut. Er saß in einem Lehnstuhl auf einer großen Dachterrasse. Zwei weiße Sonnenschirme waren aufgespannt. Die Aufnahmen waren aus zu großer Entfernung entstanden, um ihn genauer erkennen zu können. Auf weiteren Bildern stand ein bulliger Mann schräg hinter ihm. So sahen Leibwächter aus. Er trug eine schwarze Militärweste. Und eine rote Barettmütze schräg auf dem Kopf. Aber auch er zu undeutlich und verpixelt, um ihn identifizieren zu können.

Womöglich, dachte Lucien, könnte er im Auto auch das Gewehr seines Vaters finden, das in den Katakomben fehlte. Er sah überall nach, sogar im Motorraum, der als Versteck infrage kam. Aber kein Gewehr. Nur das Handy und die Kamera.

»Was machst du da?«

Er drehte sich um. Rosalie stand hinter ihm.

»Ich brauche das Auto für einige Tage. Es ist voller Blut.«

»Oh mon Dieu.«

»Das Blut ist schwer wegzubekommen.«

»Lucien, ich mach das. Das ist nichts für dich.«

Er zögerte.

»Für dich ist es auch nichts, es ist das Blut meines Vaters.«

»Ist mir klar. Aber ich habe für Comte Alexandre schon ganz andere Sachen gemacht.«

Handy und Kamera seines Vaters deponierte Lucien in den Katakomben. Sie hatten gerade keine Priorität. Aber der Zeitpunkt würde kommen …
Wieder im *bureau,* gab ihm Francine den Zettel mit Pascals Adresse zurück.
»Ich fürchte, er kommt für den Küchenjob in Ihrem Restaurant nicht infrage«, erklärte sie lakonisch.
»Sagen Sie bloß, Sie haben was über ihn herausgefunden?«
»Es gibt einige Zeitungsartikel, in denen sein Name genannt wird. Vor seiner Inhaftierung hat er als Mechaniker gearbeitet …«
»Inhaftierung?«
»Ja, er hat mit dem Auto betrunken ein sechzehnjähriges Mädchen überfahren. Statt zu helfen, hat er Fahrerflucht begangen. Das Mädchen ist gestorben. Vor knapp einem Monat ist er nach dreijähriger Haft vorzeitig auf Bewährung freigelassen worden.«
»Nach nur drei Jahren? Bei einer Fahrerflucht mit Todesfolge?«
»Hat mich zunächst auch gewundert. Bei einer Steuerhinterziehung fällt das Strafmaß oft höher aus. Als ob ein Menschenleben weniger wert wäre …«
Kam es ihm nur so vor, oder sah sie ihn dabei seltsam an? Nein, erst jetzt bemerkte er, dass sie einen leichten Silberblick hatte.
»Aber offenbar«, sprach sie weiter, »so stand es jedenfalls in der Zeitung, ist das Mädchen nachts bekifft und bei strömendem Regen mitten auf einer unbeleuchteten Landstraße entlanggelaufen. Sie hat sich also selbst in Gefahr gebracht. Hätte dieser Pascal gleich angehalten, ihr geholfen und den Notarzt verständigt, wäre er wohl mit einer Bewährungsstrafe davongekommen.«

»Ich verstehe«, murmelte Lucien. Er tat so, als ob ihn die Geschichte nicht wirklich interessieren würde. Dabei war er aufs Höchste angespannt. Fieberhaft überlegte er, ob der tragische Unfall etwas mit seinem Auftrag zu tun haben könnte. Gab es einen Zusammenhang? Und wenn ja, welchen?
»Seine Bewerbung können Sie jedenfalls vergessen«, stellte Francine fest.
»Seine Bewerbung?«
Lucien war mit seinen Gedanken ganz woanders.
»Als *Poissonnier* in Ihrer Küche«, erinnerte sie ihn an sein aufgetischtes Märchen. »Dieser Didier Pascal hat vor dem Unfall als Mechaniker gearbeitet. Vielleicht befähigt ihn das dazu, von einer *lotte* die Gräten zu entfernen …«
Mechaniker? Gräten? Lucien registrierte, dass Francine über einen trockenen Humor verfügte. Der Wesenszug war neu für ihn. Aber warum zeigte sie dabei nicht den Anflug eines Lächelns?
»Das Fleisch einer *lotte* hat keine Gräten«, warf er ein.
Sie sah ihn vorwurfsvoll an. Hielt sie ihn jetzt für einen Besserwisser?
»Dann halt von einem *loup de mer*. Was ich sagen will: Sie müssen sich für den Job jemand anderen suchen.«
»Vielleicht hat er in der Gefängniskantine gearbeitet?«, tat Lucien so, als ob er diese Möglichkeit ernsthaft in Betracht zöge. »Das wäre die einzige Erklärung für seinen Größenwahn, sich bei mir zu bewerben. Aber das reicht natürlich nicht.« Er zuckte mit den Schultern. »Nun gut, dann macht es nichts, dass seine Bewerbungsunterlagen verloren gegangen sind.«
»Nein, ist egal. Aber der Unfall, was für eine Tragödie«, kam Francine erneut auf das Unglück zurück, »auch für die Eltern des Mädchens. Vor Kurzem habe ich in einem

Magazin gelesen, dass deren Ehe an dem Tod ihrer Tochter zerbrochen sei.«
Lucien sah sie verwundert an. »Warum stand darüber was in einem Magazin?«
»Weil der Vater ein prominenter Großindustrieller ist: Cédric Richard. Über ihn wird in der Klatschpresse häufig berichtet. Wie es scheint, hat er den Tod seiner geliebten Julie nie überwunden.«
Cédric Richard? Den Namen kannte er. Der Mann war nicht nur Unternehmer, sondern auch Besitzer eines Fußballvereins. Bei Lucien überschlugen sich die Gedanken – um sich dann rasch wie in einer Perlenkette aneinanderzureihen: Didier Pascal … Unfall … Mädchen tot … Julie … schwerreicher Vater … Cédric Richard … drei Jahre Haft für den Todesfahrer … zu wenig, viel zu wenig … Didier Pascal wieder auf freiem Fuß … für Cédric Richard inakzeptabel … er sinnt auf Rache … und verhängt die Höchststrafe … Exekution … eine Million Euro … kein Problem … nicht für ihn …
Plötzlich machte es Sinn, dass jemand auf einen unbedeutenden Mechaniker wie Pascal ein so hohes »Kopfgeld« aussetzte. Plötzlich verstand er.
»Monsieur le Comte«, riss ihn Francine aus seinen Gedanken, »hören Sie mir überhaupt zu?«
»Ob ich Ihnen zuhöre? Natürlich.«
Sie deutete auf seinen Schreibtisch. »Ich habe Sie gerade gebeten, die vorbereiteten Papiere in der Mappe zu unterzeichnen.«
»Die Unterschriftenmappe? *Oui, bien sûr!*«
Sie reichte ihm den Füllfederhalter seines Vaters.
»Ist nur Behördenkram. Und der Arbeitsvertrag für unseren neuen Gärtner. Wenn Sie mir vertrauen, können Sie alles blind unterschreiben.«

Genau das würde er tun. Mit dem Kopf war er eh woanders.
»Hat Ihnen mein Vater vertraut?«, fragte er nebenher.
»Ich denke schon«, sagte sie versonnen.
»Dann tue ich es auch.«
Wie sehr, würde er noch rausfinden müssen.

16

Auf dem Weg ins *P'tit Bouchon* war Lucien zwar noch immer geistesabwesend, aber immerhin dachte er daran, eine neue Geldbörse zu kaufen. Aus schwarzem Rindsleder und geeignet für die Gastronomie. Er übergab sie Paul mit den Worten, dass die alte doch recht abgegriffen gewesen sei. Er habe sie entsorgt. Was wirklich mit ihr geschah, das würde sein Geheimnis bleiben.

In der Küche begutachtete Roland die Fische und Krustentiere, die sein Souschef Alain am frühen Morgen auf dem Markt in Nizza besorgt hatte. Gemeinsam legten sie die Tagesgerichte für die Schiefertafel am Eingang fest. *Plats du jour!*

Roland boxte Lucien feixend gegen die Schulter. »Deine Chantal von gestern Abend hat mir gefallen.« Er verdrehte die Augen. »Nicht nur, weil sie eine gute *sauce au vin* zu würdigen weiß.«

Lucien drohte Roland lächelnd mit dem Finger. »Den Pomerol habe ich abgezählt. Ich rate dir, dich nicht noch mal an ihm zu vergreifen.«

Roland langte sich mit Unschuldsmiene an die Brust. »Kommt ganz sicher nicht mehr vor. Ich verwende nur noch unseren Hauswein. Auch wenn die Qualität meiner unvergleichlichen Weinsoße darunter leiden wird.«

Lucien winkte ab. »*Quelle connerie* ... Wir machen mal eine Vergleichsverkostung. Ich wette, du merkst keinen Unterschied.«
»Das machen wir. Ich bestimme den Wetteinsatz.«
»Ich empfehle unseren Hauswein immer gerne«, mischte sich Paul ein. »Ich beteilige mich also an der Wette. Die Weinsoße wird mit ihm keinen Deut schlechter.«
Roland warf einen Topflappen nach ihm.
»Du Judas, fällst mir in den Rücken.«
»Apropos Chantal«, wandte sich Alain an Lucien. »Hast du sie rausgeschmissen? Oder warum war sie heute in aller Herrgottsfrüh in Nizza unterwegs? Ich hab sie auf meinem Weg zum Fischmarkt gesehen.«
Lucien sah ihn erstaunt an.
»In Nizza? Bist du dir sicher?«
»Absolut. Sie hatte noch das Kleid von gestern an.«
»Vielleicht am Bahnhof beim Umsteigen? Chantal wollte zurück nach Paris.«
»Nein, sie war zu Fuß unterwegs in die Altstadt. So kommt sie garantiert nicht nach Paris.«
Hatte sie ihn nicht nur beklaut, sondern auch angelogen?, überlegte Lucien. Von wegen Paris und *Musée d'Orsay*. Vielleicht stammte sie in Wahrheit aus Nizza? Ihm fiel ein, dass sie gestern Abend Rolands *Couma va* verstanden und ebenfalls im okzitanischen Dialekt geantwortet hatte: *Lou pantai*. Spätestens da hätte er misstrauisch werden müssen.
»Ich hab Chantal natürlich nicht rausgeschmissen«, beantwortete er Alains Frage. »Das war ihr freier Wille.«
Wie frei ihr Wille tatsächlich gewesen war, ging ihn nichts an. Welcher Mann gab schon gerne zu, von einer Frau ohne Abschiedskuss verlassen ... und zu allem Überfluss

auch beklaut worden zu sein? Diese Blöße wollte er sich nicht geben.

»Kannst sie zur Vergleichsverkostung meiner Soßen einladen«, schlug Roland vor. »Ich bin überzeugt, sie hat eine feine Zunge und ein gutes Näschen, sie wird den Unterschied merken.«

Ein gutes Näschen hatte sie ganz sicher, dachte Lucien. Vielleicht nicht für Soßen, aber offenbar für Dinge, die sie sich unter den Nagel reißen konnte. Eine Geldbörse zum Beispiel oder eine Pistole.

»Mache ich gerne«, erwiderte er. Ohne eine Ahnung zu haben, wie er das anstellen sollte.

Er klopfte mit einer Schöpfkelle auf einen umgedrehten Kochtopf.

»*Attention*, ich muss euch noch was sagen: Ich bin mal für einige Tage weg. Hängt mit dem Tod meines Vaters zusammen, ein dringender Termin ...« Das entsprach sogar der Wahrheit, dachte er. »Drei, vier Tage, dann bin ich wieder zurück. Haltet den Laden am Laufen und macht unsere Gäste glücklich. Ach ja, und noch was: Gestern Abend sind uns zwei Griechen zum Lokal gefolgt. Typen, mit denen man sich nicht anlegen möchte. Auf unserem Nachhauseweg waren sie wieder hinter uns her, aber wir konnten sie abschütteln. Keine Ahnung, was sie von uns wollten. Falls sich also jemand im *P'tit Bouchon* nach uns beziehungsweise nach mir erkundigen sollte, dann stellt euch bitte dumm ...«

»Fällt uns nicht schwer«, alberte Paul.

»Sagt, ich sei ein ganz normaler Gast gewesen. Ich hätte bar bezahlt ...«

»Und kein Trinkgeld gegeben.«

»Meinetwegen auch das. Jedenfalls habt ihr keine Ahnung, wer ich bin. So ersparen wir uns unnötigen Ärger.«

17

Am nächsten Morgen saß Lucien am Steuer der *Déesse* seines Vaters. Normalerweise hätte ihm die Fahrt mit dem betagten Citroën Spaß gemacht. Aber es gelang ihm nicht, Freude zu empfinden. Sein Ziel war Lyon. Er hatte einen Auftrag …

Seine Gedanken kreisten unablässig um zwei Männer und um ein totes Mädchen. Um Didier Pascal, den er töten sollte. Um Cédric Richard, der das nach seiner Überzeugung so haben wollte. Und um seine Tochter Julie, die am Tag des Unglücks sechzehn Jahre alt gewesen war. Jetzt wäre sie neunzehn. Doch sie lebte nicht mehr.

Wenn es stimmte, was Francine gelesen hatte, war Julie am Unfall alles andere als unschuldig. Wer nachts bei strömendem Regen mitten auf der Landstraße entlanglief, brauchte schon einen sehr guten Schutzengel, um nicht überfahren zu werden. Fast könnte einem dieser Didier Pascal leidtun, dachte Lucien. Schließlich fürchtete sich wohl jeder Autofahrer vor einem solchen Unglück. Blieb der schwerwiegende Vorwurf, dass er dem Mädchen nicht geholfen hatte, sondern einfach weitergefahren war. Oder hatte er den Unfall gar nicht bemerkt? Weil er zu betrunken war? Oder weil er dachte, er hätte ein Tier angefahren? Julies Vater ließ keine Entschuldigung gelten. Für ihn zählte nur der Tod seiner Tochter.

So jedenfalls hatte es sich Lucien zusammengereimt. Für ihn gab es keinen Zweifel: Cédric Richard hatte bei Edmond den Mord in Auftrag gegeben. Direkt oder über Mittelsmänner. Das war egal.
Ihm blieb viel Zeit zum Nachdenken. Er fuhr auf der rechten Spur der A7 in gemächlichem Tempo durchs Rhône-Tal gen Norden. Montélimar lag bereits hinter ihm. Die nächste größere Ausfahrt war Valence.
Es blieb nicht aus, dass er zwischendurch auch an Chantal dachte. Und daran, dass sie gestern früh von Alain in Nizza gesehen worden war. Auf dem Weg in die Altstadt. Was hatte sie auf den Zettel geschrieben? Bin auf dem Weg zurück nach Paris! Da hatte sie sich wohl mächtig verlaufen …
Er beschloss, Chantal für die nächste Zeit auszublenden. Er hatte eine Mission, die seine volle Aufmerksamkeit erforderte. Ihm ging das eherne Prinzip der Chacarasse durch den Kopf: Die erteilten Aufträge wurden ausgeführt, ohne nach dem Warum zu fragen. Ob die Delinquenten ihr Schicksal verdient hatten, war kein Kriterium. Durfte es nicht sein. Dennoch stellte sich Lucien genau diese Frage: Wie groß war die Schuld, die Didier Pascal auf sich geladen hatte? Durfte man den Leichtsinn des Mädchens einfach außer Acht lassen? Nur weil man der Vater war und es sich leisten konnte, eigenes Recht zu sprechen? Lynchjustiz war aus gutem Grund verboten. Und seit François Mitterrand war in Frankreich auch die Todesstrafe abgeschafft.
Lucien verstand, warum sich die Chacarasse unbedingte Neutralität auf die Fahne geschrieben hatten. Nur so ließen sich die Aufträge mit kühlem Kopf »erledigen«. Sonst war man verloren. Lucien dachte an seinen Vater, der gemeint hatte, er sei zu weich für diesen Job. Das

habe er von seiner sanftmütigen Mutter geerbt. Wenn er seinem Vermächtnis entsprechen wollte, musste er lernen, über seinen Schatten zu springen. Doch das würde ihm nicht gelingen. Niemand konnte über seinen Schatten springen. Das war physikalisch unmöglich.

18

Lucien hatte keine Waffe dabei. Aus zwei Überlegungen: Erstens lautete der Auftrag, es wie einen Unfall aussehen zu lassen. Oder nach einem Selbstmord. Dafür brauchte man keine Waffe. Zweitens wollte er sich selbst schützen. Nämlich vor dem Risiko, versehentlich doch einen Schuss abzugeben – und zu treffen.

Er kam am frühen Nachmittag in Lyon an. Er mochte diese Stadt und die umliegende Region am Zusammenfluss von Rhône und Saône. Nicht zuletzt, weil dort das kulinarische Herz Frankreichs schlug. Er erinnerte sich an die legendäre *soupe aux truffes* von Paul Bocuse, die er vor dessen Ableben noch persönlich hatte genießen dürfen. Sein Vater hatte ihm von Alain Chapels unvergleichlichem *poulet de Bresse* vorgeschwärmt. Oder war die von Georges Blanc im nahe gelegenen Vonnas? Mindestens so sehr wie die Sternerestaurants gefielen Lucien die einfachen *bouchons* mit ihren karierten Tischdecken und authentischen Gerichten in der Tradition der *mères lyonnaises*. So wurden die Köchinnen von Lyon im 18. Jahrhundert genannt. *Bouchons* wie Korken. Bei der Namensfindung seines *P'tit Bouchon* in Villefranche-sur-Mer hatten sie sich wohl auch von diesen »Korken« inspirieren lassen. Nicht nur von jenen, die sie zuvor aus den Flaschen gezogen hatten.

Ihm fielen die *traboules* ein, versteckte Durchgänge, die zwischen den Straßen durch die Altstadt von Lyon führten. Durch Hinterhöfe und quer durch Häuser. Ähnlich der Rue Obscure in Villefranche, nur viel verwinkelter – und noch geheimnisvoller.

Er könnte auch an die Weine der umliegenden Anbaugebiete denken, an den Beaujolais im Norden und an die Grands Crus des im Süden angrenzenden Rhône-Tals. Sie zu verkosten war eine Leidenschaft von ihm.

Doch auf die Gaumenfreuden der *ville de gueule* würde er diesmal verzichten müssen. Er war sogar gut beraten, nicht an sie zu denken. Kein Entenleberparfait, kein Syrah …

Das triste Viertel, in dem Didier Pascal wohnte, machte es ihm leicht. Außer einem wenig einladenden Schnellimbiss entdeckte er in direkter Umgebung keine Möglichkeit, etwas zu essen. Der Appetit war ihm schnell vergangen. Er parkte einige Häuserblocks entfernt und aktivierte die Wegfahrsperre, mit der sein Vater die *Déesse* ausgestattet hatte. Das Auto einfach abzuschließen könnte hier zu wenig sein.

Lucien hatte sich einen dünnen Kapuzenpulli übergezogen. Mit schwarzem Baseballcap und dunkler Sonnenbrille hielt er sich für ausreichend ans Milieu angepasst. Er schlenderte zu Pascals Adresse und suchte auf dem Klingelbrett nach seinem Namen. Er war im fünften Stock über den eines Vormieters geklebt. Nach kurzer Überlegung läutete Lucien. Nur deshalb, weil er wissen wollte, ob jemand daheim war.

»Was gibt's?«, plärrte eine Männerstimme aus der Gegensprechanlage.

Lucien gab keine Antwort.

»Va te faire foutre!«

Der Mann hatte eine rüde Ausdrucksweise, dachte er. Er hatte nicht die Absicht, sich zu verpissen. Eine solche Sprache konnte man sich im Gefängnis angewöhnen. Wenn sie einem nicht schon vorher gegeben war.
Er blieb eine Weile am Hauseingang stehen und sah Kindern zu, die auf dem Vorplatz mit einem Ball kickten. Dann lief er auf die andere Straßenseite und setzte sich auf einen Müllcontainer. Falls Pascal am Fenster stand, würde er ihn sehen. Ohne zu ahnen, dass er seinetwegen hier war. Und selbst wenn, konnte es nicht schaden.
Lucien konnte sehr geduldig sein. Er schob sich ein Pfefferminzbonbon in den Mund. Spielte auf seinem Handy ein Computerspiel. Fing einen fehlgeleiteten Fernschuss der Jungs auf und warf den Ball zurück. Den Hauseingang behielt er fortwährend im Auge.
Er setzte sich ein Zeitlimit. Dann würde er entweder seinen Beobachtungsposten aufgeben und zurück zum Auto gehen. Oder erneut zum Haus und hinauf zu Pascal in den fünften Stock.
Noch ein *bonbon à la menthe*. Die Kinder hatten mit dem Ballspiel aufgehört. Eine Mutter mit Kinderwagen kam vorbei. Zwei junge Männer mit Lederwesten, die ihm einen argwöhnischen Blick zuwarfen. War das hier ihr Revier? Sie ließen ihn in Ruhe.
Ein Mann trat aus dem Haus. Zu alt und mit Rollator.
Zehn Minuten später: ein dicklicher Typ in Turnschuhen. Dunkle Hose. Das rote Poloshirt spannte über seinem Bauch. Er sah sich um. Streifte Lucien mit seinem Blick. Und ging zügig los.
Das Alter könnte stimmen, dachte Lucien. Die braunen, schütteren Haare auch. Um ihn eindeutig identifizieren zu können, musste er näher ran. Er rutschte vom Müllcontainer und lief ihm hinterher. Bald war er direkt

hinter ihm. Sollte er ihn mit seinem Namen ansprechen? Dann hätte er schnell Gewissheit.

An einer Kreuzung blieb der Mann stehen, um einige Autos vorbeizulassen. Er drehte sich um … und sah Lucien aus nächster Nähe mitten ins Gesicht.

Lucien lächelte. Aus Freude, ihn erkannt zu haben. Das war er, eindeutig, Didier Pascal. Nur schlechter rasiert als auf dem Foto.

»Kennen wir uns?«, fragte dieser.

Lucien sah ihn verständnislos an.

»Non ti capisco, amico!«, antwortete er auf Italienisch. Er liebte die Sprache seiner Mutter. Er hätte auch *Vaffanculo* sagen können. Aber es wäre kleinlich, auf sein *Va te faire foutre* ein ähnlich vulgäres »Fick dich« zurückzugeben. Schließlich hatte er eine gute Erziehung genossen.

Pascal wendete sich wieder ab und überquerte die Straße. Lucien blieb ihm auf den Fersen. Nur hielt er jetzt einen größeren Abstand.

Vor einem *supermarché* blieb Pascal stehen und warf einen Blick über die Schulter. Lucien ging achtlos weiter. Aber nur so lange, bis Pascal im Laden verschwunden war, dann kehrte er um.

Durch die großen Scheiben konnte er erkennen, dass Pascal keine Einkäufe tätigte. Vielmehr hatte er einen grünen Overall übergezogen und räumte Regale ein. Hier hatte er also einen Arbeitsplatz gefunden. Oder seine Bewährungshilfe hatte ihn vermittelt. Lucien musste lächeln. Eine Bewerbung als *Poissonnier* wäre Pascal ganz sicher nicht in den Sinn gekommen.

Lucien sah auf die Uhr. Wie lange der Job wohl dauerte? Egal, er konnte warten. Er entdeckte einen Verkaufskarren mit gelbem Schirm und der Aufschrift *Crêperie*. Spätestens jetzt merkte er, dass er seit dem Frühstück nichts

gegessen hatte. Und das in der Stadt, die für ihren vollen Bauch bekannt war. Die Crêpes wurden von einer jungen Frau zubereitet. Wie er herausfand, eine Studentin, die sich auf diese Weise Geld verdiente. Er bestellte eine *galette bretonne,* einen Buchweizenpfannkuchen mit Käse und Schinken. Dazu einen Becher mit Zitronenlimonade. Die Studentin war nett und freute sich über ihren neuen Kunden. Viele hatte sie nicht. Der Standort, dachte Lucien, war eine mittlere Katastrophe. Statt in einem runtergekommenen Viertel am Rande eines Industriegebietes sollte sie besser am Ufer der Saône stehen und mit ihrem Lächeln Touristen verzaubern. Hier schleppten nur misslaunige Menschen ihre Einkaufstüten aus dem *supermarché* vorbei. Oder waren froh, von der Arbeit nach Hause zu kommen. Wer wollte da schon einen dünn gebackenen Pfannkuchen? Lieber ein Bier oder ein Glas Wein. Aber dafür fehlte ihrem Arbeitgeber wohl die Lizenz.
Lucien vertrieb sich die Zeit, indem er mit ihr plauderte. So lange, bis sie ihre mobile *crêperie* schließen und den Karren davonrollen musste. Dabei konnte er sie nicht begleiten. Sie war sichtlich enttäuscht. Aber er wollte seinen Beobachtungsposten nicht aufgeben.

Eine gute Stunde später kam Pascal aus dem Laden. Den grünen Overall hatte er ausgezogen. Er machte einen erschöpften Eindruck. So anstrengend hatte seine Tätigkeit gar nicht ausgesehen.
Diesmal hielt Lucien einen großen Abstand. Pascal schien ihn nicht zu bemerken. Offenbar ging er nicht nach Hause. Woran er jetzt wohl dachte? Dass in einer Nacht vor über drei Jahren sein Leben von einer Sekunde auf die andere zerstört worden war? Dass er froh sein

musste, wieder auf freiem Fuß zu sein? Gab er dem Mädchen die Schuld an seinem Schicksal? Weil sie ihm vors Auto gelaufen war? Oder … hatte er einfach Lust auf ein Bier nach der Arbeit? So sah es aus, denn er steuerte auf eine kleine Bar zu, über der in Leuchtschrift *Kronenbourg* stand: *Le grand nom des bières d'Alsace.*
Lucien widerstand der Versuchung, ihm in die Bar zu folgen. Er könnte Pascal an der Theke in ein Gespräch verwickeln. Sich ein Bild von ihm machen. Und ihm die Fragen stellen, die ihn interessierten. Von Kumpel zu Kumpel. Mit einem Glas *Kronenbourg* in der Hand. Aber das würde nicht funktionieren. Nicht in einer Bar voller Männer, die herumgrölten – und ihr Bier verschütteten.

Es war spät am Abend und schon dunkel, als Pascal die Bar wieder verließ. Nüchtern war er nicht mehr, das konnte Lucien an seinem Gang unschwer erkennen. Er stellte fest, dass Pascal für den Nachhauseweg eine Abkürzung wählte. Sie führte quer über ein verwaistes Industriegelände am Rande einer Raffinerie, das nur zum Teil eingezäunt und spärlich beleuchtet war.
Lucien heftete sich an seine Fersen. Es dauerte nicht lange, bis ihn Pascal bemerkte. Er blickte sich um und begann zu rennen.
»He, stehen bleiben«, rief Lucien. »Ich will Ihnen nichts tun, ich will nur mit Ihnen reden.«
Das war nicht gelogen. Mehr wollte er nicht.
Pascal stoppte. Weil Lucien auch sofort stehen blieb und einen ausreichenden Abstand wahrte, schien Pascal zunächst beruhigt. Er stützte sich auf seine Knie und schnappte nach Luft.
»Worüber willst du reden?«, fragte er kurzatmig.

»Über jene Nacht, in der du den Unfall hattest«, wechselte auch Lucien zum Du. »Ich will wissen, warum du nicht angehalten und versucht hast, das Mädchen zu retten. Warum?«
Durch Pascal ging ein Ruck. Er richtete sich auf und starrte Lucien an.
»Deshalb bist du hinter mir her? Schickt dich Julies Vater?«
»Nein, ich kenne ihn überhaupt nicht.«
Auch das entsprach der Wahrheit. Er kannte ihn wirklich nicht.
»Warum fragst du dann einen solchen Scheiß?«
»Weil ich dich verstehen will. Vielleicht kann ich dir helfen?«
»Bist du ein verfickter Pfarrer? Das kannst du vergessen. Deine Hilfe brauche ich nicht. Die blöde Göre ist mir mitten in der Nacht vors Auto gelaufen. Soll ich anhalten, um einer Sterbenden den Kopf zu halten? So betrunken kann ich überhaupt nicht sein.«
Lucien hatte sich eine sympathischere Antwort erhofft. Während er noch über die Reaktion nachdachte, bückte sich Pascal und hob eine Eisenstange auf, über die er vorher gestolpert war.
»Und jetzt zieh Leine, sonst mache ich dich kalt.«
Manche Leute, dachte Lucien, hielten für Glück, was ihnen leicht zum Verhängnis werden konnte.
»Leg die Stange wieder hin!«
Pascal bemerkte, dass Lucien keine Angst zeigte.
»Du bist kein Pfarrer. Dich schickt doch Julies Vater …«
»Wie kommst du denn darauf?«
»Richard hat mir im Gefängnis eine Nachricht zukommen lassen. Ich sei so gut wie tot. Ich solle die Zeit hinter Gittern genießen. Danach müsste ich sterben.«

»Warum hast du das nicht der Polizei gesagt?«
»Mir glaubt doch kein Mensch.«
»Du musst nicht sterben«, sagte Lucien. »Lass uns reden.«
Statt einer Antwort ging Pascal mit der Eisenstange auf ihn los. Lucien parierte den harmlosen Angriff und nahm ihm die Stange ab. Aber Pascal war im Panikmodus. Jetzt suchte er sein Heil in der Flucht. Was mindestens genauso bescheuert war.
Lucien spielte mit dem Gedanken, ihn einfach laufen zu lassen. Morgen war ein neuer Tag. Dann nahm er doch die Verfolgung auf. Er war mit seinen Fragen erst am Anfang. Außerdem hatte er bislang keine einzige vernünftige Antwort erhalten.
Die Angst verlieh Pascal neue Kräfte. Er spurtete mit erstaunlichem Tempo. Obwohl er zwischendurch immer wieder strauchelte, was wohl den Bieren geschuldet war, kam er gut voran.
»Jetzt bleib doch endlich stehen!«, rief ihm Lucien nach. Er strengte sich nicht besonders an. Er wollte ihn einfach so lange rennen lassen, bis er nicht mehr konnte. Es genügte, hinterherzutraben.
Durch das Industriegelände führte ein Gleis für den Güterverkehr. Von rechts näherte sich ein Zug. Mit grellen Schweinwerfern und mit lautem Getöse.
Natürlich hatte auch Pascal den Zug bemerkt. Und er traf eine folgenschwere Entscheidung. Er holte die letzten Reserven aus sich heraus – um das Gleis noch vor dem Zug zu überqueren. Die Lok zog eine lange Reihe von Waggons hinter sich her. Offenbar spekulierte Pascal darauf, dass sein Verfolger den Zug würde abwarten müssen. In der Zeit könnte er verschwinden.
Lucien hatte ein gutes Gespür für Geschwindigkeiten. Und er wusste, dass man diese bei herannahenden großen

Objekten häufig unterschätzte. Das war ganz extrem auf dem Wasser so. Frachtschiffe wirkten zunächst unendlich weit weg. Waren sie erst in der Nähe, ging es ganz schnell. Bei der Eisenbahn war es ähnlich. Weshalb es bei unbeschrankten Bahnübergängen immer wieder zu schlimmen Unfällen kam.

»Mach keinen Scheiß«, schrie Lucien. »Das schaffst du nicht. Bleib endlich stehen …«

Entweder hörte ihn Pascal nicht, weil der Zug immer lauter wurde, oder er wollte ihn nicht hören. Er erreichte die Gleise, er kam aus dem Tritt … Der Lokführer betätigte das Signal. Bremsen kreischten … Alles spielte sich in Sekunden ab … Dann war es vorbei.

Der Zug hatte einen langen Bremsweg. Lucien war klar, dass es Pascal nicht geschafft hatte. Was für eine tragische Fehleinschätzung!

19

Es war spät am nächsten Morgen. Die Sonne stand schon hoch über den Dächern von Lyon. Lucien war mit der Standseilbahn, der *funiculaire,* hinauf zur Kathedrale Notre-Dame de Fourvière gefahren. Daneben die Kapelle Saint-Thomas mit ihrer goldenen Marienstatue. Dass man von hier eine fantastische Sicht auf *Vieux-Lyon* und den Fluss Saône hatte, war für Lucien nebensächlich. Er war schon häufiger hier gewesen, er kannte den Blick, der an schönen Tagen bis zum fernen Mont Blanc reichte. Ihn hatte es hergezogen, weil der Hügel von Fourvière seit jeher als magischer Ort galt, als ein Platz der Spiritualität und Besinnung. Für gläubige Menschen war er ein Gnadenort der Muttergottes. Nun war Lucien weder gläubig, noch war er ein spiritueller Mensch. Aber der gestrige Abend hatte ihn zutiefst erschüttert. Er fühlte sich einer Tat schuldig, die er nicht hatte begehen wollen. Er stellte sich die Frage, ob man für den Tod eines Menschen verantwortlich sein konnte, der aus eigener Dummheit vor einen Zug rannte?

Es wäre ein Leichtes, dachte Lucien, sich von dieser Schuld freizusprechen. Schließlich hatte er Didier Pascal sogar vor dem herannahenden Zug gewarnt. Und doch war er sich darüber im Klaren, dass das Unglück ohne ihn nicht geschehen wäre. Didier Pascal wäre nicht in

Panik davongelaufen. Er hätte es nicht gewagt, vor dem Zug noch schnell die Gleise zu überqueren.
Wie würde eine höhere, eine göttliche Macht urteilen? Würde sie ihm Absolution erteilen? Natürlich erwartete er von himmlischer Seite keine Antwort. Selbst hier nicht auf dem heiligen Hügel von Fourvière. Er musste in sich hineinhören, um zu einem Urteil zu gelangen. Er musste das Votum selbst treffen. Dabei könnte dieser magische Ort helfen. Könnte … aber er tat es nicht. Lucien hatte in der Kathedrale sogar eine Kerze gestiftet. Aber die göttliche Eingebung war ausgeblieben.
Lucien dachte an den Auftrag, den er über seinen Onkel Edmond erhalten hatte. Er lautete, Didier Pascal zu töten und es wie einen Unfall oder Selbstmord aussehen zu lassen. Genauso war es gekommen, das war die schreckliche Wahrheit. Didier Pascal war tot. Unzählige Menschen warfen sich jedes Jahr vor den Zug. Aus Verzweiflung. Oder überquerten zum falschen Zeitpunkt die Gleise. Aus Leichtsinn. Mit Pascal war in der Statistik ein Todesopfer hinzugekommen. Größere Nachforschungen waren nicht zu erwarten. So gesehen hatte er seinen Auftrag geradezu vorbildlich erledigt. In kürzester Zeit. Effektiv und mit minimalem Aufwand. Sein Vater wäre stolz auf ihn. Er selbst hingegen konnte es nicht sein. Denn zu keinem Zeitpunkt hatte er vorgehabt, Pascal zu töten.
Das brachte ihn zu einer fast schon philosophischen Frage: Inwieweit bestimmte der Mensch sein eigenes Schicksal? War er Herr seines Handelns? Oder war diese Vorstellung eine Illusion? Luciens Beklommenheit rührte daher, dass er sich vorkam wie eine Marionette, die an den Fäden eines Puppenspielers hing – und der Puppenspieler war sein Vater. Sein Vater hatte ihn nach Lyon

fahren lassen. Sein Vater hatte seine Schritte gelenkt. Sein Vater hatte ihn zu Didier Pascal geführt und ihn verfolgen lassen. Sein Vater hatte im entscheidenden Moment für Pascals nötigen Vorsprung gesorgt und das Unglück provoziert …
Lucien massierte sich die Schläfen. Er machte es sich gerade zu einfach, dachte er. Er war keine Marionette. Er konnte sich nicht aus der Verantwortung stehlen und die Schuld auf seinen toten Vater abwälzen. Welche Schuld? Das war die entscheidende Frage. Um die ging es. Einzig und allein. Wenn jeder Herr seines eigenen Handelns war, dann galt das auch für Didier Pascal. Er hätte nicht vor den Zug laufen müssen. Das war seine eigene Entscheidung gewesen. Punkt. Ausrufezeichen!
Die Schlussfolgerung lag auf der Hand. Weil es kein anderer tat, erteilte sich Lucien nach reiflicher Überlegung selbst die Absolution. Hier oben, auf dem heiligen Hügel von Fourvière, zu Füßen der vergoldeten Muttergottes. *Ego te absolvo!* Ich spreche dich los von deinen Sünden …
Und doch ahnte er, nein, er wusste, dass Didier Pascals Tod seinem Leben die Unschuld genommen hatte. Ob gewollt oder nicht: Ab jetzt war er ein Chacarasse in der Tradition seiner Familie. Ein Assassin!

Lucien verschob seine Rückreise auf den nächsten Tag. Er benötigte noch Zeit für sich. Der Citroën *Déesse* stand in der Garage seines Hotels in der Nähe der Place Bellecour. Er spazierte über den Kai entlang der Rhône und sah den Möwen zu. Er fand den Weg zu den Markthallen *Les Halles de Lyon Paul Bocuse*. Dort ließ er sich durch die Reihen zwischen den Ständen treiben und vom kulinarischen Angebot ablenken. Er nahm die Delikatessen

nicht nur mit den Augen und der Nase wahr: Er aß frische Austern aus der Bretagne. Er probierte sich durch verschiedene Käsesorten der Auvergne. Natürlich auch einen für Lyon typischen Saint-Marcellin. Er verkostete Weine aus dem Beaujolais. Aus dem Glas strömte der Duft von reifen Himbeeren und Kirschen und legte sich wie ein Schleier über den gestrigen Abend. Der betörende Geschmack von Valrhona-Schokolade aus dem *Vallée du Rhône* … Lucien spürte, wie es ihm zunehmend besser ging.
Für den Abend hatte er einen Tisch in einer Brasserie reserviert – allein. Dort gab es die seiner Meinung nach besten *quenelles de poisson*, überbackene Fischklößchen. Und zum Dessert ein Stück Tarte mit rosa Pralinen. Eine Lyoner Spezialität. Die Entscheidung für den Wein hatte er noch nicht getroffen. Sie würde ihm vom Sommelier abgenommen werden. Sie kannten sich, er hatte mal im *P'tit Bouchon* gearbeitet.

20

Die Rückfahrt am nächsten Tag verlief ohne Zwischenfälle. Die *Déesse* seines Vaters schnurrte zuverlässig vor sich hin. Mit jedem Kilometer schien es ihm, dass er sich nicht nur physisch von Lyon entfernte, sondern auch im übertragenen Sinne Abstand gewann. Natürlich würde er nie vergessen, wie Didier Pascal stolpernd vor ihm hergerannt war – um dann vom Zug erfasst zu werden. Die Bilder hatten sich für immer in sein Gedächtnis eingebrannt.

Auf dem Beifahrersitz lagen zwei aktuelle Ausgaben der Lyoner Tageszeitung *Le Progrès*. Auf den Seiten mit den lokalen Ereignissen gab es eine knapp gehaltene Nachricht: *Mort sur la voie ferrée.* Unter der Überschrift »Tod auf dem Bahngleis« wurde berichtet, dass sich auf einem Industriegelände nahe einer bekannten Raffinerie spätabends ein tragisches Unglück ereignet habe. Ein Güterzug habe einen einundfünfzigjährigen Mann erfasst. Für Didier P. sei jede Rettung zu spät gekommen, er sei sofort tot gewesen. Die Polizei gehe von Selbstmord aus. Das Opfer sei erst vor Kurzem aus einer mehrjährigen Haft entlassen worden und mutmaßlich am Leben in Freiheit gescheitert.

Lucien hatte den Artikel mehrfach gelesen und wusste jedes Wort auswendig. *Mort sur la voie ferrée* – knapper und unpersönlicher konnte die Nachricht kaum betitelt werden. Große Aufmerksamkeit dürfte sie bei den Lesern kaum erwecken. Wer sollte sich für das Schicksal eines Didier P. interessieren? Allenfalls könnte man Mitleid mit einem Mann haben, der am »Leben in Freiheit« gescheitert war. Entscheidend für Lucien war die Annahme der Polizei, dass es sich um Selbstmord gehandelt habe. Weitere Nachforschungen würde es kaum geben. Dafür fehlte jeder Anlass.

Kurz vor der Abzweigung nach Cap Ferrat beschloss er, einen kurzen Umweg über Beaulieu zu machen. Er parkte auf der Straße. Edmond musste nicht sehen, dass er mit der alten *Déesse* seines Vaters unterwegs war. Obwohl das natürlich sein gutes Recht war. Aber Lucien wollte gegenüber Edmond möglichst wenig von seinem Leben preisgeben. Schlicht deshalb, weil es ihn nichts anging. Er stieg aus und ging die letzten Meter zur Art-déco-Villa. Er hatte sein Kommen nicht angekündigt – denn er legte keinen Wert darauf, mit seinem Onkel zu sprechen. Er wollte nur eine der beiden Tageszeitungen in den Briefkasten stecken.

Er kam nicht dazu, weil sich die Haustür öffnete und Edmonds französischstämmiger Butler auftauchte. Er habe ihn per Zufall auf der Überwachungskamera gesehen, sagte er mit seinem komischen englischen Akzent. Lucien vermutete, dass er einen Bewegungsmelder ausgelöst hatte. Der »Zufall« hatte also einen Signalton.

»Ihr Onkel macht gerade seinen *afternoon nap*. Der Mittagsschlaf ist ihm heilig. Ich störe ihn nur *very unwillingly*. Oder ist es *très important*?«

Lucien fragte sich, wie sein Onkel dieses affektierte Kauderwelsch aushielt. Oder entsprach das seinem ausdrücklichen Wunsch und gehörte zur Stellenbeschreibung?

»Ich möchte Edmond keinesfalls stören«, sagte Lucien leise. »Wenn Sie ihm später nur freundlicherweise diese Zeitung geben. Mit einem schönen Gruß von mir. Das wäre *very friendly*.«

Der Butler zog fragend eine Augenbraue nach oben. Er hatte zweifellos schauspielerisches Talent.

»Weiß er, warum Sie ihm diese Zeitung vorbeibringen? Der Comte bevorzugt eigentlich andere Tageszeitungen, zum Beispiel den *Figaro*.«

Lucien hatte den Artikel nicht markiert. Er war sich sicher, dass ihn Edmond sehen würde. Außerdem fand er, dass der Butler entschieden zu neugierig war.

»Machen Sie sich darüber mal keine Gedanken«, beschied er ihm. »Und jetzt wünsch ich noch einen schönen *afternoon. Au revoir*.«

In der *Villa Béatitude* angekommen, fuhr er den Citroën in die Garage. Er hatte gerade den Motor abgestellt, da klopfte bereits Rosalie ans Fenster. Er stellte fest, dass sie mindestens so aufmerksam war wie Edmonds Butler. Auch ohne aktivierten Bewegungsmelder. Und ihr Lächeln war herzerwärmend – weil es echt war.

Vorsichtig öffnete er die Tür.

»Du musst ein Stück zurücktreten«, sagte er, »sonst kann ich nicht aussteigen.«

»Wo soll ich hinaufsteigen?«

Er schlängelte sich aus dem Auto und nahm sie in die Arme.

»Alles gut. Komm, wir gehen in die Küche und trinken einen Tresterschnaps.«

»Ein guter Vorschlag. Extra für dich habe ich sogar eine *tarte Tatin* gebacken, die magst du doch so gern.«

Er lächelte. Schließlich war sie es selbst, die den karamellisierten Apfelkuchen *so gern* mochte. Er hatte oft zugeschaut, wie sie ihn kopfüber zubereitete, von unten nach oben, und schließlich routiniert aus der Tortenform auf einen großen Glasteller stürzte.

»Du konntest doch gar nicht wissen, dass ich heute zurückkomme?«

Sie langte sich theatralisch ans Herz. »So was spüre ich. Außerdem schmeckt die *tarte* morgen auch noch. Wie war ...« Sie zögerte und sah ihn nachdenklich an. »Wie war deine Reise? Alles zu deiner Zufriedenheit erledigt?«

Lucien hatte das Gefühl, dass sie etwas ahnte. Nichts Genaues natürlich, aber doch so viel, dass er gerade von seinem ersten Auftrag zurückkam.

»Zu meiner Zufriedenheit? Nein, ganz und gar nicht.«

Sie runzelte die Stirn. »Das habe ich mir gedacht. Aber Edmond wird zufrieden sein, habe ich recht?«

Er überlegte, wie viel Rosalie von der »Arbeit« seines Vaters mitbekommen hatte. Dass er die Aufträge von seinem Bruder erhalten hatte, wusste sie offenbar. Auch dass diese grundsätzlich gegen das fünfte Gebot verstießen. Schließlich kannte sie sogar die geheimen »Katakomben« unter dem Haus. Schon deshalb, weil sie dort für Sauberkeit sorgte.

Er zuckte mit den Schultern. »Ob Edmond zufrieden ist, interessiert mich nicht. Wenn überhaupt, dann stehe ich bei meinem Vater in der Pflicht.«

»*C'est vrai.* So ist es, genau so und nicht anders.«

»Rosalie, ich möchte dich was fragen. Was weißt du über den Tag, an dem mein Vater angeschossen wurde? Was hatte er vorgehabt?«

Sie kratzte sich verlegen am Kinn.

»Ich habe mir schon gedacht, dass du irgendwann fragen wirst. Ich habe mir das Hirn zermartert, um dir eine Antwort geben zu können. Aber leider hat er keine Andeutung gemacht. Mir war nur klar, dass er einen Auftrag erledigen wollte. Ich habe ihm geholfen, ein Gewehr in eine Umhängetasche für Angelruten zu verstauen. Ich habe ihm viel Glück gewünscht, und er hat mir zum Abschied einen Kuss auf die Stirn gegeben.«
»Wann ist er weggefahren?«
»Kurz nach Tagesanbruch. Gegen Mittag wollte er wieder zurück sein.«
»Dann kann sein Ziel nicht weit entfernt gewesen sein.«
Lucien überlegte, wann er die Nachricht vom bevorstehenden Tod seines Vaters erhalten hatte. Das war am späten Vormittag gewesen. Paul hatte ihn beim Verlassen des *P'tit Bouchon* abgefangen, um ihm die Nachricht von Rosalie zu überbringen. Also betrug die Zeitspanne nur wenige Stunden. Er war mit dem Citroën gefahren. Wie lange hatte er nach seiner Verletzung am Steuer noch durchhalten können? Wahrscheinlich könnte Docteur Moreau eine Schätzung abgeben. Im Grunde war sie überflüssig, denn allzu lange bestimmt nicht. Folglich lag der »Tatort« in einem relativ engen Radius.
»Du müsstest Edmond fragen«, sagte Rosalie.
»Habe ich schon. Er sagt mir nichts.«
»Hätte ich mir denken können, Edmond ist eine falsche Schlange.«

Ein Kuchenstück *tarte Tatin* später, nach einem Marc de Provence und einem extrastarken Kaffee verabschiedete sich Lucien von Rosalie. Von ihr wusste er, dass Francine heute ihren freien Tag hatte und morgen wieder im *bureau* sein würde. Es gebe viel zu erledigen. Er versprach zu kommen. Lucien startete seine Vespa und fuhr nach Villefranche. Er fühlte sich zerschlagen und ausgelaugt. Dabei hatte er in den letzten zweieinhalb Tagen nicht viel gemacht. Er war nur nach Lyon gefahren – und dort so lange hinter einem Mann hergelaufen, bis dieser von einem Zug überfahren wurde. Er hatte nicht viel gemacht … und doch war dieser Mann jetzt tot.

21

Das *P'tit Bouchon* war wieder einmal bis auf den letzten Platz besetzt. Wäre er ein Wirt, der auf den Umsatz angewiesen war, müsste er überglücklich sein. Doch das Glücksgefühl wollte sich nicht einstellen. Nicht nach den Tagen, die hinter ihm lagen. Aber zufrieden war er dennoch. Schließlich war es auch für seine *équipe* am besten, wenn der Laden brummte. Da liefen sie zur Höchstform auf: Roland als Maître de Cuisine und sein Souschef Alain. Unter ihrer Regie werkelten in der Küche der Entremetier für die Beilagen, der Gardemanger für die Vorspeisen und Salate, die Patissière, sie hieß Inès, kümmerte sich um die Desserts … Eine Arbeitsteilung wie in einem großen Restaurant. Alain legte großen Wert auf die Zuständigkeiten der einzelnen Posten. So hatte er es gelernt. Lucien entlockte es regelmäßig ein amüsiertes Lächeln. Denn in Wahrheit herrschte in der Küche des *P'tit Bouchon* – pure Anarchie. Jeder machte alles. Es ging drunter und drüber. Weil die Küche zu klein war, kamen sich alle ins Gehege. Seine Mannschaft nahm sich gegenseitig die Küchenwerkzeuge weg. Man kämpfte um freie Stellen an den Arbeitsflächen und auf dem Herd. Schimpfwörter flogen hin und her. Auch mal ein Kochlöffel oder Topflappen. Und doch wurde am Ende alles fertig.

Sogar in anerkannt guter Qualität. In Luciens Augen kam das einem Wunder gleich.
Im Service lief es entschieden gesitteter ab. Was auch an Pauls ruhiger Art lag. Er dirigierte seine Leute mit unauffälligen Handzeichen. Er versuchte, alle Tische im Blick zu behalten – und damit die Gäste mit ihren Wünschen. Für Lucien unterschieden sich genau in diesem Punkt gute Servicekräfte von zweitklassigen. Letztere liefen mit »Tunnelblick« durchs Lokal. Sie vermieden es, nach links und rechts zu schauen, weil dort neue Arbeit auf sie warten könnte. Ihre Nachwuchskellnerin Adèle konnte dabei sogar ihre Ohren verschließen. Sie reagierte grundsätzlich nicht auf Zurufe. Auch wenn es nur darum ging, ein zusätzliches Besteck vorbeizubringen. Er nahm sich vor, mit ihr mal darüber zu reden.
Apropos Paul. Er hatte vergessen, Rosalie zu fragen, wie er mit ihr verwandt war. Er sei ihr Neffe, hatte er gesagt. Dabei hatte Lucien immer gedacht, Rosalie habe überhaupt keine Familie. Was natürlich Quatsch war, denn Eltern hatte sie wie jeder Mensch ganz sicher gehabt. Er mochte den hünenhaften Kerl. Doch sehr viel mehr, als dass er ursprünglich hatte Catcher werden wollen, aber nach einer Verletzung mit dem Kellnern begonnen hatte, wusste er nicht von ihm.
Nachdem Lucien an einem Pult am Eingang die Reservierungen abgeglichen und die Gäste empfangen hatte, saß er jetzt an seinem Lieblingstisch in der Ecke. Paul servierte ihm von der Tageskarte zunächst einen *gravlax de saumon,* einen gebeizten Lachs mit einer feinen Crème von Roter Bete. Danach ein *steak de veau en croûte de poivre,* ein Kalbsrückensteak in Pfefferkruste.
Als ihm Paul Wein nachschenkte, schob ihm dieser einen Zettel zu.

»Die zwei Griechen, von denen du gesprochen hast, waren hier und haben nach dir gefragt«, sagte er. »Das ist ihre Telefonnummer. Ich soll sie anrufen, wenn du wieder auftauchst. Sie haben mir eine Belohnung versprochen.«

Lucien sah ihn lächelnd an. »Und? Hast du es gemacht?«

»Bist du verrückt?« Er runzelte die Stirn. »Aber vielleicht willst du sie selbst anrufen? Falls du Hilfe brauchst, sag mir Bescheid. Die zwei Westentaschenganoven verputze ich zum Frühstück.«

Lucien zweifelte nicht an seinen Worten. Den ehemaligen Catcher sah man ihm immer noch an. Paul konnte nicht ahnen, dass er die beiden Freunde schon selbst »verputzt« hatte. Um in seinem Bild zu bleiben: quasi zum Dessert.

»Nett von dir, aber wird, glaube ich, nicht nötig sein.« Lucien blickte auf den Zettel mit der Telefonnummer. »Hast recht, vielleicht rufe ich sie tatsächlich selbst an«, sagte er.

Paul klopfte auf den Tisch. »Nicht vergessen. Kannst immer auf mich zählen.«

Das würde er bestimmt nicht vergessen, dachte Lucien. Man wusste nie, was die Zukunft brachte. Vor allem in seinem Leben gab es schwer vorhersagbare Risiken. Gut möglich, dass er mal auf Pauls Angebot zurückkommen musste. Doch vorher würde er mit Rosalie über ihren Neffen sprechen. Er sollte mehr über ihn wissen.

Am späteren Abend gönnte sich Lucien noch einen Digestif. Den Zettel mit der Telefonnummer hatte er eingesteckt. Gedankenverloren schaute er in das Glas mit dem Averna und ließ die Eiswürfel kreisen.

»Na, du Vaterlandsverräter«, wurde er plötzlich ange-

raunzt. »Trinkst einen Bitterlikör aus Italien. Muss das sein?«
Lucien sah auf. Vor ihm stand feixend Capitaine Achille Giraud von der *Gendarmerie nationale.*
»Meine Mutter war Italienerin. Mehr kann ich zu meiner Entlastung nicht vorbringen.«
»Das ist in der Tat strafmindernd. Von einer Verhaftung werde ich deshalb absehen.«
»Zu gütig. Magst auch einen Averna?«
»*Volentieri.* Darf ich mich setzen? Ich will was mit dir besprechen.«
Mit Achille hatte er noch nie etwas »besprochen«, dachte Lucien. Außer die Fußballtabelle und die Jahrgangsqualität von Rotweinen.
»Nimm Platz. Ich hab dich gar nicht gesehen. Wie war das Essen?«
»Ungenießbar. *Comme un fumier de cheval,* wie ein Haufen Pferdemist.«
Lucien sah ihn entsetzt an. Das hatte er noch nie von einem Gast gehört. Erst recht nicht von einem Freund.
»Ist nicht dein Ernst?«
»Doch, definitiv.« Der Capitaine lachte. »Aber ich war woanders beim Essen, nicht bei dir. Bin gerade erst gekommen.«
»Wie kannst du mir einen solchen Schrecken einjagen?«
Achille Girauds Miene verfinsterte sich.
»Ich könnte dir noch ganz andere Schrecken einjagen.«
Jetzt sah er nicht mehr so aus, als ob er sich einen Spaß erlauben würde. Doch Lucien blieb äußerlich unbeeindruckt.
»Nur zu, jetzt bin ich ja vorbereitet.«
Der Capitaine winkte ab. »Das spare ich mir auf. So kurz nach dem Tod deines von mir sehr geschätzten

Vaters …«, er räusperte sich, »will ich dich schonen. Du bist noch nicht so weit.«
Lucien hasste rätselhafte Andeutungen, die unnötig Spannung aufbauten. Entweder ließ man raus, was man zu sagen hatte, oder man hielt die Klappe. Leider konnte er das Achille so nicht sagen. Denn … denn womöglich wusste er Dinge von seinem »sehr geschätzten« Vater, die er besser nicht wissen sollte. Oder ahnte er gar, dass er in seines Vaters Fußstapfen trat? Nein, das konnte nicht sein. Beides war unmöglich. Doch wäre es in jedem Fall ein Fehler, ihn zu provozieren. Schließlich war Achille Capitaine bei der *Gendarmerie nationale*. Und damit sein natürlicher Gegenspieler.
»Dann halt ein anderes Mal«, sagte er gelassen. Er hob sein Glas. *»Santé!«*
»Tchin-tchin, mon ami!«
Der Capitaine sah ihm lächelnd in die Augen. Lucien zuckte mit keiner Wimper.

22

Es war nicht nur eine Frage des Alters, dass Onkel Edmond einen anderen Tagesrhythmus hatte. Er hatte auch kein Lokal, in dem es jeden Abend spät wurde. Und ganz sicher trank er weniger Alkohol. Selbiges galt wohl auch für seinen Butler, der Lucien am nächsten Morgen zu unanständig früher Stunde aus den Federn klingelte. Er habe den Auftrag, Lucien zum Tee einzuladen, sagte er.

Lucien rieb sich die Augen. Tee? Schon wieder Tee?

»Diesmal aber bitte bereits um *ten o'clock*«, fügte der Butler gespreizt hinzu. »Also quasi zu einem verspäteten *breakfast tea*«, fiel ihm dazu noch ein. Er kicherte. »Oder in Ihrem Fall wohl eher zu einem *early morning tea.*«

Bewies er jetzt Humor? Oder wurde er einfach frech?

»Richten Sie meinem Onkel aus, dass ich indisponiert bin.«

Er wollte, dachte Lucien, nicht Edmonds Hampelmann sein. Oder ein Hund, der nach seiner Pfeife tanzte. Schlimm genug, dass er ihm ausgeliefert war.

»Der Comte steht neben mir. Er schüttelt den Kopf. Indisponiert sei nicht akzeptabel.«

»Nun gut, dann bitten Sie ihn, um zehn Uhr in die *Villa Béatitude* zu kommen. Rosalie macht ganz sicher auch einen guten Tee.«

Die Antwort ließ einen Moment auf sich warten.
»Wieder negativ. Ihr Onkel weigert sich, die Villa seines Bruders zu betreten.«
Lucien fragte sich, ob er für dieses Gespräch einfach noch zu müde war, oder ob es wirklich so bizarr ablief. Warum konnte sein Onkel nicht direkt mit ihm sprechen?
»Letzter Vorschlag. Wir treffen uns auf dem Sentier du Littoral. In der Nähe der *Villa Béatitude* gibt es eine Ausbuchtung mit einer steinernen Bank. Mein Onkel wird die Stelle kennen.«
Lucien hielt den Küstenweg, der um das Cap Ferrat führte und in Beaulieu-sur-Mer seinen Anfang nahm, oder sein Ende, das war eine Frage des Ausgangspunkts, für einen guten Kompromiss. Sie würden sich sozusagen auf neutralem Boden treffen. Und sich nur dann unterhalten, wenn kein Mensch in der Nähe war. Rollstuhltauglich war der gut ausgebaute Küstenweg in diesem Abschnitt auch. Etwas frische Luft würde Edmond guttun. Und der Butler hätte was zu schieben.
Er hörte, wie hinter vorgehaltener Hand gesprochen wurde. Schließlich kam die Antwort.
»Ihr Onkel ist einverstanden. Aber nur, weil er heute auf Sie gut zu sprechen ist. Das soll ich Ihnen ausrichten.«
Lucien hatte das Gefühl, einen kleinen Sieg davongetragen zu haben.
»Sagen Sie ihm, dass ich mich sehr für sein Entgegenkommen bedanke. Also um *ten o'clock*. Ich werde pünktlich da sein.«

Weil es heute windstill war und das Meer so glatt wie ein Spiegel, fuhr Lucien mit dem Zodiac zum Cap Ferrat. Er legte an den Steinstufen an, die hinauf zur *Villa Béatitude*

führten. Auch hier musste er den Sentier du Littoral überqueren. Aber an einer anderen Stelle als später verabredet. Francines roter Alfa war schon da. Lucien sah auf die Uhr. Sie würde sich bis nach seinem Treffen mit Edmond gedulden müssen. Er sagte Rosalie kurz Bescheid. Dann eilte er durch ein Seitentor auf die Beaulieu zugewandte Seite des Küstenwanderwegs. Edmond erwartete ihn bereits. Freilich saß er nicht auf der steinernen Bank, sondern in seinem Rollstuhl. Hinter ihm sein Butler, der – Lucien konnte es kaum glauben – tatsächlich eine Thermoskanne in den Händen hielt, aus der er gerade eine Tasse eingoss. Wohl mit dem obligatorischen Tee. Man konnte Edmond nicht absprechen, dass er an seinen Ritualen festhielt. Die Tasse war aus feinstem Porzellan. Und der Tee roch sicher nach Jasmin, Kardamom und Zitronengras. Oder bevorzugte er am Vormittag eine andere Mischung?
»Ich lasse mich nicht gerne herumdirigieren«, sagte Edmond anstelle einer Begrüßung.
»Ich mich auch nicht«, erwiderte Lucien.
Mit der freien Hand gab Edmond seinem Butler ein Zeichen.
»Würden Sie uns bitte für einen Moment allein lassen.«
Pflichtschuldigst entfernte er sich.
Edmond wartete, bis er außer Sicht- und vor allem Hörweite war.
»*Mon cher*, ich stelle fest, du wirst übermütig«, sagte er schließlich.
»Nein, ganz bestimmt nicht, aber wir müssen uns an einen respektvollen, gleichberechtigten Umgang gewöhnen. Ich glaube kaum, dass du meinen Vater nach Lust und Laune herumdirigieren konntest.«
»Da hast du wohl recht«, sagte er mit leiser Stimme. »Er war ein Sturkopf. Aber er war auch mein Bruder.«

»Und ich bin sein Sohn.«
Edmond nickte. »Stimmt. Und du bist es sogar in höherem Maße, als ich erwartet hätte. Das Kompliment muss ich dir machen. Unsere erste gemeinsame Order hast du mit Bravour erledigt. Unser Auftraggeber ist überaus zufrieden und hat das auf dem Treuhandkonto geparkte Honorar bereits freigegeben.«
Lucien schluckte. Sollte er Edmond beichten, dass er nie vorgehabt hatte, Didier Pascal umzubringen? Dass der Mann die Geschwindigkeit des Zuges falsch eingeschätzt hatte? Dass er letztlich selbst für seinen Tod verantwortlich war? Lucien war klar, dass er damit die Trumpfkarte eines erfolgreich abgewickelten ersten Auftrags aus der Hand geben würde. Mit der Konsequenz, dass sein gerade erworbener Respekt beim Teufel wäre. So töricht war er nun doch nicht.
»Wie läuft das mit dem Geld jetzt weiter ab?«, fragte er stattdessen betont geschäftsmäßig.
»Deine sechzig Prozent, also sechshunderttausend Euro, gehen morgen auf ein anonymes Offshore-Konto. Von dort kannst du das Geld jederzeit abrufen.«
»Um was damit zu tun?«
»Da wird dir schon was einfallen. Einen Teil hat dein Vater immer an soziale Einrichtungen gespendet. Ich behalte lieber alles für mich.«
Genauso hatte Lucien seinen Onkel eingeschätzt. Auch dass er gar nicht den Eindruck erwecken wollte, als ob er eine soziale Ader hätte. Da orientierte er sich lieber an seinem Vater.
»Meine Frage war anders gemeint. Wie komme ich an das Geld ran? Es ist ja illegal.«
Edmond wartete mit der Antwort, bis eine aufgetauchte Gruppe Feriengäste wieder verschwunden war.

»Illegal? So würde ich das nicht sehen. Ich bin ein Befürworter des freien Kapitalverkehrs. Aber du hast insofern recht, als es immer schwieriger wird, unser Geld in den Finanzkreislauf zu transferieren. Doch es gibt Mittel und Wege. Die wird es immer geben. Man muss sie nur kennen.«

»Und du kennst sie?«

Edmond lächelte. »Natürlich. Dein Vater kannte sie auch.«

»Aber ich nicht.«

Edmonds Lächeln wurde breiter. »Jetzt hast du ein Problem, stimmt's?«

Lucien wollte sich diese Blöße nicht geben. Er zuckte gleichmütig mit den Schultern.

»Nicht wirklich. Ich find schon raus, wie das geht. Du musst mir nur das Offshore-Konto verraten.«

Edmond zog ein Kuvert hervor.

»Da steht alles drin, was du wissen musst.«

Lucien faltete es zusammen und steckte es in die Hosentasche.

»Mir ist nicht daran gelegen«, fuhr Edmond fort, »dass du über die Fallstricke der Finanzbehörden stolperst. Darum habe ich dir kurz skizziert, wie du vorzugehen hast. Findest du alles im Umschlag. Auch einige nützliche Namen und Bankverbindungen. Solltest du Fragen haben, helfe ich dir gerne.«

Natürlich war ihm nicht daran gelegen, dass er auffällig wurde, dachte Lucien. Denn damit käme er schnell selbst in Schwierigkeiten. Seine Hilfsbereitschaft war also alles andere als uneigennützig.

»Danke. Wenn nötig, komme ich auf dein Angebot zurück.«

»Den Umschlag solltest du möglichst schnell in den Tresor hinter dem Renoir in Sicherheit bringen.«

Er wusste von dem Tresor im Salon? Also gab es Zeiten, in denen die *Villa Béatitude* für ihn nicht tabu gewesen war.

»Mach ich. Musst dir keine Sorgen machen.«

Edmond nahm einen Schluck vom Tee, legte den Kopf zur Seite und musterte Lucien.

»Mir scheint, ich habe mich in dir getäuscht. In dir steckt doch ein echter Chacarasse. Jedenfalls nötigt es meinen Respekt ab, wie du deinen ersten Auftrag erledigt hast. Hoffen wir nur, dass es so weitergeht.«

Genau das hoffte er nicht, dachte Lucien. Auf keinen Fall wollte er, dass es so weiterging. Aber er hatte keine Ahnung, wie er es verhindern konnte.

Edmond steckte sich eine Trillerpfeife zwischen die Lippen. Lucien lächelte. Nicht er war Edmonds Hund, sondern der Butler.

23

Rosalie sah ihn fragend an. »Na, wie war's mit dem alten Griesgram?«
»Unsere Treffen werden von Mal zu Mal besser«, antwortete Lucien wahrheitsgemäß. »Trotzdem kann ich auf sie verzichten.«
»Was kannst du vernichten?«
Er dachte an den Umschlag in seiner Hosentasche. Den ganz bestimmt nicht.
»Gar nichts, meine liebe Rosalie Und nächste Woche gehen wir zusammen zum Hörgeräteakustiker. Ob du willst oder nicht.«
»Das habe ich verstanden. Ich kann dir gleich sagen, dass ich nicht mitkomme. Sprich endlich deutlicher, und alles passt.«
»Du hast einen Sturkopf«, stellte er fest.
»Siehst du? Auch das habe ich verstanden. Musst dir nur Mühe geben. Und was meinen Sturkopf betrifft, da bin ich sogar stolz darauf. Ich habe eben meine Gewissheiten. Komm du erst mal in mein Alter, dann weißt du auch, was richtig und was falsch ist.«
»Bis ich dein Alter erreicht habe, können wir mit dem Hörgerät nicht warten.«
Sie lächelte verschmitzt. »Aha, du denkst, dann lebe ich nicht mehr. Wenn du dich da mal nicht getäuscht hast.«

Rosalie würde ihm irgendwann sehr fehlen. Er mochte gar nicht daran denken.
»Ich geh jetzt rauf zu Francine«, sagte er. »Sie ist doch im *bureau*, oder?«
»Natürlich, sie erwartet dich schon. Übrigens habe ich dir die Zeitung auf den Tisch gelegt, die ich beim Saubermachen des Citroëns gefunden habe …«
Richtig, das zweite Exemplar der Zeitung hatte er im Auto vergessen. Dass sie jetzt auf seinem Schreibtisch lag, der direkt gegenüber von Francines stand, war vielleicht keine so gute Nachricht.
»Darf ich dich fragen, ob du auf der Fahrt Cantuccini gegessen hast? Du hast alles vollgebröselt.«
»Stimmt, aber wie kommst du ausgerechnet auf Cantuccini?«
»Weil du die erstens schon als Kind gerne gegessen hast, genauso wie deine Mutter. Nur hat die Contessa die Mandelplätzchen in Vin Santo getunkt, das durftest du damals nicht. Zweitens habe ich die Brösel gekostet und eindeutig identifiziert. Und drittens bin ich ein besserer Detektiv, als du es je sein wirst.«
Lucien nickte anerkennend. »Großartig kombiniert. Zu meinem Glück will ich gar kein Detektiv sein.«
Sie hob einen Zeigefinger und sah ihn ernst an. »Solltest du aber, mein lieber Lucien. Solltest du! Detektivische Fähigkeiten kannst du bei deiner Tätigkeit dringend brauchen.«
Da hatte sie wohl recht, dachte er. Die gute alte Rosalie hatte eben ihre »Gewissheiten«. Nicht immer waren sie so falsch wie bei der Einschätzung ihres Hörvermögens.

Zunächst ging Lucien in den Salon. Dort deponierte er Edmonds Umschlag im Tresor hinter dem Renoir. Ungeöffnet. Das hatte Zeit.

Schon vor dem Betreten des Büros roch er Francines Parfum. Wäre er ein so guter Detektiv wie Rosalie, würde er die Marke erraten. Chanel N° 5? Nein, so leicht würde es ihm Francine nicht machen.
»*Bonjour, Monsieur le Comte*«, begrüßte sie ihn.
»Bitte nicht. Das war mein Vater. Sagen Sie Lucien zu mir.«
»Wie Sie wünschen. Ist mir ehrlich gesagt auch lieber.«
Warum sah Francine schon wieder so entwaffnend gut aus? Und warum lächelte sie nie? Natürlich, dafür fehlte jeder Anlass. Sie hatte ihren Geliebten verloren. Hätte sein Vater Francine geheiratet, wäre sie jetzt seine trauernde Witwe. Und Luciens Stiefmutter. Das wiederum sprengte seine Vorstellungskraft. Francine war in seinem Alter. Vielleicht zwei oder drei Jahre älter. Sie verfügte über eine große ... nun ja, über eine große erotische Ausstrahlung. Lucien überlegte, ob er unter anderen Umständen versucht hätte, sie kennenzulernen? Hätte er sie auf einer Party angesprochen? Wahrscheinlich schon, gestand er sich ein. Trotz des unsichtbaren Mantels der Unnahbarkeit. Oder vielleicht gerade deshalb? Allerdings würde sie wahrscheinlich keine Party besuchen, auf der er hätte auf sie treffen können. Beim Tanzen am Strand, barfuß, in zerrissenen Bermudas und mit einem Glas Wein in der Hand ... so konnte er sie sich nicht vorstellen. Das war nicht ihre Welt. Oder doch? Wie konnte er es wissen?
»Haben Sie mir zugehört?«, riss sie ihn aus seinen Gedanken. Das war ihm in ihrer Gesellschaft schon einmal passiert. Er sollte sich mehr konzentrieren.
»Um ehrlich zu sein, war ich mit meinen Gedanken gerade woanders«, gab er zu. Ein Glück, dass sie nicht wusste, wo.

»Habe ich mir gedacht. Ich möchte mit Ihnen gerne den Umbau Ihres Appartements besprechen …«

Stimmt, er hatte sie gebeten, die Gästezimmer in einem Seitenflügel der *Villa Béatitude* in ein modernes Appartement umzuwandeln.

Er winkte ab. »Das hat keine Eile.«

»Apropos Eile. Auf Ihrem Schreibtisch liegt ein Strafmandat. Neben der Tageszeitung *Le Progrès*. Sie wurden mit dem Citroën Ihres Vaters geblitzt, weil Sie zu schnell gefahren sind. Auf einer Ausfallstraße von Lyon.«

Er erschrak. Nicht wegen der Geschwindigkeitsübertretung, obwohl er eigentlich immer langsam gefahren war. Passieren konnte es trotzdem. Ihm schoss durch den Kopf, dass er mit Francine ausführlich über Didier Pascal gesprochen hatte. Sie hatte recherchiert, dass er ein Mädchen überfahren und Fahrerflucht begangen hatte. Auch dass er gerade erst aus der Haft entlassen wurde. Und dass der Vater des toten Mädchens ein prominenter Industrieller war. Vor allem aber wusste sie, dass dieser Didier Pascal in Lyon wohnte … Und jetzt war er tot. Das allerdings konnte sie nur wissen, wenn sie in der Tageszeitung geblättert hatte.

Francine sah ihn regungslos an. Was zum Teufel reimte sie sich gerade zusammen?

Wenn sie sich so gut beherrschen konnte, dann wollte er es auch versuchen.

Er zuckte gleichmütig mit den Schultern. »Zu schnell gefahren? Das Auto ist ja noch auf meinen Vater zugelassen …«

»Sollten wir ummelden. Außerdem sind Sie auf dem Foto gut zu erkennen. Das Bußgeld ist nicht hoch, ich kann es gerne überweisen.«

»Ja, bitte tun Sie das.«

»Verzeihen Sie mir eine Frage. Haben Sie in Lyon einen neuen Fischkoch gesucht?«

Fischkoch ... *Poissonnier* ... Bewerbung ... Didier Pascal ... Tod auf dem Bahngleis ... Seine Gedanken überschlugen sich, kamen aber sehr schnell zu einem Ergebnis: Ja, sie hatte in der Tageszeitung geblättert. Und ja, sie hatte die Meldung von Pascals Tod gelesen. Er sah sie nachdenklich an.

»Nein«, sagte er nach einer Weile. »Keinen neuen Fischkoch. Nur Rezepte für mein Restaurant.«

Ihm war klar, dass sie diese Ausrede nicht glauben würde. Sie hob eine Augenbraue. »Und? Sind Sie fündig geworden?«

»*Quenelles de poisson*«, antwortete er spontan, »überbackene Fischklößchen. Sie kommen demnächst auf unsere Speisekarte.«

»Tatsächlich? So eine weite Fahrt für Fischklößchen? Ich habe unterschätzt, wie sehr Sie sich für Ihr Restaurant engagieren.«

Das war spöttisch gemeint. Da um ihre Lippen aber nicht der leiseste Anflug eines Lächelns zu entdecken war, konnte er nicht sicher sein. Übrigens sehr schöne Lippen ... Er sollte sich nicht ablenken lassen.

»Ein Restaurant zu führen macht mehr Arbeit, als man denkt.«

Das stimmte zwar, aber für Rezepte hatte er Roland. Sein Maître de Cuisine würde von ihm schon aus Trotz keine Rezepte annehmen. Höchstens Anregungen.

»Ich finde, Sie sollten das *P'tit Bouchon* mal kennenlernen«, fuhr Lucien fort. »Haben Sie heute Abend Zeit? Ich würde Sie gerne einladen.«

Francine legte die Stirn in Falten. Sie konnte das. Sie war zu jung für Botox.

»Die Einladung kommt überraschend. Heute Abend? Da habe ich leider keine Zeit, trotzdem vielen Dank.«
Er lächelte. Dass sie ihm zunächst einen Korb geben würde, damit hatte er gerechnet.
»Und morgen? Wie schaut es da bei Ihnen aus?«
»Sie sind hartnäckig. Morgen Abend kann ich genauso wenig. Doch vermutlich lassen Sie nicht locker ...«
Sollte er sagen, das habe er von seinem Vater? Nein, das käme nicht gut an.
»Dann meinetwegen. Morgen Abend kann ich es einrichten.«
Er hatte schon freudigere Reaktionen auf eine Einladung erlebt. Aber dass Francine sie überhaupt annahm, war Erfolg genug.
»Sie machen mir eine große Freude.«
»Das wird sich noch zeigen.«
Francine war eine harte Nuss. Aber was hatte er erwartet?
»Morgen habe ich meinen freien Tag«, stellte sie fest.
»Ich weiß. Wollen wir uns dennoch in der *Villa Béatitude* treffen? Sagen wir um neunzehn Uhr? Wir können dann zusammen nach Villefranche fahren.«
»Aber nicht auf Ihrer Vespa.«

24

Am nächsten Vormittag saß Lucien mit hochgelegten Beinen auf seinem Balkon. Er trank einen *café noir* – und schaute gedankenverloren hinaus aufs Meer. Dort hatte er Chantal aus dem Wasser gefischt. Nachdem sie mit einem spektakulären Hechtsprung von einer Motorjacht geflohen war. Thanos Pavlidis, der griechische Schiffseigner, habe sie zu vergewaltigen versucht, hatte sie als Grund für ihre Flucht angegeben. Lucien sah keinen Grund, an ihrer Geschichte zu zweifeln. Nur verstand er nicht, warum Pavlidis hinter ihnen her war. Das machte keinen Sinn. Er sollte doch froh sein, wenn Chantal einfach verschwand und keine Anzeige erstattete. Was seine eigene Person betraf, verstand er es noch weniger. Er hatte Chantal vor dem Ertrinken gerettet. Das konnte man ihm doch nicht zum Vorwurf machen. Dass Pavlidis' Handlanger so blöd waren, das Beiboot zu crashen, war nicht seine Schuld. Auch passte nicht ins Bild, dass er von den beiden in der Nacht verfolgt und in der Rue Obscure angegriffen wurde. Auch nicht, dass sie später im *P'tit Bouchon* nach ihm gefragt und eine Telefonnummer hinterlassen hatten. Warum ließen sie ihn nicht in Ruhe?

Lucien konnte sich mit der Vorstellung nicht anfreunden, verfolgt zu werden. Er hatte keine Lust, nur wegen

eines Missverständnisses ständig über die Schulter schauen zu müssen. Er hatte wirklich andere Sorgen.
Er nahm seinen Laptop und suchte mit einem Trackingsystem nach Pavlidis' Jacht. Wie alle größeren Schiffe war auch die *Pourquoi pas* mit dem Automatischen Identifikationssystem AIS ausgestattet, über das man sie jederzeit orten konnte. Er brauchte keine Minute, dann hatte er sie gefunden. Weit hatte sich Pavlidis nicht fortbewegt. Seine Jacht lag in Antibes, genauer gesagt im »Milliardärshafen« Port Vauban.
Er stand auf und suchte den Zettel mit der Telefonnummer. Die Griechen hatten Paul eine Belohnung versprochen, wenn er sie anrief. Lucien lächelte. Ob das auch für den Fall zutraf, dass er es selbst tat? Denn genau das hatte er jetzt vor. Er holte aus einer Schublade ein anonymes Prepaidhandy, das er sich vor einigen Tagen angeschafft hatte. Die Rufnummer war unterdrückt.
Der Teilnehmer meldete sich nicht mit Namen – aber mit unverkennbar griechischem Akzent. Seine Stimme hatte er schon mal gehört. In der Rue Obscure. »Entweder ihr kommt jetzt freiwillig mit, oder wir zwingen euch«, hatte er gerufen. Jetzt fragte er nur, was der Anrufer von ihm wolle. Und von wo er die Nummer habe.
»Wir kennen uns«, sagte Lucien. »Wir sind uns in Villefranche begegnet, kurz nach Mitternacht.«
Kurzes Schweigen.
»Du bist es? Du traust dich was, bei mir anzurufen.«
»Mit dir will ich auch nicht sprechen, sondern mit deinem Boss. Das war doch sein Wunsch … oder hat sich das erledigt?«
»Aber nicht am Telefon, er will dir dabei in die Augen sehen.«

»Ist mir auch lieber. Die *Pourquoi pas* liegt in Antibes. Ich kann hinkommen.«
»Freiwillig?«
Lucien lachte. »Nur freiwillig. Anders geht es nicht, schon vergessen? Ist Monsieur Pavlidis an Bord?«
»Darf ich nicht sagen.«
»Ich rufe in zehn Minuten noch mal an. Dann will ich wissen, wo und wann ich ihn treffen kann. *Au revoir.*«
Lucien legte auf. Er ging ins Bad und duschte. Er zweifelte keine Sekunde daran, dass es richtig war, selbst die Initiative zu ergreifen. Auch wenn damit gewisse Risiken verbunden waren.
Nach zehn Minuten drückte er auf Wahlwiederholung.
Eine tiefe Stimme meldete sich. »Hier spricht Thanos Pavlidis. Sie haben Eier, das muss ich zugeben. Wie ist Ihr Name?«
»Verrate ich Ihnen später. Wo wollen wir uns treffen? Ich könnte in einer Stunde in Antibes sein.«
»Sie wollen wirklich kommen? Sie sind entweder sehr mutig oder ein Idiot. Wahrscheinlich beides.«
Dieser Pavlidis war sehr von sich eingenommen – und täuschte sich gehörig in ihm, dachte Lucien.
»In zwei Stunden auf der *Pourquoi pas?*«, schlug Lucien vor.
»In zwei Stunden bin ich auf dem Landsitz eines Freundes beim Tontaubenschießen. Dort können Sie gerne hinkommen. Wenn Sie die Knallerei nicht stört.«
»Solange Sie auf Tontauben schießen, ist es mir egal.«
»Kann ich nicht versprechen.«
»Ich komme trotzdem. Wo ist der Landsitz Ihres Freundes?«
Pavlidis nannte ihm die Adresse. Und wünschte ihm eine gute Fahrt.

Lucien legte lächelnd auf. Der Tag versprach, unterhaltsam zu werden.

Lucien fuhr mit der Vespa. Natürlich nicht über die Autobahn, sondern immer am Meer entlang. An Nizza und dem Flughafen vorbei, über Cagnes-sur-Mer und die Baie des Anges, über La Fontonne bis zum Cap d'Antibes. Er brauchte kein Navi, um den Landsitz von Pavlidis' Freund zu finden. Er war dort schon mal eingeladen gewesen, vor vielen Jahren, zusammen mit seinem Vater. Er glaubte nicht, dass man ihn noch erkennen würde.

Schon damals hatte der Hausherr zum privaten Vergnügen eine Anlage fürs Tontaubenschießen betrieben. Historisch wurden lebende Tauben aus Käfigen freigelassen, damit auf sie geschossen werden konnte. Heute werden beim Skeet und Trap von Maschinen Wurfscheiben in die Luft katapultiert, die man mit einer Flinte treffen muss.

Lucien hörte die Schießerei schon von Weitem. Er fuhr am Eingang des Anwesens vorbei, um seinen Motorroller erst hundert Meter weiter abzustellen. Dort stieg er über die Mauer und lief unter Bäumen zurück Richtung Haupttor. Lächelnd stellte er fest, dass seine Annahme richtig war: Am Eingang stand hinter einem Busch der größere der beiden Griechen und wartete auf ihn. Er hatte eine Maschinenpistole umhängen, die ganz sicher nicht fürs Tontaubenschießen zugelassen war. Lucien schlich sich von hinten an, schnalzte dann mit der Zunge, der Grieche drehte sich um – und sackte zu Boden. Er würde nicht so schnell wieder das Bewusstsein erlangen. Lucien rieb sich die Handkante, dann zog er ihn hinter eine Hecke. Er hängte sich seine Maschinenpistole um und schlenderte durch den Park Richtung Schießanlage.

Zwei Männer standen nebeneinander und legten abwechselnd mit Flinten auf die Wurfscheiben an und gaben ihre Schüsse ab. Er sah sie nur von hinten. Der eine hatte eine gebückte Haltung und war offenbar älter. Er hatte graue Haare und trug Knickerbockerhosen. Lucien glaubte sich an den Gastgeber vor vielen Jahren zu erinnern. Der andere war groß gewachsen und weiß gekleidet. Sein Äußeres, dachte Lucien, passte zu einem Griechen, der mit seiner Jacht vor der Côte d'Azur kreuzte. Er fühlte sich an den griechischstämmigen Sänger Georges Moustaki erinnert. Nur war der schon tot. Das hier war offenbar Thanos Pavlidis.
Sie waren so auf ihre Wurftauben konzentriert, dass sie nicht bemerkten, wie er sich ihnen näherte. Außerdem hatten sie Ohrenschützer auf, die sie genau in diesem Moment abnahmen.
»So, wir machen eine Pause«, hörte er den älteren Herrn sagen. »Ich muss pinkeln, dann komme ich wieder, und wir machen weiter.«
Er drehte sich um und entdeckte Lucien, der völlig entspannt keine zehn Meter hinter ihm stand.
»Wo kommen Sie denn plötzlich her?«, fragte der Alte.
Lucien deutete zu Pavlidis, der ihnen noch den Rücken zukehrte und an seiner Flinte herumfummelte.
»Ich gehöre zu Thanos«, sagte er.
Der Alte nickte und machte sich auf den Weg zu einer kleinen Hütte, in der sich offenbar die Toilette befand.
Jetzt drehte sich auch Pavlidis um.
»Ich kenne Sie nicht. Sie gehören garantiert nicht zu mir.«
Beunruhigt schien er nicht. Vielleicht deshalb, weil er noch seine Flinte in der Armbeuge hielt.
Lucien reichte ihm die Maschinenpistole.

»Die soll ich Ihnen von Ihrem Hanswurst geben, der mich am Tor erwartet hat.«
Pavlidis kniff die Augen zusammen. »Warum hat Ihnen Costas seine Waffe ausgehändigt? Geht es ihm nicht gut?«
War er so begriffsstutzig, oder tat er nur so?
»Ihm fehlt nichts. Er hat sich gerade für ein Mittagsschläfchen hingelegt. Monsieur Pavlidis, wir haben eine Verabredung.«
»Ach so, Sie sind es. Hab nicht gedacht, dass Sie wirklich kommen. Ihre Komplizin kenne ich ja schon …«
»Komplizin? Meinen Sie Chantal?«
»Ich kenne keine Chantal.«
»Das ist die junge Frau, die Sie auf Ihrer Jacht vergewaltigen wollten und die vor Ihnen mit einem Sprung ins Meer geflohen ist.«
Pavlidis lachte schallend.
»Sie sprechen von Natalie. Sie wissen genau, dass das nicht stimmt. Die Schlampe hat mich beklaut, und Sie haben ihr bei der Flucht geholfen.«
Es konnte gut sein, dachte Lucien, dass ihn Chantal mit ihrem Namen angeschwindelt hatte. Warum nicht auch mit ihrer Geschichte?
Pavlidis zielte auf ihn mit seiner Flinte.
Lucien war keine Sekunde beunruhigt. Da sie am Lauf gerade noch gekippt war, wusste er, dass keine Patronen geladen waren. Hätte sich Pavlidis für Costas' Maschinenpistole entschieden, die er sich umgehängt hatte, wäre die Situation kaum bedrohlicher gewesen. Vorsichtshalber hatte Lucien das Magazin geleert und die Munition in einen Teich mit Zierfischen geworfen.
»Monsieur Pavlidis, ich bin hier, damit wir dieses Missverständnis aufklären können. Ich bin zufällig mit

meinem Zodiac vorbeigekommen und habe die Frau, die sich mir später als Chantal vorgestellt hat, aus dem Wasser gefischt.«
»Das soll ich Ihnen glauben?«
»Ich habe Chantal beziehungsweise Natalie für zwei Nächte bei mir wohnen lassen. Dann ist sie getürmt und hat auch mich beklaut. Eine dicke Börse mit Bargeld.«
»Wenn das stimmt, sind Sie vergleichsweise billig davongekommen«, knurrte Pavlidis.
»Wie soll Chantal Sie beklaut haben? Als ich sie an Bord meines Bootes gezogen habe, hatte sie nur ihren Bikini an und garantiert kein Diebesgut dabei.«
Der Grieche hielt seine Flinte immer noch im Anschlag. Aber Lucien merkte, dass er anfing, ihm Glauben zu schenken.
»Da täuschen Sie sich. Mir fehlen fünf hochkarätige, lupenreine Diamanten. Das Miststück wird sie nicht ins Meer geworfen haben.«
Lucien fiel die wasserdichte transparente Schutzhülle ihres Handys ein, die Chantal beim Auftauchen fest umklammert hatte. Selbst hochkarätige Diamanten waren nicht besonders groß. In der Handyhülle wären sie ihm nicht aufgefallen. Erst recht nicht mit Wassertropfen drauf.
»Nein, wird sie nicht«, sagte Lucien grübelnd. »Vielleicht befanden sie sich in ihrer Handyhülle. Das wäre die einzige Möglichkeit.«
»Entweder sind Sie ein brillanter Schauspieler oder …«
Pavlidis sprach nicht weiter, weil der alte Herr von seinem Toilettengang zu ihnen stieß.
»Nimm die Flinte runter, sonst passiert noch was«, sagte der Alte.
Der Grieche nickte und ließ die Flinte sinken.

»Pardon, das war unachtsam.«
»Grob fahrlässig, mein Lieber.«
Der Alte sah Lucien zum ersten Mal genauer an.
»Könnte es sein, dass wir uns schon mal begegnet sind?«
Lucien zögerte. Was machte es, wenn Pavlidis seinen Namen erfuhr? Dann würde er ihm vielleicht eher Glauben schenken und damit aufhören, ihn von seinen Knallchargen verfolgen zu lassen.
»Ja, ist aber schon viele Jahre her, zusammen mit meinem Vater.«
»Mit Ihrem Vater? Sagen Sie bloß, Sie sind der junge Comte de Chacarasse? Sie sehen ihm ähnlich, wissen Sie das?«
Pavlidis sah ungläubig zwischen den beiden hin und her. Lucien nickte bestätigend.
»Mein Vater ist tot.«
»Ich weiß, mein Beileid.« Und an Pavlidis gewandt: »Ich hatte ja keine Ahnung, dass du so noble Freunde hast.«
»Comte de Chacarasse …«, wiederholte der Grieche, immer noch fassungslos.
Auch ein Comte, dachte Lucien, könnte ein Gesetzesbrecher sein und eine Komplizin haben, mit der er reiche Griechen bestahl.
»Wir kennen uns noch nicht so lange«, sagte Lucien lächelnd. »Aber wir verstehen uns prächtig. Ist doch so, Thanos?«
»Ja, ja, prächtig …«
»Ich will nicht länger stören. Thanos, gib mir die Hand, damit wir unseren Deal besiegeln.«
»Ihr habt einen Deal? Klingt interessant.«
Weil Pavlidis zögerte, half ihm Lucien auf die Sprünge.
»Wir sind beide bei einem Geschäft übers Ohr gehauen worden. Wir haben uns gerade verpflichtet, unsere Inte-

ressen zu koordinieren und den finanziellen Verlust nach Möglichkeit auszugleichen«, erklärte er.
Hoffentlich verstand Pavlidis, was er damit meinte. Dass es nämlich keinen Sinn machte, ihn weiterhin der Komplizenschaft zu verdächtigen. Er sollte ihn gefälligst in Ruhe lassen. Und hoffen, dass Lucien der abgetauchten Chantal alias Natalie auf die Spur kam und die Diamanten wiederbeschaffen konnte. Auch sein geklautes Bargeld. Pavlidis konnte nicht wissen, dass ihm dieser Verlust gleichgültig war. Es ging noch um was anderes: Lucien ließ sich nicht gerne übers Ohr hauen. Auch diese Schande galt es auszuwetzen. Chantals Version von der versuchten Vergewaltigung hatte er längst abgehakt. Er hätte sie von Anfang an in Zweifel ziehen sollen.
Pavlidis reichte ihm die Hand.
»Wir sind uns einig. Der Deal steht. Bei erfolgreichem Abschluss steht Ihnen, äh, dir eine Provision zu.«
Die Interpretation war einfach: Bei Wiederbeschaffung der Diamanten würde sich der Grieche erkenntlich zeigen. Das aber war unter Luciens Niveau. Er war ganz sicher nicht Pavlidis' Erfüllungsgehilfe, der sich dafür bezahlen ließ.
»Ich werde mich bei Gelegenheit melden«, kündigte Lucien dennoch an. »Ich brauche noch ein paar Hintergrundinformationen.«
Ihn interessierte, wie sich Chantal an Pavlidis rangemacht hatte. Vielleicht hatte sie irgendeine unbedachte Äußerung gemacht, die half, ihr auf die Spur zu kommen?
»Immer gerne. Nur noch eine Frage: Wie geht es meinem Mitarbeiter Costas? Es beunruhigt mich, dass er immer noch nicht aufgetaucht ist.«
»Wie ich schon sagte, er macht ein Nickerchen. Kein Grund zur Sorge.«

Der Alte klopfte Lucien auf die Schulter. »Dein Vater war ein brillanter Tontaubenschütze, weißt du das?«
»Nein, habe ich nicht mitbekommen.«
»Willst du es auch mal probieren?«
Pavlidis deutete auf seine Flinte. »Schon mal gemacht?«
Lucien schüttelte wahrheitsgemäß den Kopf. Er hatte schon auf vieles geschossen, aber nicht auf Tontauben.
»Nein, kann aber nicht so schwierig sein«, rutschte ihm heraus.
Pavlidis lachte. »Kleine Wette gefällig? Hundert Euro, dass du bei den ersten vier Schüssen keine einzige Wurfscheibe triffst.«
Der Einsatz, dachte Lucien, war zu niedrig. Etwas mehr Ansporn konnte nicht schaden.
»Sagen wir tausend Euro.«
»Du gefällst mir. Umgekehrt zahlst du mir tausend Euro, wenn du viermal ins Leere schießt.«
»Natürlich. Was ist, wenn ich alle vier treffe?«, sagte Lucien.
»Das gibt's nicht«, erklärte der Alte. »Das hätte ohne Übung nicht einmal dein Vater geschafft.«
»War Spaß, ich hoffe, dass ich wenigstens eine dieser Tauben treffe. Wer zeigt mir, wie es funktioniert?«
»Das mache ich«, sagte Pavlidis.
Er legte die Maschinenpistole auf einen Stehtisch, um Lucien die Flinte zu erklären. Es handelte sich um eine Bockdoppelflinte mit übereinander angeordneten Läufen. Kaliber zwölf. Schrotmunition. Das erkannte Lucien auf den ersten Blick. Dennoch tat er so, als ob er Pavlidis aufmerksam zuhören würde. Interessanter war die einzunehmende Schießposition, die ihm Pavlidis anschließend zeigte. Aber die ergab sich eigentlich von selbst. In einem sogenannten Bunker befand sich die Wurfmaschine.

Alles klar. Dass die Herausforderung darin bestand, der Flugbahn zu folgen und dabei etwas vorzuhalten, war offensichtlich. Er sollte die Geschwindigkeit und die Flugbahn einige Male sehen, um alles abschätzen zu können.

»Würdest du bitte zuerst schießen«, bat Lucien. »Damit ich sehe, wie man's macht.«

»Gerne«, sagte Pavlidis und setzte sich die Ohrenschützer auf.

Lucien hielt sich die Ohren zu.

Aus der Wurfmaschine stiegen die ersten Scheiben in die Luft. Pavlidis schoss nicht schlecht. Er traf eine von vieren.

Der Grieche lud nach und reichte ihm die Flinte. Auch die Ohrenschützer.

Lucien nahm die Schießposition ein. Er freute sich auf die Herausforderung.

Erste Scheibe. Treffer ... Na bitte, war doch nicht so schwierig. Die tausend Euro gehörten ihm schon. Zweite Scheibe. Am Rand getroffen, aber der Treffer zählte. Kurze Pause. Nachladen. Dritte Scheibe. Voll in die Mitte. Vierte Scheibe. Jetzt nicht nachlassen. Konzentration. Auch wenn es dabei um nichts mehr ging. Leider, er hätte die Wette erhöhen sollen. Die Scheibe eierte in der Luft. Trotzdem ... Auch den vierten Schuss brachte er ins Ziel.

Lucien nahm die Ohrenschützer ab.

Pavlidis sah ihn fassungslos an. Der Alte klatschte in die Hände.

»Du bist ein echter Chacarasse. Dein Vater wäre stolz auf dich.«

25

Nach dem aus seiner Sicht erfolgreichen Treffen mit Thanos Pavlidis war Lucien am späten Nachmittag bester Laune. Und um tausend Euro reicher. Der Grieche hatte seine Wettschulden sofort beglichen. Ob er auch sonst ein Ehrenmann war, stellte Lucien infrage. Es kam ihm verdächtig vor, dass Pavlidis einfach so fünf hochkarätige Diamanten herumliegen hatte. In bestimmten Kreisen dienten solche Edelsteine als Zahlungsmittel – bei illegalen Geschäften. Aber das konnte ihm egal sein. Hauptsache, Pavlidis ließ ihn nicht länger verfolgen. Von dieser Annahme ging er nach ihrem Handschlag aus. Sobald er Zeit hatte, würde er sich auf die Suche nach Chantal machen, die so wohl nicht hieß. Wahrscheinlich auch nicht Natalie. Um die Diamanten ging es ihm dabei am wenigsten. Heute Abend hatte er ganz sicher Besseres vor.

Francine hatte sich geweigert, mit der Vespa zu fahren. Also entschied er sich, sie mit dem Zodiac abzuholen. Mit dem Risiko, dass sie auch von diesem Transportmittel wenig angetan war. Doch mit dem Citroën seines Vaters wollte er sie keinesfalls chauffieren. Das würde bei ihr ungute Assoziationen wecken. Hoffentlich, überlegte Lucien, war sie für eine kurze Bootsfahrt nicht zu fein angezogen. Er hatte zwar extra die Sitzbank geputzt, aber gewiss nicht so perfekt, wie das Rosalie hingebracht hätte. Hochhackige Schuhe wären auch wenig hilfreich. Auf dem Boot könnte sie diese allerdings ausziehen. Auch auf den Stufen hinunter zum Wasser.

Einmal mehr stellte Lucien fest, dass er Francine in keinster Weise einschätzen konnte. Faktisch wusste er nichts von ihr. Nur, dass sie den Ring seiner Mutter trug. Und ganz sicher die Geliebte seines Vaters gewesen war. Darüber hinaus war sie ein Buch mit sieben Siegeln. Rätselhaft und geheimnisvoll. Wie aus einer anderen Welt. Rosalie, die er hatte aushorchen wollen, hatte jede Information verweigert. Da müsse er Francine schon selbst fragen, hatte sie erklärt. Sie sei kein Auskunftsbüro. Nun denn, genau deshalb hatte er Francine heute Abend zum Essen eingeladen. Um mehr über sie zu erfahren. Natürlich wollte er ihr auch sein Restaurant zeigen, das war kein Vorwand gewesen. Zudem ... zudem erhoffte er sich einige schöne Stunden mit ihr. Denn ganz zweifellos war sie eine aufregende Frau.

Pünktlich um neunzehn Uhr fuhr Francine mit ihrem roten Alfa-Cabrio bei der *Villa Béatitude* vor. Lucien erwartete sie vor dem Eingang. Rosalie, die an seiner Seite stand, sagte, dass er keinen Mist bauen solle. Sonst bekomme er es mit ihr zu tun. Bevor er fragen konnte, wie sie das meinte, stellte Francine den Motor ab. Jetzt war es zu spät. Denn weil Rosalie schlecht hörte, sprach sie umso lauter.

Erleichtert stellte er fest, dass Francine sportiv gekleidet war. Hautenge Jeans und Ledersandalen. Eine lässige Bluse. Offenbar weil sie wusste, dass es sich beim *P'tit Bouchon* um keinen Nobelschuppen handelte. Sie hatte sich angepasst. Und doch strahlte sie eine natürliche Eleganz aus, die man schwer erlernen konnte. Er fühlte sich an Grace Kelly erinnert. Was nicht nur an ihrer sündhaft teuren Handtasche lag, die, wie er erkannte, von Hermès stammte. Um den Hals trug Francine eine schlichte Perlenkette. Und am Finger den Smaragdring seiner Mutter.

Auch Lucien hatte sich anständig angezogen. Jedenfalls für seine Verhältnisse. Gebügelt war die Leinenhose nicht, wie Rosalie prompt bemängelt hatte. Aber jetzt sei es zu spät. Er würde es nie lernen.

»Sie haben hoffentlich einen Tisch reserviert«, sagte Francine.

War das als Witz gedacht? Wie sollte man das wissen, wenn sie dabei nicht lächelte?

Lucien schlug sich grinsend an den Kopf. »*Quelle merde*, habe ich vergessen.«

Sie hob eine Augenbraue. »Sie hätten Ihre Sekretärin bitten sollen.«

Das war ganz sicher ein Witz.

»Ja, aber die hatte heute frei.«

»Wollen wir es trotzdem versuchen? Wo ich schon mal hier bin.«

Rosalie wackelte verständnislos mit dem Kopf.

»Ich glaube, ihr seid irre. Das *P'tit Bouchon* gehört ihm doch. Da wird er wohl einen Tisch bekommen.«

»Rosalie, da haben Sie mal wieder recht«, entgegnete Francine. »Meine Sorge ist also unbegründet.«

»Sag ich doch.«

Francine sah sich um.

»Womit fahren wir? Mit meinem Alfa?«

»Ich bin mit dem Zodiac hier. Was halten Sie von einer kleinen Bootspartie?«

»Keine Einwände.«

Euphorisch klang das nicht. Aber immerhin.

»Ich war mir nicht so sicher. Schließlich haben Sie die Vespa abgelehnt.«
»Da haben Sie mich falsch verstanden. Ich liebe Motorroller. Aber nur, wenn ich selbst fahre.«
Schon musste er seine Meinung revidieren, dachte Lucien. Allerdings mit der Schlussfolgerung, dass sie seinen Fahrkünsten misstraute.
Sie verabschiedeten sich von Rosalie, die ihnen einen schönen Abend wünschte. Francine solle keinesfalls die *escargots à la provençale* bestellen, gab sie ihr als Rat mit. Von den Weinbergschnecken sei ihr mal schlecht geworden.

Die Überfahrt verlief ohne Zwischenfälle. Was sollte auch passieren? Nicht jeden Tag machte eine panische Chantal auf sich aufmerksam und sprang von der Reling. Überraschend war die kurze Fahrt über die Bucht von Villefranche trotzdem. Denn auf halber Strecke fragte Francine, ob sie das Steuer übernehmen dürfe. Er machte Platz – und stellte fest, dass er nichts erklären musste. Auch dass er aus falsch verstandener Rücksicht offenbar zu langsam gefahren war. Francine schob die Gashebel nach vorne.
Lucien schaute sie von der Seite an. Was ging in dieser Frau vor? Auch die Vespa hätte sie lieber selbst gefahren. Hatte sie Angst, die Kontrolle abzugeben?
Sie näherten sich Villefranche. Lucien deutete zur Mole. Er wollte das Steuer übernehmen, denn sie mussten durch einige ankernde Boote hindurchmanövrieren. Auch erforderte das Anlegen Erfahrung.
»Das kann ich selbst«, beschied Francine ihm und verteidigte ihren Platz im Cockpit.
Wie sich herausstellte, konnte sie es wirklich. Zentimetergenau steuerte sie in die Lücke an der Mole und kam

exakt im richtigen Abstand zum Stehen. Lucien war beeindruckt. Er sprang mit einer Leine an Land und machte das Boot fest.
Dabei dachte er, dass sein Vorhaben, heute Abend einiges über Francine zu erfahren, vielversprechend begonnen hatte. Schon jetzt hatte er unerwartete Seiten kennengelernt. Schlauer war er deshalb nicht aus ihr geworden.
Nach einem kurzen Fußweg kamen sie im *P'tit Bouchon* an. Seine *équipe* wusste, dass er jemanden mitbrachte. Aber nicht, wen. Ersatzweise empfing Paul die Gäste. Lucien hatte sich freigenommen und gesagt, er wolle sich mit seiner Begleitung wie ein ganz normaler Gast fühlen. Interessanterweise verhielt sich Paul bei Francine völlig anders als bei Chantal. Bei ihr hatte er Lucien vieldeutige Blicke zugeworfen und anerkennend mit der Zunge geschnalzt. Francine dagegen begegnete er ausnehmend höflich. Er ließ es sich nicht nehmen, die beiden zu ihrem Tisch in der Ecke zu begleiten. Dabei hätte Lucien wirklich allein hingefunden. Galant schob er Francine den Stuhl zurecht. So aufmerksam hatte er den riesigen Kerl noch selten erlebt.
Adèle eilte herbei und fragte, ob sie zum Auftakt zwei Gläser Champagner servieren dürfe. Machte sie das sonst auch? Bei ihrer Frage sah sie Francine an, nicht ihn. Lucien kam sich vor, als ob er Francines Begleiter wäre. Nicht umgekehrt. Außerdem gehörte ihm das Lokal. Verkehrte Welt. Woran lag's? Wohl an Francines Auftreten. Sie hatte das gewisse Etwas, das sich schwer erklären ließ. Man merkte ihr an, dass sie es gewohnt war, bevorzugt behandelt zu werden. Ohne dabei arrogant zu wirken. Das konnte man nicht lernen. So etwas war einem in die Wiege gelegt. Oder war es die Erziehung? Er selbst kam ja auch aus keinem schlechten Haus, aber er war mit

anderen Werten groß geworden, er hatte andere Fähigkeiten erworben. Von denen er hoffte, sie nie anwenden zu müssen. Lucien lächelte. Na ja, beim Tontaubenschießen hatten sie ihm heute tausend Euro eingebracht. Ein Trinkgeld im Vergleich zum Honorar von Edmonds Aufträgen. Aber ehrlich verdientes Geld.
Paul kam mit einer Schiefertafel vorbei, auf der die Tagesgerichte standen. *Loup de mer au fenouil,* Wolfsbarsch mit Fenchel. *Gigot d'agneau,* Lammkeule …
»Mir gefällt Ihr Lokal«, sagte Francine. »War Ihr Vater jemals hier?«
»Leider nein. Er war nicht glücklich über meine Berufswahl.«
»Ich weiß. Aber er hätte Sie trotzdem mal besuchen können.«
»Ja, wäre schön gewesen.«
»Vielleicht hätte er es noch getan. Ganz bestimmt sogar. Leider hat er keine Gelegenheit mehr dazu.«
Aus der Küche eilte Roland quer durch das Lokal an ihren Tisch. Dabei hielt er seine rutschende Kochmütze fest. Er hatte sich eine frische Schürze umgebunden. Das war sicher nötig gewesen, denn üblicherweise verwendete er sie auch als Topflappen.
»Darf ich vorstellen«, sagte Lucien, »das ist Roland, der Maître de Cuisine. Mit ihm steht und fällt der Erfolg des *P'tit Bouchon.*«
Francine reichte ihm die Hand.
»Ich habe schon viel von Ihnen gehört. Ich freue mich, Ihre Bekanntschaft zu machen.«
Viel von ihm gehört? Lucien hatte noch nie von ihm gesprochen.
»Vergesst die Speisekarte«, sagte Roland. »Wenn es recht ist, zaubere ich euch ein Überraschungsmenü.« Er führte

seine Finger an die Lippen und küsste sie. »Vom Feinsten. Lasst euch überraschen.«
Lucien fragte sich, was in ihn gefahren war. Roland hatte ihn noch nie mit einem *menu surprise* überrascht. Plötzlich kam er auf die einzig mögliche Erklärung. Rosalie hatte ihrem Neffen Paul angekündigt, dass er heute mit einem ganz besonderen Gast kommen werde. Jetzt war klar, warum sich alle so sehr ins Zeug legten. Das lag nicht nur an Francines Persönlichkeit.
Lucien lächelte. »Hört sich gut an. Dann zeig mal, was du kannst.«
»Gibt es irgendwas, was Sie nicht mögen?«, fragte Roland an Francine gerichtet.
Sie warf Lucien einen Blick zu. Zum ersten Mal glaubte er, ein leises Lächeln zu erkennen.
»Bitte keine *escargots à la provençale.* Auf Weinbergschnecken bin ich allergisch. Sonst mag ich eigentlich alles.«
Lucien dachte an Rosalies Warnung. Sicher ahnte auch Francine, dass nichts dran war. Doch diesen kleinen Spaß gönnte sie sich.

Der Auftakt war schon mal gelungen. Auch der weitere Abend übertraf Luciens Erwartungen. Nicht nur hinsichtlich des kreativen Menüs, das sich Roland einfallen ließ. Auch Francine zeigte sich nach dem Champagner und dem ersten Glas Wein weniger verschlossen, als er erwartet hatte.
Die schwierigste Klippe meisterten sie gleich zu Beginn. Lucien nahm seinen Mut zusammen und deutete auf ihren Smaragdring.
»Ich kenne ihn.«
Sie nickte. »Ich weiß.«

»Weshalb mir klar ist, dass Sie für meinen Vater mehr waren als seine Sekretärin.«
Sie sah ihn lange an. »Seit über einem Jahr«, sagte sie schließlich. »Wir haben uns meistens in meinem Appartement in Monte Carlo getroffen. Nur dort sind wir auch gemeinsam ausgegangen. Damit wir uns häufiger sehen, habe ich die Tätigkeit in der *Villa Béatitude* angenommen. Übergangsweise. Irgendwann wollten wir mit dem Versteckspiel aufhören.«
Lucien hatte nicht erwartet, dass sie so offen sein würde. »Fürs Versteckenspielen gab es ja auch keinen Anlass. Warum sollten Sie nicht mit meinem Vater zusammen sein? Meine Mutter ist schon lange tot.«
»Schön, dass Sie das so sehen. Aber wir hatten unsere Gründe.«
Diese Erklärung, dachte er, sollte er akzeptieren. Für den Moment jedenfalls.
»Aber Rosalie wusste Bescheid?«
»Natürlich. Ihr entgeht sowieso nichts.«
»Mein Vater konnte sich glücklich schätzen, Sie kennengelernt zu haben«, stellte Lucien fest.
»War das ein Kompliment? Vielen Dank. Umgekehrt kann auch ich mich glücklich schätzen, einen so großartigen Mann wie Alexandre kennengelernt zu haben. Dass er um einiges älter war, hat mich nie gestört. Er war einfach fantastisch.«
Lucien merkte, wie sie mit den Tränen kämpfte.
»Aber ich hätte mir mehr Zeit gewünscht als nur ein gutes Jahr.«
Am liebsten hätte er ihre Hand genommen und sie getröstet. Aber er traute sich nicht.
Zum Glück servierte Paul gerade *artichauts* mit Zitronen-Vinaigrette.

Zur Ablenkung ließ sich Francine von ihm die Geschichte des *P'tit Bouchon* erzählen. Auch wie sein normaler Alltag bis zum Tod seines Vaters abgelaufen war, wollte sie erfahren. Ob sie es wirklich interessierte, wusste er nicht. Aber sein Alltag war unverfänglich – solange er seine Liebschaften aussparte. Wobei er auch aus diesen kein Geheimnis machen müsste. Aber er wollte in ihren Augen nicht als Taugenichts dastehen. Als Filou mit allzu lockerem Lebenswandel.

Später gelang es Lucien, das Gespräch umzudrehen und auf ihre Person zu lenken. Dass sie in Monte Carlo ein Appartement bewohnte, wusste er bereits. Aus dem, was sie darüber hinaus erzählte, formte sich langsam ein Bild. Es bestätigte sich, dass Francine einen elitären Hintergrund hatte. Ihr Vater war Diplomat, weshalb sie in Washington und in Tokio aufgewachsen war. Den Highschoolabschluss hatte sie in London gemacht. Finanziell schien sie unabhängig zu sein und nicht darauf angewiesen, Geld zu verdienen. Seit fünf Jahren lebte sie in Monte Carlo, wo sie eine Zeit lang in einer Privatbank gearbeitet hatte. Lucien überlegte, ob es jene war, wo die Chacarasse seit Generationen ihre Reserven horteten. Aber Francine verschwieg den Namen. Und er wollte nicht zu neugierig erscheinen. Doch hielt er es für möglich, dass Francine seinen Vater genau in dieser Bank kennengelernt hatte.

Am späteren Abend, nach einer *mousse au chocolat* auf Beeren und mit Balsamico, hielt Lucien den Zeitpunkt für gekommen, eine wichtige Frage abzuklären. Die wichtigste überhaupt. Nämlich, was und wie viel Francine von dem wusste, was sein Vater gemacht hatte. Was die Profession seiner Familie war. Und inwieweit er ihr vertrauen konnte.

»Francine, weil wir uns gerade so nett unterhalten, könnten Sie mir verraten, was Sie von meiner Familie halten?«
Sie sah ihn überrascht an. Und sie brauchte Bedenkzeit.
»Von Ihrer Familie? Was soll ich von ihr halten? Ich kenne ja niemanden. Auf der Trauerfeier habe ich Ihrem Onkel Edmond kondoliert. Das war's auch schon.«
»So meinte ich das nicht. Und ich denke, das wissen Sie.«
»Pardon, aber ich kann Ihnen nicht folgen.«
Warum machte es ihm Francine so schwer?
»Dann formuliere ich es anders. Auf der Grabplatte in Roquebrune steht unser Familienmotto: *Obligé aux vivants et aux morts.* Verpflichtet den Lebenden und den Toten. Hat Ihnen mein Vater je die Bedeutung erklärt?«
Sie runzelte die Stirn. »Wie sollte er? Ich habe diesen Spruch zum ersten Mal auf seiner Urnenbeisetzung gelesen. Da konnte er mir den tieferen Sinn nicht mehr erläutern.«
Eine makabre Begründung. Lucien stand kurz davor, aufzugeben.
»Letzter Versuch: Wie, glauben Sie, hat meine Familie ihr Vermögen verdient?«
Wieder ließ sie sich mit der Antwort Zeit.
»Ich habe keine Ahnung. Und ehrlich gesagt will ich es gar nicht wissen. Mich interessiert die Gegenwart, nicht die Vergangenheit.«
War das eine versteckte Andeutung? Wie auch immer, er stellte fest, dass er nicht weiterkam.
Resignierend ließ er den Pomerol im Glas kreisen. Bis jetzt war es ein schöner Abend gewesen. Francine hatte ihn in ihren Bann gezogen. Mit ihrem fantastischen Aussehen. Mit ihrer Art zu sprechen, bei der jedes Wort mit Bedacht gewählt war. Wie sie das Essen zu genießen wusste. Auch den Wein. Wie sie die Blicke auf sich zog,

ohne sich in den Vordergrund zu spielen. Unwillkürlich fiel ihm Chantal ein. Sie war laut und temperamentvoll gewesen. Zwischen ihr und Francine lagen Welten.

Aber dass er bei der entscheidenden Frage des Abends nicht weitergekommen war, trübte seine Stimmung. Sie hatte ihn auflaufen lassen.

Francine strich sich eine Locke aus der Stirn und sah ihm in die Augen.

»Lassen Sie es mich so ausdrücken«, sagte sie mit leiser Stimme. »Ich mache mir so meine Gedanken. Und ja, Alexandre hat einige Andeutungen gemacht. Weshalb ich …« Sie schluckte. »Weshalb ich nicht glaube, dass er an einem Herzinfarkt gestorben ist. Auch denke ich, dass Sie nicht wegen eines neuen Rezepts nach Lyon gefahren sind. Soll ich Paul fragen, ob er für seine Küche einen *Poissonnier* gesucht hat? Was für ein Pech, dass ausgerechnet dieser Didier Pascal vor einen Zug gelaufen ist … Wie gesagt, ich mache mir so meine Gedanken. Darüber reden möchte ich nicht. Genügt Ihnen diese Antwort?«

Lucien nickte. »Doch, natürlich. Ich bin froh, dass Sie so ehrlich waren.«

Wieder strich sie sich die Locke aus der Stirn. War das ein Zeichen von Verlegenheit?

»Dann ist ja alles gut. Ich denke, ich habe mir einen Digestif verdient.«

»Ich brauch auch einen«, sagte Lucien.

»Wie wollen Sie mich eigentlich heimbringen? Für den Straßenverkehr haben Sie zu viel getrunken. Und vom Zodiac möchte ich ungern im Dunkeln die Felsen hochklettern.«

»Paul wird Sie fahren. Er weiß Bescheid. Soll er Sie direkt nach Monte Carlo bringen? Ihren Alfa können wir ja morgen holen.«

»Nein, zur *Villa Béatitude* reicht völlig. Rosalie hat für mich das Gästezimmer vorbereitet.«
Rosalie, die gute Seele, hatte an alles gedacht.
»Ich bleibe in Villefranche«, sagte er.
Sie hob eine Augenbraue. »Ist auch besser so.«

26

Die Tür zum Salon hatte Lucien von innen verriegelt. Der schwere Bilderrahmen mit Renoirs *Femme dans un jardin* war zur Seite geschwenkt. Der Wandtresor geöffnet. Er saß im Lehnstuhl seines Vaters und studierte die Anweisungen aus Edmonds Umschlag. Minutiös hatte er den Weg beschrieben, auf welchem das Honorar vom geheimen Offshore-Konto an allen Finanzbehörden vorbeigeschleust wurde, um schließlich »gewaschen« in der Legalität anzukommen. Auf den ersten Blick schien das Prozedere total kompliziert, auf den zweiten verblüffend einfach. Er würde Edmonds Hilfe wohl nicht in Anspruch nehmen müssen. Wahrscheinlich, dachte er, könnte ihm auch Francine zur Seite stehen. Schließlich hatte sie in einer monegassischen Bank gearbeitet. Doch so weit ging sein Vertrauen selbst nach dem gestrigen Abend nicht.

Im *bureau* hatte er vor wenigen Minuten mit ihr eine Tasse Kaffee getrunken. Sie hatte sich für die nette Einladung bedankt. Auch für die anregende Unterhaltung. Anregend? Nach Luciens Geschmack hätte ihr Dank durchaus etwas weniger förmlich ausfallen können. Aber so war sie wohl. Immer auf Abstand und Kontrolle bedacht. Er fragte sich, ob es ihm je gelingen würde, diesen Schutzwall zu überwinden. Gestern Abend hatte es

Momente gegeben, da glaubte er sich kurz davor. Passiert war es dann doch nicht.

Lucien wendete sich wieder Edmonds »Fahrplan« zu. Auf seinem Laptop manövrierte er sich über einen verschlüsselten Link der Offshore-Bank zu seinem Konto. *Et voilà!* Das Geld war wirklich da. Eine Sechs mit fünf Nullen. Die Zahl war beeindruckend. Und von einer schlichten Schönheit. Sie ließ nicht erkennen, wofür sie stand, wie sie zustande gekommen war. Nur dass es sich um Euro handelte, war vermerkt.

Lucien löschte den Link und klappte den Laptop zu. Den Umschlag legte er zurück in den Wandtresor. Die Stahltür rastete in die Verriegelung. Der Renoir schwenkte wieder an seinen Platz.

Ihm kam der Gedanke, dass ein offensichtlich wertvolles Gemälde des großen Malers eine ziemlich idiotische Tarnung war. Etwaige Einbrecher würden sich selbstredend für das Bild interessieren. Und dabei zwangsweise auf den dahinter verborgenen Tresor stoßen. Allerdings war dieser mit der neuesten Technik gesichert. Als Willkommensgruß bekämen sie bei der ersten Berührung einen Stromschlag verpasst, der zwar nicht tödlich war, aber sie ganz sicher flachlegen würde. Rosalie wusste, dass sie dort nie abstauben durfte.

Auf der Treppe kam sie ihm prompt entgegen.

»Ich habe dir ein Paket auf deinen Schreibtisch gestellt. Ist heute Morgen angekommen und an deinen Vater adressiert.«

»Was ist drin?«

»Wie soll ich das wissen? Ich hab doch keine Röntgenaugen.«

»Nur Hühneraugen …«, feixte er.

»Du bist unmöglich«, empörte sie sich. »Ich sollte dich übers Knie legen und dir den Hintern versohlen.«

»Tut mir leid. Ist mir so rausgerutscht.«

Sie hielt die Hand ans Ohr. »Worauf bist du ausgerutscht?«

»Auf nichts«, sagte er mit erhobener Stimme. »Ich habe mich nur für meine Frechheit entschuldigt.«

Sie drohte ihm mit dem Finger. »Das will ich dir auch geraten haben. Jetzt geh schon rauf zu Francine. Sie hat mir übrigens vom gestrigen Abend vorgeschwärmt, der ganz wunderbar gewesen sei. Das Essen habe hervorragend geschmeckt. Von dir war sie auch ganz angetan. Hast also meinen Rat beherzigt und dich von deiner besten Seite gezeigt. *Bon garçon!*«

Lucien freute sich, auf dem Umweg über Rosalie nun doch zu erfahren, dass Francine den gestrigen Abend mehr als nur *nett* und *anregend* empfunden hatte. Das hätte sie ihm wirklich auch selbst sagen können.

»Hast du eigentlich deinem Neffen Paul angekündigt, dass ich mit einer Dame kommen werde, die dir besonders am Herzen liegt?«, fragte er.

Rosalie schaute verlegen. »Nun ja, ich dachte, das kann nicht schaden. Francine ist sicherlich Besseres gewohnt als dein *P'tit Bouchon* …«

»Weil wir keinen Michelin-Stern haben? Dafür sind wir jeden Abend ausgebucht. Das ist die beste Referenz, die es gibt. Ach so, was ich dich fragen wollte: Wie ist Paul mit dir verwandt?«

Sie kratzte sich am Kopf. »Da muss ich nachdenken. Genau genommen ist er ein Neffe zweiten Grades, also der Sohn einer Cousine meines Vaters, die wiederum die Tochter eines Bruders … Ähm, oder so ähnlich. Sind jedenfalls schon alle tot.«

»Paul lebt noch.«
»Ja, ein Glück. Er hat früher mit anderen starken Jungs im Ring gerauft. Dabei hätte er auch sterben können.«
»Catcher bringen sich nicht um, sie tun nur so.«
»Wirklich? Jedenfalls bin ich froh, dass er jetzt als Kellner arbeitet. Das ist ungefährlicher.«
Lucien lachte. »Ja, mit aufmüpfigen Gästen würde Paul im Handumdrehen fertig. Dafür müsste er nicht einmal sein Tablett mit Gläsern abstellen. Aber wir haben keine renitenten Gäste. Bei uns sind alle friedlich.«
»Wie schön, mein Junge. Und jetzt geh endlich ins *bureau*. Vom Stehen auf der Treppe bekomme ich taube Füße.«

Im Unterschied zu gestern Abend hatte Francine wieder eines ihrer hautengen Kleider an und trug dazu hochhackige Schuhe. Schon seltsam, dachte er. Normale Frauen würden sich so für eine Einladung am Abend anziehen, dagegen im Büro Jeans mit Sandalen tragen. Also genau umgekehrt. Aber Francine … sie war eben keine normale Frau.
Ihm fiel sein Offshore-Konto ein. Einen Teufel würde er tun und es ihr gegenüber erwähnen. Aber eine Frage hatte er dennoch.
»Soviel ich weiß, hat mein Vater regelmäßig Geld an gemeinnützige Organisationen gespendet. Wissen Sie zufällig davon?«
Sie legte den Kopf zur Seite und musterte ihn.
»Natürlich weiß ich davon. Warum fragen Sie?«
»Weil ich diese Tradition fortsetzen möchte.«
»Wie schön, das würde Ihrem Vater gefallen.«
»Können Sie die Namen der Organisationen feststellen, an die er aktuell gespendet hat?«

»Das muss ich nicht, die Liste habe ich im Kopf. Schließlich habe ich sie mit Alexandre gemeinsam erstellt.«
Schon wieder überraschte ihn Francine. Das wurde langsam zur lieben Gewohnheit. In Zukunft würde er bei ihr einfach mit allem rechnen, dann war er vor Überraschungen gefeit.
»Soll ich Ihnen die Empfänger aufschreiben?«, fragte sie. »Auch den Schlüssel, nach dem wir die Spenden verteilt haben?«
»Ja bitte, tun Sie das. Wahrscheinlich kennen Sie auch die konkreten Geldbeträge, vielleicht können Sie diese zur Orientierung dazuschreiben?«
Das war ein Schuss ins Blaue. Sollte sie die Höhe der Spenden kennen, wusste sie wahrscheinlich noch viel mehr.
Sie kniff die Augen zusammen, dann schüttelte sie langsam den Kopf. »Nein, Lucien, da muss ich Sie enttäuschen. Wir haben nie über konkrete Zahlen gesprochen. Aber die Liste mit den Empfängern haben Sie in fünf Minuten auf Ihrem Schreibtisch.«
Unwillkürlich sah er dorthin und entdeckte das Paket, von dem Rosalie gesprochen hatte.
»Wissen Sie, was drin ist?«
Er stellte fest, dass er Rosalie dieselbe bescheuerte Frage gestellt hatte.
»Woher sollte ich das wissen?«, bekam er prompt zur Antwort. »Wird hoffentlich keine Bombe sein.«
Aha, das war wieder mal einer ihrer Scherze. Doch so abwegig war der Gedanke bei der Profession seines Vaters nicht.
»Dann gehen Sie besser raus, wenn ich es öffne.«
»Ich bleibe. Erstens liebe ich das Risiko. Zweitens ist als Absender eine Vertriebsfirma in Toulouse angegeben. Klingt harmlos.«

»Vielleicht eine neue Pumpe für unseren Springbrunnen?«
»Eher nicht. Ich habe die Firma recherchiert. Sie ist auf professionelle Flugdrohnen spezialisiert.«
Er musste lächeln. Francine hatte also bereits den Absender überprüft. Offenbar nahm sie nicht nur Zeitungen genauer unter die Lupe, die auf seinem Tisch lagen. Geheimnisse sollte er dort besser nicht platzieren.
»Also wissen Sie doch, was drin ist. Hat mein Vater je erwähnt, dass er eine Drohne bestellt hat?«
»Nein, ich kann mich nicht erinnern. Aber beim Erwerb von Spielzeug hat Alexandre nie meinen Rat gesucht. Da fehlt mir jede Fachkompetenz.«
Lucien wusste, dass sein Vater mit *Spielzeug* nichts anfangen konnte. Wenn er eine Drohne bestellt hatte, dann ganz gewiss nicht, um sich damit die Zeit zu vertreiben.
Sie reichte ihm eine Schere, mit der er das Paket öffnete. Tatsächlich befand sich eine gut verpackte und mit Styropor geschützte Flugdrohne darin. Genauer gesagt handelte es sich um einen faltbaren Quadrocopter mit Kamera und besonders großer Reichweite. So stand es jedenfalls auf dem Aufkleber.
»Keine Bombe«, stellte er fest.
Im Unterschied zu seinem Vater hatte Lucien Spaß am sinnentleerten Spiel mit technischen Geräten. Er freute sich schon darauf, die Drohne auszuprobieren. Danach würde er überlegen, was sein Vater mit ihr vorgehabt hatte. Dass man mit dem Quadrocopter viele verbotene Dinge anstellen konnte, lag auf der Hand. Das musste man seinem Vater lassen: Er war mit der Zeit gegangen.

27

Die nächsten Tage verliefen ohne besondere Ereignisse. Lucien merkte erst jetzt, dass es dafür auch höchste Zeit war. Zu viel war in den Wochen seit dem Tod seines Vaters geschehen. Er brauchte dringend eine Phase der Entschleunigung. Um zur Ruhe zu kommen. Um das Erlebte zu verarbeiten und seine Gedanken zu sortieren.
Francine traf er regelmäßig im *bureau*. Sie war nicht mehr ganz so unterkühlt wie vor ihrem Abendessen im *P'tit Bouchon*. Richtig locker war sie aber auch nicht. Ob sie das in seiner Gesellschaft je werden würde?
Die Planung für sein Appartement in der *Villa Béatitude* kam voran. Francine hatte ihm eine Innenarchitektin vorgestellt, die sich um alles kümmerte. Dabei wollte er gar nichts Besonderes, nur ein cooles Appartement mit einem modernen Bad und einem großen Fenster mit Blick auf den Park. Das sollte wohl zu schaffen sein.
Die Pumpe für den Springbrunnen war eingetroffen. Jetzt musste sie nur noch montiert werden. Bei seinem Zodiac hatte er die Propeller der Außenborder ausgewechselt. Im *P'tit Bouchon* freute sich Roland über eine neue Grillstation. Bei der Inbetriebnahme hatte er fast die Küche in Brand gesetzt.
Rosalie war um sein Äußeres bemüht. Sie hatte seine Hemden aufgebügelt. Auch hatte sie ihn überredet, einige

Schuhe seines Vaters zu probieren. Er hatte dieselbe Größe. Sein Vater bevorzugte maßgefertigte Klassiker aus Cordovan-Leder: Penny Loafer, Budapester, Monks … Bei richtiger Pflege, die bei Rosalie garantiert war, wurden sie mit dem Alter immer schöner. Lucien wählte einige aus. Selbstverständlich würde er sie ohne Strümpfe tragen. Nur dann sahen sie cool aus. Und wenn er nach unten blickte, würde er an seinen Vater denken.

Lucien telefonierte mit dem *Musée d'Orsay* in Paris. Wie nicht anders zu erwarten, kannte man dort weder eine Chantal noch eine Natalie.

Im Park der *Villa Béatitude* machte er Flugübungen mit der Drohne. Er flog Slalom durch die Bäume. Dann ließ er sie weit in die Höhe steigen, von wo er mit der Kamera auf seinem Monitor einen fantastischen Blick über das gesamte Cap Ferrat hatte. Er entdeckte die *Villa Ephrussi de Rothschild* mit ihren grandiosen Gartenanlagen und Wasserspielen. Er drehte die Kamera Richtung Saint-Jean-Cap-Ferrat am Ostufer. Dann nach Süden zum Phare du Cap Ferrat, dem Leuchtturm an der Spitze der Halbinsel. Er ließ die Drohne fast senkrecht vom Himmel fallen, um sie dann knapp über dem Boden abzufangen. Er hatte nachgelesen, dass es für den Betrieb von Drohnen strenge Regeln und Gesetze gab. Diese zu ignorieren lag ihm im Blut. Auf den Überflug von Flughäfen oder Atomkraftwerken konnte er gerne verzichten. Aber die Flughöhe wollte er sich nicht vorschreiben lassen. Auch könnte er verbotenerweise mal die Privatsphäre anderer Menschen ausspionieren. Nicht aus Neugier. Was die Leute privat so trieben, war ihm egal. Aber es könnte in bestimmten Situationen hilfreich sein. Er dachte an Francines Scherz mit der Bombe. Zweifellos könnte man mit der Drohne auch Sprengstoff in ein Ziel steuern. Hatte sein Vater die Drohne deshalb bestellt? Natürlich würde Lucien die Drohne nicht registrieren lassen. Und den eingebauten Funksender, mit der die Drohne von Behörden geortet werden könnte, hatte er schon vor der Inbetriebnahme ausgebaut.

An einem Nachmittag bekam er einen überraschenden Anruf. Achille Giraud war dran. Der Capitaine der *Gendarmerie nationale* fragte, ob er kurz in der *Villa Béatitude* vorbeischauen dürfe. Er sei gerade in der Nähe und wolle mit ihm etwas besprechen.
Lucien überlegte, woher Achille wusste, dass er gerade hier war. Wie auch immer … Er antwortete, dass er sich über seinen Besuch freue. Was nicht stimmte, denn bei ihrer letzten Begegnung hatte Achille merkwürdige Andeutungen gemacht, von wegen, er könne ihm noch ganz andere Schrecken einjagen. Aber er wolle ihn schonen, weil er nach dem Tod seines Vaters noch nicht so weit sei. Wenn es darum ging, gab es keinen Grund, sich auf das Gespräch zu freuen. Allerdings wäre das Thema danach vom Tisch, und er musste nicht länger darüber spekulieren. Vielleicht erfuhr er bei der Gelegenheit auch, wie es sein konnte, dass Achille ein »großer Bewunderer« seines Vaters war.
Lucien öffnete mit einer Fernsteuerung das Eingangstor. Wenige Minuten später fuhr Achille Giraud mit einem Einsatzfahrzeug der Gendarmerie vor. Ohne Vorwarnung wäre Lucien erschrocken. Rosalie wohl auch, aber sie wusste Bescheid. Francine war schon heimgefahren.
Der Capitaine stieg aus und hob zur Begrüßung beide Hände.
»Lucien, mein Lieber, schön hast du es hier. Eine Oase des Friedens in einer Welt voller Niedertracht und Gewalt.«

War das schon wieder eine Andeutung? Es wurde wirklich Zeit, dass Achille die Karten auf den Tisch legte.
»Für mich ist es immer noch die Villa meines Vaters«, sagte Lucien. »Ich muss mich erst daran gewöhnen, dass sie jetzt mir gehört. Du warst schon mal hier?«
Achille nickte. »Genau zweimal im Jahr. Bei meinem ersten Besuch hatten dein Vater und ich ein langes und sehr persönliches Gespräch.« Er deutete zu einer Gartenbank vor dem immer noch defekten Springbrunnen. »Dort haben wir geplaudert. Vielleicht setzen auch wir beide uns dorthin? Ist ein schöner und … verschwiegener Platz.«
»Können wir gerne machen. Willst du was trinken?«
»Nein, vielen Dank. Vielleicht im Anschluss ein Glas Champagner … Aber das hängt davon ab, wie gut wir uns verstehen.«
Lucien beschloss, den Ahnungslosen zu spielen.
»Bisher haben wir uns immer gut verstanden. Warum sollte sich das ändern?«
»Wirst schon sehen. Jetzt setzen wir uns erst mal hin. Was ist mit dem Springbrunnen? Hast du ihn abgeschaltet?«
»Nein, die Pumpe ist defekt.«
»Lässt sich aber sicher reparieren. Wobei wir schon fast bei meinem Thema sind. Die meisten Dinge lassen sich reparieren. Kostet vielleicht etwas Geld, aber dann ist alles wieder gut. Kannst du nachvollziehen, wie ich das meine?«
»Nicht wirklich. Abgesehen davon, dass du natürlich recht hast. Mit Geld lässt sich viel reparieren.«
Achille schnippte mit den Fingern.
»Ich wusste doch, dass wir gut miteinander klarkommen. Jetzt musst du nur noch wissen, dass dein von mir sehr geschätzter Vater zweimal pro Jahr einen Beitrag …«

Achille hüstelte verlegen. »Einen großzügigen Beitrag zu meinen Lebenshaltungskosten geleistet hat. Jetzt möchte ich dich bitten, diese sympathische Gepflogenheit fortzusetzen.«
So, jetzt war es raus. Nun wusste Lucien, dass sich der Capitaine der *Gendarmerie nationale* von seinem Vater hatte schmieren lassen. Stellten sich drei Fragen. Erstens: Was hatte Achille gegen seinen Vater in der Hand? Denn aus purer Nächstenliebe hatte sich sein Vater bestimmt nicht an Achilles »Lebenshaltungskosten« beteiligt. Zweitens: Stimmte die Geschichte überhaupt? Und drittens: Warum sollte er diese »sympathische Gepflogenheit« fortsetzen? Sein Vater war tot. Ihn konnte Achille nicht mehr erpressen.
Lucien tat so, als ob ihn der Vorschlag amüsieren würde. »Ich freu mich, dass dir mein Vater helfen konnte. Bei mir war er nie so großzügig. Als Kind habe ich unter meinem knappen Taschengeld gelitten. Und beim *P'tit Bouchon* hat er mich auch nicht unterstützt.«
Achille lächelte. »Hättest vielleicht härter verhandeln sollen. In meinem Fall war es leicht. Ich hatte einige Argumente, die ihn überzeugt haben …«
»Mach's nicht so spannend.«
»Lass es mich so erklären: Dein Vater hatte das Pech, zur falschen Zeit am falschen Ort gewesen zu sein. Du erinnerst dich sicher an das Attentat in Menton vor drei Jahren, bei dem ein afrikanischer Potentat, der dort gerade Urlaub machte, erschossen wurde?«
Natürlich erinnerte sich Lucien. Auch daran, dass der Attentäter nie gefasst wurde. Die Fahndung nach einem dringend tatverdächtigen Schwarzafrikaner war im Sande verlaufen. Auf die Idee, dass sein Vater mit dem Mord zu tun haben könnte, war er nie gekommen.

»Das war in Menton? Doch ja, ich erinnere mich«, bestätigte Lucien. »Auch dass der Potentat in seiner Heimat des Völkermordes beschuldigt wurde.«
Achille nickte. »Stimmt. Um ihn war es nicht schade. Aber darum geht es nicht. Per Zufall habe ich deinen Vater auf den Aufzeichnungen der Überwachungskameras identifiziert. Nur ich, von meinen Kollegen hat ihn keiner erkannt. Er kam von der Stelle, von wo geschossen wurde. Er musste den Täter gesehen haben. Ich habe deinen Vater aufgesucht und ihn befragt. Er hat geleugnet, dort gewesen zu sein. Dein Vater war ein kluger Mann, aber das war ein Fehler. Ich konnte ihm nachweisen, dass er mich angelogen hat. Dies nicht nur aufgrund der Videoaufzeichnungen. Ich habe noch weitere Hinweise gefunden, die ich ihm gezeigt habe.«
»Welche?«
»Du musst nicht alles wissen.«
»Angenommen, du hast recht. Was ist Schlimmes dabei, dass mein Vater zur Tatzeit in Menton war? Vielleicht hat er den Schützen wirklich nicht gesehen?«
»Das ist unmöglich. Nach den kriminaltechnischen Untersuchungen muss er direkt neben ihm gestanden haben. Das konnte ich ihm beweisen.«
Lucien erinnerte sich an eine *fête de carnaval* vor vielen Jahren, bei der sich alle verkleidet hatten. Damals gab es noch keine Diskriminierungsdebatte, und deshalb war alles erlaubt. Er selbst, wenig einfallsreich, hatte sich als Indianer verkleidet. Sein Vater als afrikanischer Zulu-Häuptling. Mit Löwenfell über der Schulter – und einer erschreckend echt aussehenden dunkelhäutigen Latexmaske über seinem Gesicht. Laut Achille hatte sein Vater unmittelbar neben dem schwarzafrikanischen Täter gestanden? Lucien kam zu dem Schluss, dass sich

der Capitaine in diesem entscheidenden Punkt irrte. Oder er stellte es bewusst so dar.
Lucien schüttelte scheinbar ungläubig den Kopf. »Warum sollte mein Vater den Schützen decken? Aber ich glaub's dir mal, bleibt mir ja nichts anderes übrig.«
Achille schlug ihm freundschaftlich auf den Oberschenkel. »So ist es. Wir kommen voran. Dein Vater hatte kein Interesse daran, dass ich die Angelegenheit weiterverfolge. Deshalb habe ich ihm ein Kompensationsgeschäft vorgeschlagen. Gegen eine angemessene Vergütung würde ich das Beweismaterial vernichten. Auch könne er in Zukunft auf meine Freundschaft und Diskretion zählen. Das haben wir mit Handschlag besiegelt.«
Lucien hielt es für unwahrscheinlich, dass ihn Achille gerade anlog. Zu gut passte die Ermordung eines afrikanischen Gewaltherrschers zum Geschäftsmodell der Chacarasse. Und Rosalie würde bestätigen, dass der Capitaine zweimal im Jahr zu einem kurzen Besuch vorbeikam.
»Und jetzt möchtest du, dass ich diese Zahlung fortsetze, stimmt's?«
»Ich fände es gut, wenn wir uns darauf verständigen könnten. Die Reputation deiner Familie und deines leider verstorbenen Vaters bliebe unbeschadet. Und auch du kämest fortan in den Genuss meiner Freundschaft.«
»Ich dachte, wir sind schon befreundet?«
»Natürlich, das sind wir.« Achille lächelte. »Aber nicht so, wenn du verstehst, wie ich das meine.«
»Wie viel Geld hat dir mein Vater bezahlt?«
Achille beugte sich zu ihm und flüsterte ihm eine Summe ins Ohr.
Lucien fuhr zurück. »Was? So viel?«
Der Capitaine lachte. »Dein Vater war ein großzügiger

Mann. Und er wusste, was ihm eine Freundschaft wert war.«

»Wann wäre die nächste Zahlung fällig?«

»Der Termin ist schon verstrichen, aber ich wollte dich nicht gleich damit überfallen. Aus Gründen der Pietät.«

Lucien überlegte, dass Achilles Vorstoß eine ganz üble Erpressung war. Aber auch, dass eine Verweigerung unabsehbare Folgen haben könnte.

Er nickte. »Dann machen wir das so ...«

Achille reichte ihm die Hand. »Komm, schlag ein! So habe ich den Deal auch mit deinem Vater besiegelt. Die Chacarasse sind Ehrenleute, mit euch kann man das so regeln.«

Lucien schlug nach kurzem Zögern ein. Dabei drückte er so fest zu, dass sich Achille beherrschen musste. Auch ließ er nicht sofort los. Er sah dem Capitaine in die Augen.

»Ich gehe davon aus, dass auch du ein Ehrenmann bist und zu deinem Wort stehst«, sagte er leise. »Anderenfalls ...«

Lucien sprach nicht weiter. Drückte aber noch fester zu. Achille verzog das Gesicht. Ob er die Drohung verstanden hatte?

Lucien gab seine Hand frei und löste die Spannung mit einem Lachen.

»So, nachdem jetzt alles geklärt ist, werde ich Rosalie bitten, uns zwei Gläser Champagner zu bringen. Einverstanden?«

»Und vielleicht einige Eiswürfel.«

»Für den Champagner?«

»Nein, für meine Hand«, antwortete Achille mit gequältem Grinsen.

28

Es gab Menschen, die konnten sich gleichzeitig auf verschiedene Probleme konzentrieren. Denen machte es nichts aus, wenn sie parallel mit ganz unterschiedlichen Aufgaben konfrontiert wurden. Ob sie allerdings wirklich multitaskingfähig waren, zog Lucien in Zweifel. Erst recht teilte er nicht die Überzeugung vieler Frauen, dass sie in besonderer Weise befähigt seien, mehrere Aufgaben zeitüberlappend auszuführen. Lucien schmunzelte. Eine Ansicht, die man gegenüber dem anderen Geschlecht besser für sich behielt. Er jedenfalls tickte anders. Er mochte es nicht, wenn in seinem Hirn zu viel durcheinanderging, wenn seine Gedanken hin und her sprangen – mit dem Risiko, Wesentliches zu übersehen und Fehler zu machen. Bei Alltagshandlungen und bei trivialen Themen mochte das keine Rolle spielen, in seiner neuen Lebenssituation jedoch beschäftigten ihn komplexere Fragestellungen. Zum Beispiel fragte er sich, ob es ein Fehler war, auf Achilles Erpressung eingegangen zu sein. Hatte er damit eingestanden, dass es im Leben seines Vaters dunkle Kapitel gab? Und dass er davon wusste? Hätte er besser weiter den Ahnungslosen gespielt und Achille die kalte Schulter gezeigt? Wäre dieses Risiko kalkulierbar? Wohl eher nicht. Also hatte er richtig entschieden, hoffentlich. Es irritierte ihn, dass sich sein Vater auf dieses Geschäft eingelassen hatte. Warum hatte er Achille … nicht einfach umgebracht? Eine Begründung fiel ihm ein: Weil das Risiko bestand, dass Achille eine Art Lebensversicherung abgeschlossen hatte. Indem er das belastende Material entgegen seinem Versprechen nicht vernichtet hatte. Im Falle seines Todes würde es an den Staatsanwalt gehen. Also konnte er sein Wissen frech und gefahrlos in bares Geld ummünzen. Lucien nahm sich vor, Achille genauer unter die Lupe zu nehmen – aber nicht jetzt. Sonst geriet wieder zu viel durcheinander. Denn das nächste Problem zeichnete sich bereits ab. Edmond hatte kurzfristig ein weiteres Treffen anberaumt. Diesmal, so hatte er ausrichten lassen, definitiv bei sich zu Hause. Lucien rechnete mit dem Schlimmsten: mit einem neuen Auftrag.

Kaum hatte der Butler im Pavillon die Tür hinter sich geschlossen, kam Edmond auch gleich auf den Punkt.

»Lucien, *mon cher*«, sagte er mit einem süffisanten Lächeln, »ich sorge dafür, dass dir nicht langweilig wird. Es gibt wieder was zu tun.«

Was zu tun? Einmal mehr störte ihn Edmonds Sprache. Als ob es um so etwas Harmloses ginge wie die Garage auszukehren oder den Rasen zu mähen.

»So bald schon? Ich hatte gehofft, wir hätten jetzt erst mal für eine Weile Ruhe.«

»Rein kaufmännisch solltest du froh sein. Ist doch immer schön, wenn das Geschäft floriert.«

»Sehe ich anders«, sagte Lucien.

»Das sei dir unbenommen. Auch diesmal ist die Aufgabe schnell und einfach umrissen. Zielobjekt ist ein nicht unbekannter italienischer Journalist namens Luigi Zanarella, wohnhaft in Rom. Er macht es dir leicht, weil er gerade Urlaub in San Remo macht. Du musst also nicht weit fahren. Wieder soll es wie ein Unfall aussehen. Selbstmord scheidet diesmal aus, denn Zanarella ist nicht suizidgefährdet. Viel Zeit hast du nicht. Es muss noch während seines Aufenthalts in San Remo passieren. Nach meiner Information bleibt er bis Ende dieser Woche. Ein Foto kann ich mir sparen, du kannst ihn dir im Internet anschauen. Luigi Zanarella, das hast du dir hoffentlich gemerkt.«

»Das schaffe ich noch.«

»Davon gehe ich aus. Ach ja, es gibt noch einen Appendix …«

Lucien dachte spontan an eine Blinddarmentzündung. Aber bei Edmond ging es wohl um eine Vertragsergänzung.

»Unser Auftraggeber möchte, dass du nach Zanarellas bedauerlichem Ableben seinen Computer sicherstellst, alle Speicherchips, externen Festplatten et cetera. Und natürlich alle schriftlichen Aufzeichnungen. Die mögest du mir bitte vorbeibringen, und ich leite sie dann weiter.«

»Ist diese Serviceleistung im Preis inklusive?«, fragte Lucien.

Er hatte es spöttisch gemeint, aber Edmond merkte es nicht.

»So haben wir das vereinbart. Aufgrund der Höhe unseres Honorars scheint mir das vertretbar.«

Bei einer Million Euro hatte er wohl recht.

»In welchem Hotel wohnt er?«

»Gute Frage. Musst du leider selbst recherchieren. Dürfte aber nicht so schwer sein.«

»Wer ist der Auftraggeber?«

Edmond lachte. »Du versuchst es schon wieder. Glaub mir doch endlich, unsere Auftraggeber bleiben grundsätzlich anonym. Das war schon immer so und wird auch so bleiben. Dein Vater hat dieses Prinzip nie infrage gestellt. Und du solltest es auch nicht tun.«

Das würde er sich nicht vorschreiben lassen, dachte Lucien. Bei Didier Pascal hatte er den Auftraggeber herausgefunden. Warum sollte das nicht auch bei dem Journalisten Zanarella gelingen?

29

Lucien saß an seinem Schreibtisch vor dem Computer und gab den Namen Luigi Zanarella in die Suchmaschine ein, mit dem Zusatz Journalist. Sekunden später sah er bereits sein Gesicht. Der Mann trug eine altertümliche Nickelbrille, hatte steile Stirnfalten und einen verhärmten Zug um die Lippen. Locker wirkte er nicht. Nicht nur auf diesem Foto, sondern auch auf allen weiteren, die er fand. Eines ging aus der Vielzahl der Einträge sehr schnell hervor: Der Mann war tatsächlich kein Unbekannter. Er publizierte vor allem zu Wirtschaftsthemen und über Politik. Lucien überflog seinen Lebenslauf. Zanarella war Mitte fünfzig, zweimal geschieden, kinderlos, ausgezeichnet mit einigen Medienpreisen … Er arbeitete für eine bedeutende römische Tageszeitung, war aber auch Kolumnist bei einem Wirtschaftsmagazin und veröffentlichte einen eigenen Newsletter.

Kurz entschlossen griff er zum Telefon und rief in der Redaktion der Tageszeitung an. Er habe einen Termin mit Luigi Zanarella in San Remo, behauptete er, wegen einer Reportage, an der Zanarella gerade arbeite. Leider habe er den Namen des Hotels vergessen, in dem sie sich verabredet hätten. Die Redakteurin sah offenbar keinen Grund, ihm zu misstrauen. Wobei es wohl half, dass er akzentfrei Italienisch sprach. *»Gianna, qual è il nome* *dell'albergo di Luigi a San Remo?«*, hörte er sie durchs Büro rufen. Die Antwort kam postwendend: »Miramare Palace.«

»Ach ja, ich erinnere mich. *Mille grazie, molto gentile. Arrivederci.*«

Das Miramare Palace kannte er, auch wenn er dort noch nie gewohnt hatte. Es war fast so exklusiv, wie der Name suggerierte. Aber warum sollten sich Journalisten keinen Luxus gönnen? Wenn sie es sich leisten konnten – oder der Verlag zahlte?

Lucien fragte sich, warum er sich schon wieder darauf einließ, ein Opfer auszuspionieren. Bei Didier Pascal hatte das ein schlimmes Ende genommen. Das wollte er kein zweites Mal erleben. Ihm war aber auch klar, dass er die Hände nicht einfach in den Schoß legen konnte. Er musste einen Ausweg finden. Was nur ging, wenn er möglichst viel über Zanarella in Erfahrung brachte. Vielleicht öffnete sich eine Hintertür? Doch wie sollte diese aussehen? Machte er sich gerade selbst was vor?

Es klopfte an der Tür. Francine kam von der Mittagspause zurück. Sie sah ihn fragend an.

»Rosalie hat mir gesagt, Sie hätten sich mit Edmond getroffen? War's nett?«

Wie sie das wohl meinte? Ein kleines Lächeln würde ihm bei der Interpretation helfen.

»Mit Edmond ist es nie nett«, gab Lucien ehrlich zu.

Sie sah ihn nachdenklich an.

»Wer ist es diesmal«, sagte sie nach einer Weile, »wieder ein Fischkoch?«

Lucien erstarrte. Mit dieser einfachen Frage hatte Francine offengelegt, dass sie alles andere als ahnungslos war. Dass sie sogar ziemlich genau wusste, was bei den Chacarasse ablief. Auch wer nach dem Tod seines Vaters

das Sagen in der Familie hatte. Im *P'tit Bouchon* hatte sie sich noch an einer Antwort vorbeigedrückt. Auch jetzt hatte sie keine gegeben, nur eine Frage gestellt, eine simple Frage. Das genügte.
Wortlos drehte er ihr seinen Monitor hin. Mit dem Bild von Luigi Zanarella.
Dann stand er auf und verabschiedete sich für die nächste Stunde. Er brauche Zeit zum Nachdenken.

Statt wie geplant im Park herumzuspazieren, ging er hinunter zu Rosalie in die Küche. Weil ihm Ablenkung jetzt besser tun würde als Nachdenken. Außerdem hatte er Hunger.
Sie war gerade damit beschäftigt, das Silberbesteck zu putzen. Rosalie war immer fleißig. Wann gönnte sie sich eigentlich eine Pause? Andererseits war er nur stundenweise in der Villa. Den Abend und die Nacht verbrachte er in Villefranche-sur-Mer. Hoffentlich machte sie es sich wenigstens in dieser Zeit gemütlich.
»Störe ich?«, fragte er.
»Nein, das alte Familiensilber kann warten.« Sie zog die Handschuhe aus. »Du Banause nimmst es sowieso nicht her und isst lieber mit dem billigen Bistrobesteck.«
Lucien lächelte.
»Apropos Essen, ich habe Appetit auf ein *croque-monsieur.*«
»Dafür reicht tatsächlich das Bistrobesteck.«
»Zur Not reichen auch die Hände. Musst dich aber nicht bemühen, ich mache mir das Schinken-Käse-Sandwich gerne selbst.«
»Kommt nicht infrage. In meiner Küche kleckerst du nicht herum. Warum eigentlich *croque-monsieur,* fällt dir nichts Besseres ein?«

»Weil ich darauf gerade Lust habe.«
»Was ist denn das für eine Erklärung? Als Comte de Chacarasse solltest du langsam einen exklusiveren Geschmack entwickeln.«
»Ein *croque-monsieur* ist exklusiv«, fiel ihm ein. »Das Sandwich wird schon bei Marcel Proust in seiner *Suche nach der verlorenen Zeit* erwähnt.«
»Das Kochbuch kenne ich nicht. Magst du lieber Emmentaler oder Gruyère?«
»Ist mir egal.«
Sie schüttelte in gespielter Verzweiflung den Kopf. »Aus dir wird nie ein Feinschmecker.«
Was sollte er darauf entgegnen? Er hatte ein eigenes Lokal und war selbst sein kritischster Gast. Mit seinem Koch stritt er regelmäßig über die richtige Zubereitung von Speisen. Trotzdem würde ihn Rosalie nie als Feinschmecker akzeptieren. Als Gourmand vielleicht, der gerne und viel aß, aber nicht als Gourmet, der vom Essen wirklich etwas verstand. Diese Einschätzung amüsierte ihn. Wahrscheinlich hatte Rosalie noch in Erinnerung, dass er als Kind gerne Pommes frites mit Ketchup und Mayonnaise gegessen hatte. Auf dieser kulinarischen Entwicklungsstufe war er in ihren Augen stehen geblieben. Er lächelte in sich hinein. Es gab Momente, da stimmte es sogar.
Er nahm auf einem Küchenstuhl Platz und sah ihr zu, wie sie den Backofen anstellte, dann zwei Scheiben Brioche kurz in den Toaster steckte, sie anschließend liebevoll mit Schinken und Käse belegte, sie zusammenklappte, mit geriebenem Schmelzkäse bestreute und schließlich mit Salz, Pfeffer und Muskatnuss würzte. Noch etwas Butter, dann schob sie das Sandwich in den Ofen.
»Hättest du mir vorher Bescheid gegeben, hätte ich eine

Béchamelsoße vorbereitet. Bist selbst schuld, jetzt bekommst du die Sparversion.«
Von wegen Sparversion. Er selbst, dachte Lucien, hätte es sich noch viel einfacher gemacht.
»Musst dich noch sieben Minuten gedulden«, sagte sie. »Kannst mir in der Zeit erzählen, was Edmond von dir wollte.«
»Genau das, worüber ich nicht reden möchte.«
»*Quelle merde.* Ich habe es befürchtet.«
»Ich hätte da noch eine ganz andere Frage …«
»Was für eine Plage?«
»Fraaaage!«
»Ich versteh dich schon, musst nicht so schreien.«
»Francine ist eine faszinierende Frau. Aber sie lächelt nie. War sie schon immer so?«
»Natürlich nicht, das kannst du dir doch denken. Früher war sie sogar ausgesprochen lustig und hat viel gelacht. Aber der Tod deines Vaters hat ihr das Herz gebrochen. Wie sollte sie da noch lachen? Ich mag sie sehr und hoffe, dass sie irgendwann wieder Freude am Leben findet. Aber das wird dauern.«
Lucien nickte. Natürlich war das die logische Erklärung. Aber es hätte ja sein können, dass sie schon immer so unterkühlt gewesen war. Was ihn bei seinem Vater überrascht hätte, denn er hatte gerne fröhliche Menschen um sich gehabt. Das ausgelassene Lachen seiner Mutter würde Lucien nie vergessen. Es hatte vieles im Leben leichter und erträglicher gemacht.
Rosalie stellte ihm ein Glas Wasser hin.
»Tu mir nur einen Gefallen und behandle sie gut und mit Respekt. Stell dir mal für einen Moment vor, dein Vater hätte sie geheiratet. Dann wäre Francine jetzt deine Stiefmutter.«

Lucien schluckte. Genau das wollte er sich nicht vorstellen. Er dachte an Ödipus, der sich mit seiner Mutter verehelichte. Aber Francine war nicht die Iokaste von Theben. Und ganz sicher nicht seine leibliche Mutter. Trotzdem irritierte ihn die Vorstellung.
»Mach dir keinen Kopf«, sagte Rosalie. »Darfst nur nicht deine gute Kinderstube vergessen.«
Es tröstete ihn, dass sie ihm eine solche zubilligte.

Zurück im Büro, traf er Iokaste, Pardon … Francine an ihrem Schreibtisch an. Sie deutete nach unten.
»Schöne Schuhe«, sagte sie.
Er realisierte, dass Rosalies Vorschlag, die Klassiker seines Vaters aufzutragen, im Hinblick auf Francine vielleicht keine so gute Idee gewesen war. Aber jetzt war es zu spät. Bevor er sich dazu äußern konnte, wechselte sie zu seiner Erleichterung das Thema.
»Luigi Zanarella kommt als *Poissonnier* ebenfalls nicht infrage«, stellte sie lakonisch fest. »Ist aber ein interessanter Mann. Ich hoffe, es ist Ihnen recht, dass ich in der Zwischenzeit etwas neugierig war.«
»Absolut. Ich habe es sogar gehofft.«
»Zanarella ist das, was man einen investigativen Journalisten nennt. Er recherchiert Skandalgeschichten in Politik und Wirtschaft, deckt kriminelle Machenschaften auf und Verstrickungen hochgestellter Entscheidungsträger.«
»Damit schafft man sich keine Freunde.«
»Nein, sogar besonders viele Feinde.«
»Das macht's nicht leichter«, sagte Lucien nachdenklich.
Sie sah ihn fragend an. »In welcher Hinsicht?«
Er ging davon aus, dass sie genau wusste, wie er es gemeint hatte. Im Falle von Didier Pascal hatte sie ihm

Cédric Richard, den Vater des überfahrenen Mädchens, gewissermaßen auf dem Silbertablett serviert. Dass er den Mord in Auftrag gegeben hatte, war so gut wie sicher, weil Pascal außer ihm sicherlich keine anderen Feinde hatte, die eine Million Euro hinblättern konnten. Bei Luigi Zanarella sah die Situation anders aus. Als investigativer Journalist konnte er sich mit vielen einflussreichen Menschen oder Organisationen angelegt haben. Entsprechend viele Auftraggeber kamen infrage.

»Es macht's nicht leichter, Licht ins Dunkel zu bringen«, antwortete er.

Francine schüttelte missbilligend den Kopf. »So kommen wir nicht weiter«, stellte sie fest. »Wir müssen offen miteinander reden. Mir ist klar, dass Sie von Edmond einen Auftrag erhalten haben. Ich möchte nicht, dass es wieder so endet wie bei Didier Pascal.«

»Das möchte ich auch nicht«, sagte er leise. »Es war ein Unfall.«

»Ich will es Ihnen glauben, auch wenn es mir schwerfällt. Sie sind anders als Ihr Vater. Ich habe Alexandre geliebt und ihn angefleht, mit alldem aufzuhören. Er aber hat auf die jahrhundertealte Tradition der Chacarasse verwiesen und gesagt, das könne er nicht. Ich habe ihn damit konfrontiert, dass ich ihn ansonsten verlassen würde. So weitermachen wie bisher und gleichzeitig mit mir zusammen sein, das ginge nicht …« Francine atmete tief durch und strich sich die Locke aus der Stirn. »Alexandre hat gesagt, er müsse noch diesen einen Auftrag erledigen, danach würde er eine Entscheidung treffen und erneut mit mir darüber reden. Aber … aber dazu kam es nicht mehr.«

Sie bedeckte ihre Augen. Weinte sie?

Lucien ging zu ihr und nahm sie tröstend in die Arme. Francine sträubte sich nur kurz, dann akzeptierte sie es.

Sie sprachen kein Wort. Er hörte sie leise schluchzen. Eine ganze Weile standen sie so da. Schließlich löste sie sich von ihm. Mit den Fingern wischte sie sich einige Tränen von den Wangen.

»Entschuldige«, sagte sie. »Ich verliere sonst selten meine Fassung.«

Hatte sie ihn gerade geduzt? Eigentlich wurde es dafür höchste Zeit. Hätte ihm sein Vater Francine vorgestellt, hätten sie das von der ersten Minute an getan.

»Da gibt es nichts zu entschuldigen. Mir ist klar, wie viel Kraft es dich kostet, immer so diszipliniert zu erscheinen. Ab und zu muss es eben raus.«

Sie straffte den Rücken. »Muss nicht, aber es passiert.«

»Bleiben wir beim Du?«

»Warum nicht? War eh albern, dass wir uns gesiezt haben. Wo waren wir stehen geblieben? Ach ja, bei Luigi Zanarella und der Frage, wer seinen Tod wünschen könnte. Ich habe einen Kandidaten. Die Artikel, die Zanarella in letzter Zeit veröffentlicht hat, richteten sich alle gegen einen hochrangigen Politiker in Rom, gegen einen gewissen Riccardo Silvestri. Er ist Parlamentsabgeordneter und Mitglied des Senats. Zanarella wirft ihm Bestechung und Korruption vor. Silvestri hätte sich Spendengelder erschwindelt und politische Gegner mit Drohungen eingeschüchtert. In seinem Newsletter kündigt Zanarella weitere Enthüllungen an. Offenbar hat er neues Belastungsmaterial recherchiert.«

Lucien fragte sich, ob es so einfach sein konnte. Schon wieder, denn auch bei Didier Pascal waren sie schnell auf den Industriellen Cédric Richard gestoßen.

»Und du meinst, dieser Silvestri hätte ein starkes Motiv?«

»Das hätte er ganz sicher. Er will verhindern, dass Zanarella sein Material veröffentlicht. Er will ihn im wahrsten

Sinne des Wortes mundtot machen. So könnte es sein, muss aber nicht.«

»Das würde die knappe Frist erklären. Bis Ende der Woche muss der Auftrag erledigt sein. Auch soll ich nach seinem Tod seinen Computer und alle Arbeitsunterlagen sicherstellen.«

»Na bitte, passt doch.«

»Zanarella macht gerade Urlaub in San Remo, dort soll es geschehen.«

Sie sah ihn fragend an. »Und? Was willst du tun? Hoffentlich nicht das, was Edmond von dir verlangt?«

»Zanarella wohnt im Miramare Palace. Ich will mich mit ihm treffen und gemeinsam mit ihm nach einem Ausweg suchen.«

»Und dann ist er plötzlich tot. So wie Didier Pascal ...«

Er schüttelte den Kopf. »Das wird nicht passieren.«

»Wann willst du fahren?«

»Morgen Mittag.«

»*D'accord*, ich komme mit«, entschied sie.

Lucien sah sie überrascht an. »Auf keinen Fall.«

»Doch, ich bin dabei.«

»Warum?«

»Weil ich nicht in der Zeitung lesen möchte, dass der bekannte Journalist Zanarella auf unerklärliche Weise in San Remo ums Leben gekommen ist. Deshalb!«

»Und wenn ich dich nicht dabeihaben möchte?«

»Nehme ich das persönlich.«

Was bitte verstand sie unter persönlich?

»Ist das eine Erpressung?«

»Nenne es, wie du willst.«

Ihm wurde klar, dass sie nicht lockerlassen würde. Was sprach eigentlich dagegen? Er hatte nicht vor, eine Straftat zu begehen. Francine war intelligent und könnte ihm beratend zur Seite stehen. Vielleicht hatte sie einen Einfall, wie er seinen Kopf aus der Schlinge ziehen konnte? Das wäre nicht schlecht, denn er selbst hatte nicht den blassesten Schimmer.

»Nun gut, einverstanden. Dann komme ich morgen Vormittag bei dir in Monte Carlo vorbei. Musst mir nur noch die Adresse geben. Um dreizehn Uhr?«

Für einen kurzen Moment glaubte er nun doch, die Andeutung eines Lächelns zu erkennen.

»Siehst du? War doch gar nicht so schwierig.«

30

Noch immer hatte er keinen Plan, aber immerhin eine vage Idee, worauf sein Gespräch mit Zanarella hinauslaufen könnte. Ihm war klar, dass das ohne Überzeugungsarbeit nicht gehen würde. Weshalb Lucien in die Katakomben abgetaucht war und einige »Requisiten« zusammensuchte. Francine würde nicht gefallen, dass er neben einer Pistole auch Plastiksprengstoff mit Zünder und ein zerlegbares Gewehr mit Zielfernrohr in einem Aktenkoffer verstaute. Dazu noch einige Gadgets, technische Spielereien, die sich als nützlich erweisen konnten. Der Koffer hatte ein Zahlenschloss. Vor Francines Neugier war der Inhalt sicher.

Im *P'tit Bouchon* hatte er sich wieder einmal für einige Tage abgemeldet. Auch Rosalie wusste Bescheid. Seine Reisetasche war gepackt. Es konnte losgehen.

Er fuhr den Citroën aus der Garage. Rosalie ließ es sich nicht nehmen, ihn mit einer herzlichen Umarmung zu verabschieden und ihm alles Gute zu wünschen. Ihr war zweifellos klar, dass er im Auftrag von Edmond verreiste. Ihrem ernsten Gesichtsausdruck entnahm er, dass sie sich Sorgen machte.

»Übrigens hat sich auch Francine den Rest der Woche freigenommen«, sagte sie. »Weißt du, warum?«

»Tatsächlich? Nein, ich habe keine Ahnung.«

Sie drohte ihm mit dem Zeigefinger. Das hatte sie in der letzten Zeit häufiger getan.
»Du sollst mich nicht anschwindeln. Ich erinnere dich an unser Gespräch in der Küche: *Ne fais pas de conneries!*«
Er solle keinen Mist bauen? Hatte sie das wirklich so gesagt? Und wie meinte sie das?
Er gab ihr einen Kuss auf die Stirn.
»Bis bald, meine liebe Rosalie. Pass auf dich auf!«
»Um mich musst du dir keine Sorgen machen.«

Monte Carlo war vom Cap Ferrat nur einen Katzensprung entfernt. Schon schwieriger war es, Francines Adresse zu finden. Wie sich herausstellte, wohnte sie in einem exklusiv wirkenden Apartmenthaus in bester Lage. Wobei es in Monte Carlo natürlich viele beste Lagen gab und erst recht exklusive Wohnhäuser. Ein Concierge trug Francines Reisetasche und begleitete sie zum Auto. Lucien fragte sich, ob er die *Déesse* von seinem Vater kannte? Natürlich ließ sich der Concierge nichts anmerken. Lucien nahm ihm die Tasche ab, sie war von Louis Vuitton, und verstaute sie im Kofferraum neben seiner Reisetasche und dem Aktenkoffer. Der Concierge öffnete die Beifahrertür und half Francine ins Auto. Als ob sie das nicht selbst geschafft hätte.
»Ich habe eine Bitte«, sagte sie, als sie losfuhren. »Könnten wir über Roquebrune fahren, ich möchte zum Grab deines Vaters.«
»Ich hatte das sowieso vor. Ich besuche den Friedhof viel zu selten.«
»Muss ja auch nicht sein. Zum Trauern braucht man kein Grab. Und doch hat es eine Bedeutung.«
Lucien fuhr die wenigen Kilometer an der Küste entlang, dann hinauf nach Roquebrune-Cap-Martin. Hinter dem

Dorf waren die nahe gelegenen Seealpen zu sehen, mit dem markanten Gipfel des Mont Agel. Unter ihnen die Küstenlinie mit dem von hier tatsächlich azurblauen Meer und dem Fürstentum Monaco. Sie parkten und gingen wortlos zum Familiengrab der Chacarasse. Francine hatte eine rote Rose dabei, die sie auf die Marmorplatte legte. Sie faltete die Hände und schloss die Augen. Lucien stand neben ihr und wusste nicht so recht, was er tun sollte. Beten? Das konnte er nicht. Also versuchte er, mit seinem Vater stille Zwiesprache zu halten. Er fragte ihn, ob es ihm recht war, dass er hier mit Francine stand. Was er davon hielt, dass sie mit ihm nach San Remo fuhr. Mit der Absicht, ihn davon abzuhalten, was er ihm auf dem Sterbebett versprochen hatte. Nämlich die mörderische Familientradition fortzusetzen. Lucien erinnerte sich an Francines Worte, dass sein Vater nach Erledigung seines letzten Auftrags erneut mit ihr darüber hatte reden wollen. Was hätte er ihr anbieten können? Wie hätte er den Konflikt gelöst? Natürlich bekam er keine Antwort. Oder doch? Denn plötzlich fiel ihm die einzige Lösung ein, die für seinen Vater infrage gekommen wäre. Francine wollte er nicht verlieren, gleichzeitig doch die Familientradition fortgesetzt wissen. Das ging nur, wenn er seinen Sohn in die Pflicht nahm. Und der Sohn, das war er. Ihm wurde bewusst, dass ihm sein Vater auch ohne die tödliche Schussverletzung die Verantwortung übertragen hätte. Und er hätte zweifellos dafür gesorgt, dass er ihr auch gerecht geworden wäre.

Francine hauchte dem Foto auf dem Grabstein einen Kuss zu. »Wegen mir können wir gehen«, riss sie ihn aus seinen Gedanken.

Er nickte. *»Au revoir, mon père. Ciao, mia cara mamma!«*

»Was ist mit deinem Bruder?«

»Du hast recht, auch von ihm sollte ich mich verabschieden. Wäre Raymond noch am Leben, würde er meinen Job erledigen. Also dann: *Salut, Raymond!*«

Die Fahrt über Menton und Ventimiglia ins italienische San Remo ging schneller, als ihm lieb war. Gerne hätte er noch länger seinen Gedanken nachgehangen. Doch bald schon kündigten Gewächshäuser von der *Città dei Fiori*, der Blumenstadt an der ligurischen Küste.

»Ich habe uns im Miramare Palace zwei Zimmer reserviert«, sagte Francine. »Unter meinem Namen.«

Die Reisetasche hatte er gepackt, auch den Aktenkoffer, ans Naheliegende aber nicht gedacht.

»Dann fahren wir direkt hin.«

Das große schneeweiße Jugendstilgebäude, am Corso Matuzia direkt am Meer gelegen, war nicht zu übersehen. Er stellte den Citroën auf dem Parkplatz ab.

»Schön ist's hier«, sagte Francine. »Hier könnte man Urlaub machen.«

»Zanarella tut es. Wir leider nicht.«

Sie warf ihm einen strengen Blick zu. »Wir beide sowieso nicht. Wenn, würde ich allein herfahren.«

Dieser Bemerkung, dachte Lucien, hätte es nicht bedurft. Aber die Klarstellung war ihr wohl wichtig. Hatte Francine sich das auf dem Friedhof vorgenommen?

»Natürlich. Allein ist ja auch viel schöner.«

Ganz so flapsig hatte er nicht reagieren wollen. Aber jetzt war es schon raus.

Sie gingen an die Rezeption und checkten ein. Ihre beiden Zimmer lagen nebeneinander im zweiten Stock. Immerhin bestand sie nicht darauf, in eine andere Etage zu wechseln.

Eine halbe Stunde später trafen sie sich auf der Terrasse.

Francine war schon da und winkte ihm zu. Sie saß in der Nähe des Pools unter einem weißen Schirm mit zwei Loungesesseln.
»Zanarella macht's uns leicht«, sagte sie. »Erstens schaut er genauso zerrupft aus wie auf den Fotos, und zweitens sitzt er gleich da drüben. Allein, vor einem Bierglas und mit aufgeklapptem Notebook.«
Tatsächlich, das war er. Zweifel ausgeschlossen. Nur hatte er statt der Nickelbrille eine Sonnenbrille auf der Nase. Blass sah er aus. Wie jemand, der nie in die Sonne ging. Wahrscheinlich war es ihm sogar unter dem Sonnenschirm zu hell.
»Schaut nicht so aus, als ob er in Begleitung wäre«, stellte sie fest.
»Wahrscheinlich ist der Computer sein Begleiter.«
»Und jetzt?«
»Bestellen wir uns was zu trinken und beobachten ihn.«
»Alternativ könntest du zu ihm rübergehen«, schlug sie vor, »dich zu ihm setzen und ihm mitteilen, dass du ihn leider ermorden müsstest. Auf seine Reaktion wäre ich gespannt.«
Sie hatte wirklich einen trockenen Humor.
»Vielleicht bekommt er einen Herzinfarkt und fällt tot vom Stuhl? Schon wäre der Auftrag erledigt.«
»Wir wollen doch nicht, dass er stirbt.«
»Na gut, dann lass ich es sein und bestelle mir auch ein Bier.«
»Ich nehme einen Campari Fizz.«
»Fizz? Was ist das?«
»Campari mit wenig Orangensaft und viel Champagner.«

Irgendwann klappte Zanarella seinen Computer zu. Er unterschrieb die Rechnung auf seinem Tisch und

verschwand im Hotel. Bevor der Kellner zum Abräumen kam, schaute Lucien auf Zanarellas Beleg nach seiner Zimmernummer. Der Journalist wohnte im dritten Stock, offenbar zur Seite hinaus mit Blick auf den Garten. Ob er sich jetzt aufs Ohr legte, um zum Abendessen wieder fit zu sein? Oder schrieb er weiter am Computer? Vielleicht an einer Enthüllungsgeschichte über den korrupten Politiker Riccardo Silvestri?
Lucien lief um die Ecke, zählte im dritten Stock die Zimmer ab und wartete – verdeckt vom Stamm einer Palme. Es dauerte nur wenige Minuten, dann wurde ein Fenster geöffnet. Für einen Augenblick war Zanarella zu erkennen. Lucien lächelte. Er hatte die Zielperson unter Kontrolle. Gleich würde er dafür sorgen, dass das auch so blieb.
Lucien sagte Francine Bescheid und ging auf sein Zimmer. In seinem Aktenkoffer hatte er einen Sensor von der Größe eines Knopfes. Er ging hinauf in den dritten Stock und befestigte den Sensor an Zanarellas Tür. Rechts oben im Eck. Er würde keinem auffallen. Und selbst wenn, sah er so aus, als ob er genau da hingehören würde. Aus welchem Grund auch immer. Lucien stellte über sein Handy die Verbindung her. Ab jetzt würde er ein Signal erhalten, wenn Zanarellas Tür bewegt wurde. Unbemerkt konnte er sein Zimmer jedenfalls nicht mehr verlassen.
Zurück auf der Terrasse, informierte er Francine. Dann bestellte er ein zweites Bier. Und Francine Champagner – diesmal ohne Campari und Orangensaft.
Ob er schon einen Plan habe, fragte sie.
Er schüttelte den Kopf. Nein, aber er sehe eine Möglichkeit, Edmonds Auftrag flexibel zu interpretieren. Er deutete an, was er sich überlegt hatte.

Sie sah ihn überrascht an. »Ist ja doch so was wie ein Plan. Könnte sogar funktionieren. Du willst Zanarella also manipulieren … doch, doch, wäre möglich. Aber was wird Edmond davon halten?«
»Er wird nicht erfahren, was gespielt wurde. Und wenn es so ausgeht, wie ich mir das vorstelle, könnte er mir nicht mal einen Vorwurf machen.«
»Das Problem bleibt Zanarella.«
»Wir müssen auf einen günstigen Moment warten. Vorläufig reicht es, ihn nicht aus den Augen zu verlieren.«
Prompt kam genau in diesem Moment ein Signal auf Luciens Handy.
»Unser Freund verlässt sein Zimmer.«

Eine Viertelstunde später bummelten sie am Casino von San Remo vorbei, wo bis in die Siebzigerjahre das berühmte Musikfestival *Canzone Italiana* veranstaltet wurde. Zanarella, der etwa hundert Meter vor ihnen lief, schenkte dem prächtigen Jugendstilgebäude keine Aufmerksamkeit. Er schien völlig in Gedanken versunken. Schon zuvor hatte er die russisch-orthodoxe Kirche, die auf die Zarin Maria Alexandrowna und ihren Aufenthalt im Winter 1864 zurückging, keines Blickes gewürdigt. Dabei war sie mit ihren fünf Zwiebeltürmen, die an den Kreml erinnerten, eine der Attraktionen von San Remo. Zanarella lief weiter in die belebte Haupteinkaufsstraße Via Giacomo Matteotti. Die Schaufenster auf beiden Seiten ignorierte er. Schnurgerade setzte er mit gesenktem Kopf einen Schritt vor den anderen. Lieber rempelte er jemanden an, als auszuweichen.
»Ein seltsamer Mensch«, sagte Francine.
»Jedenfalls ist er mit seinem Kopf überall, nur nicht im Hier und Jetzt.«

Da er nie zur Seite blickte oder sich gar umdrehte, rückten sie näher auf.

Zanarella erreichte einen Zeitungskiosk. Lucien und Francine verharrten vor einem Modegeschäft und beobachteten ihn in der spiegelnden Schaufensterscheibe.

Mit einem Stapel Tageszeitungen und Magazine unter dem Arm trat Zanarella schließlich den Rückweg an. Wieder hefteten sie sich an seine Fersen.

»Das hätten wir uns sparen können«, stellte Francine fest. »Wenn er sich wenigstens mit jemandem getroffen hätte. Aber so?«

»War doch ein netter Spaziergang.«

»Stimmt. Und du hast Zanarella nicht umgebracht. Das ist doch schon mal ein Erfolg.«

Sie verzog keine Miene. Dennoch war klar, dass sie das nicht ernst gemeint haben konnte.

»War keine Bahnstrecke da, wo ich ihn hätte vor den Zug stoßen können.«

»Das will ich nie mehr hören.«

»Dann darfst du nicht solche Bemerkungen machen. Auch nicht im Spaß.«

31

Der Abend verlief eintönig. Jedenfalls was Zanarella betraf, der auf der Hotelterrasse an einem Einzeltisch saß und achtlos das *menù della serata* verspeiste. Seine ganze Aufmerksamkeit galt den Zeitungen, die er dabei las. Lucien und Francine saßen in seinem Rücken einige Tische weiter. Im Unterschied zu ihm genossen sie das *carpaccio di pesce spada marinato*. Und nach dem hauchdünn geschnittenen marinierten Schwertfisch ein perfekt zubereitetes *bistecca di manzo* in Pfeffer-Cognac-Sahne-Soße. Während Zanarella weiter dem Bier treu blieb, was für einen Römer eher ungewöhnlich war, wählte Lucien als Weinbegleitung zunächst einen weißen Roero Arneis aus dem Piemont und danach einen roten Brunello di Montalcino vom Weingut Casanova di Neri in der Toskana. Es gab Franzosen, die tranken grundsätzlich keine italienischen Weine. Lucien war diese Form von Patriotismus fremd. Außerdem hatte er eine italienische Mutter – und sie befanden sich nicht mehr an der Côte d'Azur, sondern an der Riviera di Ponente in Ligurien.

Als Zanarella fertig war und mit seinen Zeitungen ins Hotel schlurfte, blieben sie entspannt sitzen. Wenig später piepste Luciens Handy. Zanarella hatte die Tür bewegt und war auf dem Zimmer. Es gab keinen Grund,

den Abend nicht zu genießen. Der Himmel über dem Meer färbte sich rosa. Die Kerzen auf den Tischen wurden angezündet. Jemand spielte Klavier.
Lucien sah Francine an und dachte … was er nicht denken wollte. Dass sie nämlich eine fantastisch gut aussehende, erotische Frau war. Mit einer geheimnisvollen Aura. Und ausgesprochen begehrenswert. Ihm war nicht entgangen, dass einige Männer von den Nachbartischen immer wieder zu ihr hinsahen. Gerade hatte einer von seiner Frau einen Tritt bekommen.
Lucien lächelte versonnen. Sie alle täuschten sich. Francine und er waren kein Paar …
»Warum lächelst du?«, fragte sie. »Woran denkst du gerade?«
Er zögerte mit der Antwort.
»Dass ich meinen Vater beneide, habe ich gerade gedacht«, sagte er.
Sie warf ihm einen langen Blick zu.
»Wieso?«
»Das weißt du genau.«

Ihre nebeneinanderliegenden Hotelzimmer hatten eine Verbindungstür. Obwohl sie noch lange bei Kerzenschein auf der Terrasse gesessen und Wein getrunken hatten, also durchaus in romantischer Stimmung waren, kam später keiner von beiden auf die Idee, an die Verbindungstür zu klopfen. Auf die Idee? Lucien gestand sich ein, dass es einen Moment gab, in dem er es fast getan hätte. Aber dann hatte er sich eines Besseren besonnen.
Sie trafen sich zum Frühstück. Zanarella war schon da. Er hatte seinen Laptop dabei und schrieb offenbar einen Text. Mit einer fahrigen Bewegung schüttete er Kaffee über die Tastatur. Ungeschickt versuchte er, sie mit sei-

ner Serviette zu säubern. Schließlich klappte er den Computer zu und stand auf. Er merkte, dass noch Orangensaft im Glas war, trank es im Stehen aus und ging ins Hotel.

Luciens Handy signalisierte, dass seine Tür bewegt wurde. Vor zehn Minuten schon einmal, aber das war wohl der Zimmerservice.

»Und jetzt?«, fragte Francine.

»Warten wir ab. Er wird ja nicht ewig auf dem Zimmer bleiben.«

»Warum nicht? Vielleicht schreibt er?«

Keine Viertelstunde später piepte es erneut.

Lucien und Francine standen auf und gingen in die Lobby. Zanarella kam gerade vom Lift und begab sich zur Rezeption. Er hatte eine kleine Tasche umhängen und feste Schuhe an. Sie beobachteten, wie er sich eine Landkarte geben und etwas erklären ließ. Der Concierge nahm einen Stift und machte einige Markierungen. Zanarella bedankte sich und verließ die Lobby Richtung Parkplatz. Sie sahen, wie er in einen Fiat Cinquecento stieg. Weiß, mit rotem Stoffverdeck.

»*Merde,* ich habe unseren Autoschlüssel auf dem Zimmer.«

»Kein Problem«, sagte Francine, »es reicht ja völlig, wenn wir wissen, wo er hinwill. Warte einen Moment, ich mach das.«

Sie ging zum Concierge und sprach mit ihm. Offenbar machte sie einen Witz, denn der Mann lachte. Ob sie wohl auch selbst gelacht hatte? Von hinten konnte er das leider nicht sehen. Aber dass sie ihm einen Geldschein zugeschoben hatte, war ihm nicht entgangen.

Als sie zurückkam, umspielte fast so etwas wie ein triumphales Lächeln ihre Lippen. Aber nur fast.

»Unser Freund hat sich den Weg nach Bussana Vecchia erklären lassen«, sagte sie.
Lucien nickte. »Kenne ich. Das ist ein mittelalterliches Erdbebendorf, nicht weit von hier, in dem heute vor allem Künstler leben.«
»Da will er offenbar hin. Am besten, wir brechen auch gleich auf.«
»Müssen wir nicht überstürzen. Vorher will ich noch auf sein Zimmer.«
»Wie kommen wir da rein?«
»Ich lass mir was einfallen.«
Sie fuhren hinauf in die dritte Etage. Auf dem Flur kam ihnen ein Zimmermädchen mit einem Rollwagen entgegen, auf dem frische Handtücher lagen.
Lucien machte eine ungeschickte Bewegung und stieß mit ihr zusammen. Beide strauchelten und wären fast zu Fall gekommen.
»Mi dispiace«, stammelte Lucien. »Tut mir wirklich leid.«
Sie strich sich die Schürze glatt.
»Ist ja nichts passiert.«
Während das Zimmermädchen seinen Rollwagen weiterschob, gingen sie rasch die wenigen Meter bis zu Zanarellas Zimmer. Mit der Generalkarte, die er dem Zimmermädchen gerade entwendet hatte, öffnete er die Tür. Während er im Zimmer verschwand, lief Francine mit der Karte dem Mädchen hinterher.
»Hallo, Sie haben beim Zusammenstoß Ihre Karte verloren.«
»Santo cielo, grazie mille.«
»Sehr gerne. Noch einen schönen Tag.«
Zurück beim Zimmer, klopfte sie. Lucien ließ sie herein. Er lachte. »War nicht schwierig, oder?«
»Hast du das auch von Alexandre gelernt?«

»Nein, das habe ich mir selbst beigebracht.«
»Und jetzt?«
»Auf dem Tisch liegen nur die Zeitungen. Den Computer und seine Unterlagen hat er offenbar im Hotelsafe weggesperrt.«
»Dabei hat er sie jedenfalls nicht, die Tasche, die er umhängen hatte, war dafür zu klein.«
Lucien rieb sich die Hände. »Na, dann schauen wir mal nach, was im Safe drin ist.«
»Sag bloß, du kannst ihn knacken?«
»Knacken nicht, aber wenn wir Glück haben, geht's ganz leicht. Wenn Hotelgäste ihren eingegebenen vierstelligen Code vergessen, muss man ihn ja auch irgendwie aufkriegen. In der Regel gibt es eine vom Hersteller festgelegte Masterzahlenfolge, mit der er sich öffnen lässt. Wenn er nicht umprogrammiert wurde, könnte es reichen, die Locktaste zu drücken und sechsmal die Null.« Lucien probierte es. »Klappt nicht.« Er überlegte. »Oft ist es auch die Locktaste und eine andere Ziffernfolge, an die ich mich zu erinnern glaube.«
Francine kreuzte die Finger.
Auf dem Display erschien »Unlock«.
Die Safetür öffnete sich.
Lucien grinste. *»Et voilà!«*
Auf einem Stapel Papiere lagen zwei Klemmmappen und zuoberst Zanarellas Laptop. Rechts daneben ein Beutel mit Reißverschluss.
»Sollten wir genauso wieder zurücklegen.«
Er gab Francine den Laptop.
»Ich fürchte, er ist mit einem Passwort gesichert.«
Mit den Papieren und den Mappen setzte er sich an den Tisch und sah sie eilig durch.
»Ist gesichert, da komme ich nicht ran«, sagte sie und

klappte den Laptop wieder zu. Dann beteiligte sie sich an der Durchsicht der Manuskripte, Notizen, Zeitungsausschnitte und Fotoabzüge.

»Pass auf, dass wir nichts durcheinanderbringen. Zanarella macht einen pedantischen Eindruck. Er würde es merken.«

»Eines ist klar, mit dem Parlamentsabgeordneten Riccardo Silvestri liegen wir richtig. Es geht überall nur um ihn. Offenbar trägt Zanarella geradezu fanatisch belastendes Material zusammen, um ihn zu Fall zu bringen.«

»Schaut nach einer persönlichen Fehde aus.«

»Jedenfalls wäre das Zanarellas größter Coup als Enthüllungsjournalist.«

Lucien nahm sein Handy und fotografierte einige Seiten, die ihm besonders brisant erschienen. Genauer lesen konnte er sie später.

»Wir sollten uns beeilen«, drängte Francine. »Nicht dass uns Zanarella in Bussana Vecchia durch die Lappen geht.«

»Wird er nicht. Man muss außerhalb parken und von dort ins Dorf laufen. Das dauert.«

Lucien legte konzentriert alles zurück in den Safe. Er war sich sicher, dass Zanarella nichts merken würde. Dann sah er nach dem Inhalt des Beutels. Schlüssel, etwas Bargeld – und zwei USB-Speichersticks.

»Mist, da hätte ich zuerst nachschauen sollen«, ärgerte sich Lucien.

Francine rannte aus dem Zimmer. »Ich bin gleich wieder da.«

Zehn Minuten später hatten sie den Inhalt der Sticks auf Francines Laptop kopiert. Sie legten den Beutel zurück in den Safe. Erst mit dem Reißverschluss nach der linken Seite. Lucien versuchte, sich zu erinnern. Dann drehte er ihn um. Es gab Pedanten, die achteten auch auf so was.

Ohne Zanarellas persönlichen Code ließ sich der Safe nicht mehr schließen. Damit hatte Lucien gerechnet. Aber auch mit dem Mastercode funktionierte es nicht.
»Ist wohl nur zum Öffnen da«, stellte Francine fest.
»Macht nichts. Dann gebe ich als neuen Code einfach viermal die Eins ein.«
Lock! Der Safe verriegelte sich.
»Wie soll Zanarella den Safe wieder aufkriegen?«
Lucien grinste. »Genauso wie wir. Er wird nach mehreren gescheiterten Versuchen die Rezeption anrufen und um Hilfe bitten. Dann kommt vom Hotel jemand aufs Zimmer und gibt den Mastercode ein. Zanarella wird ausschließen, dass er bei der Eingabe einen Fehler gemacht hat. Also wird er auf die Elektronik des Safes schimpfen.«
»Dann nichts wie weg.«
Francine spähte auf den Flur. »Keiner da.«
Luciens Handy piepte. Na klar, sie hatten soeben die Tür bewegt.
»Ich muss noch schnell aufs Zimmer und den Autoschlüssel holen.«

32

Es war ausgerechnet ein Aschermittwoch, als am 23. Februar 1887 das idyllisch gelegene Bergdorf Bussana durch ein Erdbeben in Schutt und Asche gelegt wurde. Von der Bevölkerung aufgegeben, die an der Küste einen neuen Ort gegründet hatte, wurde Bussana Vecchia bald zur Geisterstadt. Es sollte über siebzig Jahre dauern, bis wieder Leben in die Ruinen kam. Hippies und Künstler entdeckten das zerstörte Dorf und siedelten sich illegal dort an. Die Behörden versuchten, dem Einhalt zu gebieten, aber die Künstlerkolonie hielt nicht nur durch, sondern wurde langsam größer – und bald eine Attraktion für Besucher. Heute finden sich in den mittelalterlichen Gassen von Bussana Vecchia viele Galerien und Künstlerwerkstätten. Zwischen zerstörten, zum Teil jedoch liebevoll restaurierten Häusern werden Gemälde ausgestellt. Handgearbeiteter Schmuck und allerlei Skurrilitäten werden zum Kauf angeboten. Im Schatten von mit Efeu überwucherten Mauern dösen Katzen.

Francine war noch nie hier gewesen, doch Lucien kannte das Künstlerdorf. Er liebte die kreative Anarchie. In engen Serpentinen ging es von San Remo hinauf auf den Berg. Er war froh, dass gerade kein Auto entgegenkam. Platz zum Ausweichen gab es nämlich so gut wie keinen. Er wollte die *Déesse* ohne Kratzer und Beulen wieder nach Hause bringen. Als rechts entlang einer hohen Mauer Autos parkten, wählte Lucien die erste Lücke. Er hatte keine Lust, alles wieder rückwärts fahren zu müssen. Er erinnerte sich, dass die Straße später abrupt endete. Wenn man Pech hatte, konnte man nirgends wenden. Sie stiegen aus und liefen das letzte Stück zu Fuß. Bald kamen sie an einem weißen Fiat Cinquecento mit rotem Stoffdach vorbei. Lucien bat Francine, weiterzugehen, er komme gleich nach. Er machte sich hinter Zanarellas Fiat zu schaffen. Es dauerte nicht lange, dann war er fertig. Er eilte Francine hinterher und erreichte sie am Ortseingang vor dem Restaurant *La Casaccia,* dem vielleicht einzigen komplett neu errichteten Gebäude. Unter weißen Schirmen saßen an einfachen langen Holztischen und Bänken, von denen man einen fantastischen Blick hinunter zur Küste hatte, vor allem Tagesbesucher, aber offenbar auch einige Bewohner des Ortes. Man konnte sie an ihrem Äußeren leicht voneinander unterscheiden. Sie kamen aus verschiedenen Welten.

»Zanarella ist nicht hier«, sagte Francine. »Ich habe auch innen nachgeschaut. Sogar auf der Toilette.«

»Du bist die perfekte Assistentin. Ab jetzt nenne ich dich Dr. Watson.«

»Aber du bist nicht Sherlock Holmes. Darum lass das. Was hast du bei Zanarellas Auto gemacht?«

»Eine kleine Überraschung vorbereitet. Aber nichts Schlimmes, du musst dir keine Gedanken machen.«

»Na hoffentlich.«

Sie liefen durch eine schmale Gasse hinauf in den Ort. Neben liebevoll gestalteten Eingängen rankten sich Bougainvilleen. Ein Hund sah ihnen träge hinterher. An einer Mauer waren malerisch viele bunte Briefkästen angebracht. Sogar eine Postzustellung schien es also mittlerweile zu geben. Obwohl hier offiziell überhaupt niemand leben durfte. Rechts zweigte unter einem verfallenen Torbogen eine steile Treppe ab.

»Wir sollten uns besser trennen«, schlug Lucien vor. »Sonst könnte es passieren, dass wir im Gewirr der Gassen an ihm vorbeilaufen.«

»Einverstanden. Wir bleiben über unsere Handys in Kontakt. Falls du ihn vor mir triffst …«

»Verspreche ich dir, ihm kein Haar zu krümmen.«

»Das wollte ich hören. *Bonne chance.*«

Wenige Minuten später gelangte Lucien zu einer Kirchenruine ohne Dach, aber mit weitgehend intakten Außenmauern. Sogar der Kirchturm hatte dem Erdbeben standgehalten. Ein großes schmiedeeisernes Gitter verwehrte den Zutritt. Auf dem einstigen Kirchenboden wuchs hohes Gras. Schon während des Tages war das ein magischer Ort. Wie musste die Kirchenruine erst nachts unter einem funkelnden Sternenhimmel wirken?

Luciens Gedanken schweiften nur kurz ab, denn plötzlich entdeckte er Zanarella. Er stand auf einem kleinen Platz und fotografierte. Lucien sah sich um. Sie waren allein. Der Moment war ideal. Er wollte mit einer Nachricht an Francine keine Zeit verlieren und ging auf ihn zu.

Zanarella ließ die Kamera sinken und sah Lucien misstrauisch entgegen.

»Ich kann Ihnen nicht helfen«, sagte er abweisend.

Er ging wohl davon aus, dass sich Lucien entweder verlaufen hatte oder irgendwas zur Kirchenruine wissen wollte.

»Buongiorno, Signor Zanarella«, sagte Lucien auf Italienisch. »Wir kennen uns noch nicht …«

Zanarella wich unwillkürlich einen Schritt zurück.

Natürlich hatte er nicht damit gerechnet, mit dem Namen angeredet zu werden.
»Aber ich freue mich, Sie hier zu treffen«, fuhr Lucien in freundlichem Ton fort. »Sie müssen mir nicht helfen, aber ich möchte *Ihnen* helfen.«
Zanarella kniff die Augen zusammen. »Wie meinen Sie das? Ich brauche Ihre Hilfe nicht.«
»Doch, brauchen Sie, sogar ganz dringend. Ich will nicht lange herumreden, aber Ihr Leben ist bedroht. Und ich will dafür sorgen, dass Ihnen nichts geschieht.«
Nach einem weiteren Schritt zurück stieß Zanarella mit dem Rücken gegen eine Mauer.
»Wer sind Sie?«
»Sagen wir so, ich bin Ihre Lebensversicherung. Ich weiß aus zuverlässiger Quelle, dass ein Auftragskiller auf Sie angesetzt wurde.«
Zanarellas Hände begannen zu zittern. Er war zwar ein mutiger Mann, der bei seinen Recherchen keine Risiken scheute, gerade aber verlor er die Fassung.
»Auftragskiller …«, murmelte er.
Lucien wollte ihm Zeit geben, die Information zu verarbeiten. Deshalb nickte er nur.
Zanarella gewann seine Contenance zurück. Er straffte den Rücken.
»So ein Blödsinn, wer sollte ein Interesse haben, mich umzubringen?«
»Ich denke, das wissen Sie selbst am besten.«
»Sagen *Sie* es mir!«
»Ich vermute, Sie haben sich mit Ihren Nachforschungen bei Riccardo Silvestri zu weit vorgewagt. Genaueres weiß ich auch nicht.«
Beim Namen Silvestri wich die Farbe aus Zanarellas Gesicht.

»Silvestri …«, wiederholte er. »Dieses korrupte Schwein …«
»Ich will ihn nicht direkt beschuldigen. Aber dass der Auftrag etwas mit Ihren Recherchen zu tun hat, liegt auf der Hand.«
Zanarella sah Lucien misstrauisch an.
»Und Sie wollen mir helfen? Warum sollten Sie das tun?«
»Weil Sie in Rom nicht nur Feinde, sondern auch Freunde haben. Diese haben mich gebeten, Ihren … Arsch zu retten.«
Lucien hatte sich bewusst für diese harte Ausdrucksweise entschieden. Zanarella musste sich des Ernstes der Lage bewusst werden.
»Von welchen Freunden sprechen Sie?«
»Das tut jetzt nichts zur Sache. Seien Sie froh, dass Sie welche haben.«
Man konnte ihm ansehen, dass er fieberhaft nachdachte.
»Wie ist Ihr Name?«, fragte er.
»Luciano, das muss reichen.«
»Also, Luciano, was wollen Sie jetzt machen? Wie wollen Sie meinen Arsch retten?«
»Jetzt bleibe ich erst mal an Ihrer Seite und passe auf Sie auf. Dann lade ich Sie zur Beruhigung in der *Osteria degli Artisti* zu einem Glas Wein ein. Vielleicht haben Sie auch Lust auf *ravioli ricotta e spinaci*? Habe ich im Vorbeigehen auf der Schiefertafel gesehen. Anschließend fahren Sie zurück ins Miramare Palace …«
»Sie wissen, wo ich wohne?«
»Natürlich, ich habe dort auch ein Zimmer. Ich passe schon seit gestern auf Sie auf.«
»Seit gestern …«
»Ganz genau. Sie waren so in Ihren Computer und in

Ihre Zeitungen vertieft, dass Sie mich offenbar nicht bemerkt haben.«
»Das ist doch alles Bullshit«, erregte er sich plötzlich, »ich glaube Ihnen kein Wort. *Questo è stupido! Completamente stupido!*«
»Das ist es nicht, und das wissen Sie ganz genau. Ihre Freunde in Rom haben einen Vorschlag, den ich Ihnen unterbreiten soll.«
Aus den Augenwinkeln bemerkte Lucien, dass sie von Francine beobachtet wurden. Sie hielt sich in großer Entfernung und tat so, als ob sie sich für die Kirchenruine interessieren würde.
»Was soll das für ein Vorschlag sein?«
»Erzähle ich Ihnen später. Jetzt sollten Sie sich erst mal beruhigen.«
»Ich bin die Ruhe selbst«, protestierte Zanarella.

Das Angebot, in der Osteria einzukehren, lehnte Zanarella ab. Auch hatte er das Interesse an Bussana Vecchia verloren. Er wollte so schnell wie möglich zurück ins Hotel, um nachzudenken – und sich Luciens Vorschlag anzuhören. Auch wenn ihm anzumerken war, dass er die Geschichte mit dem Auftragskiller nicht wirklich glauben konnte.
Seite an Seite liefen sie an den geparkten Autos entlang. Lucien hatte eine dunkle Sonnenbrille auf und tat so, als ob er die Umgebung checken würde. So wie Bodyguards im Kino oder Fernsehen. Francine folgte in sicherer Entfernung. Beim kleinen Fiat angekommen, blieben sie stehen. Lucien wünschte ihm eine sichere Fahrt und verabredete ein Treffen auf der Hotelterrasse in einer Stunde. Wieder blickte er ostentativ um sich. Dann erschrak er und riss Zanarella zu Boden, sich dabei schützend auf ihn

werfend. Sekundenbruchteile später war ein Knall zu hören. In der Mauer neben dem Fiat gab es eine kleine Explosion.

»*Merda,* auf uns wird geschossen.«

Mit Zanarella robbte er hinter den Fiat in Deckung.

Ein zweiter Knall. Wieder splitterte es in der Mauer. Diesmal über ihren Köpfen.

Kurz darauf wagte sich Lucien aus der Deckung. Vor allem, um der erstarrten Francine ein schnelles Zeichen zu geben, dass alles gut sei. Gott sei Dank neigte sie nicht zur Hysterie.

Er ließ die Fernsteuerung, mit der er die bei ihrer Ankunft in der Mauer platzierten kleinen Sprengladungen zur Explosion gebracht hatte, in seiner Hosentasche verschwinden.

»Ich glaube, er ist weg«, sagte Lucien. »Sie können wieder aufstehen.«

Zanarella zitterte. Lucien musste ihm auf die Beine helfen.

»Sind Sie verletzt?«, fragte er besorgt.

»Nein, ich glaube nicht.«

»Sind Sie in der Lage, Auto zu fahren? Oder soll ich Sie chauffieren? Kann ich gerne machen.«

Zanarella hielt sich am Fiat fest.

»Sind Sie sicher, dass der Schütze weg ist?«

»Jedenfalls sehe ich ihn nicht mehr. Aber sicher kann man sich nie sein.«

»Ich glaube …«, stammelte Zanarella, »ich glaube, es ist wirklich besser, wenn Sie fahren.«

Lucien ließ sich den Schlüssel geben und rangierte ein Stück aus der Lücke, damit Zanarella auf der Beifahrerseite einsteigen konnte. Dann öffnete er das Fenster und wendete. Dabei kam er an Francine vorbei, die mittlerweile bei ihnen angekommen war. Von Zanarella unbemerkt warf er ihr aus dem geöffneten Fenster den Schlüssel des Citroëns zu. Jetzt hatte *sie* das Problem, die unübersichtliche *Déesse* zu wenden. Oder auf der schmalen Straße rückwärts zu fahren. Mit dem Cinquecento war das kein Problem gewesen.

»Bitte anschnallen«, sagte Lucien.

Er freute sich, dass sein Einfall, ein Attentat vorzutäuschen, den erhofften Effekt erzielt hatte. Zanarella war mit den Nerven am Ende. Für den Augenblick jedenfalls schien er überzeugt, dass ihm jemand nach dem Leben trachtete. Und dass ihn Lucien gerade gerettet hatte.

33

Nach ihrer Ankunft im Miramare Palace war Zanarella immer noch so mitgenommen, dass er sich erst auf sein Zimmer zurückziehen musste. Sie verabredeten sich zwei Stunden später auf der Terrasse. Lucien vergewisserte sich, dass der Bewegungsmelder an Zanarellas Tür funktionierte. Schließlich könnte der Mann auf die Idee kommen, stiften zu gehen. Was Lucien nicht wirklich glaubte, denn erstens hatte er Angst, und zweitens würde er ganz sicher wissen wollen, wie sein Vorschlag aussah.

Lucien wartete vor dem Hotel auf Francine. Bald glitt die *Déesse* auf den Parkplatz. Wie es schien, unversehrt. Er wollte ihr aus dem Auto helfen, was sie aber nicht zuließ.

»Ich müsste dir böse sein«, sagte sie. »Wir haben ausgemacht, dass du mich benachrichtigst, sobald du Zanarella findest. Hast du nicht gemacht …«

»Ich hatte keine Zeit. Der Moment war gerade ideal.«

»Dann hast du bei seinem Auto diese Pyro-Show abgezogen. Hättest mich wirklich vorwarnen können.«

Ihm fiel keine Entschuldigung ein. Weil sie recht hatte.

»So musste ich mir erst zusammenreimen«, sprach sie weiter, »was die Inszenierung sollte.«

»Immerhin hat's funktioniert. Zanarella glaubt wirklich, dass auf ihn geschossen wurde …«

»Und dass du ihm das Leben gerettet hast? Du könntest als Komparse beim Film anfangen.«

Komparse? Das war gemein.

»Ich dachte eher an eine Hauptrolle. Wie auch immer. Zanarella erholt sich gerade auf seinem Zimmer. In zwei Stunden treffen wir uns auf der Terrasse, dann sage ich ihm, was er tun muss.«

»Hoffentlich steigt er darauf ein.«

»Wenn nicht, werde ich ihn am späteren Abend erneut einschüchtern. Ich habe mir schon was Nettes ausgedacht. Aber ich glaube, es wird nicht nötig sein. Auf Zanarella ist noch nie geschossen worden. Das muss er erst mal verkraften.«

»Falls du doch was inszenierst, sag mir vorher Bescheid. Sonst kündige ich.«

Lucien hielt es für möglich, dass sie es ernst meinte.

»Mach ich, versprochen.«

»Ich nehme dich beim Wort. So, jetzt gehe ich auch aufs Zimmer und schau mir die Dateien an, die wir von Zanarellas Sticks kopiert haben. Falls es was spektakulär Neues gibt, das für deinen Plan wichtig sein könnte, sage ich dir Bescheid.«

Zanarella erschien fünf Minuten zu früh. Er stolperte über eine Stufe. Offenbar stand er immer noch unter Schock.

Lucien hatte einen Tisch gewählt, der etwas abseitsstand. Francine saß einige Tische weiter und blätterte in einem Modemagazin. Dass sie in den Dateien zwar viel kompromittierendes Material gefunden hatte, aber nichts, was die Sache in einem anderen Licht erscheinen ließ, wusste er bereits von ihr.

Lucien stand auf und winkte Zanarella zu sich.

»Ich vermute, Sie wollen ein Bier«, sagte Lucien.
»Das wissen Sie also auch, ich meine, dass ich gerne Bier trinke.«
»Ich weiß vieles, aber bestimmt nicht alles.«
Zanarella nickte. »Wer weiß schon alles?«, sagte er nachdenklich. »Nicht einmal ich.«
Lucien legte ein verformtes Projektil auf den Tisch.
»Habe ich aus der Mauer«, sagte er. »Diese Kugel war für Sie bestimmt.«
Zanarella legte entsetzt die Hände vor den Mund. *»Dio mio.«*
Offenbar war er in einer Verfassung, in der er jeden Schwindel glaubte.
»Wenn Sie damit einverstanden sind, erkläre ich Ihnen jetzt den einzigen Ausweg, den es für Sie gibt.«
»Es gibt nur einen?«
»Ganz genau. Es gibt keinen anderen. Glauben Sie mir, ich habe Erfahrung mit Auftragskillern. Die bringen ihren Job zu Ende. Einfach deshalb, weil sie nur dann dafür bezahlt werden.«
»Und wenn ich zur Polizei gehe?«
Lucien wunderte sich, dass er erst jetzt darauf kam.
»Wird nichts helfen. Die Polizei kann Sie nicht rund um die Uhr beschützen. Warum sollte sie auch? Dass Sie wirklich gefährdet sind, wird man erst glauben, wenn Sie tot sind. Und es gibt noch ein Argument, das gegen die Polizei spricht …«
»Welches?«
»Als Journalist wissen Sie das selbst am besten: Die Polizei ist ein korrupter Haufen, unterwandert von zwielichtigen Typen, die für Geld alles machen. Ihnen ist doch klar, dass ein hochrangiger Politiker wie Silvestri und seine Hintermänner überall ihre Leute haben.

Nein, die Polizei kann Sie nicht schützen, nur umbringen.«

Lucien fragte sich, ob er gerade zu dick aufgetragen hatte. Aber die Bestätigung von Vorurteilen war schon immer glaubwürdig. Erst recht in Stresssituationen.

Zanarella nahm einen tiefen Zug aus seinem Glas. Etwas Bier verschüttete er dabei.

»Der Ausweg? Wie soll der aussehen?«

»Sie stellen heute Nacht das gesamte Material, das Sie gegen Silvestri gesammelt haben, ins Netz. Gleichzeitig schreiben Sie in Ihrem Newsletter einen Kommentar, dass Sie hiermit Ihre Recherchen abgeschlossen hätten. Ab jetzt solle die Gerechtigkeit ihren Lauf nehmen. Sie seien erschöpft und würden für einige Zeit von der Bildfläche verschwinden, um sich zu erholen.«

»Ich soll alles ins Netz stellen? Noch heute Nacht? Was soll das bringen?«

Ein mit allen Wassern gewaschener investigativer Journalist sollte schneller von Begriff sein, dachte Lucien. Dann sah er, dass Zanarella immer noch auf das vor ihm liegende Projektil starrte. Wie das sprichwörtliche Kaninchen vor der Schlange. Er wirkte regelrecht paralysiert und unfähig, einen klaren Gedanken zu fassen.

»Ist doch ganz einfach. Man will Sie umbringen, um zu verhindern, dass die ganze Wahrheit ans Licht kommt. Gleich nach Ihrem Tod wird man versuchen, das gesamte von Ihnen recherchierte Belastungsmaterial zu vernichten. Man wird Ihren Computer zerstören, die USB-Speicher in Ihrem Hotelsafe löschen …«

Zanarella riss die Augen auf. »Woher … woher wissen Sie?«, stotterte er.

Lucien lächelte. »Wie schon gesagt, ich weiß vieles, aber nicht alles.«

»Übrigens ist mein Hotelsafe vorhin nicht aufgegangen«, sagte Zanarella. »Ich musste jemanden kommen lassen, der ihn geöffnet hat.«

»So was passiert«, ging Lucien nicht weiter darauf ein. »Neben den Datenspeichern wird man alle Papiere und Akten vernichten, die man finden kann. Das war's dann. Sie sind tot, und Silvestri und seine Kumpane kommen davon. Das können Sie doch nicht wirklich wollen? Wenn Sie aber noch heute Nacht alles publik machen, was Sie wissen, macht es keinen Sinn mehr, Sie umzubringen. Die Bombe ist ja schon hochgegangen. Man wird den Auftragskiller zurückpfeifen und sich gute Anwälte suchen.«

Zanarella nahm die Brille ab und reinigte sie umständlich mit seinem Taschentuch. Eine Verlegenheitsgeste, weil er Zeit brauchte, über Luciens Vorschlag nachzudenken.

»Das leuchtet mir alles ein«, sagte er schließlich. »Aber erstens habe ich meine Recherchen noch nicht abgeschlossen. Und zweitens brauche ich für mein Renommee als Enthüllungsjournalist eine reißerische Titelgeschichte in einer der auflagenstärksten Tageszeitungen Italiens. Dafür bekomme ich wahrscheinlich den *Premiolino,* den wichtigsten Journalistenpreis Italiens.«

»Ich gratuliere. Den Preis können Sie dann als Leiche entgegennehmen«, setzte Lucien weiter auf die Schocktherapie. »Nein, nicht einmal das, denn es würde gar nicht erst zur Veröffentlichung kommen.«

Zanarella zuckte zusammen.

»Tun Sie endlich diese Patrone weg. Die macht mir Angst.«

Genau das war ihr Zweck, dachte Lucien.

»Außerdem«, fuhr Lucien fort, »haben Sie mit der Veröffentlichung im Internet doch Ihren persönlichen

Triumph. Es wird heißen, dass der berühmte Enthüllungsjournalist Luigi Zanarella den größten Politskandal der jüngsten Geschichte ins Rollen gebracht hat. Vielleicht bekommt man auch dafür einen Preis?«

»Glaube ich nicht. Aber Sie haben recht, ich … ich würde es immerhin erleben.«

»Genauso ist es. Was gibt es da noch groß nachzudenken?«

»Und Sie garantieren mir, dass der Auftragskiller von mir ablässt?«

»Ich kann Ihnen gar nichts garantieren, auch wenn ich mir sehr sicher bin. Übrigens sehen das auch Ihre Freunde in Rom so, die sich um Sie große Sorgen machen. Trotzdem rate ich Ihnen, erst mal von der Bildfläche zu verschwinden. Haben Sie jemanden, bei dem Sie sich eine Weile verstecken können?«

Zanarella trank sein Bier aus.

»Ja, meine Schwester, sie lebt ziemlich abgeschieden auf der *campagna* in den Marken. Und zwar …«

Lucien machte eine abwehrende Handbewegung. »Will ich gar nicht wissen, niemand sollte es wissen.«

Wieder nahm Zanarella die Brille ab, um sie mit seinem Taschentuch zu putzen. Sauberer wurde sie davon nicht, ganz im Gegenteil.

»Habe ich Bedenkzeit?«, fragte er.

Lucien beschloss, ihm weiter zuzusetzen.

»Natürlich haben Sie die. Und zwar so lange, bis Sie von einer Kugel in den Kopf getroffen werden. Alternativ werden Sie in die Luft gesprengt. Vielleicht ist aber auch Ihr nächstes Bier vergiftet. Oder Sie bekommen unangemeldeten Besuch in Ihrem Hotelzimmer und fallen unglücklich aus dem Fenster. Für einen Genickbruch ist die dritte Etage hoch genug. Für kurze Zeit werde ich

noch auf Sie aufpassen, danach müssen Sie allein klarkommen.«
»Woher wissen Sie, dass nicht genau in diesem Moment jemand auf mich zielt?«
»Drehen Sie sich um! Hinter Ihnen sitzt eine Dame im roten Kleid und tut so, als ob sie ein Magazin lesen würde. In Wahrheit observiert sie die Umgebung.«
Zanarella blickte über die Schulter.
Francine deutete mit zwei Fingern einen heimlichen Gruß an. Auch sie, dachte Lucien, würde eine gute Komparsin abgeben.
»So, genug gequatscht«, sagte Lucien entschieden. »Entweder Sie gehen jetzt hinauf in Ihr Zimmer und bereiten die Veröffentlichung des Materials vor. Spätestens um Mitternacht sollte alles online sein. Oder ich gehe hinüber zu der aparten Dame im roten Kleid, und wir beide reisen ab. Und zwar sofort. Bin neugierig, wie Ihre Todesanzeige aussieht.«
Zanarella langte sich mit zitternden Händen an den Kopf.
»Sie machen mich fertig, wissen Sie das?«
»Nein, nicht ich. Das schaffen Sie schon selbst. Also, was ist jetzt?«
»Ich tu, was Sie mir raten«, sagte Zanarella leise. »Aber Sie müssen mir versprechen, dass mir in den nächsten Stunden nichts widerfährt.«
»Das verspreche ich. Gehen Sie sicherheitshalber nicht ans Fenster. Machen Sie nicht auf, wenn jemand klopft. Auch nicht dem Roomservice. Hängen Sie das Schild mit ›Do not disturb‹ an die Tür. Wir werden den Flur observieren und Sie vor ungebetenem Besuch schützen. Soll ich Ihnen was zum Essen aufs Zimmer bringen? Vielleicht Panini mit Schinken und Käse? Für Getränke haben Sie ja Ihre Minibar.«

»Panini, sì sì, volentieri!«
»Ich rufe Sie vorher an, damit Sie wissen, dass ich es bin.«
»Dass Sie es sind … ich verstehe …«
Lucien fragte sich, ob Zanarella die nötige Konzentration aufbrachte, in den nächsten Stunden alles ins Internet zu stellen. Oder auf die Website seiner Tageszeitung? Auch musste er für seinen Newsletter einen Text schreiben, der alles erklärte. Andererseits war Zanarella ein routinierter Zeitungsjournalist, der es gewohnt war, mit engen Redaktionsschlussterminen klarzukommen. Er würde es schaffen. Sofern er es sich nicht anders überlegte.

34

Na, was denkst du?«, fragte Francine am späten Abend. »Wird es klappen?«
»Zanarella hat ... Pardon ... er hat die Hosen gestrichen voll. Wahrscheinlich hat er schon bei früheren Recherchen Drohungen erhalten. Aber geschossen wurde noch nie auf ihn. Unser Glück, dass er schwache Nerven hat.«
»So meinte ich es nicht. Denkst du, dass deine Rechnung aufgeht und nach der Veröffentlichung des Belastungsmaterials dein Auftrag zurückgezogen wird?«
Stimmt, das war sein Kalkül. Deshalb hatte er das alles inszeniert. Eine Million Euro waren viel Geld. Warum sollten Silvestri und seine Hintermänner so viel bezahlen, wenn die Bombe bereits hochgegangen war? Das Geld wäre jetzt besser in Rechtsanwälte investiert. Oder um Ermittlungsbeamte und Richter zu bestechen. Folgerichtig müsste bei Edmond sehr schnell eine Stornierung des Auftrags eingehen. Wahrscheinlich schon in den frühen Morgenstunden.
»Ich hoffe sehr«, antwortete Lucien. »Damit wäre ich meiner Pflicht enthoben. Edmond hätte keinen Grund, mir Vorwürfe zu machen. Zanarella bliebe am Leben. Und denjenigen, die seinen Mord in Auftrag gegeben hatten, würde der Prozess gemacht. Nicht *dafür* natürlich, aber sie haben genug anderen Dreck am Stecken.«

»Einige werden ungestraft davonkommen.«
»Ist immer so.« Er deutete auf Francines aufgeklappten Computer. »Noch rührt sich nichts, oder? Was ist mit Zanarellas Newsletter? Und mit dem Nachrichtenportal seiner Tageszeitung?«
Sie beugte sich nach vorne. »Das gibt's doch nicht ... genau in diesem Moment. *EILMELDUNG! Neues, spektakuläres Belastungsmaterial gegen den umstrittenen Parlamentsabgeordneten Riccardo Silvestri. Vorgelegt vom Investigativjournalisten Luigi Zanarella.* Poppt gerade auf. Gleich auf verschiedenen Kanälen. Mit Link zu seinem Newsletter. Und einer Vielzahl von Dokumenten im Anhang.«
Francine, die sonst immer so unterkühlt wirkte, rieb sich aufgeregt die Hände. »Es hat geklappt. Du hast ihn dazu gebracht, alles online zu stellen. *C'est magnifique.*«
Lucien nickte zufrieden. Der erste Teil des Plans war hiermit aufgegangen. Blieb zu hoffen, dass es auch mit dem zweiten Teil klappte.
Während er noch darüber nachdachte, piepte sein Handy. Zanarellas Tür wurde bewegt.
Lucien stand auf und lief in die Hotellobby. Francine folgte ihm. Schon sahen sie, wie Zanarella aus dem Lift zur Rezeption hetzte. Mit Rucksack und einer prall gefüllten Aktentasche. Eilig beglich er seine Rechnung. Als er sich umdrehte, stand Lucien direkt hinter ihm. Zanarella zuckte zusammen.
»Das haben Sie gut gemacht«, sagte Lucien leise. »Sehr gut sogar. Ich gratuliere.« Er nahm ihm den Rucksack ab und begleitete ihn zum Ausgang. »Ihren Fiat habe ich gecheckt. Er ist sauber. Sie können also unbesorgt einsteigen.«
»Ich weiß immer noch nicht, ob ich das Richtige getan habe. Doch, doch ... ich glaube schon. Jedenfalls fühle ich mich irgendwie erleichtert.«

»Vor allem sind Sie noch am Leben und werden es auch bleiben.« Lucien lächelte. »Vorausgesetzt, Sie fahren vorsichtig.«
»Das mache ich, vorsichtig, natürlich.«
Er reichte Lucien die Hand.
»Luciano, ich danke Ihnen.«
»*Con piacere*, war mir eine Ehre.«

Am nächsten Morgen blickte Lucien immer wieder auf sein Handy. Langsam wurde er nervös. Warum hörte er nichts von Edmond? Vielleicht war die Möglichkeit gar nicht vorgesehen, einen in Auftrag gegebenen Mord zurückzuziehen? Oder er hatte die Situation falsch eingeschätzt, und Silvestri wollte Zanarella trotz der Veröffentlichung des Materials tot sehen? Um sich zu rächen. Aber wäre ihm das eine Million Euro wert? Schwer vorstellbar. Lucien überlegte, dass es noch eine weitere Möglichkeit gab. Vielleicht hatten sich Francine und er alles falsch zusammengereimt und der Mord war gar nicht von Silvestri und seinen Hintermännern in Auftrag gegeben worden. In Wahrheit hatte es ein unbekannter Dritter auf Zanarella abgesehen. Ihm war es egal, was der Journalist gegen Silvestri in der Hand hatte. Seine Motive lagen ganz woanders. Für ihn gab es keine Veranlassung, einen Rückzieher zu machen.
Er traf sich mit Francine auf der Frühstücksterrasse. Sie sah ihn fragend an.
Lucien schüttelte den Kopf. »Edmond hat sich noch nicht gemeldet.«
»Dafür schlägt Zanarellas Bericht in den Medien hohe Wellen. Hast du im italienischen Fernsehen die Morgennachrichten gesehen?«
»Nein. Wurde über den Fall berichtet?«

»Ist die Topmeldung des Tages. Leider kann ich zu wenig Italienisch. Aber so viel habe ich verstanden, dass es mit Silvestris politischer Karriere wohl vorbei ist. Die Staatsanwaltschaft ermittelt schon.«
»Zanarella wird sich freuen. Wahrscheinlich ist er schon bei seiner Schwester in den Marken und hofft bangend, dass der Auftragskiller nicht erneut auf ihn schießen wird.«
Francine hob eine Augenbraue. »Was heißt erneut? Außerdem sitzt der Auftragskiller gerade vor mir und isst ganz friedlich sein Rührei.«
Lucien überlegte, dass er mehr auf Francines Augenbraue achten sollte. Offenbar drückte sie auf diese Weise ihr Amüsement aus. Weil es mit dem Lächeln noch nicht so recht klappen wollte.
Er führte gerade seine Tasse mit dem Cappuccino an den Mund, als sein Handy klingelte. Auf dem Display sah er, dass die Nummer unterdrückt war. Eilig stellte er die Tasse ab und nahm den Anruf entgegen.
Edmond war dran, höchstpersönlich. Nicht sein Butler.
»*Bonjour,* wie geht es dir?«, begrüßte er ihn, ohne seinen Namen zu nennen. Vorsichtig wie immer.
»Mir geht es gut. Vielen Dank.«
»Wie läuft es mit dem, was du erledigen wolltest?«, kam Edmond gleich auf den Punkt.
»Ausgezeichnet. Meine Vorbereitungen sind abgeschlossen. Ich denke, dass in den nächsten Stunden alles vorbei ist.« Lucien hielt den Atem an. Jetzt entschied es sich.
»Die Umstände haben sich geändert. Bitte lass es sein! Hast du mich verstanden? Lass es sein und komm zurück!«
Lucien atmete erleichtert aus. Er zeigte Francine den erhobenen Daumen.

»Ich soll es sein lassen? Ja, habe ich verstanden.«
»Dann ist gut. Sobald du zurück bist, kommst du bei mir vorbei!«
»Schade um meine Vorbereitungen«, konnte sich Lucien den Scherz nicht verkneifen.
Edmond ignorierte die Bemerkung. »Gute Fahrt und noch einen schönen Tag«, beendete er das Gespräch.
Lucien legte das Handy auf den Tisch. Am liebsten hätte er Francine spontan geküsst, so erleichtert war er.
»Er hat dich zurückgepfiffen, richtig?«
»Ja, das war eindeutig.«
»Ich gratuliere.«
»Wir sind ein gutes Team.«
Wieder ihre Augenbraue.
»Tja, schaut ganz so aus.«
Sie winkte einen Kellner herbei.
»Bitte bringen Sie uns zwei Gläser Champagner.«

35

Auf der kurzen Rückfahrt sprachen sie nicht viel. Beide hingen ihren Gedanken nach. Bei Lucien waren es gute Gedanken. Bei Francine sicherlich auch. Schließlich hatte er seinen zweiten Mordauftrag zu Ende gebracht, ohne dass jemand sterben musste. Gegenüber Lyon war das ein großer Fortschritt.

Als er in Monte Carlo bei Francines Apartmenthaus vorfuhr, eilte sofort der Concierge herbei, um die Beifahrertür zu öffnen. Das war zwar galant, verhinderte aber, dass sie sich ordentlich voneinander verabschieden konnten.

»Er ist etwas übereifrig«, sagte sie entschuldigend. »Sehen wir uns morgen im *bureau?*«

»Ja, machen wir. Vielen Dank für alles. Erhol dich gut.«

»Ich wüsste nicht, wovon ich mich erholen müsste. Viel Spaß bei Edmond.«

Das war gemein. Sie wusste, dass Besuche bei Edmond nie Spaß machten.

Wieder parkte er in einer Seitenstraße und ging die letzten Meter zu Fuß. Der unsägliche Butler öffnete ihm. Sein Onkel erwarte ihn in der Bibliothek.

Edmond saß im Rollstuhl und las eine Zeitung.

»Das ging ja schnell«, stellte er fest. »Kann ich davon ausgehen, dass dieser Zanarella noch am Leben ist?«

»Ja, dein Anruf hat mich gerade noch rechtzeitig erreicht.«
Edmond sah ihn prüfend an. »Wie hättest du es gemacht?«
Zum Glück hatte sich Lucien eine Antwort zurechtgelegt.
»Er wäre beim Schwimmen im Meer ertrunken. Ich hatte meine Taucherausrüstung mit Pressluftflasche dabei und hätte ihn einfach unter Wasser gezogen …«
Edmond winkte ab. »So genau will ich es gar nicht wissen. Aber die Idee ist nicht schlecht. Du wirst dich fragen, wie es zu diesem Abbruch kommen konnte.«
»Ja, genau. Passiert so was häufiger?«
»So gut wie nie. Ehrlich gesagt weiß ich auch nicht, was vorgefallen ist. Aber mich hat heute Morgen die Anweisung erreicht, die Aktion sofort abzubrechen. Natürlich werden solche Wünsche erfüllt. Vorausgesetzt, sie kommen nicht zu spät.«
»Der Auftraggeber hat viel Geld gespart«, stellte Lucien fest.
Edmond nickte. »Ja, hat er. Aber so viel nun auch wieder nicht.«
»Warum?«
»Weil wir eine vertraglich geregelte Ausstiegsklausel haben. Von dem Honorar, das auf dem Treuhandkonto geparkt ist, wird nur die Hälfte rückerstattet.«
Lucien sah ihn überrascht an. »Wir kassieren also trotzdem eine halbe Million?«
»Ganz genau. Zweihunderttausend bleiben mir, dreihunderttausend gehen an dich.«
Edmond schien nicht unzufrieden.
»Ist ja auch kein schlechter Deal«, stellte Lucien fest.
Tatsächlich hielt er das für den besten Deal überhaupt. Er erhielt grotesk viel Geld dafür, dass er … nichts gemacht hatte. An dem Honorar klebte kein Blut. Er war ein

Mörder, der fürs Nichtmorden bezahlt wurde. Besser ging es nicht.
Edmond zuckte mit den Schultern. »Nun ja, einige Stunden und ein Badeunfall später hätten wir das doppelte Honorar erhalten. Aber wir wollen mal nicht so sein. Kommt ja wie gesagt nicht so häufig vor.«
Fast wäre Lucien rausgerutscht, dass er in Zukunft nur noch solche Aufträge bekommen wollte. Das Geschäftsmodell sagte ihm zu.
Er sah Edmond fragend an. »Damit wäre für den Moment alles geklärt, oder?«
»Absolut. Schön, dass du gleich bei mir vorbeigeschaut hast.«
Lucien stand auf.
»Edmond, ich wünsch dir noch einen schönen Tag.«
»Ich dir auch. Und pass gut auf deine Taucherausrüstung auf. Die Idee mit dem Badeunfall gefällt mir, gefällt mir sehr …«

In der *Villa Béatitude* wurde er zur Begrüßung von Rosalie umarmt.
»Wie ist es dir ergangen?«, fragte sie.
Lucien lachte. »*Parfaitement.* Ich habe niemandem ein Haar gekrümmt, und Edmond ist trotzdem zufrieden.«
»Ein Haar gekrümmt? Du bist doch kein Friseur.«
Fast hätte er erklärt, wie er das meinte, da bemerkte er ein amüsiertes Schmunzeln um ihre Lippen. Sie wusste genau, wovon er sprach. Sie hatte ihn nur auf den Arm genommen.
»Ich bring nur schnell meine Sachen in die Katakomben, dann komme ich zu dir in die Küche.«
»Als ob ich immer in der Küche wäre. Ganz so trostlos ist mein Leben nun doch nicht.«

»Ich komme auch gerne in den Waschkeller.«
Rosalie drohte ihm lächelnd mit dem Zeigefinger. »Nur weil ich dir mal die Windeln gewechselt habe, musst du nicht so frech sein.«
Er verstand nicht, was das eine mit dem anderen zu tun haben könnte. Aber eines wusste er ganz sicher: Rosalie liebte seine Neckerei.
»Wo ist Francine?«, fragte er. »Ihr Auto ist nicht da.«
»Lucien, diesen Gesichtsausdruck kenne ich. Du bist ein miserabler Schauspieler. Ich kann mich noch erinnern, wie du im Kindergarten …«
»Bitte nicht.«
»Wenn du so scheinheilig nach Francine fragst, dann weißt du selbst wohl am besten, wo sie gerade ist. Glaubst du im Ernst, du könntest die alte Rosalie für dumm verkaufen? Ich hoffe nur, ihr habt keinen Unsinn gemacht.«
Was sie wohl unter Unsinn verstand?
»Nein, haben wir nicht«, sagte er – denn das stimmte in jeglicher Hinsicht.
Sie nickte. »*Bon garçon.* Du weißt, was sich gehört.«
Diesmal glaubte sie ihm. Weil sie offenbar wirklich in seinem Gesicht lesen konnte. Was dann vielleicht doch daran lag, dass sie ihm schon als Kleinkind die Windeln gewechselt hatte.

Eine Stunde später fuhr er mit der Vespa nach Villefranche-sur-Mer. Er war bester Stimmung. Nicht nur wegen des kleinen Tresterschnapses, den er mit Rosalie pflichtschuldigst noch getrunken hatte, sondern weil alles wirklich nach Plan gelaufen und gut ausgegangen war. Als Krönung gab es sogar ein aberwitziges »Ausfallhonorar«. Er hätte darauf verzichtet – aber Edmond stimmte es gnädig.

Lucien nahm sich vor, in den nächsten Tagen zu seinem gewohnten Lebensrhythmus zurückzufinden. Gleich heute Abend würde er im *P'tit Bouchon* wieder persönlich die Gäste empfangen. Zuvor würde er in der Küche in die Töpfe schauen und damit Roland zur Weißglut bringen. Was seinen Maître de Cuisine aber dennoch zu Höchstleistungen anspornte. Morgen früh würde er ausschlafen, anschließend mit dem Zodiac nach Cap Ferrat fahren – und vom Boot aus eine Runde schwimmen. Er würde sich mit Francine über die anstehenden Arbeiten abstimmen. Vielleicht sollte er ihr einen Blumenstrauß überreichen, um sich für ihre Hilfe im Fall Zanarella zu bedanken? Vielleicht ... aber wohl besser nicht – sie könnte die Blumen falsch interpretieren.
Obwohl er es nicht eilig hatte, aber Abkürzungen liebte, bog Lucien am Ortseingang von Villefranche verkehrswidrig ab. Irgendein Idiot hupte wie wild. Dabei hatte er ihn gar nicht behindert. Nun ja, ein wenig vielleicht schon. Aber das war noch lange kein Grund, auszuflippen. Er grüßte im Vorbeifahren eine junge Frau mit Kinderwagen, die ihn trotz seines Helms sofort erkannte und fröhlich zurückwinkte. Gott sei Dank, schoss ihm durch den Kopf, war das Kind nicht von ihm. Hätte sogar sein können, aber es hatte sich ein anderer Kandidat gefunden, der sie anständigerweise auch gleich geheiratet hatte.
Lucien fuhr über den Bürgersteig in einen Hinterhof, wo er seine Vespa abstellte. Die kurze Fahrt von Cap Ferrat nach Villefranche kam ihm vor wie eine Zeitreise, die ihn zurück in die Vergangenheit führte – zurück in sein altes Leben.

36

Lucien saß am späteren Abend im *P'tit Bouchon* an seinem Ecktisch und trank zur *foie gras* einen Sauternes. Der Süßwein aus dem Bordeaux harmonierte prächtig mit der Gänsestopfleber. Kein Wunder, denn eingedenk des zu erwartenden »Ausfallhonorars« hatte er eine Flasche des berühmtesten Sauternes überhaupt geöffnet: nämlich einen formidablen Château d'Yquem. Ein anderer von Botrytis veredelter Süßwein hätte es zwar auch getan, aber er fand, dass er sich eine Erfolgsgratifikation verdient hatte. Er liebte die unvergleichliche Aromenvielfalt dieses göttlichen Nektars. Jedes Mal glaubte er, andere betörende Duftnoten wahrzunehmen: heute vor allem reife Aprikosen, Karamell und Orangenblüten, aber auch …

»*Bonsoir,* Lucien, du lässt es dir heute ja richtig gut gehen«, riss ihn eine laute Stimme aus dem Elysium der Glückseligkeit.

Lucien blickte auf. Capitaine Achille Giraud stand vor seinem Tisch und deutete feixend auf die Flasche Château d'Yquem.

»Einen Vorteil muss es ja haben, dass ich den Schlüssel zum Weinkeller habe. Und ab und zu muss man sich was Gutes gönnen.«

»Da pflichte ich dir bei. Allerdings krönt es den Genuss, wenn man ihn mit einem guten Freund teilen darf.«

Sehr viel direkter hätte Achille sich nicht selbst einladen können.
»Dann kommst du ja gerade im rechten Augenblick. Bitte nimm Platz.«
Achille öffnete seine Uniformjacke und machte es sich bequem.
Paul versorgte sie mit einem weiteren Glas. Ganz langsam goss Lucien den bernsteinfarbenen, ölig-samtenen Wein ein. Schon dieser Anblick konnte Liebhaber in Verzückung versetzen.
»Magst du dazu auch eine *foie gras?*«, fragte Lucien.
Achille grinste. »*Ce n'est pas nécessaire,* dafür trinke ich später noch ein zweites Glas.«
Die nächsten Minuten verbrachten sie damit, dem Wein die gebotene Aufmerksamkeit zu widmen. Sie philosophierten ein wenig über den herausragenden Château d'Yquem. Bei der Klassifikation von 1855 wurde er mit dem höchsten Rang eines *Premier Grand Cru Classé Supérieur* geadelt. Legendär seine unglaublich lange Lagerfähigkeit. Lucien erzählte, dass er mal an einer Verkostung eines über hundert Jahre alten Yquem teilgenommen habe. Eine Offenbarung. Achille fand es spannend, dass immer wieder Fälschungen dieses Weines auftauchten. Dieser hier sei natürlich über jeden Zweifel erhaben, beeilte er sich festzustellen. Geradezu aberwitzig sei der Fall der sogenannten Thomas-Jefferson-Weine. Lucien kannte die Geschichte, wollte ihn aber in seinem Redefluss nicht bremsen. Die Weine würden so genannt, weil sie in den Jahren vor 1789 vom damaligen Botschafter in Paris und späteren amerikanischen Präsidenten Thomas Jefferson erworben wurden. Oder sie wurden ihm geschenkt, das wisse man nicht genau. Fast zweihundert Jahre später habe ein deutscher Weinhändler 1985 einige

dieser alten Flaschen unter dubiosen Umständen entdeckt und bei Christie's zu einem Rekordpreis versteigert. Der Capitaine rollte mit den Augen. Ausgerechnet ein Deutscher, bei einem französischen Wein, da hätte man gleich stutzig werden müssen. Jedenfalls habe sich später herausgestellt, dass es sich offenbar um Fälschungen handelte. Die Gravur mit den Initialen *Th. J.* sei mit einem elektrischen Zahnarztbohrer angebracht worden. Achille lachte. Und das vor der Französischen Revolution. Eine technische Pioniertat. Darüber hinaus habe man nachweisen können, dass der Wein erst nach dem Zweiten Weltkrieg abgefüllt worden war. Er wisse ja sicherlich, dass das möglich sei.

Lucien sah ihn erstaunt an. »Nein, das wusste ich nicht. Wie soll das gehen?«

Achille klopfte sich an die Brust. »Ich bin Capitaine bei der *Gendarmerie nationale.* Wir sind mit den modernsten Analysemethoden vertraut. Dazu zählt selbstverständlich auch die Radiokarbonanalyse …«

Lucien sah ihn skeptisch an. Nach seiner Erfahrung tat sich die Gendarmerie schon bei der Auswertung von Fingerabdrücken schwer.

»Im konkreten Fall«, fuhr Achille fort, »ließen sich im Wein mithilfe dieses Verfahrens radioaktive Spuren nachweisen. Diese gibt es erst seit dem Abwurf der Atombomben in Japan. Da staunst du, was?«

Lucien staunte wirklich. Er deutete auf den Yquem auf dem Tisch. »Du meinst, dass auch diese Flasche radioaktive Spuren enthält?«

»Ganz sicher sogar. Wie bei weltweit allen Weinen nach 1945.« Achille nahm sein Glas und trank einen Schluck. »Aber in gesundheitlich unbedenklicher Dosis«, stellte er grinsend fest.

»Solange der Yquem im Dunkeln nicht leuchtet, mache ich mir keine Sorgen. *Santé!*«

»Weil wir gerade so nett beieinandersitzen«, sagte Achille nach einer Weile, »möchte ich dir gerne eine Frage stellen.« Dabei sah er ihn plötzlich ernst an.

Um das Schweigegeld konnte es nicht gehen, dachte Lucien. Die »Beihilfe zu den Lebenshaltungskosten« hatte er umgehend bezahlt. Und die nächste Rate war erst in einem knappen halben Jahr fällig.

»Nur zu. Was willst du wissen?«

»Wir sind auf der Suche nach einer Trickbetrügerin. Da dachte ich, du könntest mir weiterhelfen.«

»Eine Trickbetrügerin? Wie kommst du auf die Idee, dass ich dir bei der Suche helfen könnte?«

»Weil wir von ihr ein nettes Foto haben. Mir kam die junge Dame sofort bekannt vor. Erst wusste ich nicht, woher, aber schließlich ist es mir eingefallen.«

»Ich versteh immer noch nicht.«

»Erinnerst du dich an meinen ersten Besuch im *P'tit Bouchon* nach der Trauerfeier? Da bin ich kurz zu dir an den Tisch gekommen, um dich zu begrüßen.«

»Stimmt, du hast mich umarmt und mir gesagt, dass du oft an meinen Vater denken musst.«

»Ja, das habe ich. Und ich habe mich gefreut, dich in so charmanter Begleitung zu sehen.«

Bei Lucien fiel der Groschen.

»Willst du etwa andeuten, dass …?«

»Ganz genau, mein Lieber. Die gut aussehende Blondine hat eine verblüffende Ähnlichkeit mit der Trickbetrügerin, nach der wir suchen. Weil ich ein ausgezeichnetes Personengedächtnis habe, gehe ich sogar noch einen Schritt weiter: Ich bin mir fast sicher, dass es sich um ein und dieselbe Person handelt.«

»Hast du das Foto dabei, kann ich es mal sehen?«
»Schön, dass du danach fragst, hier ist es.«
Es reichte ein kurzer Blick. Auch wenn sie die Haare hochgesteckt hatte und ein Abendkleid trug, erkannte er sie sofort.
»Du hast recht, das könnte Chantal sein«, bestätigte er. »Auch wenn sie hier viel eleganter aussieht.«
Achille nickte zufrieden und schob ihm das Foto hin.
»Kannst du behalten.«
»Wozu?«
»Als Andenken. Chantal heißt sie also. Was weißt du von ihr noch, wie heißt sie mit Nachnamen, und wo kann ich sie finden?«
»Leider muss ich dir sagen, dass ich von ihr fast nichts weiß. Ich habe sie am Hafen kennengelernt und fand sie … ausgesprochen apart.« Lucien lächelte vieldeutig. »Was vielleicht auch daran lag, dass sie außer einem Bikini nichts anhatte.«
Achille verzog das Gesicht. »Warum erlebe *ich* so was nie?«
»Wir haben die Nacht zusammen verbracht …«
»Auch das noch, bitte keine Details.«
»Am nächsten Abend habe ich Chantal ins *P'tit Bouchon* eingeladen. Im Anschluss ist sie verschwunden, ohne sich zu verabschieden, einfach so, und hat sich bei mir nicht mehr gemeldet.«
»So was passiert dir?«
Lucien zuckte mit den Schultern.
»War eine neue Erfahrung.«
»Muss auch mal sein. Aber irgendwas wirst du doch von ihr wissen? Zum Beispiel ihren Nachnamen?«
»Ganz ehrlich, ich hab vergessen, danach zu fragen. *Chérie* reichte mir völlig.«

»Das nächste Mal lässt du dir bitte den Ausweis zeigen.«
»Ist nicht dein Ernst?«
»Nein, ist es nicht. Nach allem, was ich gesehen habe, war sie volljährig.«
»Chantal hat mir erzählt, dass sie hier Urlaub macht. Sie lebt in Paris und arbeitet dort im *Musée d'Orsay*. Das ist alles, mehr hat sie mir nicht gesagt.«
Dass Chantal wahrscheinlich nicht ihr richtiger Name war, würde Achille selbst herausbekommen müssen. Auch, dass eine junge Frau mit ihrer Beschreibung im *Musée d'Orsay* unbekannt war. Erst recht gab es keinen Grund, dem Capitaine vom Griechen Thanos Pavlidis zu erzählen und von seinen Erfahrungen, die er mit der diebischen Elster gemacht hatte.
»Na bitte, das ist doch schon mal ein Beginn«, sagte der Capitaine, »damit können wir was anfangen.«
»Ich wünsch dir viel Glück. Du wirst es brauchen.«
»Wie meinst du das?«
»Weil ich glaube, dass diese Chantal ein verlogenes Stück ist. Erst recht, nachdem ich jetzt von dir weiß, dass ihr sie für eine Trickbetrügerin haltet. Warum eigentlich? Was hat sie angestellt?«
»Zu laufenden Ermittlungen darf ich nichts sagen. Nur so viel: Sie hat der Frau des Bürgermeisters von Toulon bei einer Spendengala ein wertvolles Diamantcollier geklaut. Das Foto von ihr stammt von einer Überwachungskamera.«
Lucien musste schmunzeln. Diamantcollier? Chantal oder wie immer sie hieß hatte offenbar ein Faible für Glitzersteinchen. Das deckte sich mit Pavlidis' Geschichte.
»Respekt«, sagte er fast anerkennend, »das Luder traut sich was.«
»Kennst du den Hitchcock-Film *Über den Dächern von*

Nizza mit Cary Grant und Grace Kelly, der späteren Gracia Patricia von Monaco?«
»*To Catch a Thief*, natürlich.«
»Ich liebe diesen Film. Schon weil er hier bei uns an der Côte d'Azur gedreht wurde, manche Szenen sogar auf Cap Ferrat. Auch bei Hitchcock wurde am Schluss mit Danielle eine junge Frau des Juwelendiebstahls überführt. John Robie alias Cary Grant war unschuldig, auch wenn er lange Zeit von der Polizei verdächtigt wurde.«
»Warum schaust du mich so komisch an?«
Achille kratzte sich hinter dem Ohr.
»Sagen wir so, du könntest mir ja gerade ein Lügenmärchen auftischen und in Wahrheit mit dieser Chantal zusammenarbeiten. Dann wärst du John Robie …«
Lucien lachte. »Als Drehbuchautor wärst du eine Niete. Du hast doch gerade selbst gesagt, dass John Robie unschuldig war. Außerdem bin ich ein ehrbarer Restaurantbesitzer. Für Diamanten habe ich mich noch nie interessiert.«
Der Capitaine nickte. »Das glaube ich dir sogar. Hast es außerdem nicht nötig, dem schnöden Mammon nachzujagen. War ja nur so eine Idee.«
»Eine Schnapsidee.«
»Apropos, darf ich mir noch ein zweites Glas von diesem köstlichen Yquem einschenken?«
»*Avec plaisir*, aber nur, wenn du deine Fantasie zügelst.«

37

An der weiten Baie des Anges, der Engelsbucht gelegen, rühmt sich Nizza eines besonderen Lichts. Vielleicht deshalb haben Maler wie Henri Matisse oder Marc Chagall wichtige Jahre ihres künstlerischen Schaffens hier verbracht. Für die betuchten Engländer, die ab dem 18. Jahrhundert in Nizza überwinterten, war wohl eher das milde Klima ausschlaggebend gewesen. Prächtige Bauten der Belle Époque zeugen von dieser glanzvollen Zeit – nicht nur, aber auch entlang der berühmten Promenade des Anglais mit dem legendären Luxushotel Negresco, das 1912 eröffnet wurde.
Lucien mochte die große pinkfarbene Kuppel des Gebäudes. Wobei ihn weniger interessierte, dass sie von Gustave Eiffel, dem Erbauer des Eiffelturms, konstruiert wurde. Wesentlich inspirierender fand er die Legende, dass Eiffel eine Geliebte hatte, nach deren Busen er die Form gestaltet hatte. Jedes Mal musste er daran denken, wenn er am Negresco vorbeifuhr. Definitiv ein großartiger Busen, der knackig und stolz in den Himmel ragte. Sogar mit einem Nippel obendrauf. Nur störte die Trikolore, die von einem Mast an der Spitze wehte. Aber warum eigentlich nicht?
Heute blieb Lucien der Blick auf die Kuppel versagt. Allein deshalb, weil er, von Villefranche kommend, mit

seiner Vespa schon vor der Promenade des Anglais nach rechts in die Altstadt abbog. Und zwar bei den *Ponchettes,* einer niedrigen Gebäudereihe, die den Quai des États-Unis mit seinen Palmen und dem angrenzenden Meer vom Cours Saleya trennte. Auf diesem weitläufigen Platz findet bis auf Montag jeden Vormittag der auch bei Touristen sehr beliebte *Marché aux fruits, légumes et marée* statt. Doch Lucien war nicht hier, um Obst oder Gemüse zu kaufen. Erst recht keine Souvenirs. Er wollte nur schnell eine Freundin begrüßen, die hier einen Stand mit Strohhüten betrieb. Vor Jahren waren sie einen Winter lang ein Paar gewesen. Zu dieser Jahreszeit lief ihr Geschäft eh nicht so gut. Mit Beginn der Sommersaison hatten sie sich wieder getrennt. Doch wie bei fast all seinen Amouren war ihm das Kunststück gelungen, mit Lisa befreundet zu bleiben. Er stoppte bei ihrem Stand, sie umarmten sich und quatschten eine Weile. Dann zeigte er ihr ein Foto von Chantal, die er in Gedanken weiter so nannte. Jedenfalls so lange, bis er ihren richtigen Namen herausgefunden hatte. Alain hatte sie in ihrem gelben Kleid auf dem Weg in die Altstadt gesehen. Lisa und Chantal waren etwa gleich alt. Falls Chantal in Nizza lebte, könnten sich die beiden schon mal begegnet sein. Doch seine vage Hoffnung wurde enttäuscht. Lisa stellte nur fest, dass sie es von ihm nicht gewohnt sei, dass er Frauen hinterherlief. Zugegeben, sie sehe nicht schlecht aus. Falls er keinen Erfolg haben sollte, schlug Lisa lachend vor, könne er sich gerne wieder bei ihr melden. Sie würde ihn trösten. Den Vorschlag fand er lieb. Auch wenn er an der Realität vorbeiging. Als Dank bekam sie zum Abschied einen dicken Kuss.

Lucien fuhr weiter zum *marché aux poissons.* Irgendwo in der Nähe dieses Fischmarkts hatte Alain am frühen

Morgen Chantal entdeckt. Lucien stellte seine Vespa ab und machte sich zu Fuß auf den Weg in die Altstadt. Er schlenderte durch die verwinkelten Gassen. Um einmal mehr festzustellen, dass er Nizza vielleicht deshalb so sehr mochte, weil sich hier die französische mit der italienischen Lebensart mischte. Wie früher in seinem Elternhaus mit einem französischen Vater und einer italienischen Mutter. Weshalb er keinen Unterschied machte zwischen dem französischen *savoir-vivre* und dem italienischen *dolce vita*. In der Italien am nächsten gelegenen Stadt beherrschte man beide Lebensweisen, die sich im Grunde nur wenig voneinander unterschieden. Über viele Jahrzehnte dominierte sogar die italienische, denn Nizza hatte lange Zeit zum Königreich von Sardinien gehört. Und wäre es nicht ausgerechnet unter dem großen Freiheitskämpfer Giuseppe Garibaldi, der ein Sohn der Stadt war, zur Abtretung der Grafschaft an Frankreich gekommen, würde Nizza vielleicht noch immer zu Italien gehören.
Natürlich verschwendete Lucien am heutigen Tag keinen Gedanken an die wechselvolle Geschichte der Stadt. Vielmehr dachte er an eine Frau, die im Gespräch mit seinem Koch Roland wie selbstverständlich Ausdrücke des lokalen Dialekts gebraucht hatte. Folglich würde es ihn nicht wundern, wenn sie ihm an der nächsten Ecke geradewegs in die Arme laufen würde. Was natürlich mehr als unwahrscheinlich war, denn so viel Dusel hatte auch er nicht. Obwohl er sich immer für ein Glückskind gehalten hatte. Aber seit dem Tod seines Vaters war er sich nicht mehr so sicher. Er musste feststellen, dass ihm nicht mehr alles wie von selbst in den Schoß fiel. Doch wenn er sich Mühe gab, so seine Überzeugung, sollte es dennoch klappen. Eine optimistische Grundeinstellung, die er sich bewahren wollte.

Angenommen, so überlegte er, Chantal hatte ihr Zuhause in der Altstadt von Nizza, also irgendwo hier zwischen dem Boulevard Jean Jaurès und der Colline du Château, dann würde sie in dieser Gegend ihre täglichen Einkäufe erledigen. Er könnte also ganz systematisch damit beginnen, alle Lebensmittelgeschäfte abzuklappern und Chantals Bild herumzuzeigen. In der *Épicerie,* an der er gerade vorbeigegangen war. Da vorne in der *Boucherie*. Auch gleich daneben in der *Boulangerie et pâtisserie*. Denn Chantal mochte Gebäck und Süßigkeiten. Das zumindest wusste er von ihr.

Doch er wollte sich nicht zum Idioten machen und mit vager Erfolgsaussicht Klinken putzen. Weshalb er das nächste Café ansteuerte und einen *café double* bestellte. Neben dem Tresen hingen an einem Haken einige Tageszeitungen. Darunter eine italienische. Er musste nicht lange blättern, denn schon auf der zweiten Seite wurde ausführlich von der Verhaftung des Politikers Riccardo Silvestri berichtet. Die Staatsanwaltschaft legte dem Parlamentsabgeordneten Untreue und Bestechlichkeit zur Last. Außerdem werde wegen diverser weiterer Vergehen gegen ihn ermittelt. Grundlage der Anschuldigungen seien die erdrückenden Beweise, die sich aus dem veröffentlichten Material des Journalisten Luigi Zanarella ergäben. Letzterer sei offenbar untergetaucht und derzeit nicht erreichbar. Womöglich aus Angst vor Vergeltungsmaßnahmen.

Lucien schmunzelte. Zanarella tat also genau das, was er ihm geraten hatte. Auch wenn die Vorsicht wohl unbegründet war. Immerhin saß sein designierter Mörder gerade in der Altstadt von Nizza und trank einen Kaffee. Von ihm ging keine Gefahr aus.

Zehn Minuten später nahm Lucien seinen ziellosen

Spaziergang wieder auf. Er dachte an einen Lieblingsspruch von Rosalie. Wenn sie etwas verschlampt hatte, was sie nicht unbedingt sofort benötigte, gab sie bereits nach kurzer Zeit die Suche auf. *»Ça me trouve«*, lautete ihre Lebenserfahrung. Nicht *sie* müsse den Gegenstand finden, sondern umgekehrt würde das gesuchte Objekt Rosalie finden. Plötzlich tauche es auf magische Weise wieder auf. Man brauche nur etwas Geduld.
Ob die Methode auch bei der Suche nach Chantal funktionierte? Lucien glaubte nicht wirklich daran – und wurde wenig später eines Besseren belehrt. Nicht direkt, aber eben doch. Vor dem Schaufenster eines kleinen Schmuckgeschäfts stehend, fiel ihm ein modischer Armreif ins Auge, der wie ein Delfin geformt war. Einen ganz ähnlichen hatte er schon mal gesehen. Und zwar am Handgelenk von Chantal.
Lucien betrat die *Bijouterie*. Ein Glöckchen am Eingang kündigte ihn an. Von hinten tauchte eine freundlich lächelnde Frau auf, eine Schutzbrille in die Haare geschoben, mit blauer Schürze – und einer Art Lötkolben in der Hand. Offenbar kam sie aus der Werkstatt.
»Pardon, Monsieur«, sagte sie etwas hilflos und suchte nach einer Ablage für ihr offenbar noch heißes Arbeitsgerät.
»Vertreiben Sie so Ihre Kunden?«, machte Lucien einen Scherz.
»Warten Sie einen Moment, ich bin gleich wieder da.«
Während sie den Lötkolben zurück in die Werkstatt brachte, entdeckte Lucien in einer Vitrine weitere Delfin-Armreife in unterschiedlichen Farben. Rot, Grün, Gelb – und Blau, wie bei Chantal.
»Machen Sie die selbst?«, fragte er, als die Juwelierin ohne Lötkolben und Schürze zurückkam.

»*Mais oui,* ich bin Schmuckdesignerin«, antwortete sie stolz. »Gefallen Ihnen diese *bracelets?* Delfine sind besondere Wesen. Sie stehen für Freude und Harmonie. Auch symbolisieren sie Liebe und Zuneigung. Zudem sehen Delfine schön aus und tragen immer ein Lächeln im Gesicht. Dieses Lächeln sollen auch meine Armreife ins Gesicht meiner Kundinnen zaubern. Das ist meine Idee, deshalb mache ich sie so gern.«

Lucien nickte. »Eine Freundin von mir hat einen solchen Armreif in Blau. Und Sie haben recht: Sie lacht gerne.«

»Sehen Sie, es funktioniert.«

Er blickte genauer hin.

»Ich glaube, der Delfin meiner Freundin hat einen kleinen Kristall in der Rückenflosse. Kann das sein?«

»Ein blauer Delfin mit Kristall?« Sie lachte. »Dann kenne ich Ihre Freundin. Der Armreif ist ein Einzelstück, den habe ich exklusiv für Chloé gefertigt.«

Jetzt hatte er einen dritten Namen, stellte Lucien fest. Nach Chantal und Natalie nun also Chloé. Diesmal könnte es der richtige sein.

»Chloé, genau. Was für ein Zufall.«

»Na ja, Chloé wohnt gleich rechts ums Eck, da ist der Zufall nicht so groß. Sind Sie gerade auf dem Weg zu ihr?«

»Leider nein, ich habe einen Termin bei meinem Zahnarzt. Aber vielleicht klingle ich später bei ihr, vielleicht ist sie zu Hause.«

»Kann sein. Das weiß man bei ihr nie. Chloé kommt und geht, wie es ihr gefällt. Um diese Freiheit beneide ich sie wirklich. Ich dagegen stehe von früh bis spät in meiner Werkstatt …«

Lucien deutete auf die Armbänder.

»Aber Sie fertigen schöne Dinge, die den Menschen gefallen. Das ist doch auch eine wunderbare Befriedigung.«

Sie lächelte. »Da haben Sie recht. Ich darf mich nicht beklagen.«
»Ich muss leider weiter. Mein Zahnarzt mag es nicht, wenn ich zu spät komme. War nett, Sie kennengelernt zu haben. Das nächste Mal kaufe ich was.«
»Muss nicht sein. Ich freu mich auch so.«

Gleich rechts ums Eck? Vielleicht hätte er doch nach der genauen Straße fragen sollen. Und nach Chloés Nachnamen. Auch hätte er der hilfsbereiten Schmuckdesignerin das Foto zeigen können. Um sicherzustellen, dass sie wirklich von derselben Person sprachen. Lucien stellte fest, dass er wieder einmal nicht rational gehandelt hatte. Das sollte er sich langsam abgewöhnen. Immerhin stellte sich heraus, dass die Straße »gleich rechts ums Eck« sehr kurz war und nur aus wenigen Häusern bestand. Eher eine *ruelle* als eine *rue*. Lucien nahm sich das erste Klingelbrett vor und studierte die Namen. Nivet, Richaud, Dalmasso … keine Vornamen. So kam er nicht weiter. Im nächsten Hauseingang lehnte ein Päckchen. Adressiert an … nein, nicht an eine Chloé. Auf der gegenüberliegenden Straßenseite ging eine Tür auf. Ein alter Mann schlurfte aus dem Haus. Lucien hielt das Päckchen noch in der Hand und ging auf ihn zu.
»Darf ich kurz stören? Ich bin Paketbote und soll dieses blöde Ding bei einer gewissen Chloé abliefern. Die Straße stimmt. Aber es fehlt die Hausnummer und der Nachname. Langsam habe ich von dem Job die Nase voll. Am liebsten würde ich das Päckchen in die Mülltonne werfen.«
»O ja, ich kann Sie verstehen«, sagte der Alte. »Die Menschen werden immer nachlässiger. Die Welt von früher gibt es nicht mehr. Wir versinken unaufhaltsam im

Chaos.« Er zog die Mundwinkel nach unten. *»Oui, oui, c'est comme ça!«*

»Ja, so ist es und nicht anders. Was soll ich jetzt mit dem Päckchen machen? Wo ist die nächste Mülltonne?«

»Wie ist der Vorname, sagten Sie?«

»Chloé. Mehr steht nicht drauf.«

»Chloé? Chloé? Die kenne ich, das ist die verrückte Nudel von schräg gegenüber. Ich glaube, sie heißt Collin mit Nachnamen. Doch, doch, Collin, ich bin mir sicher. Ich hatte mal einen Hund, der hieß genauso. Sah aber nicht so hübsch aus.«

Verrückte Nudel, das passte. Auch, dass sie hübsch aussah. Wobei ein Hund als Vergleichsmaßstab wenig aussagekräftig war. Mit Chloé Collin hätte er jetzt sogar ihren vollständigen Namen. Sofern er nicht gerade einer anderen »verrückten Nudel« nachspürte.

»Monsieur, je vous remercie«, sagte Lucien. »Dann werde ich das Päckchen mal ausnahmsweise trotzdem zustellen. Aber das nächste Mal, das schwöre ich Ihnen, werfe ich so etwas auf den Müll.«

»Vous avez raison. Das sollten Sie unbedingt tun. Anders lernen es die jungen Leute nie.«

Lucien amüsierte die Feststellung. Schließlich war er selbst jung. Jedenfalls gemessen am Alter seines Gesprächspartners.

»Nochmals vielen Dank. *Au revoir.*«

Lucien ging mit dem Päckchen zum schräg gegenüberliegenden Hauseingang. Der Alte schaute ihm kurz hinterher, um dann in die entgegengesetzte Richtung davonzuschlurfen.

Auf dem Klingelbrett fand sich im ersten Stock tatsächlich der Name Collin. Lucien überlegte nicht lange und läutete. Er freute sich auf Chloés dummes Gesicht, wenn

er plötzlich vor ihr stand. Umgekehrt, musste er zugeben, könnte auch er dumm aus der Wäsche schauen. Nämlich dann, wenn Chloé eine wildfremde Person war.
Weil sich nichts tat, läutete er erneut. Diesmal länger. Ohne Reaktion.
Okay, dann gab es eben keine dummen Gesichter, weder bei ihm noch bei ihr.
Lucien bemerkte, dass die Haustür unverschlossen war. Obwohl er sich nichts davon versprach, betrat er das Treppenhaus. Es roch nach frischem Bohnerwachs. Eine Wohnungstür öffnete sich, und ein junger Mann mit nacktem Oberkörper steckte seinen kahl rasierten Kopf heraus. Er hatte geschminkte Augen mit dunklen Lidschatten. Und einen Ring in der Nase.
»Hallo, mein Süßer«, flötete er. »Hast *du* gerade so verrückt geläutet? Du hast dich wohl in der Tür geirrt. Zu mir geht's hier herein.«
Seine Suche nach Chantal alias Chloé wurde immer bizarrer, dachte Lucien.
»Ich muss dich enttäuschen«, antwortete er lächelnd, »ich wollte zu Chloé.«
»Die ist nicht da. Aber ich kann dir versprechen, mit mir hast du mehr Spaß.«
»Ich steh auf Frauen«, beeilte sich Lucien klarzustellen.
»Das haben schon so manche gedacht, mein Lieber. Bis sie von mir vom Gegenteil überzeugt wurden.«
»Ich will's trotzdem erst mal mit Chloé versuchen. Immerhin hat sie mir den Himmel auf Erden versprochen.«
»Die liebe Chloé neigt zur Übertreibung.«
»Ehrlich gesagt kenne ich sie noch gar nicht. Aber sie hat mir eine Einladung mit Foto geschickt. Darauf schaut sie ziemlich gut aus.«
»Zeig mal her.«

Jetzt kam der Moment der Wahrheit, dachte Lucien. Er zog das Foto, das er von Capitaine Giraud bekommen hatte, aus der Tasche.

»*Oh là là*, da hat sich unsere Schnuckelmaus aber herausgeputzt. Mit hochgesteckten Haaren und im Abendkleid. So also ködert sich die Kleine ihre Männer. Ganz schön raffiniert, unsere Chloé.«

Lucien atmete tief durch. Jetzt hatte er die Bestätigung, auf die er gewartet hatte. Denn trotz ihres Outfits hatte der Nachbar sie sofort wiedererkannt.

»Aber den Himmel auf Erden stell ich mir dennoch anders vor«, fuhr sein neuer Freund fort. »Wie kannst du auf ein solches Foto abfahren? Bei dem Anblick schlafen einem ja die Füße ein. Und auch sonst alle wichtigen Körperteile.«

»Ich vermute, Chloé sieht nicht immer so aus. Hoffe ich jedenfalls.«

»Ich will sie dir ja nicht schmackhaft machen, aber das tut sie wirklich nicht. Wäre ich ein Hetero, würde ich Chloé auf der Stelle vernaschen. Sie ist ein ziemlich scharfes Luder.«

»Wow, genau das habe ich gehofft. Du sagtest vorhin, Chloé sei nicht da. Weißt du zufällig, wann sie wiederkommt?«

»Ja, zufällig weiß ich das. Aber warum sollte ich dir das sagen?«

War er jetzt doch beleidigt, dachte Lucien, weil er seine angebotenen Liebesdienste missachtete?

»Ich könnte mich ja erkenntlich zeigen. Mit einem Schein, den ich dir in deinen Hosenbund stecke.«

»In den Hosenbund? Du bist mir ja ein ganz Schlimmer. Aber ... überredet. Chloé kommt morgen Nachmittag zurück. Ich weiß das, weil ich auf ihre Katze aufpasse

und ihr regelmäßig das Futter hinstelle. Sie heißt übrigens Choupette, wie die berühmte Katze von Karl Lagerfeld.« Er bekreuzigte sich. »Gott hab den großen Karl selig. *Je l'adore. Pour toujours!*«
Es war an der Zeit, dachte Lucien, den geordneten Rückzug anzutreten. Jetzt musste er ihm noch den versprochenen Geldschein zustecken, wohin auch immer. Und dann Raum gewinnen.
Er war schon auf dem Weg zur Haustür, da rief ihm sein neuer Freund hinterher: »Ich habe gerade eine supertolle Idee. Wir könnten doch einen flotten Dreier machen. Chloé, du und ich. Da haben wir alle unseren Spaß.«

38

Am nächsten Vormittag fuhr Lucien mit seiner Vespa in bester Laune bei der *Villa Béatitude* vor. Die Dinge schienen sich gerade alle zum Besten zu wenden. Edmond war mit seiner Arbeit zufrieden, obwohl er sie im Grunde verweigert hatte. Er hatte Chloé aufgespürt und würde ihr später einen sicher kurzweiligen Besuch abstatten. Im *P'tit Bouchon* waren heute wieder alle Tische reserviert. Alain hatte vom Fischhändler in Nizza wunderbare bretonische Hummer mitgebracht, die sein Chefkoch Roland heute Abend als *homard à l'américaine* auf die Speisekarte setzen wollte. Also klassisch in Wasser gekocht, danach zerlegt und in der Pfanne mit Knoblauch, Tomaten und provenzalischen Kräutern scharf angebraten. Roland hatte da seine ganz eigene Methode und weitere Zutaten, die er wie ein Staatsgeheimnis hütete. Lucien wusste, dass er anschließend trockenen Weißwein hinzugab und den Hummer im Sud einige Minuten köcheln ließ. Zum krönenden Abschluss wurde der *homard* am Tisch mit Cognac flambiert. Mit Paul hatte er abgesprochen, welchen Wein er zum Hummer empfehlen sollte, und zwar einen Meursault aus dem Burgund. Wem dieser Premier Cru zu teuer war, durfte freilich auch einen provenzalischen Rosé bestellen – sogar glasweise. Lucien nahm sich vor, rechtzeitig zurück zu sein. Eine Portion *homard à l'américaine* hatte er vorsichtshalber für sich reserviert. Vom Meursault hatte er genug Flaschen im Keller. Diesbezüglich musste er sich keine Sorgen machen.

Francines rotes Alfa-Cabrio stand an seinem gewohnten Platz. Den Gedanken, sie zum Hummeressen einzuladen, verwarf er genauso schnell, wie er ihm in den Kopf geschossen war. Er war gut beraten, auch weiterhin eine professionelle Distanz zu bewahren. Das fiel ihm schwer genug. Er sollte keine unnötigen Risiken eingehen.

Rosalie kam mit einer Gießkanne um die Ecke. Der neue Gärtner habe einige Rosen vergessen, bemängelte sie.

»Welche Hosen?«, fragte er mit einem Grinsen.

»Rosen, ich sagte *Rosen* und nicht Hosen. Sag mal, hörst du schlecht?«

Weil sein Grinsen immer breiter wurde, merkte Rosalie, dass sie gerade auf den Arm genommen wurde.

»Du bist unmöglich. Am liebsten würde ich dir die Gießkanne an den Kopf werfen. Mach dich nur lustig über mich. Wirst schon sehen, was du davon hast.«

»Tut mir leid. Ich wollt dir nur vor Augen führen, wie es mir umgekehrt mit dir geht.«

»*Vor Augen führen* ist Quatsch. Wenn überhaupt, habe ich es mit den Ohren. So, und jetzt mach nicht länger rum und geh rauf zu Francine. Soll die sich mit dir rumärgern.«

»Da haben wir was angerichtet«, sagte Francine zur Begrüßung und deutete auf ihren Monitor. »Selbst die französischen Nachrichtenseiten berichten mittlerweile vom Bestechungsskandal in Rom. Offenbar gibt es eine Verbindung zu einem französischen Staatsunternehmen.«

Lucien zuckte mit den Schultern. »Wir haben gar nichts angerichtet. Wir haben nur dafür gesorgt, dass Zanarella am Leben bleibt und das Richtige tut.«

»Vielleicht bekommt er dafür doch seinen ersehnten Journalistenpreis? Ich würde es ihm wünschen.«

»Mir wäre es egal.«

»Na ja, mir eigentlich auch. Ganz was anderes: Hast du dir eigentlich mal die Liste mit den gemeinnützigen Organisationen angeschaut, an die dein Vater einen Teil seiner Einkünfte gespendet hat? Oder willst du diese Tradition doch nicht fortsetzen?«

Stimmt, Francine hatte ihm diese Liste bereits vor Tagen hingelegt. Er hätte schon längst eine Entscheidung treffen sollen.

»Doch, natürlich will ich diese Gepflogenheit fortsetzen. Obwohl sie mich an den mittelalterlichen Ablasshandel erinnert. Als ob einem auf diese Weise die begangenen Sünden vergeben würden und das Fegefeuer erspart bliebe.«

»Gutes zu tun kann nicht verkehrt sein. Die von deinem Vater bedachten Hilfsorganisationen können jeden Euro gebrauchen.«

»Die konkreten Summen weißt du nicht?«, stellte er erneut die Frage, auf die er schon einmal keine Antwort erhalten hatte.

»Nein, das musst du schon selbst entscheiden. Auch ob du dasselbe Konto verwenden möchtest. Die Bankverbindung habe ich dir dazugeschrieben.«

»Spricht nichts dagegen, oder?«

»Nein, natürlich nicht. Alexandre hat sich immer alles gut überlegt.«

Ja, das hatte er, dachte Lucien. Sein Vater hatte immer alles bis ins letzte Detail durchdacht. Fehler zu machen sei keine Option, hatte er mal gesagt. Und doch war ihm ein entscheidender Fehler unterlaufen, ein todbringender, denn sonst wäre er noch am Leben.

»Ich muss dich was fragen«, sagte Lucien nach einer Weile. »Mein Vater hat dir gesagt, er müsse noch diesen einen Auftrag erledigen, danach wollte er mit dir über die Zukunft reden. Weißt du, worum es bei diesem Auftrag ging? Auf wen war er angesetzt?«

Sie sah ihn nachdenklich an. »Das ist ein abrupter Themenwechsel. Nein, ich weiß es nicht. Da musst du Edmond fragen.«

»Der sagt es mir nicht.«

»Ich kann ihn nicht ausstehen.«

»Hat mein Vater denn keine Andeutung gemacht? Irgendwas musst du doch mitbekommen haben.«

Sie schüttelte langsam den Kopf. »Nein, nichts. Alexandre konnte sehr verschwiegen sein.«

Das konnte er wirklich, dachte Lucien. Er hatte ihm sogar verschwiegen, dass er eine Geliebte hatte. Dennoch, Francine sollte … ja, sie sollte die Wahrheit über den Tod seines Vaters wissen.

»Auf dem Totenschein meines Vaters steht, dass er einem Herzinfarkt erlegen sei«, sagte Lucien leise.

Sie sah ihn regungslos an. »Was nicht stimmt, das ist mir klar.«

»Willst du wissen, woran er in Wahrheit gestorben ist?«, fragte er vorsichtig.

»Ich weiß es, er wurde hinterrücks erschossen.«

»Woher …?«

»Woher ich das weiß? Von Docteur Moreau. Ich habe ihn so lange unter Druck gesetzt, bis er es mir vor Kurzem verraten hat.«

»Unter Druck gesetzt …?«

»War nicht schwer. Schließlich weiß ich Dinge von Moreau, die ihn seine ärztliche Zulassung kosten würden.«
Francine, dachte Lucien, war eine Frau voller Rätsel und Geheimnisse.
»Ich denke, der Schuss hatte mit seinem letzten Auftrag zu tun«, sagte er. »Obwohl mir Edmond geraten hat, nicht nachzuforschen, wird mir immer klarer, dass ich den Tod meines Vaters nicht einfach so hinnehmen kann. Ich möchte wissen, was passiert ist. Wie es sein konnte, dass er in den Rücken geschossen wurde. Und wer es getan hat.«
Francine verzog keine Miene.
»Und dann? Was würdest du tun, wenn du es wüsstest? Würdest du versuchen, deinen Vater zu rächen? Gehört auch das zum Ehrenkodex der Chacarasse?«
Lucien ging zum Fenster und sah hinaus auf den Park. Dann drehte er sich um.
»Ehrlich gesagt habe ich keine Ahnung, was ich tun würde. Der Ehrenkodex wäre mir egal. Solange ich nicht weiß, wer meinen Vater umgebracht hat, muss ich über meine Reaktion nicht nachdenken. Grundsätzlich halte ich nichts davon, Gleiches mit Gleichem zu vergelten …«
»Auge um Auge, Zahn um Zahn«, flüsterte Francine – so leise, dass er es kaum verstand.
Ihm kam der Gedanke, dass nach dieser alttestamentarischen Logik jeder seiner Vorfahren den Tod verdient hatte. Wohl auch sein Vater. Ihn erstaunte, dies ausgerechnet von Francine zu hören.
Während er noch überlegte, wie er auf ihre Bemerkung reagieren sollte, klopfte es an der Tür.
Rosalie steckte ihren Kopf herein – Lucien war dankbar für die Unterbrechung – und sagte, dass der Monteur für den Springbrunnen da sei beziehungsweise, um genau zu

sein, für die Pumpe. Er müsse wissen, wie hoch er die Fontäne einstellen solle.
»So wie früher«, sagte Lucien. »Einfach so wie immer.«
Rosalie schüttelte verzweifelt den Kopf. »Lucien, mein Lieber, du bist schon wieder mal keine große Hilfe. Wie soll ein Monteur, der heute zum ersten Mal da ist, wissen, wie unsere Fontäne früher ausgesehen hat? Dann müsste er ja nicht fragen.«
Lucien lächelte. Wo sie recht hatte, hatte sie recht. Eigentlich müsste sie sich selbst erinnern, aber sie hatte schon immer ein schreckliches Augenmaß. Er selbst kannte die Fontäne seit seiner Kindheit. Als Kind war sie ihm unendlich hoch erschienen und hatte mit der Spitze fast die Wolken berührt. Mit zunehmendem Alter und Körpergröße war sie geschrumpft. Was wohl eine Frage der Perspektive war. Vielleicht aber auch an der Verkalkung lag.
»Drei Meter höher als die Zypresse hinter dem Rosenbeet«, antwortete Francine an seiner Stelle. »So hoch war sie jedenfalls, bevor die Pumpe ihren Geist aufgegeben hat.«
»Sie sind ein Schatz. Von Ihnen kann Lucien noch viel lernen.«
Francine hob eine Augenbraue. »Das denke ich auch.«

Das Gespräch zum Tod seines Vaters setzten sie nicht fort. Es blieb unausgesprochen, war aber offensichtlich, dass auch Francine wissen wollte, wer *ihren* Alexandre und mithin *seinen* Vater getötet hatte. Gleichzeitig blieb ungeklärt, welche Reaktion sie ihm zubilligen würde. Francines geflüstertes »Auge um Auge« widersprach ihrem Willen, dass bei der Ausführung von Edmonds Aufträgen niemand zu Tode kommen dürfe. Das hatte sie ihm unmissverständlich klargemacht. Doch brauchte es auf diese Frage keine Antwort. Denn sie war hypothetischer Natur. Jedenfalls für den Augenblick. Das musste nicht so bleiben …

Stattdessen ging er mit Francine die vorbereitete Spendenliste durch und ließ sich erklären, welche wohltätigen Ziele die gemeinnützigen Empfänger verfolgten. Sie hatte auf jede Frage eine präzise Antwort. Wohl auch deshalb, überlegte er, weil sie die Liste ursprünglich selbst erstellt und mit seinem Vater abgesprochen hatte. Was hatte Rosalie gesagt? Von Francine könne er noch viel lernen. Umgekehrt aber auch, ging ihm durch den Kopf. Doch nichts Vernünftiges.

Bevor er sich verabschiedete, um zurück nach Villefranche zu fahren und später weiter nach Nizza, fiel ihm noch ein, dass er erneut Francines Recherchefähigkeiten in Anspruch nehmen könnte. Allerdings sollte sie dabei auf keine falschen Gedanken kommen.

»Ich bin einem Mann begegnet, der mir suspekt ist«, begann er vorsichtig. »Um es gleich zu sagen, er hat absolut nichts mit Edmonds Aufträgen zu tun und auch nichts mit dem Tod meines Vaters. Er hat mir …« Lucien musste sich räuspern. »Nun ja, er hat mir ein Geschäft vorgeschlagen. Bevor ich mich darauf einlasse, würde ich gerne wissen, womit er sein Geld verdient.«

»Frag ihn doch einfach«, schlug sie vor.

»Ich glaube nicht, dass ich eine ehrliche Antwort bekommen würde. Manche Menschen haben ihre Geheimnisse.«

»Stimmt, du zum Beispiel.«

Er lächelte. »Ich wüsste nicht, welche. Aber zurück zu meinem Bekannten: Er ist Grieche und heißt Thanos Pavlidis. Er kreuzt gerade mit einer großen Motorjacht vor der Côte d'Azur. Sie trägt den hübschen Namen *Pourquoi pas.*«

Francine schüttelte den Kopf. »Warum haben Jachten immer so idiotische Namen? Die Besitzer halten sich wohl für besonders originell. Wie heißt eigentlich dein Gummiboot?«

»Zodiac.«

»Das ist kein Name, so heißt der Hersteller«, stellte sie klar.

»Ganz genau. Weshalb ich zu meiner Vespa auch Vespa sage.«

»Na gut, dann bist du eben das Gegenteil von originell.«

»Wie heißt dein Alfa?«, konterte er.

»Romeo läge auf der Hand, aber ich habe einen anderen Kosenamen. Den verrate ich dir aber nicht. Es reicht völlig, wenn ihn mein roter Alfa kennt und zufrieden schnurrt, wenn ich den Kosenamen in sein Ohr flüstere. Doch zurück zu deinem Thanos Pavlidis. Hast du irgendeinen Verdacht, womit er sein Geld verdienen könnte?«

»Keine Ahnung, im Internet steht nur, er sei ein griechischer Geschäftsmann.«

»Weshalb er dir ein Geschäft vorgeschlagen hat, ich verstehe. Jetzt möchtest du gerne mehr über ihn wissen. Ich kann ja mal gucken, was ich herausfinde.«

»Das wäre sehr freundlich.«

»Unter einer Bedingung: Er erstickt nicht morgen an einem gerösteten Brot mit Zaziki.«

»Ich vergifte auch nicht seinen Ouzo.«

39

Vespa war doch ein schöner Name, dachte Lucien, als er mit seinem Motorroller nach Nizza fuhr. Vespa bedeutete Wespe. Seine hatte zwei Räder und schnurrte zufrieden, ohne dass er ihr etwas ins Ohr flüsterte. Sie konnte sich im Verkehr mit schnellem Flügelschlag durch Lücken schlängeln und bei Ampeln die Farben Rot und Grün verwechseln.

Er überlegte, dass es nicht wichtig war, ob Francine etwas über Thanos Pavlidis herausfand. Geschäfte würde er mit ihm so oder so nie machen. Obwohl er die Wettschulden beim Tontaubenschießen sofort beglichen hatte. Das zumindest war ehrenwert. Chantal, die ebenso als Natalie bekannt war und jetzt Chloé hieß, würde er Pavlidis garantiert nicht ans Messer liefern. Selbst gegen eine angemessene Belohnung. Gleiches galt für seinen Freund Achille Giraud. Auch dem Capitaine der *Gendarmerie nationale* würde er Chloé nicht überstellen. Oder vielleicht doch? Verdient hätte es das Luder.

Er stellte seine Vespa auf einem kleinen Platz in der Altstadt von Nizza ab. Zu Chloés Wohnung waren es nur wenige Schritte. Die halb geöffnete Haustür war mit einem Karton Wein blockiert. Lucien mochte es, wenn man es ihm leicht machte. Er schlüpfte ins Treppenhaus und ging hinauf in den ersten Stock. Weil er ihren freundlichen Nachbarn mit dem Ring in der Nase nicht aufscheuchen wollte, verzichtete er darauf zu läuten. Außerdem liebte er Überraschungsbesuche. Er lauschte kurz an der Tür – dann öffnete er mit einem Dietrich das vorsintflutliche Schloss. Es war zweimal abgesperrt. Folglich sprach einiges dafür, dass Chloé noch nicht zurück war. Lucien glitt in die Wohnung und verriegelte hinter sich die Tür. Er schloss kurz die Augen. Er würde spüren, wenn jemand da war. Er glaubte an diese Fähigkeit. Sein Vater hatte versucht, sie ihm beizubringen. So hatte er mit verbundenen Augen entscheiden müssen, ob jemand im Zimmer war. Oder ob im Park jemand hinter ihm stand. Sinne seien wie ein Muskel, hatte sein Vater gesagt, man müsse sie regelmäßig trainieren, dann würden sie stärker.

Egal, dass er in Chloés Wohnung allein war, fand er auch nach einem kurzen Rundgang bestätigt. Fast allein, denn unter dem Bett schauten ihn zwei grüne Augen an. Das war Choupette, ihre Katze. *Miaou, mon minou …*

Eine Wohnung verriet viel über den Charakter eines Menschen. Bei Chloé herrschte ein kreatives Chaos. So hatte er sie eingeschätzt. Charmant, aber undiszipliniert. Systematisch durchsuchte er alle Schubladen und Schränke. Auf einem Kleiderbügel entdeckte er das gelbe Kleid, das er ihr geschenkt hatte. In einem Regalfach lagen teure Halstücher und Schals: Valentino, Louis Vuitton, Saint Laurent, Hermès … Er glaubte nicht, dass Chloé diese je gekauft hatte. Entweder waren das Geschenke von Verehrern, oder sie hatte sie irgendwo mitgehen lassen. Wer Diamanten entwendete und einer Bürgermeistersgattin ein Collier stahl, dürfte mit der Beschaffung von exklusiven Halstüchern keine Probleme haben.

Bald wusste er ziemlich viel über sie, sogar, welche Enthaarungscreme sie verwendete. Und dass sie kitschige Romane las. Nur ein Versteck für ihr Diebesgut fand er bislang nirgends. Auch der Spülkasten der Toilette war sauber. Keine hochkarätigen Diamanten … und keine wertvolle Halskette. Er konzentrierte seine Suche auf die offene Küche. Einbrecher, die wenig Zeit hatten, wurden hier am häufigsten fündig. Im Besteckkasten, in Kaffee- oder Keksdosen, zwischen Putzmitteln …

Bingo. Im Geschirrschrank stieß er auf die Pistole, die Chloé bei ihm hatte mitgehen lassen. In einer Suppenterrine. Er leerte das Magazin und legte sie zurück. Zufrieden war er dennoch nicht. Immerhin ließ ihm Chloé reichlich Zeit. Die Katze hatte sich auch an ihn gewöhnt und strich ihm um die Beine.

Lucien durchsuchte den Kühlschrank. Er stellte fest, dass sich Chloé ausgesprochen ungesund ernährte. *Prêt-à-manger.* Viel Fastfood mit hohem Fettgehalt, Zucker und Konservierungsstoffen.

Schließlich nahm er sich das Gefrierfach vor. Tiefkühlpizza *verdure e mozzarella*. Ein großer Becher mit Eiscreme: *glace à la banane*. Er drehte den Becher in der Hand. Die Versiegelung war aufgerissen. Chloé hatte ihn eindeutig geöffnet. Doch gegessen hatte sie nichts von dem Eis. Jedenfalls war die Oberfläche völlig glatt. Wer machte einen Eisbecher auf und probierte nicht davon?

Lucien machte den Backofen an und stellte das Bananeneis hinein. Zweihundert Grad Umluft. Es sollte also schnell gehen.

Als Nächstes interessierte er sich für eine angebrochene Schachtel mit *purée de petits pois*. Die grüne Masse mit dem Erbsenpüree war hart gefroren. Appetitlich sah der Inhalt nicht aus. Undefinierbare Speisereste klebten daran.

Erbsenpüree, Tiefkühlpizza und Bananeneis? Was für ein Glück, dass ihn Chloé nie zum Essen einladen würde. Kurz entschlossen legte er auch die Schachtel mit dem Püree in den Backofen. Das Eis war schon fast geschmolzen.

Er lief zum Fenster und sah hinunter auf die Straße. Gegenüber ging gerade der alte Mann ins Haus, der ihm den entscheidenden Tipp mit Chloés Wohnung gegeben hatte. *Miaou* ... die Katze Choupette ließ sich von ihm hochheben und hinter den Ohren streicheln. Wo blieb Chloé?

Lucien kontrollierte den Backofen. Das aufgetaute Eis und das Erbsenpüree tropften auf das eingeschobene Blech. Eine auch farblich wenig appetitliche Mischung. Doch kam es ihm auf etwas ganz anderes an: Er wollte wissen, ob sonst noch was in den Packungen war. Etwas, das entschieden schwerer verdaulich war. Chloé wäre nicht die Erste, die auf diesen Einfall gekommen war. Innovativ war die Idee nicht. Aber auch nicht wirklich schlecht.

Lucien saß in einem Sessel, auf dem Schoß Choupette, als die Wohnungstür aufgeschlossen wurde. Hätte auch der zuvorkommende Nachbar sein können, der nach der Katze sehen wollte. Aber es war Chloé, die in ihre Wohnung zurückkehrte. Sie pfiff ein Lied und warf ihre kleine Reisetasche quer durchs Zimmer auf die Couch. Offenbar war sie bester Laune. Dass sie einen Besucher hatte, war ihr noch nicht aufgefallen.

»Hallo, *chèrie*«, sagte Lucien zur Begrüßung. »Schön, dass wir uns wiedersehen.«

Chloé erstarrte.

»Kannst du dich noch an mich erinnern? Ich bin's, der Idiot, der dich aus dem Wasser gefischt hat.«

»Lucien? Wie … hast du mich gefunden? Und, äh, wie kommst du in meine Wohnung?«
»Durch die Tür, meine liebe Chantal. Ach so, eigentlich heißt du ja Chloé. Auch ein schöner Name.«
Er beobachtete, wie sie sich rückwärts dem Geschirrschrank näherte, wo sie in der Suppenterrine die Pistole deponiert hatte.
»Es ist alles anders, als es den Anschein hat«, sagte sie.
Es gab wohl kaum eine dümmere Ausrede.
»Falls du dir die Pistole greifen willst, das kannst du dir sparen, ich hab die Munition rausgenommen. Du kannst mit ihr also höchstens nach mir werfen.«
»Was für eine Pistole?«, spielte sie die Ahnungslose. »Und warum sollte ich mit ihr nach dir werfen? Weil du in meine Wohnung eingebrochen bist? Das verzeihe ich dir.«
»Wie großzügig.«
Sie warf einen Blick zum Backofen.
»Sag mal, wonach stinkt es hier?«
Lucien lächelte. »Ich wollte mir was zum Essen auftauen. Aber dein Gefrierfach gibt nicht viel her. Ziemlich trostlos, wenn du mich fragst. Bananeneis mit Erbsenpüree halte ich für eine gewagte Kombination.«
Aus ihrem Gesicht wich die Farbe. Er beobachtete, wie sie vom Geschirrschrank abließ und sich stattdessen von einem Haken eine schwere gusseiserne Pfanne griff.
»Willst du uns was zum Essen machen?«, fragte er im Spaß.
Statt eine Antwort zu geben, stürzte sie mit der erhobenen Pfanne auf ihn zu.
Das musste man ihr lassen, dachte er, die Frau hatte Temperament. Und sie wusste, was sie wollte – wie es aussah, ihm eins überbraten. Womit die Bratpfanne dann doch ihren erweiterten Zweck erfüllt hätte.

Lucien blieb entspannt im Sessel sitzen. Schließlich war es ein Leichtes, Chloés Attacke abzuwehren. Im letzten Moment hielt er ihr lächelnd Choupette entgegen. Natürlich würde sie ihre geliebte Katze nie in Gefahr bringen. Entsprechend stoppte sie abrupt in ihrer stürmischen Vorwärtsbewegung. Sie kam ins Straucheln. Lucien stellte ihr ein Bein. Mit der Pfanne in der Hand stürzte sie zu Boden. Dass sie dabei mit dem Kopf einen Beistelltisch streifte, hatte er nicht vorhersehen können. Auch nicht, dass sie danach besinnungslos liegen blieb. Übertriebenes Mitleid hielt er dennoch für fehl am Platz. Wer mit einer gusseisernen Pfanne auf ihn losging, hatte keine Anteilnahme verdient.
Lucien ließ die Katze behutsam auf den Boden gleiten. Ihr war kein Haar gekrümmt worden. *Choupette, mon petit minou, au revoir …*
Er überzeugte sich, dass Chloé nichts Schlimmes widerfahren war. Sehr bald schon würde sie ihr Bewusstsein wiedererlangen.

Keine fünf Minuten später wurde Chloé wach. Jetzt war sie es, die im Sessel saß. Verwundert sah sie auf ihre Handgelenke. Lucien hatte sie mit zwei ihrer seidenen Halstücher an die Armlehnen gefesselt. Links Hermès und rechts Valentino. Die Füße hatte er mit Saint Laurent fixiert.
Lucien stand lächelnd vor ihr und spielte mit der Bratpfanne.
»Na, ausgeschlafen?«, fragte er.
Sie zerrte an den Halstüchern.
»Mach sie nicht kaputt«, riet er. »Dazu sind sie zu teuer.«
»Sehr witzig«, lallte sie. »Wo ist Choupette?«
»*Elle va bien,* ihr ist nichts passiert, deinem Kätzchen geht es gut.«

»Dein Glück, sonst hätte ich dich umgebracht.«
»Was dir im Moment schwerfallen dürfte.«
»Hast du eine Ahnung.«
Na bitte, ihren Humor hatte sie nicht verloren.
»Deinen Backofen habe ich abgestellt, ist leider etwas versaut. Das Erbsenpüree hatte übrigens das Verfallsdatum längst überschritten. Außerdem hättest du dir an den Diamanten die Zähne ausgebissen.«
Chloé rang nach Luft. »Du hast sie gefunden? Du bist ein ganz gemeines Ekel.«
»War nicht schwer. Gleiches gilt für Bananeneis als Versteck für ein Diamantcollier. Auch nicht gerade genial.«
»Wage es nur nicht, mich zu beklauen …«
Lucien lachte »Wer beklaut hier wen? Das Collier gehört der Frau des Bürgermeisters von Toulon.«
Sie riss die Augen auf. »Woher weißt du das?«
»Weil dich die Polizei sucht.«
Der Ausdruck in ihrem Gesicht änderte sich.
»Aber sie weiß hoffentlich nicht, wer ich bin?«
»Noch nicht, aber ich kann ja einen befreundeten Capitaine von der Gendarmerie anrufen. Er würde sich freuen.«
»Das tust du nicht, oder?«
»Mal sehen. Hängt ganz von dir ab. Übrigens hatte ich ein langes Gespräch mit einem gewissen Thanos Pavlidis. Von wegen versuchter Vergewaltigung.«
Sie schaffte es zu lächeln.
»War doch eine gute Geschichte? Sogar du hast mir geglaubt.«
»Pavlidis sitzt mir im Nacken. Er verdächtigt mich, dein Komplize zu sein. Er vermisst fünf hochkarätige Diamanten. Im Erbsenpüree habe ich nur drei gefunden. Wo sind die anderen?«

»Pavlidis hat dich angelogen, es waren nur drei Diamanten.«
»Das soll ich dir glauben?«
»Musst du nicht, aber es ist die Wahrheit. Thanos neigt zur Übertreibung. Sogar seine Jacht ist kleiner, als er mir vorher erzählt hat. Und nicht nur die …«
Lucien war an weiteren Details nicht interessiert.
»Wo ist eigentlich das Geld, das du bei mir hast mitgehen lassen?«
»Du meinst die Tageseinnahmen aus dem *P'tit Bouchon*? Viel war das ja nicht, dein Lokal scheint nicht besonders gut zu laufen.«
Er beobachtete, wie sie unauffällig versuchte, ihre Fesseln zu lockern. Sie würde keinen Erfolg haben. Im Gegenteil, denn seine Knoten hatten die Eigenschaft, sich dabei sogar noch stärker zusammenzuziehen.
»Du beklaust also einen armen Mann? Hast du denn überhaupt kein Mitleid? Außerdem habe ich dir das Leben gerettet, schon vergessen?«
»Gestorben wäre ich auch ohne deine Hilfe nicht, davon kannst du ausgehen. Aber … hiermit bedanke ich mich in aller Form für deinen selbstlosen Einsatz. So, jetzt mach mich los! Dann haben wir miteinander Sex, und alles ist wieder gut.«
Er sah sie schmunzelnd an. Wirklich schlecht war der Vorschlag ja nicht.
»Ich werde mich zu beherrschen wissen …«
»Du weißt, was dir entgeht?«
»Ich erinnere mich dunkel.«
»Das glaube ich dir nicht. Wer mit mir Sex hatte, wird sich ein Leben lang daran erinnern.«
»Jetzt neigst aber auch du zur Übertreibung. Doch zugegeben, ich erinnere mich noch ganz gut. Trotzdem

verabschiede ich mich jetzt. Mein Geld kannst du behalten. Auch die Pistole. Die Diamanten und das Collier nehme ich mit.«

»Das kannst du nicht machen …«

»Natürlich kann ich das, wirst gleich sehen. Vorher gebe ich dir noch drei Ratschläge: Erstens solltest du nie mehr hochgesteckte Haare tragen und so aussehen wie auf der Spendengala in Toulon. Die Polizei fahndet mit dem Foto einer Überwachungskamera nach dir. Zweitens solltest du vermeiden, Thanos Pavlidis über den Weg zu laufen. Er hält sich noch immer an der Côte d'Azur auf und ist auf dich ziemlich schlecht zu sprechen. Und drittens, das ist mein wichtigster Rat, solltest du um Villefranche einen großen Bogen machen. Meide meine Nähe. Denn …« Lucien machte eine Kunstpause. Mit ernstem Gesicht fuhr er fort: »Denn ich bin nicht immer so nett, wie es den Anschein hat. Ich würde es nicht dabei belassen, dich bei der Gendarmerie zu verpfeifen.«

»Du drohst mir?«, fragte sie mit stockender Stimme.

»Nein, ich gebe dir nur wohlgemeinte Ratschläge. So, jetzt muss ich wirklich gehen. Ich wünsch dir noch einen schönen Tag.«

Sie riss an ihren Fesseln. »Mach mich vorher los!«

»Warum sollte ich? *Chacun est le maître de son destin …*«

Jeder ist seines Glückes Schmied? Er hätte, dachte Lucien, Chloé auch knebeln können. Dann hätte sie jetzt wirklich ein Problem. Ihm ging durch den Kopf, dass er mit ihr gerade vielleicht zu hart umgegangen war. Wirklich böse war er ihr nicht. Irgendwie fand er sogar witzig, wie sie sich als Diebin durchs Leben schlug. Und natürlich war es für sie hart, dass er sie um ihre geklauten

»Schätze« erleichtert hatte. Aber es hätte für sie schlimmer kommen können. Lucien läutete bei dem zuvorkommenden Nachbarn mit dem kahl rasierten Kopf, den dunklen Lidschatten und dem Ring in der Nase.

»Bonjour, mon cher«, hauchte der zur Begrüßung. »Hast du es dir anders überlegt? Machen wir es zu zweit oder zusammen mit der schnuckligen Chloé?«

»Weder noch. Aber ich soll dir ausrichten, dass die *schnucklige* Chloé deinen Besuch in zehn Minuten erwartet. Nicht früher, sie will sich erst noch fertig machen. Du hast ja einen Schlüssel.«

»Mon Dieu, Chloé erwartet mich? Was um Himmels willen hat sie mit mir vor?«

Lucien zuckte mit den Schultern. »Keine Ahnung. Aktuell steht sie auf Fesselspiele.«

40

Als Lucien am Abend seine Wohnung in Villefranche verließ, hielt er ein Päckchen in der Hand. Es war weder adressiert, noch trug es einen Absender. Und doch würde es in Kürze seinen Empfänger erreichen. Dieser würde nicht wissen wollen, wer es abgeschickt hatte. Nun ja, wahrscheinlich schon, aber er würde nicht darauf bestehen.

Bester Laune schlenderte Lucien den kurzen Weg zum *P'tit Bouchon*. Von Paul hatte er die Nachricht erhalten, dass sie heute einen besonderen Gast hätten. Das beeindruckte ihn wenig. »Besondere« Gäste waren in seinem Lokal an der Tagesordnung. Viel wichtiger war ihm, dass es erneut ausgebucht war. Und dass Roland heute eine *daube provençale* auf der Speisekarte hatte, ein Schmorgericht mit Rindfleisch, für das sein Chefkoch berühmt war. Vierundzwanzig Stunden hatte er das Fleisch zuvor in Rotwein »gebadet«, anschließend mindestens sechs Stunden geschmort. Nur Banausen hielten das *daube de bœuf* für eine Art Rindergulasch. Bei Roland war es eine Offenbarung.

Auf dem Bürgersteig vor dem *P'tit Bouchon* parkte ein schwarzer Ford Mustang aus den Sechzigerjahren. Mit offenem Verdeck und roten Polstern. Verbotswidriger ging es nicht. Daneben stand bereits ein Polizist der *Police municipale*.

»*Salut*, Jean, wartest du auf den Abschleppwagen?«, fragte Lucien lachend.
»*Mais non,* ich passe auf den Wagen auf.«
Lucien sah ihn verwundert an. »Wie das? Sogar meine Vespa würdest du entfernen lassen.«
»Natürlich würde ich das, aber du hast ja auch keinen Sonderstatus.«
»Verstehe ich nicht. Wer einen solchen Amischlitten fährt, hat doch keinen Sonderstatus.«
»In diesem Fall schon. Genau genommen handelt es sich um ein Dienstfahrzeug der *Police nationale …*«
»Du nimmst mich auf den Arm.«
»Tue ich nicht, der Mustang gehört einer berühmten Kommissarin aus Fragolin, die von mir hochverehrt wird. Ich hatte mal das Vergnügen, mit ihr zusammenzuarbeiten. Bei mir darf sie parken, wo sie will.«
Lucien deutete zum Eingang des *P'tit Bouchon*. »Und jetzt ist sie bei mir zum Essen?«
»Ja, und zwar zusammen mit einem offenbar wichtigen Gast. Zumindest habe ich Paul noch selten so buckeln gesehen wie bei seiner Begrüßung.«
Lucien erinnerte sich an Pauls Nachricht, dass sie heute einen besonderen Gast hätten. Jetzt wurde er doch neugierig.
»Na gut, dann gehe ich mal rein. Und du pass weiter auf den Mustang auf …« Lucien schüttelte den Kopf. »Ein Dienstfahrzeug der *Police nationale?* Ich kann's immer noch nicht glauben. Vielleicht ist deine Kommissarin in Begleitung von Steve McQueen? Der fuhr auch einen Mustang. Aber nein, der ist schon lange tot.«
Beim Betreten des Lokals sah er sich um. Mit geübtem Blick erfasste er die Gäste. Viele kannte er, manche nicht. Einen ihm bekannten Prominenten konnte er nicht

entdecken. Aber ein ungewöhnliches Paar am besten Tisch. Sie war vielleicht Anfang vierzig, hatte nach hinten gegelte Haare, trug eine schwarze Lederjacke … und war, nun ja, eine auffällige Frau. Keine Schönheit im klassischen Sinne und doch blendend aussehend. Die Narbe auf der Stirn störte nicht, im Gegenteil. Sie passte zu ihrer sportlichen Erscheinung. Er konnte sie sich gut im Mustang vorstellen. Auch strahlte sie aus, dass man sich mit ihr besser nicht anlegen sollte. Folglich war das die Kommissarin, von der Jean gesprochen hatte. Und der Mann neben ihr? Mit ihm hatte sie sich einen bemerkenswerten Begleiter ausgesucht. Er war von imposanter Statur, hatte einen markanten Kopf und einen extravaganten Geschmack, was nicht nur seine Kleidung betraf. Lucien erkannte im Kühler eine Flasche *Dom Pérignon Vintage*. Den teuersten Champagner, den man im *P'tit Bouchon* bestellen konnte. Der Mann war ihm sofort sympathisch. Jedenfalls aus der Sicht eines Gastwirts. Es gab Menschen, die beherrschten einen Raum, ohne dass sie sich in Szene setzen mussten. Einfach weil sie eine besondere Aura hatten. Auf diesen Mann traf das zweifelsfrei zu.
Während Lucien noch über dieses ungewöhnliche Paar nachdachte, trat Paul zu ihm.
»Das ist Rouven Mardrinac«, sagte er leise. »Ein milliardenschwerer Kunstmäzen und Liebling der Boulevardpresse. Seine Jacht *Dora Maar* ankert in der Bucht von Cap Ferrat.«
Obwohl Lucien keine Boulevardpresse las, kannte er den Namen. Erst letzte Woche war in den Fernsehnachrichten berichtet worden, dass Mardrinac bei Sotheby's einen sündhaft teuren van Gogh ersteigert hatte – um ihn als Leihgabe einem kleinen Museum in der Provence zur Verfügung zu stellen.

»Und die Frau neben ihm?«
»Das ist eine Kommissarin der *Police nationale*. Ihr Name ist Isabelle Bonnet. Eine ungewöhnliche Frau, findest du nicht?«
Lucien nickte. Ungewöhnlich stimmte mal auf jeden Fall. Mehr ließ sich aus der Entfernung selbst für sein geübtes Auge nicht sagen. War ja auch nicht wichtig. Obwohl ihn, grübelte er, eine Kommissarin schon aus beruflichen Gründen interessieren sollte. Beruflich? Lucien stellte fest, dass er seine ererbte »Nebentätigkeit« zunehmend als *Beruf* verinnerlichte. Das gefiel ihm gar nicht. Lieber war er Gastronom.
»Meinst du, ich soll die beiden begrüßen?«, fragte er.
»Unbedingt. Immerhin bist du unser Patron.« Und mit Blick auf das Päckchen, das Lucien in den Händen hielt: »Soll ich dir das *petit paquet* abnehmen?«
»Ist ein Geschenk für Capitaine Giraud. Er kommt nachher vorbei, um es sich abzuholen.«
»Kannst es mir ja trotzdem geben.«
Lucien grinste. »Ich möchte nicht, dass es aus Versehen bei den Fischabfällen landet.«
»So was traust du mir zu? Ich bin doch die Zuverlässigkeit in Person.«
Lucien klopfte ihm beruhigend auf die Schulter. »Ich weiß, war ein Scherz.«

Zehn Minuten später saß Lucien an seinem Ecktisch. Vor ihm das Päckchen. Die Begrüßung seiner beiden VIPs hatte er bereits absolviert. Jetzt hatte er also die vom Stadtpolizisten Jean verehrte *Madame le Commissaire* persönlich kennengelernt. Sie hatte ihn beeindruckt, obwohl sie fast nichts gesagt hatte. Er hoffte, dass sich ihre Wege auf professioneller Ebene nie kreuzen würden. Und Rouven

Mardrinac? Er hatte die lässige Attitüde, die Lucien von Menschen kannte, die es nicht nötig hatten, sich zu profilieren und ihren Reichtum zur Schau zu stellen. Sie waren schon vermögend auf die Welt gekommen. Ihnen war es egal, was die Leute von ihnen dachten. Lucien hatte sein freundliches Angebot abgelehnt, sich für ein Glas zu ihnen zu setzen. Er fand, dass Gäste ein Recht auf ihre Privatsphäre hatten. Außerdem bekam er gleich Besuch.

Tatsächlich ließ Capitaine Achille Giraud nicht lange auf sich warten. Auf dem Weg durchs Lokal entdeckte er die Kommissarin. Offenbar kannte er sie. Und obwohl sich die Gendarmerie und die *Police nationale* traditionell nicht immer gut verstanden, begrüßte er sie mit ausgesuchter Höflichkeit. Sie wechselten einige Worte. Auch ließ er sich mit Rouven Mardrinac bekannt machen, dann kam er zu Lucien an den Tisch.

»Hast illustre Gäste heute«, stellte er fest.

Lucien zuckte mit den Schultern. »Haben wir doch jeden Abend. Fällt dir nur nicht immer auf.«

»Mir fällt alles auf«, protestierte Giraud. »Das liegt in meinem Beruf begründet. Sogar, dass vor dir auf dem Tisch ein Päckchen liegt.«

»Ist nicht schwer zu übersehen.«

»Hast du mich deshalb gebeten, vorbeizukommen? Leider habe ich gerade wirklich wenig Zeit, sonst würde ich mich von dir zu einer *daube de bœuf* einladen lassen.«

Das glaubte ihm Lucien sofort. Ihm war nicht entgangen, dass der Capitaine in letzter Zeit immer häufiger vergaß, seine Rechnung zu begleichen. Sie hatten zwar ein »Freundschaftsabkommen« geschlossen, aber er war nicht gewillt, ihm über die halbjährlichen Zahlungen hinaus weitere Vergünstigungen zu gewähren. Doch das würde er nicht heute thematisieren.

»Der Inhalt des Päckchens wird dich hoffentlich dafür entschädigen«, sagte Lucien stattdessen.
»Da bin ich aber neugierig. Soll ich es gleich aufmachen?«
Lucien legte seine Hand darauf. »Warte noch einen Moment. Erst musst du versprechen, dass du mir keine Fragen stellst.«
»Das fällt mir schwer.«
»Alternativ behalte ich das Päckchen, ich spendiere dir ein Glas Wein, und wir reden über das Wetter.«
»Über das Wetter? Ist doch langweilig, gerade scheint jeden Tag die Sonne. Also einverstanden, ich stelle keine Fragen. Was ist drin?«
»Schau nach! Aber so, dass dir keine meiner Bedienungen über die Schulter gucken kann.«
Der Capitaine sah sich vorsichtig um. Dann öffnete er das Päckchen.
»*Mon Dieu,* ist es das, wonach es ausschaut?«
»Das Collier der Bürgermeistersgattin, richtig. Es hat mich einige Mühe gekostet, es zu finden. Du kannst es mitnehmen und stolz der Presse präsentieren. Kannst sagen, dass es der Gendarmerie über Mittelsmänner gelungen sei, das gestohlene Collier wiederzubeschaffen. Weitere Informationen unterlägen der Geheimhaltung oder so ähnlich. Lass dir was einfallen.«
»Das Collier … es ist wieder da«, murmelte er. »Das ist aber eine nette Überraschung.«
»Gern geschehen.«
»Also hast du die Frau gefunden, mit der ich dich hier gesehen habe?«, kombinierte er.
Lucien gab keine Antwort.
»Tut mir leid, aber ich kann nicht zulassen, dass sie straffrei davonkommt.«

»Doch, kannst du. Das war der Deal, auf den ich mich eingelassen habe. Nur so bin ich in den Besitz des Colliers gelangt. Was hättest du von einer Verhaftung, bei der du die Tat nicht nachweisen kannst und das Diebesgut verschwunden bleibt? Das gäbe ein schlechtes Bild ab. Peinlich, peinlich ... So aber kannst du einen eindrucksvollen Erfolg vorweisen und die Lorbeeren einheimsen. Was gibt es da zu überlegen?«
Der Capitaine wiegte den Kopf hin und her. »Das klingt plausibel. *Oui, oui, c'est vrai.*«
»Ich hätte das Collier auch behalten und verkaufen können«, gab Lucien zu bedenken. »Stattdessen übergebe ich es dir. Ich hoffe, du weißt diesen Freundschaftsdienst zu schätzen.«
»Oui, oui, naturellement.« Giraud sah ihn nachdenklich an. »Bist halt ein gesetzestreuer Bürger.«
»Weißt du doch.«

41

Lucien hatte beste Laune, als er am nächsten Vormittag vor der *Villa Béatitude* von seiner Vespa stieg. Was nicht ungewöhnlich war, denn seiner Mentalität entsprach es, das Leben nach Möglichkeit von der leichten Seite zu nehmen. Zugegeben, in der letzten Zeit war ihm das nicht immer gelungen, aber irgendwie hatte sich dann doch fast alles zum Guten gewendet. Sogar der Springbrunnen funktionierte wieder, wie er mit einem Blick zum Park feststellte.

Rosalie kam ihm im Foyer entgegen. *»Bonjour, Lucien«*, krächzte sie. *»Comment ça va?«*

Er deutete auf ihren Hals. »Was ist mit deiner Stimme passiert? Bist du erkältet?«

»*Mais non* … mir geht es formi… formidabel.«

»Du hörst dich an wie eine Krähe.«

»Wie eine Krähe? Lucien, mein Lieber, du solltest Mitleid haben und dich nicht über mich lustig machen.«

»Nun sag schon, was ist passiert?«

Rosalie zog eine Grimasse. »Ein kleines Missgeschick. Aber ich will nicht darüber reden.«

»Mir kannst du dich doch anvertrauen. Ich weiß alles von dir. Sogar, dass du Hämorrhoiden hast und beim Schlafen schnarchst.«

»Lucien, du bist unmöglich. Doch ich sag's dir trotzdem,

musst es aber für dich behalten. Ich habe oft Probleme beim Einschlafen …«

Lucien grinste. »Weil dich dein eigenes Schnarchen stört?«

»Jetzt hör schon auf. Das ist eine ernste Sache. Docteur Moreau hat mir ein Spray empfohlen, das man sich beim Zubettgehen in den Hals sprüht. Da ist so eine Art Schlafhormon drin. Molatinin oder so ähnlich …«

»Melatonin.«

»Sage ich doch. Beim Zubettgehen habe ich natürlich keine Brille auf. Sonst hätte ich die Verwechslung bemerkt. Jedenfalls habe ich mir gestern versehentlich ein Akutspray gegen Fußpilz in den Rachen gesprüht. Die Fläschchen sehen total gleich aus …«

Lucien konnte nicht anders, er musste lachen.

»Ich hätte ersticken können«, fuhr sie krächzend fort.

»Dann hättest du jetzt niemanden, über den du dich lustig machen könntest.«

Er nahm sie tröstend in die Arme.

»Entschuldige. Ich bin froh, dass nichts Schlimmeres passiert ist.«

»Und ich erst. Jetzt gurgele ich mit Salbeitee und trinke Milch mit Honig.« Sie langte sich an die Kehle. »Ist schon besser geworden, findest du nicht?«

Ihm fielen einige dumme Antworten ein. Aber er verkniff sie sich. Tatsächlich hatte Rosalie noch Glück gehabt. Im Haushalt gab es ätzende Flüssigkeiten, die sie sich besser nicht in den Hals gesprüht hätte.

»Ja, viel besser.«

Im *bureau* wurde er bereits von Francine erwartet. Ihren offenen Alfa hatte er schon auf dem Parkplatz gesehen. Sie hatte ein rotes Leinenkostüm an und trug dazu passenden Nagellack und modische Pumps. Die Haare

saßen perfekt. Einmal mehr bewunderte er ihr makelloses Äußeres. Es war ihm ein Rätsel, wie sie nach einer Fahrt im Cabrio so perfekt gestylt sein konnte. Seinetwegen hätte sie mit verstrubbelten Haaren, in Bermudas und T-Shirt zur Arbeit erscheinen können. Hätte ihm sogar besser gefallen. Aber so war sie nicht. Er erinnerte sich an seinen Vater, der sich ebenfalls immer korrekt gekleidet hatte. Wenn es die Umstände erlaubten, war er sogar seiner »Arbeit« im Blazer mit Einstecktuch nachgegangen. Francine und sein Vater? Sie hatten wohl trotz des Altersunterschieds in vielerlei Hinsicht gut zusammengepasst. Dann fiel ihm ein, wie sie bei ihrer kurzen Bootsfahrt von Cap Ferrat nach Villefranche ausgesehen hatte. Auch dass sie das Steuer übernommen und Vollgas gegeben hatte. Offenbar hatte sie ein zweites Gesicht. Wie sollte man aus dieser Frau schlau werden?
»Wie war der gestrige Abend?«, fragte sie.
»Wie immer, das Lokal war voll, und alle Gäste waren glücklich. Warum fragst du?«
»Weil ich dachte, du hättest vielleicht deinen Griechen getroffen, über den ich mich informieren sollte.«
»Wie kommst du denn darauf?«
»Weil seine Jacht *Pourquoi pas* wieder in der Bucht vor Villefranche ankert.«
»Wirklich? Ist mir gar nicht aufgefallen.«
Dabei, dachte Lucien, hatte er heute Morgen nach der Jacht dieses Rouven Mardrinac Ausschau gehalten. Doch die *Dora Maar* war schon ausgelaufen. Die *Pourquoi pas* hatte er offenbar übersehen. Was leicht möglich war, wenn sie von einem der Kreuzfahrtschiffe verdeckt wurde.
»Habe ich in einem Trackingsystem gecheckt. Die *Pourquoi pas* ist gestern Nachmittag eingetroffen.«

Warum wunderte ihn nicht, dass sie sich auch auf diesem Gebiet auskannte?

»Nein, ich habe Pavlidis nicht getroffen. Ehrlich gesagt lege ich auch keinen Wert darauf. Hast du was über ihn herausbekommen? Womit verdient er sein Geld?«

Sie sah ihn skeptisch an. »Du würdest mir sagen, wenn er was mit einem Auftrag von Edmond zu tun hätte?«

»Ganz sicher, versprochen.«

»Ich will dir mal glauben. Also, Thanos Pavlidis ist im Waffengeschäft. Sein Name taucht immer wieder im Zusammenhang mit illegalen Waffenlieferungen in Länder auf, wo Bürgerkrieg herrscht oder sonst schreckliche Dinge geschehen.«

»So habe ich ihn gar nicht eingeschätzt«, gab Lucien zu. »Ich hätte ihn eher für jemanden gehalten, der mit gestohlener Kunst handelt oder … mit Diamanten.«

»Wie kommst du ausgerechnet auf Diamanten?«

Lucien hüstelte verlegen. Er musste wirklich lernen, nicht alles auszuplaudern, was ihm gerade durch den Kopf ging. Aber jetzt war er Francine wohl doch eine Erklärung schuldig.

»Weil ich jemanden kenne, der Thanos Pavlidis Diamanten gestohlen hat. Aufgrund unglücklicher Umstände …« Wieder musste sich Lucien räuspern. »Aufgrund dieser Umstände hat mich Pavlidis der Komplizenschaft verdächtigt. Dieses Missverständnis konnte ich mittlerweile zwar ausräumen, aber er hätte gerne seine Diamanten zurück.«

»Ist doch nicht dein Problem.«

»Nein, eigentlich nicht. Doch wie es der Zufall will, habe ich der Diebin …«

»Diebin? Es handelt sich also um eine Frau?«

Lucien grinste betreten. »Habe ich vergessen zu erwähnen, spielt aber keine Rolle. Jedenfalls habe ich die betreffende Person überreden können, mir die Diamanten auszuhändigen.«

Francine runzelte die Stirn. »Wie viele sind es?«

»Nur drei. Pavlidis behauptet zwar, ihm seien fünf Klunker gestohlen worden, aber das muss nicht stimmen. Jetzt frage ich mich, was ich mit den Diamanten anstellen soll.«

»Du denkst doch wohl nicht ernsthaft darüber nach, sie ihm zurückzugeben?«

»Hatte ich in Erwägung gezogen, aber nicht aus Nächstenliebe, sondern damit er mich in Ruhe lässt. Aber einem Waffenschieber? Wohl eher nicht.«

»Sind sie wertvoll?«

»Kann ich nicht beurteilen. Groß sind sie, und Pavlidis behauptet, sie seien lupenrein.«

»Du kannst sie mir mal zeigen. Mit Diamanten kenne ich mich etwas aus.«

Das überraschte ihn weniger als manches andere.

»Mach ich gerne. Jedenfalls würde sich Pavlidis über billige Steinchen nicht so aufregen.«

Francine spielte gedankenverloren mit einer Haarlocke.

»Ganz sicher nicht«, sagte sie nach einer Weile. »Ich hätte da übrigens eine Theorie. In einer englischen Zeitung bin ich über den Bericht einer Untersuchungskommission gestolpert, demzufolge Pavlidis verdächtigt wird, in ein schwarzafrikanisches Land Tretminen geliefert zu haben. Nach der Ottawa-Konvention von 1997 sind diese Antipersonenminen international geächtet. Sie unterscheiden nicht zwischen Soldaten und Zivilisten. Oft sind es Kinder, denen beim Drauftreten die Beine zerfetzt werden. In meinen Augen gibt es kaum Grausameres …«

Francine hielt inne. Ihre Betroffenheit war nicht gespielt.
»Deine Theorie?«, hakte er nach.
»Ist ganz einfach. Das afrikanische Bürgerkriegsland, in das Pavlidis Tretminen geliefert haben soll, ist bekannt für seine großen Diamantvorkommen.«
»Du meinst, er hat sich die Minen mit Diamanten bezahlen lassen?«
Sie hob die Schultern. »Könnte ich mir wenigstens vorstellen.«
»Dann wären das sogenannte Blutdiamanten?«
»So nennt man sie. Wenn sie aber geschliffen sind, lässt sich das nicht mehr feststellen. Jedenfalls werden mit ihnen die kriegerischen Auseinandersetzungen in vielen Ländern Schwarzafrikas finanziert. Leute wie Pavlidis wollen ja irgendwie bezahlt werden.« Sie hielt kurz inne. »Schwarzafrika darf man eigentlich nicht mehr sagen«, korrigierte sie sich. »Länder südlich der Sahara wäre wohl korrekter.«
Lucien fand, dass man es mit der *political correctness* auch übertreiben konnte.
»Drei oder fünf dieser Diamanten dürften als Bezahlung kaum ausreichen …«, stellte er fest.
»Ganz gewiss nicht. Vermutlich kann er den Verlust leicht verschmerzen. Aber … aber wie gesagt, das ist nur eine Theorie. Muss nicht stimmen.«
Bisher waren ihre Theorien immer zutreffend gewesen, dachte Lucien. Sowohl bei Didier Pascal und Cédric Richard als auch beim Journalisten Luigi Zanarella und Riccardo Silvestri. Warum nicht also auch diesmal? Außerdem würde das erklären, warum Pavlidis den Diebstahl nicht zur Anzeige gebracht hatte. Wer sich selbst an keine Gesetze hält, meidet jeden Kontakt mit der Polizei.

Lucien zog die Schublade seines Schreibtischs auf und entnahm ihr eine Zigarettenschachtel. Beim Schütteln klapperte es.
»Ein originelles Versteck«, konstatierte sie trocken.
»Soll auch keines sein. Gefunden habe ich die Steinchen in einer angebrochenen Schachtel Erbsenpüree aus der Tiefkühltruhe.«
»Auch nicht viel besser.«
Er reichte ihr die Schachtel. Francine ließ die Diamanten in ihre Handfläche gleiten.
Sie pfiff anerkennend durch die Lippen. Dann nahm sie einen Stein und hielt ihn gegen das Licht.
»Je suis très impressionnée«, flüsterte sie.
»Was meinst du?«
»Ich schätze ihn auf zwei bis drei Karat. Mit bloßem Auge kann ich keine Einschlüsse erkennen …«
»Wie viel könnte er wert sein?«
»Kann ich nicht sagen. Ausschlaggebend sind die vier C: Carat, Cut, Clarity, Colour. Von zehntausend Euro aufwärts, können aber auch fünfzigtausend Euro sein. Oder sogar mehr.«
»Uups. Jetzt verstehe ich, dass Pavlidis sauer ist.«
»Ich bin in Monte Carlo mit einem Juwelier befreundet. Wenn du mir die Diamanten anvertraust, könnte ich dir morgen Genaueres sagen.«
»Sehr gerne. Würde mich wirklich interessieren, was sie wert sind.«
Auch würde er gerne wissen, ob es sich wirklich um *Blutdiamanten* handelte, fügte er in Gedanken hinzu. Aber das ließ sich offenbar nicht mehr feststellen. Eine Entscheidung hatte er jedenfalls schon getroffen. Er würde sie Pavlidis definitiv nicht zurückgeben. Die in Aussicht gestellte Provision interessierte ihn nicht.

Vielmehr drängte es ihn, dem Mann einen Denkzettel zu verpassen. Ein kleines bisschen leistete er sogar Chloé Abbitte. Wie es schien, hatte sie den Richtigen beklaut. Wer mit Tretminen Handel trieb, hatte kein Mitleid verdient. Lucien überlegte, ob er Chloé wenigstens einen der drei Diamanten zurückgeben sollte. Als kleine Wiedergutmachung. Andererseits hatte sie ihn hintergangen und die Geldbörse mit den Tageseinnahmen aus dem *P'tit Bouchon* mitgehen lassen. Gar nicht zu reden von der versuchten Attacke mit der Bratpfanne. Allzu viel Nächstenliebe sollte sie von ihm also nicht erwarten.

Lucien nahm sich vor, alles gründlich zu überdenken. Sowohl, was Chloé betraf, als erst recht in Bezug auf Pavlidis. Vielleicht ließ sich über den zwielichtigen Griechen noch mehr in Erfahrung bringen? Womöglich kam ihm dabei eine Idee, wie man ihm ein Bein stellen könnte? Beziehungsweise besser: Wie man Pavlidis kräftig gegen das Schienbein treten könnte. Denn weh sollte es schon tun. Was die Diamanten betraf, hatte er bereits einen Einfall. Francine, davon war er überzeugt, würde ihn gutheißen.

42

Nicht weit von seiner Wohnung in Villefranche-sur-Mer gab es ein kleines Café, wo Lucien gerne frühstückte. Ein *café noir* und ein Croissant, das reichte ihm. Dazu die Tageszeitung *Nice-Matin*, die er normalerweise in wenigen Minuten durchgeblättert hatte. Heute allerdings blieb er schon auf den ersten Seiten bei einer Nachricht hängen. Und bei dem dazugehörigen Foto, das ein ihm bekanntes Diamantcollier zeigte. »Ermittlungserfolg der Gendarmerie« lautete die Überschrift. Im Artikel wurde gleich mehrfach Achille Giraud erwähnt. Der Capitaine habe auf einer Pressekonferenz das gestohlene Collier präsentiert und auf Mittelsmänner verwiesen, mit deren Hilfe die Wiederbeschaffung gelungen sei. Es habe sich ausgezahlt, dass die Gendarmerie die kriminellen Milieus in Nizza unter ständiger Beobachtung halte und Informanten eingeschleust habe. Deren Identität müsse selbstverständlich geschützt werden. Weshalb, so der Capitaine, die Hintergründe der Polizeiaktion der Geheimhaltung unterlägen. Toulons Bürgermeister habe sich bereits bei der Gendarmerie für die hervorragende Arbeit bedankt. Auch im Namen seiner Frau, die sich glücklich schätze, das wertvolle Familienerbstück wieder zurückzuerhalten.

Lucien biss ein Stück vom Croissant ab. Giraud war es offenbar gelungen, sich maximal erfolgreich in Szene zu setzen. Ohne preisgeben zu müssen, dass er hinsichtlich der zitierten Hintergründe völlig im Dunkeln tappte. Von wegen *eingeschleuste Informanten* … Fast verschluckte sich Lucien vor Vergnügen. Damit war er wohl selbst gemeint. In einem Punkt hatte Giraud recht: Seine Identität musste selbstverständlich geschützt werden. Und was die *kriminellen Milieus* betraf: Chloé gehörte diesen ganz sicher nicht an. Sie war eine klassische Einzeltäterin … und ein wenig crazy. Jedenfalls scheute sie keine Risiken. Ausgerechnet die Frau eines Bürgermeisters zu beklauen war ziemlich dreist. Geradezu tollkühn war es, sich mit einem Waffenhändler wie Pavlidis anzulegen. Nun gut, vielleicht wusste sie nichts von seiner Profession. Aber dass er bewaffnete Leibwächter hatte, war ihr bestimmt nicht entgangen. Einen Fluchtplan hatte sie wohl auch nicht gehabt. Sie hatte auf ihr Glück vertraut – und darauf, dass sich schon ein Idiot finden würde, der sie aus dem Wasser zog. Lucien schmunzelte. Der Idiot, das war er selbst. Aber es hatte Spaß gemacht. Und wenn er an die darauffolgende Nacht dachte, hatte es sich in gewisser Weise auch gelohnt.

Wenn Lucien ein Fazit zog, musste er feststellen, dass die Geschichte mit dem Collier ein gutes Ende genommen hatte. Sogar für Chloé, die einer Verhaftung entgangen war. Was dagegen die Diamanten betraf, war das letzte Kapitel noch nicht aufgeschlagen. Oder vielleicht doch … man würde sehen.

Während er einen zweiten Kaffee bestellte, blätterte er weiter durch die Tageszeitung. Um erneut auf einer Seite hängen zu bleiben. Diesmal bei einem Bericht über Promis, die aktuell in und um Nizza gesichtet wurden. Solche Klatschgeschichten interessierten ihn normalerweise nicht. Denn *célébrités* gehörten zur Côte d'Azur wie die

Palmen zur Promenade des Anglais. Kurzum: Sie waren nichts Besonderes. Auch nicht in Villefranche-sur-Mer, wo ihm schon Weltstars wie Madonna oder Elton John begegnet waren. Dass er dennoch innehielt, lag am Foto eines Mannes, den er erst vorgestern kennengelernt hatte: Rouven Mardrinac. Der schwerreiche Kunstsammler, ging aus dem kurzen Text hervor, sei mit seiner Jacht *Dora Maar* vor Villefranche vor Anker gegangen. Erst letzte Woche habe Mardrinac mit der rekordverdächtigen Ersteigerung eines van Goghs für Schlagzeilen gesorgt. Abends sei er in Begleitung einer unbekannten Frau im angesagten Restaurant *P'tit Bouchon* gesehen worden.

Im angesagten Restaurant P'tit Bouchon … Lucien ließ sich die Worte auf der Zunge zergehen. Was Schöneres konnte er sich zum Frühstückskaffee nicht vorstellen. Plötzlich hatte er nichts mehr gegen *gossip*. Er würde die Zeitung mitnehmen und den Bericht seinen Mitarbeitern zeigen. Sie sollten ruhig wissen, dass sie die Ehre hatten, in einem *angesagten* Lokal zu arbeiten. Ob sich diese Gratiswerbung bei den Tischreservierungen niederschlug? Das *P'tit Bouchon* war zwar sowieso fast immer ausgebucht, aber gespannt war er trotzdem.

Später fuhr er mit seinem Zodiac hinüber nach Cap Ferrat. Lucien entdeckte Pavlidis' Jacht *Pourquoi pas*, die hier immer noch vor Anker lag. Er umrundete sie in größerem Abstand. An Deck war niemand zu sehen. Am Heck wehte die Flagge der Bahamas. Mit zwei blauen horizontalen Streifen und einem gelben dazwischen. Er hatte mal gelesen, dass der gelbe Streifen für die Strände der Bahamas stand und die beiden blauen das Meer und den Himmel symbolisierten. Was der große schwarze Keil bedeutete, hatte er vergessen. Unter dem Schiffsnamen am Heck stand als Heimathafen: Nassau, Bahamas. Warum hatte ein Grieche sein Schiff nicht in seiner Heimat angemeldet? Aristoteles Onassis wäre das bei seiner legendären *Christina O* wohl schon aus Nationalstolz nie in den Sinn gekommen. Oder vielleicht doch? Etwa Malta, wie bei vielen der Jachten, die vor der Côte d'Azur kreuzten? So genau wusste Lucien das nicht. Aber er kannte die Gründe für vergleichbare Jachtregistrierungen. Die betreffenden Länder gewährten den Eignern beträchtliche Steuervorteile. Bei größeren Jachten ging das allein bei der reduzierten Mehrwertsteuer schnell in die Millionen. Lucien kannte aber auch die Tücken und Fallstricke, die damit verbunden waren. Speziell bei Heimathäfen, die wie Nassau außerhalb der EU lagen.

Er drehte mit seinem Zodiac einen weiten Bogen. Dann hielt er Kurs auf seine Anlegestelle am Cap Ferrat.

Später telefonierte er im Büro mit einem alten Kumpel, der in Cannes als Jachtbroker arbeitete. Der kannte sich mit den Bestimmungen aus wie kein anderer. Schließlich gehörte es zu seinem Geschäft, seinen Kunden Steuern zu sparen. Lieber hatte er es, wenn sie ihr Geld in luxuriöse Zusatzausstattungen steckten – oder bei der Länge der Schiffe einige Meter drauflegten. Lucien, dem bei der Umrundung von Pavlidis' Jacht ein Gedanke gekommen war, setzte seinen Freund ins Bild. Auch sagte er ihm, was er im Internet über die Fahrten der *Pourquoi pas* in den letzten Monaten herausgefunden hatte. Die Jacht sei zwischen der Côte d'Azur, Sardinien, Capri sowie Marbella, Mallorca und Ibiza hin und her gekreuzt. Halt überall dort im westlichen Mittelmeer, wo es sich die Schönen und Reichen gerne gut gehen ließen. Der Jachtbroker lachte. Ihm sei klar, worauf Lucien hinauswolle.

Dieser Grieche sei wohl kein Freund von ihm. Er versprach, einige Nachforschungen anzustellen.

Francine kam erst gegen Mittag. Heute in einem leichten Sommerkleid. Ihre hohen Schuhe hatten rote Sohlen. Lucien schloss daraus, dass sie von Louboutin stammten und entsprechend teuer waren. Einen exklusiven Geschmack hatte sie, das wusste er. Nur fragte er sich, wie sie mit diesen Dingern an den Füßen Auto fahren konnte. *Alors,* wahrscheinlich gar nicht. Barfuß war ja auch eine Option.

Zur Begrüßung nannte sie ihm eine respektable sechsstellige Zahl. So viel seien die Diamanten wert, sagte sie. Pavlidis' Aufregung sei also nachzuvollziehen.

Die Zigarettenschachtel hatte sie gegen eine Schmuckschatulle von Cartier eingetauscht. So wirkten die Steine schon von außen viel kostbarer.

Sie sah ihn fragend an. »Und jetzt? Was willst du tun?«

»Gegenfrage: Deine Recherchen haben bestätigt, dass Pavlidis illegal Waffen in Bürgerkriegsregionen liefert?«

Francine nickte. »Das ist wohl unstrittig. Auch wenn das für ihn bisher keine strafrechtlichen Konsequenzen hatte. Ähnlich verhält es sich bei seinen Geschäften mit den Tretminen. Erinnere dich an Prinzessin Diana, wie sie in Angola ein geräumtes Minenfeld besucht hat. Die Bilder gingen um die ganze Welt. Auch Fotos der verstümmelten Opfer von Tretminen, und von Streubomben, die sind genauso schlimm. Jedes dritte Opfer ist ein Kind, wusstest du das?«

»Nein, aber damit hast du die Antwort auf deine Frage. Ich möchte die Diamanten verkaufen und den Erlös den zivilen Opfern zugutekommen lassen. Es gibt doch seriöse Hilfsorganisationen?«

»Ja, die gibt es. Ich habe gehofft, dass du dich für diese Lösung entscheidest.« Sie sah ihn nachdenklich an. »Du bist schon ein seltsamer Mensch«, sagte sie. »Irgendwas hat dein Vater bei seiner Erziehung richtig gemacht.«

»Würde er wohl eher umgekehrt sehen. Vielleicht haben mich die Gene meiner Mutter umprogrammiert? Keine Ahnung.«

»Auch dein Vater hatte ein gutes Herz.«

»Und hat Leute umgebracht? Das passt nicht zusammen.«

»Auf den ersten Blick nicht, da hast du recht. Aber ich kannte ihn und weiß, wie sehr er unter diesem Konflikt litt.«

»Dann kanntest du ihn besser als ich.«

»Ja, wie es scheint, kannte ich ihn besser. Tut mir leid, das sagen zu müssen.«

»Muss dir nicht leidtun. Ich bin sogar froh darum.«

43

Die nächsten Tage gingen ohne besondere Zwischenfälle ins Land. In der *Villa Béatitude* begannen die Umbauarbeiten für Luciens Appartement. Rosalie hatte wieder einmal eine *tarte Tatin* gebacken, um mit dem Apfelkuchen Lucien und sich selbst eine Freude zu bereiten. Danach gab es einen Marc de Provence. Und noch einen. Rosalies Bäckchen glühten.

Francine überraschte mit einem weißen Hosenanzug, zu dem sie ausnahmsweise flache Ledersandalen trug. Die *Tropéziennes* hatte sie schon bei ihrem Besuch im *P'tit Bouchon* angehabt und in San Remo. Den Verkauf der Diamanten habe sie über ihren Juwelier in Monte Carlo bereits in die Wege geleitet. Sobald das Geld da sei, werde sie sich um die Spenden kümmern. Dabei, dachte Lucien, ließ er ihr gerne freie Hand.

Dass er von seinem Onkel Edmond die ganze Zeit nichts hörte, fing fast an, ihn zu beunruhigen. Dann gestand sich Lucien ein, dass ihm Edmonds Gesundheitszustand nicht wirklich berührte. Am besten ging es seinem Onkel gerade so schlecht, dass er keine neuen Aufträge annehmen und an ihn weitergeben konnte. Und immer noch gut genug, dass er keinen Nachfolger inthronisierte. Spätestens nach seinem Tod werde es einen neuen *ministre des Affaires étrangères* geben, hatte er bei ihrer ersten

Besprechung angedeutet. Lucien solle sich keine falschen Hoffnungen machen. Folglich wünschte er seinem Onkel eine alters- oder krankheitsbedingte Apathie. Einen Zustand der phlegmatischen Gleichgültigkeit, der möglichst lange anhielt – und weitere Aufträge von ihm fernhielt. Doch er ahnte, dass das Wunschdenken war.
An einem Nachmittag traf sich Lucien mit dem befreundeten Jachtbroker in Cannes. Der hatte einiges über Pavlidis' Jacht *Pourquoi pas* herausgefunden. Es bestätigte sich Luciens Verdacht, dass der Grieche einen entscheidenden Fehler begangen hatte. Es gab eine Frist, wie lange sich eine Jacht mit Registrierung in Übersee ohne Unterbrechung in EU-Gewässern aufhalten durfte, ohne dass sie mehrwertsteuerpflichtig wurde. Diese Frist hatte Pavlidis leichtfertigerweise verstreichen lassen. Mit Champagner im Glas und in Begleitung schöner Frauen konnte das schon mal passieren. Er war nicht der Erste. Und er würde nicht der Letzte sein.

Lucien vertrat die Auffassung, dass sich anonyme Anzeigen nicht gehörten. Wer jemand anderen anschwärzte, sollte sich dazu bekennen. Doch in diesem Fall machte er eine Ausnahme, sprang gewissermaßen über seinen eigenen Schatten. Er gab der Finanzpolizei einen diskreten Hinweis. Lucien wusste, dass die *Inspecteurs des impôts* nicht lange fackeln würden. Mit geringerem Aufwand ließ sich kaum Geld in die Staatskasse spülen. Als ersten Schritt würden sie die *Pourquoi pas* sprichwörtlich an die Kette legen und verhindern, dass sie sich davonmachte. Pavlidis würde eine Vorladung bekommen – und Schweißperlen auf der Stirn, sobald ihm klar wurde, wie hoch die Steuerschuld war. Lucien spielte mit dem Gedanken, eine weitere anonyme Anzeige nachzuschieben.

Im Schiffssafe, so könnte er behaupten, sei Schwarzgeld in Form von Diamanten gebunkert. Das konnte er zwar nicht wissen, aber die Erfolgsaussichten stünden nicht schlecht. Sollte er es wirklich tun? Pavlidis hatte ihm nichts getan. Ihm nicht, überlegte er dann, aber unschuldigen Menschen in Bürgerkriegsländern ... Also gab er sich schließlich einen Ruck. Falls es Thanos Pavlidis gelingen sollte, seinen Kopf aus der Schlinge zu ziehen, war ihm das egal. Aber sein Vorhaben hatte er in die Tat umgesetzt: Er hatte Pavlidis kräftig gegen das Schienbein getreten.

Lucien freute sich, als er an einem Vormittag den alten Landrover seines Vaters in der Werkstatt abholte. Dort hatte man ihn technisch auf Vordermann gebracht. Optisch waren die Möglichkeiten begrenzt. Der Landy sah aus, als ob er während des Algerienkrieges in einen Sandsturm geraten wäre. Aber das machte seinen besonderen Charme aus. Am wichtigsten war, dass er wieder eine Straßenzulassung bekommen hatte. Gemeinsamen Abenteuern stand also nichts mehr im Wege. Obwohl Lucien keine Ahnung hatte, wie diese aussehen könnten. Für die Wüstenrallye Dakar war der betagte Landrover vermutlich zu langsam.
Auf der Heimfahrt erinnerte er sich, wie er in diesem Auto auf dem Privatgrund seine ersten Fahrübungen gemacht hatte. Auch daran, dass er mal die Kontrolle verloren und quer durch das Rosenbeet gepflügt war. Zwölf Jahre war er damals alt gewesen – und das Bremspedal für seine Beine zu weit weg. Das Problem hatte er heute nicht mehr, stellte er grinsend fest. Dafür forderte ihn das ausgeschlagene Lenkrad. Er wollte ja nicht schon im nüchternen Zustand Schlangenlinien fahren.

Er stellte gerade vor der *Villa Béatitude* den Motor ab, als sein Handy klingelte. Die Nummer kannte er nicht, nahm den Anruf aber dennoch entgegen.

»*Bonjour, Lucien, c'est moi, Carlotta.* Schön, dass ich dich gleich erreiche.«

Carlotta, Carlotta … Kannte er eine Carlotta?

»Carlotta, was für eine Überraschung … Wann haben wir uns das letzte Mal gesehen?«

Hoffentlich half sie ihm auf die Sprünge.

»Bei der Beerdigung deines Vaters natürlich.«

Jetzt fiel der Groschen. Carlotta war die italienische Nichte seiner Mutter. Was wohl bedeutete, dass sie seine Cousine war, aber so genau kannte er sich in Verwandtschaftsbeziehungen nicht aus. Er erinnerte sich, dass sie als Malerin in Saint-Paul-de-Vence lebte. Vor allem aber erinnerte er sich, dass sie ihm ausnehmend gut gefallen hatte und er sich vorgenommen hatte, sie mal zu besuchen. Doch dafür hatte nun wirklich die Zeit gefehlt.

»Entschuldige, natürlich. Ich war gerade mit meinen Gedanken woanders. Ich hoffe, dir geht's gut. Was macht die Malerei?«

»Ich habe gerade eine schöpferische Blockade …«

»Tut mir leid, aber so was gibt's bei Künstlern, oder?«

»Bei mir eigentlich nicht. Deshalb … deshalb rufe ich dich an.«

Lucien konnte sich nicht vorstellen, wie er bei der Überwindung einer Schaffenskrise behilflich sein könnte.

»Und ich hatte gehofft, du willst mich einfach wiedersehen«, entgegnete er lachend.

»Das auch, Lucien … Aber im Ernst, ich brauche deine Hilfe.«

Ihre Anspannung war nicht zu überhören.

»Nun sag schon, wo drückt der Schuh?«

»Das möchte ich dir unter vier Augen erklären. Kannst du zu mir nach Saint-Paul kommen?«
Einer schönen Cousine konnte er diesen Wunsch natürlich nicht abschlagen.
»Con piacere«, wechselte er ins Italienische. »Wie wäre es am Dienstag nächster Woche?«
»È urgente«, drang sie auf Eile. »Bitte komm gleich. Ist doch nicht weit von Cap Ferrat nach Saint-Paul.«
Da hatte sie recht. Viel mehr als eine gute Stunde sollte er nicht brauchen. Selbst mit dem alten Landrover, den er bei dieser Gelegenheit einem ersten Praxistest unterziehen könnte.
»Kannst du nicht wenigstens eine Andeutung machen, worum es geht?«
»Ich werde bedroht und habe Angst, dass er mir was antut …«
»Wer ist er?«
»Sage ich dir, sobald du hier bist.«
»Wie kommst du auf die Idee, dass ich dir helfen könnte?«
»Lucien, ich weiß nicht viel von dir. Aber in unserer Familie gab es immer wieder Andeutungen, dass sich die Chacarasse ihrer Haut zu wehren wüssten … Wie auch immer das gemeint war.«
»Kann ich mir nicht erklären. Wir mussten uns noch nie unserer Haut erwehren.«
»*Ti prego, vieni!* Bitte komm ganz schnell!«
»*D'accordo!* Am späten Nachmittag bin ich da. Schick mir deine Adresse aufs Handy!«
»Am besten, du kommst in meine Galerie. Lucien, ich küsse dich. *Mille baci.*«

44

Natürlich kannte Lucien Saint-Paul-de-Vence. Wer kannte das Künstlerdorf nicht? Ein »Geheimtipp« wie Bussana Vecchia war es schon lange nicht mehr. Im Gegenteil wurde es von Touristen aus aller Welt regelrecht überrannt. Ein Highlight war die auf einem kleinen Hügel gelegene Chapelle du Rosaire mit Glasfenstern und Keramikarbeiten von Henri Matisse. Im Ort selbst, der von einer komplett erhaltenen Festungsmauer umschlossen war, schoben sich die Besucher durch mittelalterliche und verwinkelte Gassen. Selbst die Rue Grande, die sich durch den ganzen Ort zog, war alles andere als *grande,* sondern schmal und den Fußgängern vorbehalten. Kunstvoll gepflastert mit kleinen Steinen. Und gesäumt von Kunstgalerien.

Lucien stellte seinen Landrover auf einem Parkplatz in der Nähe des Friedhofs ab, wo Marc Chagall begraben lag. Während er in den Ort hinauflief, dachte er an Francine, die auf diesem holprigen Untergrund besser keine Stöckelschuhe tragen sollte. Sie hatte ihn gefragt, wo er so dringend hinmüsse. Und hatte ihm offenbar geglaubt, dass sein plötzlicher Aufbruch nichts mit Edmond zu tun hatte. Francine konnte sich sogar an Carlotta auf der Beerdigung erinnern. Nicht ganz überzeugt schien sie, dass er tatsächlich einem Hilferuf seiner Cousine folgte

und deshalb so eilig nach Saint-Paul-de-Vence müsse. Warum sonst hätte sie ihm viel Spaß gewünscht?
Auch Rosalie hatte ihn beim Abschied misstrauisch gemustert. Er solle nicht vergessen, dass Carlotta eine Verwandte sei. Er wisse, wie dieser Hinweis gemeint sei. Lucien war sich dagegen nicht so sicher, ob eine Cousine soundsovielten Grades … Er hatte den Gedanken nicht zu Ende geführt.
Er bog in eine Seitengasse und entdeckte Carlottas Galerie. Mit efeubewachsenen Mauern, blauen Fensterläden und einem kleinen runden Bistrotisch mit zwei Stühlen vor dem offenen Eingang. *Très charmant*.
Er klopfte gegen die Glasscheibe und trat ein.
»Carlotta, bist du da?«
Keine Antwort. Falls sie jetzt tot in der Ecke lag, käme er zu spät.
Er sah sich die aufgehängten Bilder an. Den Signaturen entnahm er, dass sie alle von Carlotta stammten. Sie stellte also nur ihre eigenen Werke aus. Im Stil waren sie ganz unterschiedlich – von abstrakten Gemälden bis hin zu dreidimensionalen Objekten mit Schwemmholz vom Strand. Sie gefielen ihm alle auf die eine oder andere Art.
»Du bist ja schon da«, rief von hinten eine Stimme. »Ich war nur schnell einen Kaffee trinken.«
»Hallo, Carlotta. Hast du keine Angst, dass dir jemand was klaut?«
»Nein, meine Bilder sind zu groß.«
Sie umarmte ihn. So fest, wie sie sich das auf dem Friedhof natürlich nicht getraut hatte. Das fühlte sich ausgesprochen gut an. Wobei ihm klar war, dass sie sich nicht aus Zuneigung so an ihn schmiegte, sondern weil sie gerade eine starke Schulter brauchte.
Er schob sie sanft von sich und blickte ihr ins Gesicht.

»Du schaust gar nicht so aus, als ob du Angst hättest.«
»Jetzt nicht mehr, du bist ja da.«
Sie schloss die Tür zur Galerie und hängte von innen ein Schild an die Scheibe: *Fermée pour le moment.*
»Also, erzähl!«, forderte er sie auf.
»Ein bisschen bin ich selbst schuld«, gab sie zu. »Ich hatte eine kurze Affäre mit einem gewissen Thibaut. Auf diesen Geistesgestörten hätte ich mich nie einlassen dürfen. Er kann nicht akzeptieren, dass ich von ihm nichts mehr wissen will. Jetzt macht er mir das Leben zur Hölle. Er bombardiert mich mit E-Mails und Textnachrichten, in denen er mir die schlimmsten Dinge androht …«
»Zum Beispiel?«
»Dass er mir beide Arme brechen würde, damit ich nicht mehr malen kann. Oder mir mit einer Rasierklinge … nein, ich kann's nicht aussprechen.«
»Klingt wirklich nicht nett.«
»Thibaut ist gewalttätig, das habe ich selbst erlebt. Ich trau ihm alles zu.«
»Aber außer diesen Provokationen ist bislang nichts passiert, oder?«
»Doch, er hat mir in der Nacht aufgelauert und mich mit einem Messer bedroht. Es ist mir gelungen, wegzurennen. Er hat eine Stinkbombe in meine Galerie geworfen, er hat mein Auto angezündet …«
»Dein Auto? Woher weißt du, dass er es war?«
»Weil er es angekündigt hat, falls ich nicht wieder zu ihm zurückkehre.«
»Warum zeigst du ihn nicht bei der Polizei an? Stalking ist strafbar. Erst recht, ein Auto anzuzünden.«
»Das würde nichts bringen. Wer glaubt schon einer Italienerin? Außerdem ist Thibaut im Ort sehr beliebt. Er ist Installateur, jeder braucht ihn irgendwann. Und außer-

dem …« Sie schluckte. »Und außerdem war ich so blöd, alle Beschimpfungen und Drohungen sofort nach Erhalt zu löschen. Aus Wut. Ich könnte also nichts beweisen.«

»Das war wirklich blöd. Aber dieser Thibaut wird ja nicht aufhören …«

»Ganz sicher nicht.«

»Die nächsten Anfeindungen speicherst du. Dann hast du was in der Hand.«

Auch er selbst, dachte Lucien, würde gerne einen Beweis sehen. Schließlich kannte er Carlotta so gut wie gar nicht. Vielleicht bildete sie sich das alles nur ein? Oder sie spielte selbst ein doppeltes Spiel? Nach Chloé wollte er sich ersparen, schon wieder von einer Frau reingelegt zu werden.

»Mein ausgebranntes Auto kannst du dir anschauen. Steht im Hinterhof einer Werkstätte. Ist ein Elektroauto. Die Polizei geht von einem technischen Defekt aus.«

»Und du hast nicht gemeldet, dass du Thibaut im Verdacht hast?«

»Ich habe mich nicht getraut. Er könnte mich dafür umbringen.«

Er sah sie zweifelnd an. »Und was, schlägst du vor, soll ich jetzt tun?«

»Pass auf mich auf!«

Carlotta war eine Frau, dachte Lucien, bei der man gerne Leibwächter spielen würde. Im wahrsten Sinne des Wortes. Praktikabel war es aber nicht.

»Wie stellst du dir das vor? Ich kann ja nicht ewig hierbleiben.«

»Ist mir klar.« Sie wischte sich eine Träne von der Wange. »Ehrlich gesagt habe ich … habe ich gehofft, dass dir noch etwas anderes einfällt. Nach allem, was über die Chacarasse in der Familie so erzählt wird.«

»Was wird über uns erzählt?«
»Als dein Vater mal mit Tante Laetitia bei meinen Eltern zu Gast war, wurden sie in der Nacht von gewalttätigen Einbrechern überrascht …«
»Und?«
»Von den drei Männern konnte einer entkommen. Die beiden anderen waren tot.«
»Und du meinst, das war mein Vater?«
»So erzählt man sich.«
»Das kann ich mir nicht vorstellen, mein Vater war ein ausgesprochen friedfertiger Mensch.« Er wunderte sich selbst, wie leicht ihm das über die Lippen ging. »Aber selbst wenn«, fuhr er fort, »ich bin nicht mein Vater. Ich habe in Villefranche ein kleines Restaurant und kann schon nicht dabei zuschauen, wenn ein lebender Hummer in siedendes Wasser geworfen wird.«
»Könntest du nicht trotzdem versuchen, Thibaut ein kleines bisschen einzuschüchtern? Musst ihm ja nicht wehtun. Nur so viel, dass er mich in Zukunft in Ruhe lässt.«
Ihre Augen drückten so viel Hoffnung aus, dass er fast bereit war, einzuwilligen. Denn natürlich konnte man diesen Thibaut einschüchtern, ohne ihm körperlich wehzutun. Was aber, wenn er unschuldig war? Außerdem konnte keiner garantieren, dass er danach wirklich Ruhe gab.
»Carlotta, ich möchte dich heute Abend gerne ins *La Colombe d'Or* zum Essen einladen«, wechselte er unvermittelt das Thema. »Was hältst du davon?«
Sie rang sich ein Lächeln ab.
»Meinst du, damit lösen wir meine Probleme?«
»Ich muss darüber nachdenken. Auf nüchternen Magen kann ich das nicht. Anschließend bringe ich dich nach Hause. Für heute kannst du also unbesorgt sein.«

»Hört sich gut an. Natürlich lasse ich mich von dir gerne ins *La Colombe d'Or* einladen. Ist mir normalerweise zu teuer.«

»Falls ein Zimmer frei ist, übernachte ich auch dort.«

»Ich denke, du willst mich heimbringen?«

»Mache ich trotzdem. Hinterher gehe ich halt wieder zurück.«

»Ich habe ein Gästesofa, ich würde mich sicherer fühlen, wenn du bei mir übernachtest.«

Lucien zögerte. Ob das Gästesofa auch für ihn ausreichend sicher war? Ihm fiel Chloé ein, die damals noch Chantal hieß. Zugegeben, er hatte nicht viel Widerstand geleistet. Aber Carlotta war seine Cousine. Sie beide wussten es. Außerdem hatte sie wohl wirklich Angst.

45

Im *La Colombe d'Or* war Lucien schon als Kind mit seinen Eltern gewesen. Das Lokal war eine Legende. Nicht erst seit hier 1951 Yves Montand und Simone Signoret ihre Hochzeit gefeiert hatten. Schon zuvor hatte der kunstsinnige Wirt Paul Roux für Aufsehen gesorgt, als er malenden Gästen die Zeche im Tausch für ein Bild erließ. So hängen an den Wänden Gemälde von Braque, Dufy oder Miró. In der »goldenen Taube« hatten schon Picasso, Matisse und Chagall gespeist. Heute wird das Lokal vom Enkel François Roux geführt. An der Küche hat sich nicht viel geändert: Sie ist wie eh und je der authentischen *cuisine provençale* verpflichtet.

Weil Lucien einen Ober kannte, der früher bei ihm in Villefranche gearbeitet hatte, gelang es ihm, kurzfristig einen Tisch zu ergattern. Es machte ihm Freude, mit einer leibhaftigen Cousine zu Abend zu essen. Er müsste nachdenken, ob er noch weitere hatte. Aber bestimmt keine hübschere. Seine Mutter Laetitia stammte aus Florenz. Ihre Familie war ziemlich unübersichtlich. Eben typisch italienisch.

Nach einem *bouquet de crevettes* und vor den *quenelles de saumon frais* meldete Carlottas Handy eine eingehende Nachricht.

Sie warf nur einen kurzen Blick darauf, dann zeigte sie ihm wortlos das Display.
»Du Hure bist mit einem anderen Mann beim Essen. Mach nur weiter so, dann bringe ich dich um.«
Jetzt hatte er den Beweis, dachte Lucien, dass sich Carlotta nicht alles ausdachte.
»Ist ganz schön eifersüchtig, dein Thibaut.«
»Ist nicht *mein* Thibaut.«
»Ich weiß. Du solltest dir die *quenelles* trotzdem schmecken lassen. Das letzte Mal habe ich solche Fischklößchen in Lyon gegessen. Bin auf den Vergleich gespannt.«
»Die Todesdrohung lässt dich kalt?«
Er lächelte. »Darfst halt nie wieder mit einem anderen Mann zum Essen gehen, dann passiert dir nichts.«
Sie sah ihn entsetzt an. »Ist nicht dein Ernst?«
»Nein, natürlich nicht.« Er hob sein Glas. »Komm, stoß mit mir an. Darauf, dass dir nichts geschehen wird.«
Er fragte sich, woher Thibaut wusste, dass sie hier gerade beim Essen waren. Er musste sie beobachtet haben oder ihnen sogar nachgelaufen sein. Normalerweise fiel Lucien so was auf. Aber in Saint-Paul waren zu dieser Stunde einfach zu viele Leute unterwegs. Außerdem wusste er nicht, wie Thibaut aussah.
»Hast du ein Foto von ihm?«, fragte er.
»Habe ich eigentlich alle gelöscht, aber eines sollte ich noch haben. Warte … hier ist es.«
Wie üblich konnte man dem Foto nicht den Charakter ansehen. Der Mann schaute gar nicht mal unsympathisch aus. Laut Carlotta war er »geistesgestört«. Jedenfalls, was die krankhafte Fixierung auf ihre Person betraf. Lucien prägte sich das Bild ein.
»Was hältst du von ihm?«, fragte sie.

Er zuckte mit den Schultern. »Das, was du von ihm hältst, ist doch klar.«
»Ich muss dich warnen, Thibaut ist ziemlich fit, er trainiert regelmäßig im Gym.«
»Ich nicht, ist mir zu anstrengend.«
»Langsam mache ich mir Sorgen, ob du zum Beschützer taugst.«
Lucien grinste. »Die Sorgen sind berechtigt.«

Eine halbe Stunde später waren sie beim Dessert angelangt. *Sabayon au citron.* Dazu ein Dessertwein, der ihnen vom Ober empfohlen wurde, der Lucien immer noch als Chef anredete. Dabei hatte er das *P'tit Bouchon* schon vor über einem Jahr in Richtung Saint-Paul verlassen.
Als Lucien bezahlt hatte, machte er Carlotta einen Vorschlag. Er werde sie jetzt zum Ausgang begleiten, dann auf der Straße zum Abschied küssen, ihr hinterherwinken – und wieder zurück ins *Colombe d'Or* gehen.
»Du hast versprochen, mich nach Hause zu begleiten«, protestierte sie. »Und jetzt lässt du mich allein?«
»Carlotta, du musst lernen, mir zu vertrauen. Dir wird nichts geschehen.«
»Was ist, wenn Thibaut mir auflauert?«
»Das hoffe ich.«
»Was soll ich dann machen? Mit der Handtasche um mich schlagen?«
»Keine schlechte Idee. Aber dazu wird es nicht kommen. Ich folge dir und werde dich immer im Auge behalten.«
»Ich verstehe, ich soll also den Köder spielen.«
»So könnte man sagen.«
»Wie willst du mit ihm fertig werden? Du bist ja nicht mal bewaffnet.«

»Natürlich nicht, das verstieße gegen das Gesetz. Ich denke, ich werde mit ihm reden. Hoffentlich ist er einsichtig.«
»Er wird dir die Nase einschlagen.«
»Autsch, ich hoffe nicht.«
»Lucien, fast mache ich mir um dich mehr Sorgen als um mich.«
»Das ist lieb, Cousinchen. Bevor ich es vergesse, wundere dich nicht, falls du mich plötzlich Französisch mit stark italienischem Akzent sprechen hörst.«
»Warum denn das?«
»Ich will ihn überzeugen, deshalb.«

Während er Carlotta vor dem *Colombe d'Or* zum Abschied küsste, übrigens auf den Mund, was er so gar nicht vorgehabt hatte, aber was tat man nicht alles für eine perfekte Tarnung, observierte er die Umgebung. Das gegenüberliegende *Café de la Place* hatte schon geschlossen. Auch wurde davor nicht mehr Boule gespielt. Trotzdem waren immer noch Menschen unterwegs. Meist Paare, manche umschlungen, ein torkelnder Betrunkener …
»Denk daran, ich hab dich immer im Auge«, flüsterte er ihr ins Ohr. »Du musst dir keine Sorgen machen.«
»Tu ich aber.«
Dann machte sie sich los und lief Richtung Altstadt davon.
Er drehte sich um und ging zurück ins *La Colombe d'Or*. Von seinem ehemaligen Ober wurde er erwartet. Er drückte ihm eine zusammengerollte Serviette in die Hand.
»Merci, bekommst du morgen zurück.«
»Nicht nötig. Ist ein Geschenk.«
Durch einen Seitenausgang schlüpfte er hinaus. Carlotta

war nicht mehr zu sehen. Von wegen, dass er sie immer im Auge behalten würde. Aber er kannte ihren Weg und eilte hinterher.
Keine Minute später hatte er wieder Sichtkontakt. Nicht nur zu ihr. Zwischen ihnen lief ein Mann, den er schon vor dem *Café de la Place* gesehen hatte. Er kam Carlotta mit jedem Schritt näher.
Sie sah über ihre Schulter, erkannte ihn – und begann zu rennen.
Lucien lächelte. Auf diese Weise hatte sie den Mann identifiziert. Es war also wirklich Thibaut, der ihr folgte.
Carlotta bog nach links in eine schmale Seitenstraße. Thibaut hinterher. Auch Lucien. Menschen waren hier keine mehr unterwegs. Sie sahen im spärlichen Licht der Laternen nur ihre eigenen Schatten.
Carlotta stolperte, fiel hin und rappelte sich auf.
»Jetzt habe ich dich, du Hure«, zischte Thibaut. »Jetzt bekommst du die Abreibung, die du verdient hast …«
»Non ci credo«, sagte Lucien mit gespielt heiserer Stimme. Er hatte sich unbemerkt von hinten genähert. Gleichzeitig setzte er ihm das große Küchenmesser aus der zusammengerollten Serviette an die Kehle. »Wenn du dich bewegst, schlitze ich dich auf, *hai capito?*«
Thibaut erstarrte. Lucien konnte sehen, wie er auf das Messer an seinem Hals schielte. Er erinnerte sich an Carlottas Schilderung, dass er auch sie mit einem Messer bedroht hatte. Das passte also.
»*Carlotta, mia cara sorella,* geht's dir gut?«
Auch ihr hatte es die Sprache verschlagen. Sie nickte nur.
»Thibaut, jetzt höre genau zu«, sagte Lucien mit stark italienischem Akzent. Auch behielt er die kratzige Stimme bei, an den Mafia-Film *Der Pate* denkend. Wer hatte so gesprochen? Marlon Brando? Egal, das hatte ihm

gut gefallen. Hörte sich richtig gefährlich an. »Carlotta kommt aus *Calabria*«, fuhr er fort. »Dort gibt es die *'Ndrangheta*. Und es gibt uns. In unserer Heimat gibt es nichts Wichtigeres als die Familie. *La famiglia prima di tutto!* Wer einem von uns ein Haar krümmt, den verfüttern wir an die *cinghiali*, an die Wildschweine. *Hai capito?* Carlotta steht unter unserem besonderen Schutz. Halte dich in Zukunft von ihr fern, sonst …« Er machte eine demonstrative Pause. Thibaut zitterte. Carlotta sah ihn mit großen Augen an. Um seiner Drohung mehr Nachdruck zu verleihen, drückte er mit dem Küchenmesser fester zu. Es war schärfer, als er dachte. Thibaut blutete schon. Aber nicht schlimm. »Sonst schneide ich dir die *cojones* ab und stecke sie dir so in den Mund, dass du an ihnen ersticken wirst«, brachte Lucien seinen Satz zu Ende. »Und wenn ich es nicht tue, macht es jemand anderer aus unserer Familie. Hast Glück, dass man mich geschickt hat. Ich gelte als besonders sanftmütig. Meine Brüder reden nicht so gerne, *i miei fratelli* hätten dir schon längst die Kehle durchgeschnitten.«

Thibaut rang nach Luft. Er wollte was sagen.

Lucien lockerte den Druck mit dem Messer. Mit der anderen Hand hielt er ihn weiter fest umklammert. Er würde sich nicht losreißen können, eher schon ohnmächtig zu Boden sinken.

Von hinten näherte sich ein Pärchen. Lucien machte Platz, damit sie vorbeikamen. Das Messer bemerkten sie nicht.

»Meinem Freund ist schlecht, er hat zu viele Austern gegessen«, sagte Lucien entschuldigend. »Ich fürchte, er muss sich gleich übergeben.«

Die beiden schauten, dass sie weiterkamen.

»Du wolltest was sagen? Aber sprich leise.«

»Es tut … es tut mir leid, ich konnte ja nicht wissen …«, stotterte Thibaut.
Lucien lachte heiser. »Sprach das Schwein und wurde geschlachtet. Egal, jetzt weißt du es. *Tu credi in Dio?* Glaubst du an Gott?«
»Nein, ich meine, ja, doch, ich denke schon.«
»Wir in Kalabrien glauben an Gott und an die schwarze Madonna. Schwöre, dass du unserer lieben Carlotta nie mehr zu nahe kommen wirst.«
»Ich … ich schwöre.«
»Deutlicher!«
»Ich schwöre bei Gott.«
»*Ora l'ho sentito.* Am besten, du verlässt Saint-Paul und suchst dir ein neues Zuhause.«
»Ich soll Saint-Paul ver… verlassen?«
»*Ma certo,* wäre am sichersten. Stell dir vor, wir verdächtigen dich zu Unrecht, und du wachst eines Morgens tot auf. Wäre doch blöd für dich. Bist du eigentlich Rechts- oder Linkshänder?«
»Rechtshänder, wieso?«
»Dann zeig mir deine linke Hand!«
Thibaut hob sie zitternd hoch.
Lucien packte sie. Eine schnelle Drehung. Es knackte.
Thibaut schrie auf.
»Das war der Radiusknochen. *Mi dispiace.* Eine kleine Erinnerung an unser Gespräch. Damit du nicht vergisst, was du gerade versprochen hast. Und jetzt hau ab. Du widerst mich an. *Mi fai schifo!*«
Lucien stieß ihn von sich und drehte ihm verächtlich den Rücken zu. Eine Gefahr ging von Thibaut nicht aus, davon war er überzeugt.
Er hakte sich bei Carlotta unter. »Komm, wir gehen.«

46

In ihrer Wohnung angekommen, sagte Carlotta, sie könne jetzt nicht zu Bett gehen. Sie habe noch immer einen Puls von mindestens zweihundert. Das erschien Lucien zwar ziemlich hoch gegriffen, doch wie sehr sie die Begegnung mit Thibaut mitgenommen hatte, war ihr anzusehen.

»Ist eh noch zu früh«, stellte er fest.

Tatsächlich dürften im *P'tit Bouchon* manche Gäste noch nicht einmal beim Dessert angelangt sein. Als Patron war er es gewohnt, bis zum Schluss auszuharren.

Carlotta brachte eine Flasche Rotwein und zwei Gläser.

»Am besten, wir betrinken uns«, schlug sie vor.

Dafür gab es nach seinem Dafürhalten zwar keinen Anlass, aber einen guten Wein hatte er zu dieser Stunde noch nie ausgeschlagen. Schmunzelnd sah er, dass sie einen Chianti entkorkte. Sie blieb ihren italienischen Wurzeln also auch in Frankreich treu.

»Meine Mutter hatte auch eine Vorliebe für italienische Weine«, sagte er. »Dabei hat mein Vater wirklich alles versucht, sie umzustimmen.«

»So viel Nationalstolz muss sein. Außerdem glaube ich, dass man uns schon als Kleinkinder immer einige Tropfen Chianti in die Babynahrung gegeben hat. So etwas nennt man wohl frühkindliche Prägung.«

»Eine interessante Theorie. Bei mir haben sich meine Eltern offenbar nicht einigen können. Ich liebe französische und italienische Weine gleichermaßen.«
»Apropos Italien: Du weißt schon, dass meine Familie aus der Toskana stammt und nicht aus Kalabrien, wie du Thibaut weisgemacht hast?«
Er grinste. »Natürlich weiß ich das, ich war ja oft genug auf unseren Familienfesten und bei meinen Großeltern in Florenz. Aber mit den Medici kann man heute keinen mehr einschüchtern. *'Ndrangheta* klingt doch viel gefährlicher, findest du nicht?«
Carlotta nickte. »Du warst so überzeugend, dass ich kurz selbst geglaubt habe, ich käme aus einem Bergdorf in Kalabrien und würde zur schwarzen Madonna beten. Wahrscheinlich weint sie Tränen aus Blut.«
»La famiglia prima di tutto!«, wiederholte Lucien seine Worte von vorhin mit kratziger Stimme. »Ich hoffe, er hat die Warnung verstanden.«
»Natürlich hat er das. Du kannst dir nicht vorstellen, wie ich den Augenblick genossen habe! Thibaut, dieser brutale Macho, macht sich vor Angst fast in die Hosen ...«
Lucien hob lächelnd das Glas. »War mir ein Vergnügen.«
»Sag mal, hast du ihm wirklich die Hand gebrochen?«
»Hätte ich vielleicht nicht tun sollen. Aber ich kenne Idioten wie diesen Thibaut. Die brauchen einen Denkzettel, sonst glauben sie, sie hätten das alles nur geträumt. Der Schnitt am Hals könnte zu wenig sein. Außerdem hatte er ja angedroht, dir beide Arme zu brechen. Daran habe ich mich erinnert. Zudem kann er mit einer gebrochenen Hand für einige Zeit seinen Beruf als Installateur nicht ausüben. Das hilft ihm vielleicht bei der Entscheidung, meinem Rat zu folgen ...«

»Welchem Rat?«
»Von Saint-Paul-de-Vence schleunigst wegzuziehen.«
Lucien fiel erneut der Mafia-Film *Der Pate* ein. In ihm gab es eine legendäre Szene mit einem abgeschnittenen Pferdekopf im Bett. Als ultimative Warnung. Aber er wüsste nicht, woher er auf die Schnelle einen Pferdekopf bekommen könnte. Gab es in Saint-Paul einen Pferdemetzger? Außerdem war Thibaut den Aufwand wirklich nicht wert. Eine schöne Idee wäre es trotzdem. Na ja, *schön* wohl weniger. Aber gewissermaßen eine Hommage an den großartigen Film von Francis Ford Coppola. Und an den Buchautor Mario Puzo. Lucien erinnerte sich an viele inspirierende Szenen …
»Es stimmt also doch«, sagte Carlotta.
Er sah sie fragend an.
»Ich meine, was man sich in meiner Familie erzählt. Nämlich, dass die Chacarasse hinter ihrer freundlichen und noblen Fassade ein dunkles Geheimnis verbergen.«
»Was für ein Unsinn«, entgegnete Lucien lachend. »Bei uns gibt es kein Geheimnis. Mein Vater war ein kunstsinniger Mensch, der meine Mutter Laetitia auf Händen getragen hat. Und ich habe Spaß mit meinem Restaurant. Das einzige Geheimnis, von dem ich weiß, ist das Rezept meines Kochs für seine Bouillabaisse. Und da sind es eigentlich auch nur die Gewürze.«
»Das nehme ich dir nicht ab«, blieb Carlotta beim Thema. »Thibaut ist ein aggressiver Typ, und doch hast du ihn, ohne mit der Wimper zu zucken, kaltgestellt. Das kann man nur, wenn einem solche Situationen nicht fremd sind.«
»Ob ich mit der Wimper gezuckt habe, konntest du gar nicht sehen, dazu war es zu dunkel.«
»Du nimmst mich nicht ernst.«

Lucien grinste. »Nein. Außerdem bringt es nichts, darüber zu diskutieren. Du hast mich angerufen, weil du von mir Hilfe erhofft hast. Du wolltest, dass ich diesen Hanswurst einschüchtere. Das habe ich gemacht, so gut ich eben konnte.«
»Ja, hast du, tausend Dank dafür. Und entschuldige, dass ich so blöd gefragt habe.«
»Ist schon in Ordnung. Du kannst mich immer wieder anrufen, wenn du Probleme hast. Wir stammen zwar nicht aus Kalabrien, aber die Familie geht auch bei uns über alles.«
»Laetitia war meine Tante …«
»*Exactement.* Mit der Familie meinte ich nicht nur die Chacarasse, sondern auch die meiner Mutter.«
Sie sah ihn eine Weile an.
»Darf ich dich mal in der *Villa Béatitude* besuchen? Ich war nur einmal da, als Kind. Ich habe sie riesig in Erinnerung, auch den Park.«
»In der Erinnerung ist alles größer. Aber natürlich kannst du mich jederzeit besuchen, mit dem größten Vergnügen. Wir haben sogar ein Gästeappartement.«
»Für Gäste gibt's bei mir nur ein Schlafsofa, tut mir leid.«
»Das passt schon.«
Carlotta sah ihn lächelnd an. »Aber ich mache Ausnahmen. Familienangehörige wie du dürfen unter meine Decke schlüpfen.«
Er hatte, dachte Lucien, schon weniger reizvolle Angebote bekommen. Aber auch, dass er vielleicht besser nicht darauf einging.
»*C'est très charmant,* meine liebe Cousine …«
Sie zwinkerte ihm zu. »Unter meiner Decke ist es sehr angenehm.«
Warum machte sie es ihm so schwer?

47

Lucien hatte allen Grund, seinen »Ausflug« nach Saint-Paul-de-Vence in bester Erinnerung zu behalten. Auch würde er den ausgesprochen herzlichen Abschied am nächsten Morgen nicht so schnell vergessen.
Einige Tage waren seitdem vergangen. Von Carlotta wusste er, dass sich Thibaut nicht mehr hatte blicken lassen. Er hoffte, das blieb so. Denn er hatte wirklich wichtigere Dinge im Kopf, als sich mit einem durchgeknallten Stalker zu beschäftigen, der seiner Cousine das Leben schwer machte – sich hoffentlich aber jetzt mit einem eingegipsten Handgelenk nach einem neuen Wohnort umsah.
Francine und Rosalie gegenüber hatte er auf ihre Fragen nur angedeutet, dass er seiner Cousine hatte helfen können. Sie habe ein Problem mit ihrer Galerie gehabt. Es sei ein Leichtes gewesen, es aus der Welt zu schaffen. Mit dieser Erklärung, so schien es ihm, gaben sich die beiden zufrieden.

Lucien beschloss, Francine erneut ins *P'tit Bouchon* einzuladen. Diesmal zum Mittagessen. Dort könnte er in entspannter Atmosphäre das Gespräch behutsam auf ein Thema lenken, das ihm wie kein anderes am Herzen lag.

Francine sagte spontan zu. Weil sie sich erneut weigerte, auf der Vespa mitzufahren, seine Autos aber in der Garage standen, schlug sie der Einfachheit halber vor, ihn mit ihrem vor der Villa geparkten Alfa-Cabrio zu chauffieren.

Auf der kurzen Fahrt brachte er zweierlei in Erfahrung: Dass sie nämlich erstens sehr wohl in hochhackigen Schuhen fahren konnte, ohne sie auszuziehen. Wie das ging, war ihm ein Rätsel. Er konnte ja nicht mit dem Kopf zwischen ihre Beine kriechen und schauen, wie sie das mit den Pedalen hinbekam. Und zweitens stellte er fest, dass sie hinter dem Steuer ihre Zurückhaltung verlor und ähnlich Gas gab wie auf dem Zodiac. Noch kurz vor dem Ortsschild von Villefranche-sur-Mer überholte sie. Dass ein durchgezogener Strich dies eigentlich verbot, schien sie nicht zu interessieren. Da auch Lucien mit seiner Vespa die Verkehrsregeln flexibel interpretierte, hoffte er, dass sie sich im Straßenverkehr nie begegneten – auf der falschen Spur.

Im *P'tit Bouchon* angekommen, heil und unversehrt, freute sich Francine über das Tagesgericht. Als *plat du jour* empfahl Roland heute *confit d'agneau à la provençale*. Ein Schmorgericht vom Lamm mit Karotten, Tomaten, Knoblauch – und reichlich *vin blanc*. Rolands besonderer Trick war es, die Stücke der Lammschulter vor dem Anbraten mit Rosmarinhonig zu bestreichen. Das verlieh ihnen ein besonderes Aroma.

Von seinem etwas abseitsstehenden Stammtisch in der Ecke beobachteten sie, wie zwei betrunkene junge Männer herumgrölten, laut über ein älteres Ehepaar herzogen und die Bedienungen Inès und Adèle begrapschten. Lucien wollte gerade aufstehen, um die beiden Gäste höflich, aber bestimmt auf die Straße zu setzen, da tauchte aus der Küche Paul auf, von dem er immer noch nicht genau wusste, wie er mit Rosalie verwandt war. Dass er aber mal als Catcher gearbeitet hatte, musste man nicht wissen, das sah man ihm an. Paul warf ihm einen fragenden Blick zu. Lucien nickte und deutete zur Tür.

»Schmeißt er die beiden Rüpel jetzt raus?«, fragte Francine. »Hoffentlich gibt es keine Schlägerei.«

Lucien lächelte. »Hat es in meinem Restaurant noch nie gegeben. Mit mir hätten sich die beiden vielleicht angelegt. Paul strahlt eine natürliche Autorität aus. Ihm werden sie aufs Wort gehorchen.«

Tatsächlich muckten die beiden nur kurz auf. Dann zogen sie die Köpfe ein und ließen sich von ihm zum Ausgang begleiten.

»Manches Mal sind Muskeln doch von Vorteil«, stellte sie fest. »Du kannst dich glücklich schätzen, einen solchen Mitarbeiter zu haben.«

»Er ist ein Neffe von Rosalie«, sagte Lucien.

»Ich weiß.«

Wie konnte er glauben, dass sie das nicht wissen könnte?

»Er ist auch im Service perfekt.«

Wie zum Beweis ging Paul zu den beiden älteren Herrschaften und entschuldigte sich für die Unannehmlichkeiten. Sie hörten, wie er ihnen ein Dessert anbot, auf Kosten des Hauses.

»Ich sag's ja, ist ein guter Mann.«

Er verschwieg, dass es Paul gewesen war, der ihm die Nachricht von der schweren Verletzung seines Vaters überbracht hatte. An jenem Tag, der ihrer beider Leben von Grund auf verändern sollte – weil an diesem Tag das Leben seines Vaters endete.

Während sie das Lammconfit aßen, sprachen sie zunächst über Belanglosigkeiten. Auch darüber, dass Rosalie

dringend ein Hörgerät brauchte. Vor Kurzem, erzählte Francine, habe ihr die liebenswerte Haushälterin ein *eau de toilette* gebracht, dabei hatte sie um einen *nettoyeur de toilette* zur Reinigung des WCs gebeten.
Roland kam an den Tisch und holte sich sein verdientes Lob fürs *confit d'agneau* ab. Luciens Urteil schien ihn nicht zu interessieren. Ihm genügte es völlig, dass ihm Francine ein Lächeln schenkte und seine Kochkünste lobte.
Paul servierte ihnen das Dessert: *crème brûlée à la lavande.* Ein Klassiker. Nichts für Diabetiker. Der Lavendel immerhin sollte gut für die Gesundheit sein.
Er hatte sich, dachte Lucien, lange genug um das Thema gedrückt, weshalb er sie eigentlich eingeladen hatte. Kein leichtes Thema, denn er wollte mit ihr über den Tod seines Vaters sprechen. Er war nicht länger bereit, sein Ableben einfach so hinzunehmen. Ohne nachzufragen. Ohne die näheren Umstände zu kennen. Ohne zu wissen, wer den tödlichen Schuss abgegeben hatte. Wer für seinen Tod verantwortlich war.
»Francine, wir haben schon mal über den Tod meines Vaters gesprochen«, begann er vorsichtig. »Ich weiß nicht, ob das der richtige Moment ist …«
»Es ist nie der richtige Moment – und doch muss es vielleicht sein.«
»Ich hatte den Eindruck, du würdest wie ich gerne wissen, was passiert ist.«
Francine zögerte. »Ich bin mir nicht mehr so sicher. Vielleicht hat dein Onkel recht, und es ist besser, nicht daran zu rühren.«
Der Sinneswandel überraschte ihn. Er erinnerte sich an ihre geflüsterten Worte: »Auge um Auge, Zahn um Zahn«. Das hatte sich anders angehört.

»Edmonds Ratschläge interessieren mich nicht. Du hast gesagt, du wüsstest nicht, was der letzte Auftrag meines Vaters war, auf wen er angesetzt war. Ist dir vielleicht nicht doch noch was eingefallen?«

Sie schüttelte den Kopf. »Alexandre hat keine Andeutung gemacht, nicht die geringste. Du kannst mir glauben, ich würde mich daran erinnern.« Sie sah ihn fragend an. »Aber mir scheint, *du* hast etwas herausbekommen, habe ich recht?«

»Nicht wirklich. Habe ich dir schon von der Kamera erzählt, die ich in seinem Citroën gefunden habe?«

Francine hob die Augenbrauen. »Eine Kamera? Nein, von der weiß ich nichts.«

»Auf ihr sind einige wenige Fotos gespeichert. Sie wurden leider aus großer Entfernung aufgenommen und sind stark verpixelt. Auf einem Bild ist ein Mann mit Strohhut zu sehen. In einem Lehnstuhl auf einer Dachterrasse. Die Qualität ist zu schlecht, als dass man ihn erkennen könnte. Auf zwei weiteren Bildern ist ein bulliger Mann zu sehen, mit einer Militärweste und einem Barett schräg auf dem Kopf. Er steht schräg hinter dem Alten. Aber auch sein Gesicht ist völlig unscharf.«

Lucien spürte, dass er Francines volle Aufmerksamkeit hatte.

»Gib die Fotos einem Spezialisten! Es gibt Programme, mit denen man die Bildqualität verbessern kann.«

»Habe ich schon gemacht. Die Gesichter sind immer noch nicht zu erkennen. Keine Chance.«

»Trotzdem würde ich mir die Fotos gerne mal anschauen.«

Lucien holte sein Smartphone aus der Tasche und öffnete eine Bilddatei.

»Hier sind sie. Bereits in der optimierten Version.«

Auf Francines Stirn bildeten sich zwei steile Falten. Konzentriert blickte sie auf das Display. Sie scrollte zwischen den Fotos hin und her. Mit den Fingern vergrößerte sie den Ausschnitt.

»Schade. Die Gesichter sind wirklich nicht zu erkennen. Der Mann mit dem Strohhut könnte das Zielobjekt gewesen sein. Der Typ hinter ihm wirkt wie ein Leibwächter.«

»Habe ich auch schon gedacht. Außer der Kamera habe ich im Fußraum des Citroëns auch das Handy meines Vaters gefunden. Ich habe gestern den Akku geladen, aber ich kann es nicht öffnen. Kennst du den Code?«

»Ich denke schon.«

Er reichte ihr das Handy.

Sie tippte die Ziffern ein. Bling.

»Schon offen. Aber …« Sie schob mit dem Finger auf dem Display herum. »Aber es ist nichts drauf. Die Dateien sind alle gelöscht. Keine abgespeicherten Telefonate, keine Textnachrichten, keine Bilder … kein gar nichts. Das verstehe ich nicht.«

»Aber ich«, sagte Lucien. »Mein Vater hat mir wenige Tage vor seinem Tod von einer neuen App vorgeschwärmt, die eigentlich fürs Militär entwickelt wurde. Werden keine gegenteiligen Befehle eingegeben, löscht diese App nach vierundzwanzig Stunden automatisch alle Inhalte. Auf Nimmerwiedersehen. Ich wusste nicht, dass er sie schon installiert hat.«

»Das sieht ihm ähnlich. Er war übervorsichtig.«

»Leider, deshalb hilft uns das Handy nicht weiter.«

Sie drehte nachdenklich ihr Glas.

»Vielleicht ist das ein Zeichen? Hätte Alexandre gewollt, dass wir seinen Tod aufklären, würde er es uns nicht so schwer machen.«

Ein Zeichen? Nach seinem Tod, sozusagen aus dem Jenseits? Lucien glaubte nicht an solche übersinnlichen Botschaften. Sein Vater hatte schlicht nicht damit gerechnet, dass ihm etwas zustoßen könnte.

»Zumindest hatte es für ihn keine Priorität«, sagte er. »Sonst hätte er mir auf seinem Sterbebett einen Hinweis gegeben.«

Für diesen einen Satz, dachte Lucien, hätte seine Kraft noch gereicht.

»Alexandre hat dich nicht gebeten, ihn zu rächen?«

»Nein, hat er nicht. Wichtiger war ihm mein Versprechen, das Erbe der Chacarasse fortzusetzen. Ich sollte es ihm schwören …«

»Was du getan hast?«

»Ja, aber das weißt du ja.«

»Was waren seine letzten Worte?«, fragte sie zögerlich. Hoffte sie, dass sie ihr gegolten hatten?

»Merci, mon fils. Que Dieu te bénisse!«, sagte er wahrheitsgemäß. Der Satz hatte sich für immer in sein Gedächtnis eingebrannt.

Sie nickte. »Wie schön, aber auch eine Bürde.«

Dass Gott ihn segnen sollte, empfand er nicht als Bürde. Das Versprechen aber, da hatte Francine recht, umso mehr.

»Ich frage mich«, ging er nicht darauf ein, »wie das in meiner Familie früher gehandhabt wurde. Mein Vater wird nicht der erste Chacarasse gewesen sein, der in Ausübung seines Berufes den Tod gefunden hat. Wurde der Tod meiner Vorfahren nicht gerächt?«

»Kann ich mir nicht vorstellen. Deine Vorfahren waren keine Lämmer. Natürlich hätten sie sich gerächt.«

»Dann hätte mich Edmond dazu auffordern müssen«, überlegte Lucien laut. »Aber er scheint kein Interesse daran zu haben, seinen Bruder zu rächen.«

Sie sprachen nicht weiter, weil Paul an den Tisch kam und fragte, ob er ihnen noch eine kleine Käseauswahl servieren dürfe.
Francine winkte dankend ab. »*Non, merci.* Ich kann nicht mehr.«
Auch Lucien verzichtete darauf. Ihm war wichtiger, ihr Gespräch fortzusetzen.
»Deinem Onkel solltest du mit Vorsicht begegnen«, fuhr Francine fort, sobald sie wieder unter sich waren. »Alexandre war auf seinen Bruder nicht gut zu sprechen. Er hat ihm nicht vertraut.«
Welche Gründe könnte es für Edmond geben, dachte Lucien, den Tod an seinem Bruder einfach so hinzunehmen? Weil er froh war, ihn los zu sein? In der Hoffnung, seinen Sohn leichter manipulieren zu können? Oder weil er Dinge wusste, die er besser für sich behielt?
»Ich werde ihn erneut auf den letzten Auftrag meines Vaters ansprechen«, sagte er. »Als Sohn ist es mein Recht, die Hintergründe zu erfahren. Es ist meine Entscheidung, wie ich damit umgehe.«
»Ja, mach das! Zeig ihm die Fotos von diesem Mann auf der Terrasse. Und lass dich von ihm nicht abwimmeln!«
»Ich könnte Edmond ja androhen, ihn anderenfalls mitsamt seinem Rollstuhl über die Klippen ins Meer zu schieben.«
»Die Drohung würde er nicht ernst nehmen. Dazu glaubt er, dich gut genug zu kennen.«
»Wenn er sich da mal nicht täuscht«, sagte Lucien.
»Du musst mir was versprechen.«
»Es nicht zu tun?«
»Nein, tust du eh nicht. Aber wenn du je herausbekommst, wer Alexandre erschossen hat, will ich es wissen.«

Er benötigte einen Moment Bedenkzeit.
»Ja, versprochen«, stimmte er schließlich zu – mit dem Hintergedanken, dass es ihm überlassen blieb, wann er es ihr sagte.

48

Nach dem *repas de midi* ließ er sich von Francine zur *Villa Béatitude* chauffieren. Sie fuhr ruhiger als beim Hinweg. Wahrscheinlich ging es ihr wie ihm, und sie hing ihren Gedanken nach.

Im Büro unterhielten sie sich kurz über den Diamantenverkauf, den sie in die Wege geleitet hatte. Der genaue Erlös stand noch nicht fest. Dann verabschiedete sie sich nach Hause. Es gab nichts Dringendes zu tun.

Lucien kannte den Begriff der »postprandialen Müdigkeit«. Nach einem ausgiebigen Mittagessen im *P'tit Bouchon* war sie fast unvermeidbar – und allemal ein Grund für ein Nickerchen. Rosalie legte am Nachmittag grundsätzlich eine *sieste* ein. Auch ohne ein opulentes Mittagsmahl. Nur auf diese Weise sei es ihr gelungen, so alt zu werden, sagte sie. Die zwei Tassen extrastarken Kaffee, die Lucien statt eines Nickerchens in ihrer Gesellschaft am Küchentisch trank, hielt sie für gesundheitlich höchst bedenklich.

»Du wirst nicht alt werden«, prophezeite sie ihm. »Wer nur Wein und Kaffee trinkt, hält nicht lange durch. Das ist wissenschaftlich erwiesen.«

Er nahm sie in die Arme.

»Liebe Rosalie, wenn das so ist, dann bin ich schon lange tot.«

Sie boxte mit den Fäusten gegen seine Brust.
»Du sollst mir keine Angst machen. Das gehört sich nicht.«
»Zu deiner Beruhigung: Ich trink auch Wasser. Ab und zu sogar deinen Kamillen- oder Pfefferminztee. Aber nur, wenn ich mich krank fühle.«
»Lucien, Lucien, du bist ein hoffnungsloser Fall. Aber weil du gerade meine Gesundheitstees ansprichst, die kaufe ich immer in einem kleinen Laden in Nizza. Die führen auch natürliche Arzneimittel gegen Migräne und eine Wundersalbe gegen trockene Haut.«
Er lachte. »Und dein Fußspray, das du dir in den Hals gesprüht hast, stimmt's?«
»Dir werde ich nie mehr etwas anvertrauen. Aber du hast recht, das Spray habe ich auch von dort. Weil es ein Naturprodukt ist, hat es mir trotz falscher Anwendung nicht geschadet. Apropos: Ich bräuchte wieder einiges aus diesem Laden. Ich könnte mit dem Bus fahren, aber das fällt mir immer schwerer. Das letzte Mal hat mich dein Vater hingebracht …« Rosalie zupfte sich am Ohrläppchen. »Das war übrigens am Tag vor seinem Tod, fällt mir gerade ein.«
»Am Tag vor seinem Tod? So genau weißt du das?«
»*Exactement.* Mein Gedächtnis funktioniert perfekt. Vielleicht, weil ich Ginseng-Tabletten nehme. Die gibt's auch in dem Laden.«
»Er hat dich hingefahren und wieder zurück?«
Er wusste auch nicht, warum er die Frage so stellte.
»Hin und wieder zurück, natürlich. Dein Vater hat mich doch nicht in Nizza zurückgelassen. Das hätte er nie gemacht.«
»Ich meine, auf direktem Weg? Oder hat mein Vater noch etwas erledigt?«

Wieder wusste er nicht, warum er das fragte. Eine Art Eingebung?
Erneut zupfte sie sich am Ohrläppchen, diesmal am anderen.
»Etwas erledigt? Nein, das hat er nicht. Aber … aber wir haben auf dem Heimweg gestoppt, am Straßenrand geparkt und gewartet. Ich weiß nicht, auf was. Irgendwann sind wir weitergefahren.«
»Weißt du, wo das war?«
Sie sah ihn kopfschüttelnd an. »Natürlich nicht. In Nizza verliere ich schon zu Fuß die Orientierung. Aber es war in einer Straße mit Häusern rechts und links. Sehr gepflegt, wenn du mich fragst. Nicht heruntergekommen wie in anderen Vierteln.«
Mit der Beschreibung, dachte Lucien, ließ sich nicht viel anfangen. Aber was hatte er erwartet? Dass sie sich den Straßennamen gemerkt hatte? Aus welchem Grund hätte sie das tun sollen?
»Wie lange seid ihr dort gestanden?«, fragte er weiter.
»Bestimmt eine halbe Stunde. Das weiß ich genau, weil ich …« Sie räusperte sich verlegen. »Weil ich eine schwache Blase habe.«
»Mein Vater hat einfach nur gewartet? Wäre es möglich, dass er eine Verabredung hatte, und die betreffende Person ist nicht gekommen?«
»Lucien, mein Lieber, möglich ist alles. Aber ich hatte nicht den Eindruck. Dein Vater war völlig entspannt und hat einfach interessiert aus dem Auto geschaut. Dann ist er ausgestiegen, um sich die Beine zu vertreten. Dabei habe ich ihn aus den Augen verloren. Hat länger gedauert. Schließlich kam er zurück und hat sich wieder hinters Steuer gesetzt. *C'est tout.*«
Lucien biss sich auf die Lippen. Zu gerne hätte er von

Rosalie mehr erfahren. Schließlich sprach einiges dafür, dass der Halt etwas mit dem letzten Auftrag seines Vaters zu tun hatte. Als ob er etwas ausspionieren wollte.

»Le petit éléphant bleu«, sagte Rosalie unvermittelt.

Ein kleiner blauer Elefant? Was wollte Rosalie jetzt damit ausdrücken? Oder hatte sie plötzlich Halluzinationen?

Sie nickte energisch. »*Oui, oui, je suis certaine, un éléphant bleu* … gleich rechts neben unserem Auto. Er hatte lustige Knopfaugen.«

»Neben dem Auto stand ein blauer Elefant?«, fragte er ungläubig.

»Wie kommst du denn darauf? Blaue Elefanten gibt es nicht. Und in Nizza schon gleich gar nicht.«

»Ist mir klar, deshalb frage ich ja.«

»Der Elefant war auf ein Schaufenster gemalt.«

»Weil das … weil das ein Zoogeschäft war?«

»Wo es blaue Elefanten zu kaufen gibt? Lucien, manchmal frage ich mich, in welcher Welt du lebst. Nein, natürlich kein Zoogeschäft, sondern eine *école maternelle,* das stand jedenfalls über dem *petit éléphant.*«

Lucien atmete tief durch. Ein Kindergarten mit blauem Elefanten sollte zu finden sein. Dann wäre klar, wo sein Vater gehalten hatte. Ob das wichtig war, wusste er nicht. Aber er würde es herausbekommen.

Er nahm ihre Hände.

»Rosalie, du bist ein Schatz. Und in den nächsten Tagen fahre ich dich zu deinem Laden. Versprochen.«

49

Die Adresse des Kindergartens *Le petit éléphant bleu* hatte er schnell herausgefunden. Dabei bestätigte sich Rosalies Eindruck, dass sich dieser in einem »gepflegten« Viertel befand. Genauer gesagt handelte es sich um den noblen Ortsteil Cimiez, der auf einem Hügel lag und mit Nizzas Zentrum durch den breiten Boulevard de Cimiez verbunden war. Zu Luciens Stammgästen gehörte ein Industrieller, der hier eine prächtige Villa aus dem 18. Jahrhundert bewohnte, in der er mal zu Besuch gewesen war. Im nahe gelegenen einstigen Hôtel Régina, hatte der Gastgeber erzählt, sei schon Queen Victoria Gast gewesen – und Henri Matisse sei hier gestorben. An Prominenz hatte es in Cimiez also keinen Mangel. Bis heute. Aber nicht alle beschäftigten ein Kindermädchen, weshalb es den Kindergarten gab. Zu Luciens Glück, denn sonst hätte Rosalie ihm nicht den Tipp geben können.

Lucien fuhr mit seiner Vespa langsam am Kindergarten vorbei, drehte dann um und stellte den Motorroller in einer Seitenstraße ab. Hier gab es keine mondänen Fin-de-Siècle-Villen, sondern moderne, mehrstöckige Apartmenthäuser. Er schlenderte zum Kindergarten. Genau hier hatte also sein Vater geparkt. Er dachte an die Fotos auf seiner Kamera und suchte nach Dachterrassen oder Penthäusern. Fehlanzeige, es waren keine zu sehen.

Wonach hatte sein Vater denn dann Ausschau gehalten? Er sei ausgestiegen und habe sich die Beine vertreten, hatte Rosalie erzählt. Dabei habe sie ihn aus den Augen verloren. Und es habe länger gedauert.
Einige Häuser weiter öffnete sich eine Tür. Eine alte Dame mit Hund trat auf die Straße. Er eilte hin, grüßte freundlich, tätschelte den Hund – und schlüpfte hinein. Dann lief er die Treppen hinauf ins oberste Stockwerk. Dort gab es eine Luke, die aufs Dach führte. Er musste sich aufs Treppengeländer stellen, um sie zu erreichen. Sie war nicht verriegelt. Eine Leiter klappte heraus und ließ sich runterziehen.
Lucien kletterte aufs Dach. Der Blick war überwältigend. Hinunter nach Nizza und hinaus aufs glitzernde Meer. Aber auch in die entgegengesetzte Richtung landeinwärts. Er nahm ein Minifernrohr aus der Hosentasche, schob es auf und begann, die Häuser in der Umgebung abzusuchen. Er wusste genau, wonach er Ausschau hielt. Nach einem Penthouse, das so aussah wie auf den Fotos. Ihm fiel eine Dachterrasse ins Auge. Aber sie war zu klein. Bei einer anderen störte eine Hollywoodschaukel, eine solche hatte es auf den Fotos nicht gegeben.
Lucien überlegte, dass er womöglich gerade einem Denkfehler unterlag. Sein Vater hatte nicht deshalb hier gehalten, weil sich sein Ziel in der Nähe befand. Dieses war womöglich weit entfernt – aber er konnte es von diesem oder einem der umliegenden Dächer gut ins Visier nehmen. Folglich musste er seinen Suchradius beträchtlich vergrößern. So weit, dass die Aufnahmen mit der Kamera unscharf wurden. Aber noch innerhalb der Reichweite des Scharfschützengewehrs, das in der Waffenkammer fehlte. Wie weit ließ sich mit ihm schießen? Sehr weit – jedenfalls viel weiter, als sich das Laien vorstellen konnten.

Mit dieser neuen Vorgabe dauerte es nicht lange, bis er fündig wurde. Die große Dachterrasse, die er entdeckte, gehörte zu einem Penthouse. Ein Mann mit Strohhut war nicht zu sehen. Auch sonst niemand. Aber die beiden weißen Sonnenschirme vom Foto waren aufgespannt. Auch ein verlassener Lehnstuhl ließ sich mit einiger Fantasie erkennen.

Er sah sich die gespeicherten Fotos auf dem Handy an. Dann schaute er wieder durch sein Monokular. Kein Zweifel, das war die Terrasse. Nur stimmte die Perspektive nicht. Sein Vater hatte die Aufnahmen von einer etwas anderen Position gemacht.

Lucien blickte nach rechts. Drei Häuser weiter gab es ein infrage kommendes Flachdach. Es war um einiges höher. Der Winkel könnte hinkommen. Er prägte sich das Haus ein und verließ seinen Beobachtungsposten.

Als er gerade die Leiter zurück in die Verankerung schob, kam ein Mann die Treppe hoch.

»Was machen Sie auf unserem Dach?«, fragte er misstrauisch.

»Ich bin von der Stadtverwaltung. Wir kontrollieren gerade routinemäßig alle Dächer in diesem Viertel. Ich kann Sie beruhigen, es ist alles in Ordnung. Keine losen Teile, die sich bei Mistral lösen und auf die Straße fliegen könnten. Auch sonst sind alle Verankerungen vorschriftsgemäß.«

»Das will ich aber auch hoffen. Das Haus wurde gerade von Grund auf saniert.«

»Das sieht man, Monsieur, das sieht man. Ich wünsche noch einen schönen Tag.«

Lucien eilte an ihm vorbei, um einem längeren Gespräch über Dachsanierungen oder Windgeschwindigkeiten bei Mistral aus dem Weg zu gehen.

Der Zugang zum Flachdach des anderen Hauses war deutlich einfacher. Eine schmale Treppe führte vom obersten Stockwerk hinauf. Die Stahltür war unversperrt. Lucien trat hinaus aufs Dach – mit einem flauen Gefühl im Magen. Vom Meer wehte eine leichte Brise. Unten auf der Straße hupte ein Auto. Er wusste, in welcher Richtung das Penthouse lag. Auch erkannte er mit einem Blick, wo man am besten in Deckung gehen konnte. Hinter einem großen Stahlkasten, in dem vermutlich irgendwelche Schaltanlagen untergebracht waren. Er hätte zudem genau die richtige Höhe, um darauf ein Gewehr abzustützen. Langsam ging er auf ihn zu. Das flaue Gefühl verstärkte sich mit jedem Schritt. Die Augen hielt er nach unten gerichtet. Sein Atem stockte. Aus dem Gefühl wurde Gewissheit. Auf dem Boden waren Flecken zu sehen, deren Farbe an verblasste Blutspritzer erinnerten. Dann ein großer Bereich, der voller … Blut war. Er zweifelte keine Sekunde daran, dass es sich um keine eingetrocknete Farbe handelte, sondern … eben um Blut. Und zwar konkret das seines Vaters. In den Wochen seit seinem Tod hatte es nicht geregnet. Die Spuren waren unübersehbar. Lucien tat etwas, was er sonst nie machte: Er faltete die Hände. Und gedachte still seines Vaters. Hier hatte ihn also der tödliche Schuss getroffen. Von hinten, vom Treppenaufgang, während er in die entgegengesetzte Richtung zum Penthouse geschaut hatte.
»Paix à son âme!«, murmelte Lucien. Aber wie konnte sein Vater Frieden finden, während sein Mörder frei herumlief? Das durfte, das wollte er nicht zulassen. Natürlich stellte sich die Frage, ob sein Vater nicht nur Opfer, sondern auch Täter gewesen war? Vielleicht hatte er zuvor seinen Auftrag erfüllt und seine »Zielperson« professionell liquidiert?

Lucien nahm mit dem Monokular die Dachterrasse ins Visier. Von hier stimmte die Perspektive. Der Mann mit dem Strohhut war nicht zu sehen. Weil er tot war?
Wo aber befand sich das Gewehr? Im Auto hatte es sein Vater nicht dabeigehabt. Hatte es der Täter an sich genommen?
Lucien schloss die Augen und stellte sich den möglichen Ablauf vor. Er sah den Mörder seines Vaters aus dem Treppenaufgang treten. Mit einer großkalibrigen Pistole in der Hand. Ein Mann, keine Frau. Einer, der keine Skrupel hatte, sofort abzudrücken. Ohne Vorwarnung feuerte er seinem Vater in den Rücken. Der stürzte nach vorne und blieb regungslos liegen. Mit kühlem Blick erkannte der Täter, dass es mit ihm vorbei war. Weil er … weil er auf dem Gebiet Erfahrung hatte? Lucien sah den bulligen Mann vom Foto vor sich. In einer schwarzen Militärweste mit Taschen und Fächern für Waffen und Munition. Und einem roten Barett auf dem Kopf. Ein Profi. Lucien stellte sich vor, wie sich dieser Mann wortlos umdrehte und das Dach über den Zugang verließ. In einem hatte sich der Täter getäuscht: Sein Vater war nicht sofort tot. Er kam wieder auf die Beine. Zu schwer verletzt und zu spät, um dem Schützen zu folgen. Aber entschlossen, es noch bis nach Hause zu schaffen. Und dort so lange durchzuhalten, bis er seinem Sohn ein Versprechen abgerungen hatte.
Lucien öffnete die Augen. Der Sohn, das war er. Und jetzt stand er hier – und fragte sich, wo das Gewehr war. Hatte es vielleicht der Täter mitgenommen? Dann wäre der Ablauf wohl doch etwas anders gewesen. Er suchte auf dem Dach nach einem geeigneten Versteck. Vergeblich. Also überlegte er, was er anstelle seines Vaters gemacht hätte. Er würde das Gewehr mit letzter Kraft …

Luciens Blick fiel auf eine über zwei Meter hohe brummende Klimamaschine. Er nahm Anlauf und zog sich an ihr hoch.

Trouvé! Er griff sich die Angelrutentasche mit dem Gewehr und sprang zurück auf den Boden.

Nun hielt er den Beweis in den Händen, dass sich alles so oder so ähnlich zugetragen hatte. Vor allem, dass dies hier wirklich der Ort des Geschehens war. Er kontrollierte das Gewehr und stellte fest, dass es geladen war. Da sein Vater selbst bei großen Entfernungen nie eine zweite Patrone benötigte, konnte er davon ausgehen, dass er nicht zum Schuss gekommen war.

Er erinnerte sich an Docteur Moreaus ärztlichen Bericht. Die Kugel, die seinen Vater in den Rücken getroffen hatte, sei vorne wieder ausgetreten. Deshalb fehle dieses Beweisstück. Lucien robbte über das Dach. Freilich ohne das Projektil zu finden. Wirklich weitergeholfen hätte es ihm sowieso nicht. Was half es, wenn er das Kaliber kannte?

Lucien nahm erneut das Penthouse ins Visier. Wie zum Beweis trat genau in diesem Moment ein Mann auf die Terrasse – mit Strohhut. Er lebte. Fehlte nur noch sein Bodyguard mit der Militärweste. Doch der tat ihm den Gefallen nicht. Er blieb verschwunden.

50

Das Gewehr in der grünen Angelrutentasche auf dem Rücken, fuhr Lucien mit der Vespa einige Straßen weiter an dem Gebäude mit dem Penthouse vorbei. In langsamer Fahrt, um sich einen Eindruck zu verschaffen. Was er sah, war eine »Privatvilla« der besonderen Art: ein großer Kubus, gebaut wie eine moderne Festung. Im Erdgeschoss nur winzige Fenster, die an Schießscharten erinnerten. Dafür Kameras an jeder Ecke. Eine Eingangstür aus Stahl. Und eine Rampe zur Tiefgarage, die mit Sperren gleich mehrfach gesichert schien. Hier hatte jemand entweder eine ausgeprägte Paranoia – oder gute Gründe, ungebetene Besucher von sich fernzuhalten. Lucien war klar, dass er kein Namensschild finden würde. Aber immerhin kannte er jetzt die genaue Adresse.

Er gab Gas und verließ Cimiez, am Musée Marc Chagall vorbei Richtung Villefranche. Dabei dachte er an seinen Vater, der dieselbe Strecke schwer verletzt zurückgelegt haben musste. Ob ihm klar gewesen war, dass er nicht mehr lange zu leben hatte? Es war ausschließlich der Nähe des Attentats zu verdanken, dass er es bis zurück zur *Villa Béatitude* schaffen konnte. Von Cannes zum Beispiel oder von Antibes wäre er unterwegs hinter dem Lenkrad zusammengebrochen und irgendwo am Straßenrand jämmerlich verreckt. Immerhin hatte er so einen würdigen Abschied gefunden. In seinem eigenen Bett, umsorgt von Rosalie und betreut von seinem Leibarzt Moreau. Die Schmerzen gelindert mit Morphium. Bei zugezogenen Damastvorhängen und Kerzenschein. Begleitet von Klängen seines Lieblingskomponisten Chopin. Und ... in den letzten Minuten ... in Anwesenheit seines Sohnes. Lucien erinnerte sich an die kalten Hände seines Vaters. An seinen rasselnden Atem. Und ... an sein gegebenes Versprechen. Aber auch daran, dass sein Vater ihn mit keinem Wort aufgefordert hatte, ihn zu rächen. Er erinnerte sich an das eingetrocknete Blut seines Vaters auf dem Hausdach. Und auf dem Fahrersitz des Citroëns. Den Tod seines Vaters konnte er nicht ungeschehen machen. Aber er würde den Täter ausfindig machen und ihn zur Rechenschaft ziehen. Auf welche Weise auch immer. Von diesem Vorsatz würde er sich nicht abbringen lassen.

In der *Villa Béatitude* angekommen, ging er zunächst hinunter in die Katakomben, um das Gewehr zu verstauen. Gleich danach suchte er Rosalie auf.
»Na, mein Lieber, hast du den *petit éléphant* gefunden?«, fragte sie.
Wieder einmal stellte er fest, dass er für Rosalie wie ein offenes Buch war. Denn er hatte ihr nicht gesagt, warum er für einige Stunden außer Haus gewesen war.
Er nickte. »Ja, habe ich. Danke, dass du dich an ihn erinnert hast.«
»Natürlich, ich erinnere mich an fast alles. Sogar an dein Versprechen, mit mir zu meinem Laden mit den Gesundheitstees zu fahren.«
»Ich habe es nicht vergessen.«
»Dann ist ja gut. Aber vorher willst du herausfinden, warum dein Vater ausgerechnet dort geparkt hat. Stimmt's?«

»Richtig.«
Rosalie legte den Kopf zur Seite und musterte ihn.
»Und? Weißt du es jetzt?«
Lucien entschied, dass er es ihr ruhig andeuten konnte.
»Ich denke schon.«
»Hat das mit seinem Unfall zu tun? Ist es dort in der Nähe geschehen?«
Unfall? So konnte man den Schuss in den Rücken auch bezeichnen. Klang weniger dramatisch.
»Sieht ganz so aus«, bestätigte er. »Und um deiner nächsten Frage zuvorzukommen: Ja, ich habe eine Vorstellung davon, was passiert ist.«
»Und jetzt? Was wirst du tun?«
Er zuckte ratlos mit den Schultern. »Wenn ich das wüsste.«
»Sprich mit Francine darüber. Sie wird wissen, was richtig ist.«
»Das, meine liebe Rosalie, werde ich unter Garantie nicht tun. Die Entscheidung muss ich allein treffen. Ich bitte dich auch, ihr nichts von unserem Gespräch zu erzählen.«
»Aber nur dann, wenn du mir versprichst, nichts Unüberlegtes zu tun.«
»Wo ist sie eigentlich?«
»Du sollst mir nicht ausweichen! Versprich mir, dass du über deine nächsten Schritte genau nachdenkst.«
»Das mache ich ganz sicher.«
»Francine ist vor einer Stunde gefahren. Sie habe einen Termin bei einem Juwelier in Monte Carlo, soll ich dir ausrichten. Morgen Vormittag will sie wieder im *bureau* sein.«
Demnach ging es mit dem Verkauf der Diamanten voran, dachte er.
»Ich schau mal, ob Edmond für mich Zeit hat«, sagte er nach einer Weile. »Ich hätte da einige Fragen.«

»Auf die er dir im Zweifelsfall keine Antworten gibt. Erwarte also nicht zu viel.«
»Du kennst ihn gut.«
»Besser, als mir lieb ist.«
»Wie meinst du das?«
Rosalie verzog das Gesicht. »Auch ich habe meine Geheimnisse.«

Im Grunde war Lucien froh, von Edmond schon länger nichts mehr gehört zu haben. Dass er jetzt selbst die Initiative ergriffen hatte, widerstrebte ihm eigentlich. Aber es musste sein.
Am späten Nachmittag saßen sie sich im Pavillon gegenüber. Natürlich bei einer Tasse Tee. Und mit Calissons, den Mandelplätzchen aus Aix-en-Provence, die in ihrer Form an Weberschiffchen erinnerten. Überflüssigerweise erzählte ihm sein Onkel die Geschichte, dass die Calissons im 15. Jahrhundert von einem Koch zur Hochzeit des Herzogs René von Anjou erfunden worden waren. Weil die Braut so traurig dreingeschaut habe. Als ob ihn das interessieren würde. Falls die Calissons allerdings in der Lage waren, Edmonds Zunge zu lösen, sollte ihm das recht sein.
»Worüber wolltest du mit mir reden?«, fragte Edmond. »Sehnst du dich nach einem neuen Auftrag?«
War das ironisch gemeint? Sein Onkel wusste genau, dass ihm das Erbe der Chacarasse kein Vergnügen bereitete.
»Ich möchte mit dir über den Tod meines Vaters sprechen …«
Edmond winkte energisch ab. »Kannst du gleich vergessen. Ich habe dir schon mal gesagt, dass du von mir nichts erfahren wirst. Tote sollte man ruhen lassen. Auch im Falle von Alexandre. *Qu'il repose en paix.*«

»Weil du mich schützen willst, hast du mal behauptet. Deshalb würdest du mir nichts über die Hintergründe sagen.«
»Habe ich das gesagt? Dann wird es wohl stimmen.«
»Du musst mich nicht schützen, ich kann gut auf mich aufpassen.«
»Mag sein. Aber ich werde dir trotzdem nichts sagen. Ich verrate nie unsere Auftraggeber, das weißt du. Alexandre kannte sie auch nicht. Das waren die Regeln, an die haben wir uns gehalten.«
»Was ist mit der Person, die er liquidieren sollte? Den Namen hat er ja wohl gekannt.«
Edmond lächelte schief. »Er schon, *c'est évident*. Aber dich geht er nichts an. Der Auftrag ist abgeschlossen.«
»Ist er nicht. Denn die Zielperson lebt.«
Lucien konnte ihm seine Überraschung ansehen. Auch wenn er diese zu verbergen suchte.
»Woher willst du das wissen?«
»Weil ich den Mann erst heute Mittag gesehen habe. Er erfreut sich bester Gesundheit.«
»Du bluffst.«
»Ich hab sogar ein Foto von ihm.«
»Glaube ich nicht.«
Lucien hielt ihm sein Handy hin. Mit dem Foto von der Kamera seines Vaters.
Edmond kniff die Augen zusammen. Wahrscheinlich brauchte er seine Lesebrille.
»Der Mann mit dem Strohhut«, sagte Lucien leise. »Auf der Terrasse seines Penthouses in Cimiez.«
Edmonds Reaktion ließ auf sich warten. Wortlos starrte er auf das Foto. Schließlich schob er das Handy zur Seite.
»Und? Habe ich geblufft?«, fragte Lucien.
»Offenbar nicht«, gab Edmond widerstrebend zu. »Wie hast du ihn gefunden?«

»War nicht schwer.«
Dass ihm der Zufall in Gestalt eines blauen Elefanten zu Hilfe gekommen war, behielt er für sich.
»Was weißt du sonst noch?«
»Warum soll ich dir das sagen? Du sagst mir ja auch nichts.«
Edmond nahm einen Schluck Tee. Seine Hand zitterte leicht.
»Dann frage ich mal anders: Was willst du jetzt tun?«
»Ich werde den Auftrag zu Ende bringen.«
Das allerdings war nun tatsächlich ein Bluff.
»Den Auftrag gibt es nicht mehr. Das Honorar habe ich zurücküberwiesen. Kusnezow geht uns nichts mehr an.«
Lucien unterdrückte ein Lächeln. Jetzt war ihm der Name doch herausgerutscht. Darauf hatte er gehofft.
»Was ist mit unserem Ruf? Haben denn die Chacarasse bisher nicht jeden Job zur Zufriedenheit ihrer Auftraggeber erledigt?«
»Unser Ruf ist über Jahrhunderte gefestigt. Dass es in unserem Gewerbe auch mal Rückschläge gibt, dürfte jedem klar sein.«
Rückschläge? Der Tod seines Vaters war in seinen Augen sehr viel mehr.
»Soll ich Kusnezow ungeschoren davonkommen lassen?«
Lucien verwendete den Namen so selbstverständlich, als ob er ihm schon lange geläufig wäre.
»Vielleicht erledigt jemand anderer unseren Job?«, gab Edmond zu bedenken. »Sein Heimatland ist sehr nachtragend.«
»Warum lässt Russland ihn nicht vom eigenen Auslandsgeheimdienst ausschalten?«, wagte Lucien einen Schuss ins Blaue. Beim Namen Kusnezow schien ihm diese

Schlussfolgerung naheliegend. »Die sind ja auch sonst nicht zimperlich.«
»Wie kommst du auf Russland? Du weißt eben doch nicht alles. Der Auftrag kam aus einer der ehemaligen asiatischen Sowjetrepubliken, die im Westen nicht so gut aufgestellt sind wie der Kreml. Auch verfügen sie über kein Polonium-210.«
Lucien wusste, worauf sein Onkel anspielte. Mit dieser radioaktiven Substanz waren schon einige Attentate verübt worden.
»Dazu brauchte es einen direkten Körperkontakt. Das würde eh nicht funktionieren, weil sich Kusnezow in den obersten Etagen seines Hauses verschanzt hat …«
Auch diese Interpretation lag für Lucien auf der Hand.
»… und sein Haus nie verlässt, ich weiß. Aber es macht keinen Sinn, dass wir uns weiter darüber unterhalten. Alexandres Tod gehört zum Berufsrisiko der Chacarasse. Es bleibt uns nur, sein Ableben in Demut und mit Trauer hinzunehmen.«
Lucien mochte es nicht, wenn sich Edmond so salbungsvoll ausdrückte. Weil es nicht ehrlich schien.
»Das kann ich nicht«, sagte Lucien.
»Du wirst es können müssen. Alexandre ist tot. Wir können ihn nicht mehr zum Leben erwecken. Außerdem weißt du gar nicht, wer ihn auf dem Gewissen hat.«
»Doch, ich weiß es«, flüsterte Lucien, an den bulligen Leibwächter denkend. Wobei ihm klar war, dass er keine Gewissheit hatte. Aber sein Bauchgefühl hatte noch selten getrogen.
Edmond hielt eine Hand ans Ohr. »Was hast du eben gesagt?«
»Rien, rien du tout!«

51

Den folgenden Abend verbrachte Lucien ausnahmsweise nicht in seinem Restaurant, sondern in der *Villa Béatitude*. Dafür hatte er in den letzten Stunden zu viel erlebt und Neues erfahren. Das alles ging ihm im Kopf durcheinander und musste erst sortiert werden.
Rosalie sah ihm seine Anspannung an und bot ihm einen Tee an. Weil er dabei reflexartig an Edmond dachte, lehnte er dankend ab. Später dürfe sie ihm aber ein kleines Abendessen zubereiten, sagte er. Sie könnten es ja gemeinsam einnehmen und dazu ein Glas Wein trinken. Rosalie freute sich über diesen Vorschlag. Gemeinsam Abend essen? Das hätten sie schon länger nicht mehr gemacht.
Im *bureau* schaltete er den Computer ein. Er hoffte, im Internet etwas über diesen Kusnezow zu finden – ohne Francines Hilfe. Denn sie brauchte von alldem nichts zu wissen.
Zwanzig Minuten später lehnte er sich zufrieden zurück. Was er herausbekommen hatte, genügte ihm für den Moment. Zwar gab es natürlich mehrere Männer mit dem Namen Kusnezow, aber nur einen, der zu dem passte, was Edmond angedeutet hatte. Mit Vornamen hieß er Maxim. Er stammte aus einem der asiatischen Länder, die nach dem Zusammenbruch der Sowjetunion ihre

Unabhängigkeit erlangt hatten. Dort hatte er den Handel mit Erdöl unter seine Kontrolle gebracht und war sehr schnell unermesslich reich geworden. Eine klassische Oligarchenkarriere eben. Der Erfolg war ihm offenbar zu Kopf gestiegen. Denn er hatte versucht, den autoritär regierenden Staatschef zu stürzen, um selbst die Macht im Land zu übernehmen. Da ihm nur Teile des Militärs gefolgt waren, scheiterte sein Putschversuch. Wäre es ihm nicht im letzten Moment gelungen, ins Ausland zu fliehen, hätte man Kusnezow den Prozess gemacht und ihn zum Tode verurteilt. Oder gleich standrechtlich erschossen – wie in einigen Artikeln zu lesen war. Unbestätigten Meldungen zufolge halte sich Maxim Kusnezow heute in Frankreich versteckt, hieß es in einem Bericht der BBC.
Der Bericht stimmte, dachte Lucien. Cimiez lag definitiv in Frankreich. Und auch sonst ergab alles einen Sinn. Kusnezow hatte wahrscheinlich genug Geld abgezweigt, sodass er sich im Exil ein schönes Leben leisten könnte. Stattdessen schlotterten ihm die Knie, und ihm blieb nur die kleine Lebensfreude, mit Strohhut auf seiner Terrasse zu sitzen, umgeben von Leibwächtern, und hinaus aufs azurblaue Meer zu blicken – das so nah war und für ihn doch so fern. Kusnezow hatte sich verzockt. In seinem Land hatte man ihn zum Staatsfeind Nummer eins erklärt. Und man hatte offenbar eine Million Euro bereitgestellt, um ihn zu liquidieren. Ein geradezu klassischer Auftrag, wie ihn die Chacarasse über Generationen erhalten hatten. Sie fragten nicht nach dem Warum – und führten ihn mit professioneller Zuverlässigkeit aus. *Obligé aux vivants et aux morts!*
Nur war diesmal etwas grundlegend schiefgegangen. Alexandre Comte de Chacarasse hatte den Tod gefunden … und Maxim Kusnezow lebte. Wie hatte das passie-

ren können? Vielleicht war sein Vater leichtsinnig geworden? Weil er mit seinen Gedanken bei Francine gewesen war? Oder hatte man ihm eine Falle gestellt? Doch wie hätte diese aussehen können?
Lucien fand, dass er für heute genug in Erfahrung gebracht hatte. Was er zu tun gedachte, musste er nicht jetzt entscheiden. Kusnezow würde nicht weglaufen, so viel war sicher. Und sein Leibwächter mit der Militärweste und dem roten Barett hoffentlich auch nicht.

Rosalie hatte den Tisch in der rustikalen Küche gedeckt. Schon als Kind hatte er sich hier wohler gefühlt als im feinen *salle à manger,* wo seine Eltern von edlem Limoges-Porzellan aßen und grundsätzlich das alte Silberbesteck mit dem eingravierten Wappen der Chacarasse verwendeten. Rosalies abgegriffenes Bistrobesteck lag ihm viel besser in der Hand. Auch mochte er die schlichten Picardie-Gläser, die Rosalie für den Wein bereitgestellt hatte. Sie erinnerten an Zahnputzgläser und waren perfekt für Landweine wie den *Vin de Pays,* der schon auf dem Tisch stand.
Wie er es aus dem *P'tit Bouchon* gewohnt war, wollte er in den Töpfen gucken, was sie vorbereitet hatte. Während sein Maître de Cuisine dies unter lautem Protest zuließ, bekam er von Rosalie gleich was auf die Finger – und zwar mit einem Schneebesen.
»*Ne touche pas!* Hier wird nicht spioniert, setz dich ordentlich an den Tisch und lass dich überraschen.«
Es amüsierte Lucien, dass sie ihn noch immer so behandelte wie einen ungezogenen Bengel. In ihren Augen wurde er nie erwachsen. Wenn es doch nur so wäre.
Vorneweg gab es *velouté de tomates,* eine eisgekühlte Tomatensuppe mit geröstetem Knoblauchbrot. Danach

côtelettes de veau, Kalbskoteletts mit Pinienkernen – und Pastis.

Wäre sein Chefkoch Roland nicht zu stolz, könnte er von der alten Rosalie wahrscheinlich noch was lernen. Nicht, weil ihre Rezepte so raffiniert waren, aber sie schaffte es, ihnen das unvergleichliche Aroma der Provence einzuhauchen. Ihre Gerichte »atmeten« den Duft von Thymian, Rosmarin, Oregano, Lorbeer, Majoran … Vor dem geistigen Auge erschienen lilafarbene Lavendelfelder …

»Wo bist du mit deinen Gedanken?«, fragte Rosalie.

»Ich denke gerade an gar nichts, ich genieße dein wunderbares Essen. Es ist *magnifique, délicieux, merveilleux …*«

Sie strahlte.

»Dein Vater hat mir mal zum Geburtstag einen goldenen Kochlöffel verliehen.«

»Ich weiß, ich war dabei. Darauf sollten wir mit einem Marc de Provence anstoßen. Auf die guten alten Zeiten.«

Sie fuhr sich über die Augen.

»Oui, oui, le bon vieux temps …«

»Wo hast du die Flasche versteckt?«

»Gar nicht, sie steht hinter dir auf der Kommode. Immer in Reichweite, falls ich mal einen Schwächeanfall habe.«

»Das ist vernünftig«, merkte er grinsend an.

Rosalie trank ihr Weinglas aus.

»Kannst mir den Tresterschnaps gleich hier reingießen«, sagte sie. »Dann habe ich weniger zum Abspülen.«

»Soll ich vollmachen?«

»Bist du verrückt? Ein Fingerhut reicht.« Sie wackelte mit dem Kopf. *»Eh bien,* ein bisschen mehr darf's dann schon sein.«

Nach einer *mousse au chocolat* zum Dessert – er rätselte, wie sie die leckere Schokoladencreme so schnell hinbekommen hatte – sah ihn Rosalie fragend an.
»Habe ich recht gehabt?«
»Womit?«
»Dass du dir dein Gespräch mit Edmond sparen kannst.«
Stimmt, dachte er, das hatte sie gesagt.
»Nicht ganz, ich habe ihm doch einige Infos entlocken können.«
»Wie hast du das angestellt? Dein Onkel beißt sich doch eher die Zunge ab, als dass er was preisgibt.«
»Normalerweise wohl schon. Aber er hat nicht damit gerechnet, dass ich bereits einiges herausbekommen habe. Das Überraschungsmoment war auf meiner Seite …«
»Was für ein Moment?«
»Das Überraschungsmoment. Ich habe ihn sozusagen überrumpelt. Daraufhin hat er ein bisschen was verraten. Nicht viel, aber genug, dass ich mir jetzt ungefähr zusammenreimen kann, wie der Auftrag meines Vaters ausgesehen hat.«
»Gieß mir noch einen Schluck vom Marc ein! Und dann erzähl weiter!«
»Darüber hinaus gibt es nichts zu erzählen. Wer Alexandre erschossen hat, weiß er auch nicht …«
»Vom Tresterschnaps kannst du mir trotzdem nachschenken.«
Lucien erfüllte Rosalie ihren Wunsch.
»Auch kann er sich nicht erklären«, fuhr er fort, »was bei dem Auftrag schiefgelaufen ist. Es scheint ihn jedoch nicht zu interessieren. Für ihn gehört der Tod meines Vaters zum Berufsrisiko der Chacarasse.«
Rosalie nickte. »Genau deshalb sitzt Edmond auch im Rollstuhl …«

»Wie meinst du das?«

»Du glaubst doch nicht im Ernst, dass er als junger Mann einfach so beim Fallschirmspringen abgestürzt ist? Da hat jemand nachgeholfen.«

Seltsamerweise, dachte Lucien, hatte er an diese Möglichkeit nie gedacht.

»Was weißt du darüber?«

Sie tat so, als ob sie ihre Lippen mit einem Zipp verschließen würde.

»Ich sag nichts.«

Lucien überlegte, wie viel Tresterschnaps wohl nötig wäre, ihr Schweigegelübde zu brechen. Er nahm sich vor, auf Edmonds Absturz zurückzukommen. Nicht heute, gerade gab es Wichtigeres. Vielleicht aber war er der Schlüssel zu manchen seiner Verhaltensweisen? Hatte auch er für das Erbe der Chacarasse einen hohen Preis bezahlt?

»Jedenfalls konnte mich Edmond nicht davon abbringen, weitere Nachforschungen zum Tod meines Vaters anzustellen«, sagte Lucien stattdessen.

»Ja, mach das! Aber pass auf dich auf!«

Dann leerte sie ihr Glas mit dem Marc de Provence in einem Zug.

52

Francine gegenüber verschwieg er am nächsten Tag seinen »Ausflug« nach Nizza. Weder berichtete er von dem Dach mit Alexandres Blut und dem Gewehr auf der Klimaanlage. Noch erwähnte er das Penthouse, das für einen geübten Scharfschützen wie seinen Vater in Reichweite war.

Weil er ihr vorgestern aber das Foto mit dem Mann mit Strohhut gezeigt hatte und sie von seiner Absicht wusste, Edmond zu befragen, kam sie von sich aus auf das Thema zurück.

»Hast du mit deinem Onkel gesprochen?«, wollte sie wissen.

»Ja, habe ich, aber wie wir schon vermutet haben, weigert er sich, etwas zu sagen.«

»Nicht die kleinste Andeutung?«

»Leider nein. Auch behauptet er, den Mann auf dem Foto nicht zu kennen. Mit dem Auftrag habe er jedenfalls nichts zu tun.«

Es fiel ihm nicht leicht, Francine so anzulügen. Er hätte ihr die Fotos von Alexandres Kamera nicht zeigen sollen. Auch nicht sein gelöschtes Handy. Francine tat zwar so, als ob sie cool wäre und ihre Trauer im Griff hätte, aber das war Fassade, davon war er überzeugt. Wenn er es gut mit ihr meinte, sollte er sie aus seinen Nachforschungen

raushalten. Schließlich hatte er ihr nicht versprochen, sie auf dem Laufenden zu halten. Nur dass er ihr sagen würde, wer Alexandre erschossen hatte – falls er es je herausfand.
Francine strich sich eine Locke aus der Stirn.
»Dann bist du also keinen Schritt weitergekommen?«
Er hatte den Eindruck, dass sie ihm nicht glaubte. Hätte er ihre Hilfe bei der Suche nach Kusnezow in Anspruch genommen, müsste er jetzt die Karten auf den Tisch legen. So aber konnte er weiter den Ahnungslosen spielen.
»Ist leider so, aber ich bleibe dran, das verspreche ich.«
»Wenn ich dir irgendwie helfen kann, musst du es sagen.«
»Natürlich. Apropos helfen: Du warst gestern bei deinem Juwelier in Monte Carlo?«
»Hätte ich dir noch erzählt. Er hat die Diamanten verkauft und einen sechsstelligen Betrag erzielt, und zwar ...«
Er winkte ab. »Will ich gar nicht wissen. Stecke fünftausend Euro in einen Umschlag, den würde ich gerne jemandem zukommen lassen ...«
»Der Diebin, die sie geklaut hat?«
Er lächelte. »Ja, als kleine Aufwandsentschädigung.«
»Das wird sie nicht glücklich machen.«
Er zuckte mit den Schultern. »Den Rest spendest du bitte wie besprochen einer Organisation, die sich um die zivilen Opfer von Tretminen und Streubomben kümmert.«
»Habe ich schon vorbereitet.«
»Du bist ein Schatz.«
»Sag so was nicht. Ich mache nur meinen Job.«

Am frühen Nachmittag fuhr Lucien nach Cimiez. Francine hatte er gesagt, er müsse sich um sein Restaurant kümmern. Er hoffte, dass sie seinen Rucksack nicht ge-

sehen hatte. Den brauchte er nicht im *P'tit Bouchon*. Aber eine Ausrede würde ihm zur Not einfallen.
Rosalie hatte sich mit zwei Wangenküsschen verabschiedet. Ihr Parfum roch nach Flieder. Er solle keinen Unsinn machen, hatte sie ihm ins Ohr geflüstert. *Ne fais pas de bêtises!* Immerhin habe er kein Gewehr dabei, das beruhige sie.
Auf dem Hausdach angekommen, blieb er vor den Blutspuren seines Vaters stehen. Wäre er gläubig, würde er auch diesmal ein kurzes Gebet sprechen, ihm gedenken und den Herrn im Himmel um Hilfe und Beistand bitten. So aber war ihm nur schwer ums Herz.
Lucien hielt sich hinter dem hohen Schaltkasten verborgen, auch wenn unwahrscheinlich war, dass er hier entdeckt wurde. Denn das Haus war das höchste weit und breit. Er machte den Rucksack auf und entnahm ihm einen Bewegungsmelder. Gebückt lief er zurück zum Aufgang mit der Treppe, wo er den Bewegungsmelder ein Stück weiter unten an der Decke befestigte. Er aktivierte die App auf seinem Handy. Unerwarteter Besuch würde sich ab jetzt mit einem kurzen Pfeifton ankündigen.
Das letzte Mal hatte er das Penthouse mit einem kleinen Monokular beobachtet. Diesmal hatte er ein leistungsfähiges Fernglas dabei. Er stützte sich auf den Schaltkasten und nahm die Terrasse ins Visier. Zwar hielt sich draußen gerade keiner auf, aber er sah durch die Verglasung Menschen hin und her laufen. Und er sah noch etwas anderes, was ihm beim ersten Mal entgangen war: Über der hüfthohen umlaufenden Mauer der Terrasse waren massive Scheiben angebracht. Er vermutete, dass sie kugelfest waren. Von seiner erhöhten Position aus konnte man allerdings darüber hinwegschießen. Wahrscheinlich sogar

nur von hier. Der Platz war von seinem Vater also gut gewählt.
Zum wiederholten Male versuchte er, sich die Situation vorzustellen. Alexandre hatte zunächst die Fotos gemacht. Dann hatte er sich auf den Schuss vorbereitet. Die Entfernung schätzte Lucien auf achthundert Meter. Professionelle Sniper trafen ihre Ziele sogar über noch weit größere Distanzen. Allerdings ging in jedem Fall eine ballistische Berechnung voraus. Es galt, die Windgeschwindigkeit und -richtung zu berücksichtigen, die exakte Entfernung zu vermessen, sogar die Luftfeuchtigkeit spielte eine Rolle. Immerhin war die Kugel einige Sekunden unterwegs und konnte währenddessen entsprechend abgelenkt werden. Zur Standardausrüstung gehörten deshalb unter anderem ein Windmesser, ein Barometer und ein Laserentfernungsmesser. Bei Distanzen wie dieser schaffte es sein Vater allein mit seiner Erfahrung. Aber auch bei ihm nahm die Vorbereitung einige Zeit in Anspruch.
Lucien sah, wie die Terrassentür aufgeschoben wurde. Ein Mann trat heraus und zündete sich eine Zigarette an. Lucien behielt ihn im Auge und setzte seine Überlegungen fort. Ihm war es ein Rätsel, wie sein Vater über diese Entfernung hatte entdeckt werden können – auf dem Dach eines Hauses und versteckt hinter einem großen Schaltkasten.
Wieder öffnete sich die Terrassentür. Auf ihn hatte er fast sehnsüchtig gewartet: auf den vierschrötigen Mann mit schwarzer Militärweste und rotem Barett auf dem Kopf. Durch das Fernglas konnte er ihn jetzt sehr viel besser sehen als auf den Fotos. Er spürte, wie sich sein Puls beschleunigte. Obwohl er dafür keinen Beweis hatte, hielt er ihn für den Mörder seines Vaters. Lucien vermutete,

dass es sich bei ihm um einen Ex-Militär aus Kusnezows Heimatland handelte. Ein Mann, der es gewohnt war, schnell zu handeln. Und der keine Skrupel kannte.
Plötzlich traten weitere Männer auf die Terrasse. Unter ihnen Kusnezow. Heute ohne Strohhut. Lucien erkannte ihn sofort dank der Fotos im Internet. Er hatte einen kahl rasierten Schädel. Es passte alles zusammen. Kusnezow steckte sich eine Zigarre an. Wenigstens hier auf seiner geschützten Terrasse konnte er es sich gut gehen lassen. Wie zur Bestätigung wurde ihm eine Flasche Champagner gereicht. Dass es einer war, konnte Lucien aus dieser Entfernung natürlich nicht erkennen. Doch was unmittelbar danach geschah, sprach dafür. Kusnezow nahm einen kurzen Säbel in die Hand und … schlug mit einem schnellen Hieb der Flasche den Hals ab. Der Champagner spritzte heraus. Die um ihn herumstehenden Männer applaudierten. Lucien fragte sich, weshalb. Diese Neureichen-Attitüde erforderte keine besondere Kunstfertigkeit. Die Glassplitter wurden durch den hohen Druck in der Flasche weggeschleudert. Dass dabei auch einiges vom Champagner verloren ging, war Napoleon egal gewesen. Auf ihn oder einen seiner Offiziere sollte dieses Sabrieren der Legende nach nämlich zurückgehen. Lucien fand die angeberische Methode vulgär.
Er legte das Fernglas zur Seite und holte aus dem Rucksack die Box mit der Drohne, die sein Vater bestellt hatte. Er machte sie startklar. Zwischendurch kontrollierte er immer wieder das Penthouse. Kusnezow und seine Männer machten keine Anstalten, sich zu setzen. Sie tranken Champagner und rauchten. Schließlich gingen sie alle wieder zurück ins Haus. Die Terrassentür ließen sie offen.

Der Moment, dachte Lucien, war günstig, sich einen genaueren Überblick zu verschaffen – ohne dass seine Drohne entdeckt wurde.
Er ließ sie zunächst steil in die Höhe steigen. Zu hören war sie schon lange nicht mehr. Dann steuerte er sie in einem großen Bogen zum Penthouse. Er richtete die Kamera aus und zoomte sein Ziel so nah heran wie möglich. Langsam flog er um das Haus herum. Auf dem Monitor betrachtete er auch die rückwärtige Seite. Dieser Teil der Terrasse wurde offenbar weniger genutzt. Gerätschaften standen herum und ein großer Gasgrill. Er entdeckte, dass zum Haus ein großer Garten mit Pool gehörte. Ob sich Kusnezow dort hintraute? Ein hoher Zaun führte um den Garten herum. Er würde sich nicht wundern, wenn er elektrisch geladen wäre. Schmunzeln musste Lucien, als ein großer, gefährlich aussehender Hund ins Bild kam. Offenbar hatte er die Drohne entdeckt und bellte sie von unten wütend an. Lucien ließ den Quadrocopter wieder an Höhe gewinnen. Wäre zu blöd, wenn man ausgerechnet durch einen Wachhund auf sein Hightechgerät aufmerksam wurde.
Er beschloss, seinen Erkundungsflug abzubrechen. Besondere Erkenntnisse hatte er sich von ihm nicht erwartet. Später würde er sich die Videoaufzeichnung ansehen. Vielleicht fiel ihm dabei noch was auf. Er hatte keine Ahnung, was das sein könnte.
Weil es Spaß machte, flog er in großer Höhe noch einige Spiralen. Abwechselnd erschienen die Hügel im Hinterland und die Seealpen, dann wieder die Dächer von Nizza und der Küstenstreifen mit dem Meer. Er kam sich vor wie ein Vogel. Schließlich richtete er die Kamera wieder nach unten – und stockte. Auf einem Flachdach, dem seinen nicht unähnlich, aber viel näher am Penthouse,

entdeckte er zwei schwarz gekleidete Männer. Sie waren damit beschäftigt, etwas aufzubauen. Dabei handelte es sich weder um eine Satellitenschüssel noch um eine Klimaanlage. Lucien traute seinen Augen kaum. Er ging tiefer und zoomte die beiden so nah heran wie möglich. Er hatte sich nicht getäuscht: Bei dem Objekt handelte es sich um … um einen Granatwerfer.

Ihm fiel ein, was Edmond gesagt hatte. Kusnezows Heimatland sei sehr nachtragend. Weil es sein Vater nicht geschafft hatte, würde vielleicht jemand anderer den Job zu Ende bringen. Mit einem Granatwerfer sollte das kein Problem sein. Schusssichere Scheiben boten keinen Schutz. Lucien stellte sich vor, wie das Penthouse explodierte. Und mit ihm Kusnezow. Er war ihm egal. Aber auch der Mann mit dem roten Barett würde zerfetzt werden. Das war ihm nicht egal. Denn so würde er nie erfahren, ob er tatsächlich seinen Vater umgebracht hatte.

Lucien ließ den Quadrocopter in die Höhe steigen, blieb aber direkt über ihnen. Die beiden Männer hatten die Drohne noch nicht entdeckt. Das sollte auch so bleiben. Wie lange sie mit dem Aufbau des Granatwerfers wohl noch brauchten? Daran, dass sie ihn auf Kusnezows Penthouse ausrichten würden, zweifelte er keinen Moment. Direkten Blick auf das betreffende Dach hatte er nicht. Es wurde von anderen Häusern verdeckt. Nur von der Drohne aus konnte er die Männer im Auge behalten. Die Drohne selbst vermochte er von seinem Beobachtungsposten aus zu erkennen. Aber nur, weil er genau wusste, wo sie sich befand. Sonst würde keinem der kleine insektenähnliche Punkt am Himmel auffallen.

Er wusste nicht, was er tun sollte. In seinem Kopf überschlugen sich die Gedanken. Irgendwie musste er den Angriff verhindern. Nicht aus Nächstenliebe, schon gleich gar nicht einem Kusnezow und seinen Leuten gegenüber. Sondern getrieben von dem Vorsatz, dem Mörder seines Vaters gegenüberstehen zu wollen. Um ihm in die Augen zu sehen. Und dann? Auch das wusste er nicht.

Merde, merde ... Er hatte kein Gewehr dabei ... Auch keinen Sprengstoff, um sich mit der Drohne auf die Männer zu stürzen. Wie verdammt noch mal konnte er sie aufhalten?

53

Dass er mal die Polizei um Hilfe bitten könnte, wäre Lucien zuvor nicht im Traum eingefallen. Aber eine andere Möglichkeit sah er nicht. Auf seinem Monitor erkannte er, dass die Männer die Montage des Granatwerfers offenbar abgeschlossen hatten. Gerade hoben sie ihn auf ein dreibeiniges Untergestell. Die Zeit lief ihm davon.

»*Salut,* Lucien«, meldete sich Capitaine Achille Giraud am Telefon. »Was verschafft mir die Ehre deines Anrufs? Willst du mich zum Abendessen einladen?«

»Achille, ich habe jetzt keine Zeit für Erklärungen«, antwortete Lucien kurz angebunden. »Aber du musst sofort aktiv werden.«

»In fünf Minuten habe ich Dienstschluss …«

»Gerade beobachte ich, wie in Cimiez ein terroristischer Angriff vorbereitet wird«, fiel er ihm ins Wort.

»Nimmst du mich auf den Arm? Mit so was macht man keine Späße.«

»Ist mein bitterer Ernst. Zwei Männer haben auf einem Hausdach einen Granatwerfer in Stellung gebracht. Das Ziel kenne ich nicht, aber sie scheinen ihre Vorbereitungen abgeschlossen zu haben. Womöglich bleiben uns nur noch wenige Minuten, um den Anschlag zu verhindern.«

»Ein Granatwerfer? In Cimiez? Nur noch wenige Minuten …«, stammelte Achille.

»Du musst sofort ein Sondereinsatzkommando losschicken und das Dach stürmen lassen.«

Lucien wusste um die Schlagkraft der *Groupe d'intervention de la Gendarmerie nationale,* kurz GIGN. Spätestens seit dem Terroranschlag von 2016 auf der Promenade des Anglais war sie auch in Nizza in ständiger Alarmbereitschaft.

»Du bist dir mit dem Granatwerfer hundertprozentig sicher?«

»Ja, bin ich. Jetzt mach nicht lange herum und alarmiere die GIGN. Die Zieladresse habe ich nicht, aber ich schicke dir die GPS-Koordinaten auf dein Handy.«

Lucien konnte sie auf dem Display der Drohnenfernsteuerung ablesen.

»GPS-Koordinaten, ich ... ich verstehe ...«

Leider schien Achille heute etwas langsam von Begriff.

»Alerte rouge!«, schrie ihn Lucien an. »Gib sofort den Einsatzbefehl!«

»Mache ich doch. Du sagtest Cimiez?«

»Ja, verdammt noch mal. Die Koordinaten bekommst du in den nächsten Sekunden. Halt, und noch was: Wir haben nie miteinander gesprochen. Du hast einen anonymen Hinweis aus der Bevölkerung bekommen.«

»Meinetwegen. Wo bleiben die Koordinaten?«

»Sind schon unterwegs.«

Der Capitaine der Gendarmerie legte auf. Lucien atmete tief durch.

Die Kamera der Drohne zeigte, wie die beiden Männer hektisch am Granatwerfer herumhantierten. Es machte den Eindruck, als ob sie ein technisches Problem hätten. Hoffentlich brauchten sie eine Weile, es zu beheben.

Auf dem Display begann ein roter Punkt zu blinken. *Quel dommage,* die Batteriekapazität der Drohne neigte

sich dem Ende zu. Ungeachtet dessen beließ er sie auf ihrer Position. Etwas musste sie noch durchhalten.
Mit dem Fernglas kontrollierte er das Penthouse. Kusnezow war wieder hinaus auf die Terrasse getreten und unterhielt sich Zigarre rauchend mit einem anderen Mann.
Zurück zur Kamera und dem Display. Die beiden Angreifer schienen ihr Problem gelöst zu haben. Jetzt waren sie offenbar mit der exakten Ausrichtung des Granatwerfers beschäftigt. Die Bestimmung von Winkelgrad und Entfernung konnte etwas dauern – hoffentlich lange genug.
Der rote Punkt auf dem Display blinkte schneller. Im schlimmsten Fall, überlegte Lucien, ging der Drohne der Saft aus, und sie stürzte aus großer Höhe vertikal auf die Männer. Schade um den Quadrocopter … Aber sein Absturz würde die Männer aus dem Konzept bringen … Eine vielleicht entscheidende Verzögerung bis zum Eintreffen des Einsatzkommandos.
Wo verdammt noch mal blieben die Spezialkräfte der GIGN?
Lucien vergrößerte den Blickwinkel der Kamera. Die Männer und der Granatwerfer auf dem Display wurden kleiner, dafür kamen jetzt auch die angrenzenden Straßen ins Bild. Gerade rechtzeitig, um gepanzerte Fahrzeuge zu sehen, die unten vorfuhren. Männer mit Waffen sprangen heraus … Er hörte das Rotorengeräusch eines Helikopters, das rasch lauter wurde …
Lucien nickte. Achille Giraud hatte ihm geglaubt. Der rote Punkt auf dem Display, der die Batteriekapazität der Drohne anzeigte, leuchtete jetzt unablässig. Was wahrscheinlich bedeutete, dass gleich Schluss war. Zwar hätte er gerne beobachtet, wie die Männer auf dem Dach von den Spezialkräften außer Gefecht gesetzt wurden, aber

eine Notwendigkeit dafür bestand nicht. Klüger war es, sich sofort zurückzuziehen – bevor die Drohne noch mit dem Helikopter kollidierte oder eben doch noch abstürzte. Er programmierte den Befehl, im Energiesparmodus auf direktem Weg zum Ausgangspunkt zurückzukehren, und hoffte, dass sie es schaffte. Irgendwie war ihm das Teil in der kurzen Zeit ans Herz gewachsen.

Als er keine zehn Minuten später sein Dach verlassen hatte und sich mit der Vespa auf den Heimweg machte, wurde er an einer Straßensperre aufgehalten. Das musste man der Gendarmerie lassen: Im Notfall arbeitete sie schnell und effektiv. Eine Professionalität, die man ihr sonst nicht immer zubilligte. Weil er in seinen Freizeitklamotten nicht gerade wie ein Terrorist aussah und sogar seinen Helm vorschriftsgemäß aufhatte, musste er nur freundlich lächeln – und wurde durchgewunken. Nach Villefranche und Cap Ferrat war es nicht weit. Doch blieb ihm genug Zeit, die vergangenen Geschehnisse Revue passieren zu lassen. Letztlich konnte er ein positives Fazit ziehen: Zwar hatte er nur einige dumpfe Schüsse gehört, aber das Killerkommando war ganz sicher außer Gefecht gesetzt worden. Kusnezow und seine Leute dürften von der Aktion einige Straßen weiter nicht viel mitbekommen haben und wiegten sich in Sicherheit. Eine trügerische Sicherheit, denn Lucien hatte es mehr denn je auf sie abgezielt. Ihm war klar, dass er sich beeilen musste. Im ungünstigsten Fall bekam die Gendarmerie heraus, auf wen es die Männer mit dem Granatwerfer abgesehen hatten. Freiwillig erzählen würden sie es wohl kaum. Aber die Situation könnte sehr schnell seiner Kontrolle entgleiten. Zum positiven Fazit gehörte auch, dass sich im Rucksack eine unversehrte Drohne befand, die es mit letzter Kraft und kurzen Rotorenaussetzern bedenklich taumelnd zu ihm zurückgeschafft hatte. Fast hätte er die Drohne zum Empfang gestreichelt wie eine streunende Katze, die man schon aufgegeben hatte.

Kaum war er in der *Villa Béatitude* eingetroffen, Francine und ihr roter Alfa waren nicht mehr da, rief Achille Giraud auf seinem Handy an. Lucien entschuldigte sich bei Rosalie, die neben ihm stand, und nahm das Gespräch entgegen.

»Lucien, ich bin noch völlig durch den Wind. Wie es scheint, haben wir wirklich im letzten Moment einen Anschlag verhindert ...« Der Capitaine rang nach Luft. »Die Terroristen konnten von unseren Spezialkräften überwältigt werden. Das heißt, einer ist tot und der andere nicht vernehmungsfähig. Die Schweine hätten ja keinen Widerstand leisten müssen ...«

Um die beiden tat es Lucien nicht leid. Wer einen Granatwerfer in Stellung brachte, war auf keiner Friedensmission. Immerhin konnten sie so nicht ausplaudern, auf wen sie es abgesehen hatten.

»In der Nähe ist ein Botschaftsgebäude, in dem gerade ein Diplomatenempfang stattfindet. Wir gehen davon aus, dass es die Attentäter auf dieses Ziel abgesehen hatten ...«

Wäre sogar möglich, dachte Lucien, aber er glaubte, es besser zu wissen.

»Die Terroristen waren wohl Russen«, fuhr der Capitaine wie zur Bestätigung fort. »Aber genau wissen wir das noch nicht.«

Irrtum, dachte Lucien, sie kamen ganz sicher aus einer angrenzenden ehemaligen Sowjetrepublik. Er wusste sogar, aus welcher.

»Ich gratuliere«, sagte Lucien. »Gut, dass du so schnell reagiert hast.«
»Ja, Gott sei Dank. Nicht auszudenken, was hätte passieren können ...«
»Danke, dass du mich gleich informiert hast. Dann will ich dich nicht länger aufhalten. Hast ja sicher gerade viel zu tun.«
»Halt, stopp, nicht auflegen. Du musst mir sagen, wie du die Attentäter entdeckt hast.«
»Muss ich dir nicht sagen. Du hast einen anonymen Hinweis aus der Bevölkerung bekommen, schon vergessen?«
»Das ist die offizielle Version, meinetwegen. Aber wir beide wissen es besser.«
»Reiner Zufall.«
»Unsinn, du verschweigst mir was.«
»Das mit dem Zufall stimmt schon.« Lucien zögerte. »Was ich dir jetzt erzähle, muss unser Geheimnis bleiben.«
»Kommt darauf an.«
»Du musst wissen, unsere Haushälterin, die liebe Rosalie, hat demnächst Geburtstag.«
Weil sie neben ihm stand, legte er ihr einen Finger auf den Mund, damit sie ihm nicht gleich laut vernehmlich ins Wort fiel.
»Was hat deine Rosalie mit dem Attentat zu tun?«
»Sie ist in Cimiez geboren und aufgewachsen ...«
Rosalie schüttelte den Kopf.
»Ich will sie mit einem kleinen Film überraschen. Deshalb bin ich heute mit einer Drohne über Cimiez geflogen und habe Luftaufnahmen gemacht. Auch von ihrem Elternhaus und vom Park, in dem sie als Kind so gerne gespielt hat.«
Rosalie zeigte ihm einen Vogel.

»Lucien, du strapazierst meine Nerven«, sagte Achille. »Komm endlich auf den Punkt! Hier ist gerade der Teufel los, und du erzählst mir von einem Film, den du deiner Haushälterin zum Geburtstag schenken willst … Außerdem ist es verboten, mit einer Drohne unangemeldet über einem Wohngebiet herumzufliegen«, fiel ihm noch ein.
»Auch deshalb muss es unser Geheimnis bleiben. Jedenfalls habe ich plötzlich auf einem Hausdach die beiden Männer mit einem schweren Kriegsgerät entdeckt. Reiner Zufall. Ich bin näher rangeflogen und habe gesehen, dass es sich um einen Granatwerfer handelte.«
»Woher weißt du, wie ein Granatwerfer aussieht?«
»Aus dem Fernsehen. Jedenfalls habe ich es als meine Pflicht angesehen, dich sofort anzurufen und eine Katastrophe zu verhindern.«
»Das ist wirklich die Wahrheit? Mehr weißt du nicht?«
»Natürlich nicht.«
»Es fällt mir schwer, dir zu glauben. Erst zauberst du ein verschwundenes Collier herbei, jetzt entdeckst du per Zufall zwei Attentäter.«
»Schade, dass ich die Szene nicht gefilmt habe, sonst könnte ich sie dir vorspielen. Aber aus dem Geburtstagsfilm für Rosalie hätte ich sie in jedem Fall rausschneiden müssen, so was gehört nicht rein.«
»Lucien, wenn das alles stimmt, hättest du dir einen Orden verdient.«
»Kannst *du* entgegennehmen, für dein schnelles und entschlossenes Handeln.«
»Ich muss auflegen, der Polizeichef will mich sprechen.«
»Viel Vergnügen, und denk daran, es gab einen anonymen Hinweis aus der Bevölkerung.«
Als Lucien das Gespräch beendet hatte, zeigte ihm Rosalie erneut einen Vogel.

»Du redest ganz schön viel Unsinn, wenn der Tag lang ist«, stellte sie fest. »Erstens ist es bis zu meinem Geburtstag noch lang hin, zweitens bin ich nicht in Cimiez geboren, was du wissen solltest. Viertens möchte ich keinen Film geschenkt bekommen …«
Lucien grinste. »Was ist mit drittens?«
»Drittens? Ach so, kommt schon noch. Drittens hast du dir die Geschichte mit den beiden Männern auf dem Hausdach wahrscheinlich ausgedacht. Oder … oder …« Sie sah ihn fragend an. »Oder die Männer haben was mit dem blauen Elefanten zu tun und mit dem Tod deines Vaters. Könnte das sein?«
»Nein, haben sie nicht. Es war wirklich Zufall, dass ich sie entdeckt habe.«
»Dein Vater hat immer gesagt, Zufälle gibt es nicht.«
»Ich bin anderer Ansicht. Ich glaube, das Leben besteht fast nur aus Zufällen.«

54

Nur kurz wurde in den Abendnachrichten von einem Polizeieinsatz im Stadtviertel Cimiez berichtet, bei dem es zu einem Schusswechsel gekommen sei. Nähere Einzelheiten seien nicht bekannt. Auch in der Tageszeitung am nächsten Tag fand sich die Meldung nicht auf der ersten Seite. Lucien vermutete dahinter die Strategie, die Bevölkerung nicht zu beunruhigen. Die Attentate, die in Frankreich passierten, waren schlimm genug. Über jene, die verhindert wurden, sollte nicht groß berichtet werden. Immerhin wurde erwähnt, dass die Sondereinheit GIGN zum Einsatz gekommen sei. Ein Mann sei erschossen worden, und ein anderer befinde sich im Koma. Von den Einsatzkräften sei keiner verletzt worden. Die Hintergründe seien noch Gegenstand polizeilicher Ermittlungen.

Viel vager ging es nicht. Diese zurückhaltende Berichterstattung war, dachte Lucien, ganz in seinem Sinne. Kusnezow und seine Leute würden davon nicht aufgescheucht werden. Dennoch war ihm bewusst, dass er keine Zeit verlieren sollte. Was er zu tun gedachte, sollte er möglichst schnell in die Tat umsetzen.

Blieb ein Problem: Er wusste nicht wirklich, was er zu tun gedachte! Nur dass er den Leibwächter mit dem roten Barett zur Rede stellen wollte, das war ihm klar. Der

Mann sollte gestehen, seinen Vater von hinten erschossen zu haben. Und dann? Was stand auf der Grabplatte in Roquebrune? *Obligé aux vivants et aux morts.* Verpflichtet den Lebenden und den Toten. Das Familienmotto half ihm nicht weiter. Die Chacarasse brachten seit Generationen Menschen um. Aber nicht aus persönlichen Beweggründen, sondern im Auftrag Dritter. Sie beherrschten die Kunst des Tötens – ohne emotionale Beteiligung. Würde er den Mörder seines Vaters nach seinem Geständnis töten, geschähe das im Gegenteil nur aus persönlichen Beweggründen. Mit maximal emotionaler Beteiligung. Auge um Auge, Zahn um Zahn …

Erst recht hatte Lucien keine Ahnung, was er tun würde, wenn der Leibwächter die Tat nicht gestehen würde. Sollte er ihn einfach gehen lassen? Oder hatte er es verdient, dennoch zu sterben?

Darüber hinaus gab es ein weiteres Problem. Lucien hatte sich geschworen, nie jemanden umzubringen. Jedenfalls nicht mit Vorsatz. Was aber war mit Mord beziehungsweise einer Tötung im Affekt? Selbst Gerichte berücksichtigten dies bei ihrem Strafmaß. Im Affekt verlor man die Kontrolle über sein Handeln. Wer sagte, dass ihm das nicht auch widerfahren könnte? Lucien beschloss, es darauf ankommen zu lassen. Es gab Entscheidungen, die man spontan aus der Situation heraus treffen musste. Sogar Entscheidungen über Leben und Tod.

Francine war im *bureau,* als er am Vormittag aufbrach. Rosalie sah ihm mit gerunzelter Stirn zu, wie er sich die lange Angeltasche mit dem Scharfschützengewehr umhängte. Auch hatte er wieder seinen Rucksack dabei.

Diesmal prall gepackt. Die Batterien der Drohne waren aufgeladen. Sogar eine Pistole führte er mit. Doch das konnte Rosalie von außen nicht sehen.
»Ich mache mir Sorgen«, sagte sie. »Du schaust so ernst aus. Bitte mache nichts, was du später bereuen wirst.«
Lucien saß schon auf seiner Vespa. Er hauchte ihr einen Kuss zu.
»Mach dir keine Gedanken. In ein paar Stunden bin ich wieder da. Dann trinken wir zusammen einen Trester-schnaps.«
»Versprochen?«
»Ja, ganz sicher. *À bientôt.*«

Wie schon bei seinen beiden vorangegangenen Besuchen war die Haustür unverriegelt. Offenbar war das Schloss defekt. Ihm kam der Gedanke, dass das sein Vater gemacht haben könnte, um jederzeit rein- und rausgehen zu können.
Noch im Erdgeschoss wurde er von einer stark geschminkten mittelalten Frau mit Lockenwicklern und einem gefährlich kurzen Rock aufgehalten.
»Jetzt sind Sie schon wieder da«, flötete sie. »Ich habe Sie schon gestern gesehen. Aber Sie wohnen nicht hier, habe ich recht?«
»Leider nein. Wäre mir auch zu teuer.«
Sie kniff die Augen zusammen, um ihn genauer zu betrachten. Offenbar trug sie sonst eine Brille.
»Ich habe eine kleine Einliegerwohnung, die könnte ich Ihnen ausgesprochen günstig vermieten.«
Lucien lächelte. »Vielen Dank, vielleicht komme ich mal darauf zurück.«
»Würde mich freuen.« Sie deutete auf seinen Rucksack und die Angeltasche. »Jetzt machen Sie mich aber doch

neugierig. Wen besuchen Sie in unserem Haus? Und warum schleppen Sie das alles mit?«
»Ich besuche niemanden. Ich bin beruflich hier.« Lucien überlegte, dass er diesmal eine andere Ausrede benötigte als die, die Mistralfestigkeit des Daches zu überprüfen. »Ich bin Ornithologe«, fiel ihm auf die Schnelle ein, »und arbeite an einer Studie über seltene Vogelarten im Stadtgebiet von Nizza. Das Dach Ihres Hauses ist ein hervorragender Beobachtungsposten.«
Sie klimperte mit den Augen. »Ornithologe? Wie faszinierend.«
Er hoffte, dass sie von ihm keine Vogelnamen wissen wollte.
»Und was haben Sie in Ihrer langen Tasche? Doch keine Angelrute?«
Die Frau begann zu nerven. Er war gerade wirklich nicht in der Stimmung, mit ihr zu plaudern.
»Nein, keine Angelrute, sondern eine aufklappbare Antenne, mit der ich Funksignale von Vögeln empfangen kann, die von uns mit einem Sender versehen wurden.«
»Fantastisch. Wenn Sie hinterher Zeit haben, würde ich mich freuen, wenn Sie bei mir klingeln. Dann können Sie mir bei einem Glas Wein etwas mehr von Ihrer spannenden Arbeit erzählen.«
»Ich werde es versuchen, vielen Dank. Ach so, darf ich Sie noch bitten, mich auf dem Dach keinesfalls zu stören. Meine Messgeräte sind äußerst empfindlich.«
»Äußerst empfindlich, ich verstehe. Übrigens war ich noch nie auf unserem Dach. Was soll ich da? Außerdem habe ich Höhenangst.«
»Akrophobie …«
»Ist das eine Vogelart?«

»Nein, Lateinisch für Höhenangst.«

»Ich liebe gebildete Männer. Ich hoffe, wir sehen uns später.«

Eine halbe Stunde später hatte er auf dem Flachdach alle Vorbereitungen getroffen. Vielleicht am wichtigsten war die Überprüfung und Aktivierung des Bewegungsmelders im Aufgang. Besucher würden sich mit einem Pfeifton ankündigen. Sogar die Frau mit den Lockenwicklern, doch mit ihr rechnete er am wenigsten.

Die Drohne war startbereit. Das Gewehr hatte er geladen. Auch die mitgebrachten »Spielereien« waren an Ort und Stelle.

Mit dem Fernglas beobachtete er das Penthouse. In der Nacht hatte er geträumt, dass es verlassen sein könnte. Umso größer seine Erleichterung, als er Kusnezow am Terrassentisch sitzen sah. Vor sich eine Tasse, eine Baguette und eine Zeitung. Sogar seinen Strohhut hatte er auf, den Lucien von den Fotos kannte. Noch größer war seine Freude, als er den Leibwächter mit dem roten Barett entdeckte. Die Militärweste legte er offenbar nie ab.

Lucien massierte sich die Hände. Dann nahm er das Gewehr, stützte sich auf den Schaltkasten und nahm durch das hochauflösende Zielfernrohr die Terrasse ins Visier. Es war fast windstill. Die Entfernung hatte er zuvor ausgemessen. Im Fadenkreuz Kusnezow, der konzentriert seine Zeitung las und sich nicht bewegte. Jetzt müsste er nur noch abdrücken – und der Auftrag, den es laut Edmond nicht mehr gab, wäre erledigt.

Wenn es so einfach war, fragte sich Lucien, warum war sein Vater nicht zum Schuss gekommen? Unwillkürlich sah er über die Schulter. Nein, da stand niemand, der ihm

in den Rücken schießen könnte. Der Bewegungsmelder hätte ihn auch angekündigt.
Lucien schwenkte auf den Leibwächter, der langsam auf der Terrasse hin und her lief. Solange er sich bewegte, wäre er über die große Entfernung ungleich schwerer zu treffen.
Als Erklärung dafür, dass sein Vater nicht geschossen hatte, fiel ihm die Möglichkeit ein, dass Kusnezow aufgestanden und nach innen gegangen war. Vielleicht zur Toilette. Sein Vater hatte darauf gewartet, dass er zurückkam. Und der Leibwächter? Der war vielleicht auch reingegangen … aber dort nicht geblieben. Er hatte seinen Boss aufgefordert, in Deckung zu bleiben, war hinunter auf die Straße geeilt und zum Haus gerannt, wo sein Vater – genau wie er jetzt – geduldig mit dem Gewehr im Anschlag gewartet hatte.
So könnte es gewesen sein, überlegte Lucien, dieser Hergang wäre plausibel. Blieb die Frage, warum der Mann mit dem roten Barett ausgerechnet dieses Dach in Betracht gezogen hatte? Weil es als Einziges hoch genug war, dass man von hier über die angebrachten Schutzvorrichtungen hinweg schießen konnte? Auch das wäre plausibel. Vorausgesetzt, er hatte auf irgendeine Weise seinen Vater entdeckt.
Ihm kam eine Idee. Er legte das Gewehr ab und lief zum Aufbau für die Treppe. Er war vielleicht zweieinhalb Meter hoch und von quadratischem Grundriss. Lucien kletterte hinauf. Erwartungsgemäß war oben alles total verdreckt. Wäre er wirklich Ornithologe, könnte er den Vogeldreck analysieren. Umso deutlicher waren die Abdrücke von Schuhen zu sehen. Und ganz vorne eine Stelle, die blank geputzt war. Lucien kniete sich hin und peilte zum Schaltkasten, wo er gerade noch mit dem

Gewehr im Anschlag gestanden hatte. Plötzlich schien ihm alles klar. Genau hier hatten Kusnezows Leute eine Überwachungskamera platziert, um das Dach abzusichern. Neben diesem Dach vielleicht noch einige andere Dächer in der Nachbarschaft, die ebenfalls infrage kämen. Wobei dieses definitiv am besten geeignet war. Professioneller ging es nicht. Sein Glück, dass die Kamera nicht mehr am Platz war – sonst wäre auch er in die Falle getappt.
Lucien sprang runter und nahm wieder seinen Beobachtungsposten hinter dem Schaltkasten ein. Kusnezow saß noch immer am Tisch. Der Leibwächter zündete sich eine Zigarette an.
Es machte keinen Sinn, länger zu warten. Lucien startete die Drohne. Er hatte mehrere Szenarien durchgespielt. Diese war die einfachste. Er steuerte den Quadrocopter auf direktem Flug hinüber zum Penthouse. Über den Monitor sah er die Terrasse schnell näher kommen. Noch wenige Meter. Er bremste ab. Jetzt stand die Drohne schräg über Kusnezow und seinem Leibwächter. Natürlich hörten sie das surrende Geräusch. Beide sahen auf – und blickten überrascht direkt in die Kamera. Kusnezow reagierte schnell. Er sprang auf und rannte gebückt ins Haus. Sein Leibwächter war kaum langsamer. Lucien sah, wie er plötzlich eine Pistole in der Hand hielt und auf die Drohne anlegte. Lucien kippte die Drohne zur Seite – und trat mit vollem Schub den Rückzug an. Er hörte zwei Schüsse. Eine sich rasch entfernende Drohne war noch schwerer zu treffen als eine Scheibe beim Tontaubenschießen. Er konnte erkennen, wie der Leibwächter der Drohne hinterhersah. In gerader Linie steuerte Lucien die Drohne zurück. Jetzt rannte auch der Mann mit dem roten Barett ins Haus.

Lucien stellte fest, dass bisher alles nach Plan verlief. Er ließ die Drohne vor seinen Füßen landen. Ihr war nichts geschehen. Die Terrasse vom Penthouse war mittlerweile verwaist.
Er kalkulierte die Zeit. Wie lange würde er warten müssen? Wie lange würde der Leibwächter brauchen, um hierherzurennen und aufs Dach zu gelangen? Den Weg kannte er. Und die Flugbahn der Drohne hatte keinen Zweifel gelassen, dass sie von genau hier gesteuert wurde. Was der Mann beim Laufen wohl dachte? Dass sich die Ereignisse wiederholten? Dass Alexandre von den Toten auferstanden war? Dass auf seinen Chef ein zweiter Killer angesetzt war, der das Gewehr gegen eine Drohne getauscht hatte?
Lucien machte sich bereit, den Mann mit dem roten Barett gebührend zu empfangen.
Endlich … der Bewegungsmelder gab Signal.
Die Tür zum Treppenaufgang wurde geöffnet. Ein Mann trat aufs Dach und blieb nach wenigen Schritten stehen. Vom Rennen war er etwas außer Atem.
Auch Lucien blieb kurz die Luft weg – denn vor ihm stand nicht der Leibwächter, sondern … sondern Kusnezow persönlich. Mit einer schweren Armeepistole im Anschlag.
»Nicht bewegen!«, sagte Lucien. »Meine Waffe ist direkt auf Ihren Kopf gerichtet. Außerdem stehen Sie auf einer Sprengmatte, die Sie gerade selbst aktiviert haben.«
Kusnezow schielte nach unten. Tatsächlich stand er auf einer undefinierbaren Matte. Er konnte nicht wissen, dass Lucien sie von den Bauarbeitern hatte, die gerade sein Appartement renovierten. Sie hatte aufgerollt in die Angeltasche mit dem Gewehr gepasst. Die Matte konnte vieles, aber ganz sicher nicht explodieren.

Kusnezow richtete den Kopf wieder auf und sah irritiert auf das leere Dach. Die Stimme war von schräg vorne gekommen, aber da stand niemand. Auf dem Schaltkasten lag das Gewehr. Auf dem Boden die gelandete Drohne.
»Nicht bewegen!«, wiederholte Lucien. »Sonst sind Sie ein toter Mann.«
»Was wollen Sie? Wo sind Sie?«
Lucien konnte erkennen, wie Kusnezow zu einem nur wenige Handbreit hohen Mauerstück blickte. Von dort schien die Stimme zu kommen. Doch da konnte sich niemand verstecken. Natürlich nicht, aber für den Bluetooth-Lautsprecher, den Lucien dahintergestellt hatte, reichte die Deckung. In Wahrheit stand er in Kusnezows Rücken auf dem Dach des Aufgangs und sprach mit leiser Stimme in ein Headset.
Mit einer Pistole zielte er aus nächster Entfernung auf Kusnezows glatt rasierten Schädel. In diesem Punkt hatte er nicht geblufft. Er konnte es immer noch nicht fassen, dass Kusnezow hier stand und nicht sein Leibwächter. Wie es aussah, hatte er die ganze Zeit den falschen Mann verdächtigt, seinen Vater erschossen zu haben.
Lucien glaubte, ein Signal vom Bewegungsmelder zu hören. Nein, da hatte er sich wohl getäuscht.
»Sehen Sie da vorne die Blutflecken?«, fragte Lucien. »Da haben Sie vor nicht allzu langer Zeit einen Mann erschossen. Um ihn war es nicht schade, er war ein Profikiller und hatte es auf Ihr Leben abgesehen.«
Ihm fiel es schwer, die Worte so auszusprechen, aber anders würde er die Wahrheit nie erfahren.
»Ich weiß immer noch nicht, was Sie von mir wollen?«
»Auf den Killer war ein Kopfgeld ausgesetzt. Ich möchte wissen, ob Sie das gewusst haben, als Sie ihm in den Rücken geschossen haben?«

Lucien war sich bewusst, dass er Kusnezow gerade eine haarsträubende Geschichte auftischte. Aber der Mann stand unter Stress. In solchen Momenten glaubten Menschen manches, was bei nüchterner Betrachtung völliger Unsinn war.

»Ein Kopfgeld? Versteh ich nicht. Ich dachte, auf meinen Kopf sei eine Prämie ausgesetzt?«

»Auch das, mein lieber Maxim, auch das. Aber darüber können wir reden. Erst beantworten Sie meine Frage: Haben Sie das gewusst, als Sie dem Mann in den Rücken geschossen haben? Ungefähr von dort, wo Sie im Moment stehen.«

Kusnezow atmete schwer.

»Nein, das habe ich nicht gewusst«, antwortete er schließlich. »Er hat versucht, mich zu töten, also habe ich ihn getötet. So ist das in der Natur, die Stärkeren überleben.«

Lucien schluckte. Jetzt hatte er es, das ersehnte Geständnis. Vor ihm stand der Mann, der seinen Vater getötet hatte. Die Pistole hielt Lucien auf seinen Kopf gerichtet. Eine kleine Bewegung des Zeigefingers – und sein Vater wäre gerächt. Aber …

»Du elendes Schwein«, hörte er eine Stimme aus dem Treppenaufgang. Dann fielen Schüsse, in schneller Folge, bis das Magazin leer war. Plopp, plopp, plopp … mit Schalldämpfer. Alle Kugeln trafen Kusnezow in den Rücken. Die letzten, als er schon kopfüber zu Boden stürzte. Fassungslos sah Lucien von oben auf den hingestreckten regungslosen Körper. Fassungslos weniger, weil Kusnezow gerade definitiv sein Leben verloren hatte. Fassungslos vor allem wegen des Schützen …

Er hatte sie schon an ihrer Stimme erkannt. »Du elendes Schwein!« So pflegte sich … Francine sonst nicht auszudrücken. Mit diesen Worten war der ganze Hass auf den Mörder ihres Alexandres aus ihr herausgebrochen. Offenbar hatte sie Kusnezows Geständnis im Treppenhaus mit angehört. Dann hatte sie sich nicht mehr beherrschen können …

Wieder hörte er das Pfeifgeräusch des Bewegungsmelders. Diesmal eindeutig.

»Francine, schnell zur Seite!«, rief er. »Bring dich in Deckung, da kommt jemand.«

Ihr erging es wie Kusnezow. Irritiert sah sie in Richtung des Bluetooth-Lautsprechers. Aber sie zögerte nur einen Moment – dann versteckte sie sich hinter dem Treppenaufgang.

Entweder kam jetzt die Frau mit den Lockenwicklern, dachte Lucien, um nun doch nach dem Vogelkundler zu schauen. Oder, sehr viel wahrscheinlicher …

Nein, keine Lockenwickler, stattdessen eine rote Barettmütze. Der Leibwächter blieb direkt unter ihm stehen – und sah erstarrt auf den Leichnam seines Chefs. Mit einer Pistole der Marke Makarow in der Hand.

Sein Vater hatte ihm immer wieder eingebläut, dass man in kritischen Situationen keine Sekunde zögern dürfe. Es gelte, das Überraschungsmoment zu nutzen. Kurz, hart und mit aller Entschlossenheit.

Mit den Füßen voraus sprang Lucien dem Leibwächter von oben ins Genick. Noch im Fallen hieb er ihm mit dem Knauf der Pistole gegen die Schläfe. Das rote Barett flog durch die Luft.

Der schwere Mann schlug direkt neben Kusnezow mit dem Kopf auf dem Boden auf.

Lucien sprang auf die Beine, bereit, den Leibwächter endgültig außer Gefecht zu setzen. Aber das war nicht nötig. Er lag so regungslos da wie sein Chef. Nur war er

noch am Leben. Und die Blutlache um ihn herum stammte nicht von ihm.
Lucien drehte sich um und schloss die Stahltür zum Treppenaufgang. Zwar rechnete er nicht mit weiteren Besuchern, jedenfalls nicht in den nächsten Minuten, aber irgendwann würden sich die anderen Leibwächter von Kusnezow fragen, wo die beiden blieben. Spätestens dann sollten sie nicht mehr hier sein.
Francine schlich um die Ecke. Mit hängenden Schultern und verheulten Augen. So hatte er sie noch nie gesehen. Er nahm sie still in die Arme. Es gab Momente im Leben, da hätte man sich so viel zu sagen, dass man … besser schwieg. Francine schluchzte und zitterte. Er gab ihr Zeit. Auch wenn sie diese nicht endlos hatten. Schließlich ließ er sie los.
»Geht's?«, fragte er leise.
Sie nickte. »Muss ja.«
Er nahm ihr die Pistole ab, die sie noch in den Händen hielt.
»Hast du die von meinem Vater?«, fragte er.
»Ja, er hat sie mir mal gegeben. Für den Fall der Fälle.«
»Dann ist sie nicht registriert«, stellte Lucien fest.
Er überlegte, die Pistole sorgfältig abzuwischen und dem Leibwächter anstelle seiner eigenen in die Hand zu drücken. Aber was würde das bringen? Es war kaum mit einer polizeilichen Ermittlung zu rechnen. Kusnezows Leibwächter würde wieder zur Besinnung kommen. Ganz sicher würde er nicht mit der Pistole in der Hand auf die Polizei warten. Und die würde nur kommen, wenn er sie entweder selbst rief, was wenig Sinn machte, oder Lucien müsste sie verständigen – einen Teufel würde er tun.
Er schraubte den Schalldämpfer ab und steckte Francines Pistole in seinen Rucksack.

»Wir müssen uns beeilen. Hat dich jemand gesehen?«
»Nein, ich glaube nicht.«
Eilig packte er alles zusammen: das Gewehr, den Bluetooth-Lautsprecher, das Fernglas, die Drohne ... Nur die Matte ließ er liegen. Ging nicht anders, die beiden lagen drauf.
»Bist du mit dem Auto da?«, fragte er.
»Ja, ich parke nicht weit von hier.«
»Dann geh schon mal vor. Ich komm gleich nach. Wir treffen uns in der *Villa Béatitude*.«
»Merci«, flüsterte sie.
Genauso gut könnte er sich bei ihr bedanken, ging ihm durch den Kopf. Schließlich hatte sie ihm eine Entscheidung abgenommen. Und vollzogen, wozu ihm der Mut gefehlt haben könnte.
»Fahr vorsichtig«, sagte er und schob sie sanft ins Treppenhaus.
Anschließend sah er sich ein letztes Mal auf dem Dach um. Hatte er was vergessen? Nein. Warum zögerte er dann? Weil ihm klar wurde, dass er nie mehr hierher zurückkehren würde. An den Ort, wo sein Vater getötet wurde, auch wenn er es anschließend noch bis nach Hause geschafft hatte. Es galt, Abschied zu nehmen. Abschied auch von dem Ort, wo sein Tod gerächt wurde. Nicht von ihm, seinem Sohn. Sondern von Francine, seiner Geliebten. Mit allem hatte Lucien gerechnet, aber damit gewiss nicht. Francine, die sich immer unter Kontrolle hatte. Die ihm immer wieder ins Gewissen redete, sich den Mordaufträgen von Edmond zu widersetzen. Die auch seinen Vater davon abbringen wollte. Jetzt hatte sie selbst getötet ...
Lucien nahm sein Handy und machte einige Fotos von Kusnezows Leichnam. Auch einige Nahaufnahmen vom

Kopf. Der schräg auf ihm liegende Leibwächter störte nur wenig. Lucien hatte den Eindruck, dass er bald wieder sein Bewusstsein erlangen könnte. Er gab sich einen Ruck und eilte Francine hinterher. Im Treppenhaus pflückte er noch den Bewegungsmelder von der Decke. Er war erleichtert, als er die Wohnungstür der Dame mit den Lockenwicklern passiert hatte. Blieb zu hoffen, dass sein Eindruck zutraf und sie ohne Brille wirklich schlecht sah. Dann würde sie sich zwar an einen Vogelkundler erinnern, aber sie würde ihn nicht beschreiben können.

Im Hauseingang blieb er kurz stehen und spähte auf die Straße. Links sah er schon in größerer Entfernung Francine. Sie entfernte sich ohne Hektik, in einem kurzen Sommerkostüm und – kaum zu glauben – in hohen Stöckelschuhen. Eine elegante Erscheinung, sogar von hinten. Niemand würde auf die Idee kommen, dass sie gerade einen Menschen erschossen hatte.

Der Blick nach rechts war weniger erbaulich. Drei kräftig gebaute Männer näherten sich mit schnellen Schritten. Ihnen sollte er besser nicht begegnen. Lucien machte auf dem Absatz kehrt und eilte zur Wohnungstür seiner neuen Bekanntschaft. Er läutete und klopfte gleichzeitig dagegen.

Er hatte Glück, sie machte sofort auf.

»Nicht so stürmisch, junger Mann«, begrüßte sie ihn mit einem freudigen Lächeln.

»Darf ich reinkommen?«

Sie trat zur Seite und machte eine einladende Handbewegung.

»*Oui, oui, mon cher,* ich freue mich.«

Er drängte sich mit seinem Gepäck an ihr vorbei.

Sie klimperte mit den Augen und schloss die Wohnungstür.

Lucien atmete durch. Draußen hörte er Schritte. Noch mal gut gegangen.
»Ich konnte doch Ihre freundliche Einladung auf ein Glas Wein nicht ausschlagen«, sagte er.
»Das habe ich gehofft. Ich will wirklich mehr über Ihre Vögel erfahren ... Vor allem interessiert mich ihr Paarungsverhalten.«
Genauso, dachte er, hatte er die Dame eingeschätzt. Wäre er gerade nicht so angespannt, würde er sich amüsieren.
»Das ist in der Tat ein spannendes Kapitel«, bemühte er sich um Ernsthaftigkeit. »Der Begattung geht in der Regel ein werbendes Vorspiel voraus, die sogenannte Balz.«
Damit war sein ornithologisches Wissen erschöpft.
»Ach ja, die Balz. Davon habe ich schon gehört. Man kann sie gewiss überspringen ... Ich meine, wir Menschen können das.«
Lucien hörte ihr nicht wirklich zu. Viel mehr interessierte ihn, dass aus dem Treppenhaus keine Geräusche zu hören waren. Die Männer waren mittlerweile wohl oben auf dem Dach. Dort dürften sie eine Weile beschäftigt sein. Jetzt musste es ihm nur noch gelingen, sich aus den Fängen dieser Dame zu befreien.
»Ja, ja, wir können das ...«, wiederholte er geistesabwesend.
Unbeabsichtigt hatte er damit genau das Richtige gesagt. Sie überraschte ihn mit einem fetten Kuss auf die Lippen.
»Ich muss schnell ins Bad, bin gleich wieder da. Kannst dich schon mal ausziehen.«
Lucien wurde klar, dass sie sich wirklich nicht lange mit der Balz aufhalten wollte. Er wartete, bis sie die Badezimmertür hinter sich geschlossen hatte. Dann griff er sich seinen Rucksack und die Angeltasche mit dem Gewehr – und schlich eilig aus der Wohnung. Leise zog er

die Tür ins Schloss. Ihm ging durch den Kopf, dass er sich schon mal charmanter von einer Dame verabschiedet hatte. *Je vous prie de m'excuser …* Auf der Straße angelangt, wandte er sich wie zuvor Francine nach links. Falls noch weitere Leute von Kusnezow kommen sollten, dann wohl wie die anderen von rechts. Ihnen wollte er nicht in die Arme laufen. Es war wirklich höchste Zeit zu verschwinden.

55

Als er bei der *Villa Béatitude* ankam, beruhigte ihn, am gewohnten Platz Francines roten Alfa zu sehen. Zwar hatte er sich keine Sorgen gemacht, ob sie die Strecke schaffen würde, aber er hatte es für möglich gehalten, dass sie gleich nach Monte Carlo weitergefahren wäre, um sich dort in ihrer Wohnung zu verkriechen.

Plopp, plopp, plopp … Ihre Schüsse aus der Pistole mit dem Schalldämpfer würden noch lange in seinen Ohren nachklingen. Auch ihre Worte, die so gar nicht zu ihr passten: *Du elendes Schwein!* Francine hatte wirklich die Kontrolle über ihr Handeln verloren. Jetzt musste sie mit ihrer Tat klarkommen und das traumatische Erlebnis verarbeiten. Das würde dauern. Vielleicht ein Leben lang.

Er stieg von der Vespa. Schon kam ihm Rosalie entgegengelaufen.

»Was ist passiert?«, fragte sie kurzatmig. »Francine ist völlig aufgelöst, so habe ich sie noch nie gesehen. Sie hat mich kaum begrüßt und ist gleich heulend ins Bad gerannt. Dort hat sie sich eingeschlossen.«

»Es ist alles gut«, sagte Lucien.

»Ihr wart zusammen, stimmt's?«

»Wir haben uns zufällig getroffen, da hast du recht.«

»Zufällig?«

Er zuckte mit den Schultern. »Wie man's nimmt.«

»Du sollst dir nicht alles einzeln aus der Nase ziehen lassen. Diese Unart hattest du schon als Kind.«
Er rang sich ein Lächeln ab. »Und du solltest nicht so neugierig sein.«
»Ich will aber wissen, warum Francine so mit den Nerven fertig ist«, erwiderte sie trotzig. »Wie kann ich ihr sonst helfen?«
»Du kannst ihr gar nicht helfen. Du darfst nicht vergessen, dass sie ihr Schicksal mit bewundernswerter Haltung trägt. Manchmal ist es dann halt doch zu viel, dann brechen die Dämme.«
Sie runzelte die Stirn. »Einfach so? Ohne Anlass?«
»Da genügt der kleinste Anlass.«
Rosalie dachte offenbar über seine Worte nach. Ganz überzeugt schien sie nicht.
Sie deutete auf seine Angeltasche mit dem Gewehr.
»Hast du etwa damit geschossen?«
»Nein, habe ich nicht«, antwortete er wahrheitsgemäß.
Sie drohte ihm mit dem Finger. »Du darfst mich nicht anlügen. Außerdem hast du mir versprochen, nichts zu machen, was du später bereuen würdest. Du erinnerst dich?«
»Natürlich erinnere ich mich. Auch, dass ich versprochen habe, mit dir nach meiner Rückkehr einen Marc zu trinken. Das machen wir jetzt. Ich bring nur schnell meine Sachen in die Katakomben, dann treffen wir uns in der Küche.«
»Das ist ausnahmsweise eine gute Idee. Soll ich Francine fragen, ob sie uns Gesellschaft leisten möchte?«
Er konnte sich nicht erinnern, dass Francine ihnen in der Küche je Gesellschaft geleistet hätte. Das war sein und Rosalies ganz persönlicher Rückzugsort. Auch wusste er nicht, ob Francine Rosalies Tresterschnaps mochte. Vielleicht war er jetzt aber auch genau das Richtige für sie.

»Kannst es ja mal versuchen. Aber bedränge sie nicht.«
»Seit wann bist du so rücksichtsvoll? Ich glaube, du magst sie.«
Auf diese Bemerkung, dachte Lucien, ging er besser nicht ein. Er schulterte sein Gepäck.
»À tout de suite!«

Entgegen seiner Erwartung kam Francine tatsächlich hinunter in die große Küche und setzte sich zu ihnen an den Tisch. Ihr vorangegangener Nervenzusammenbruch war ihr nicht anzusehen. Sie war makellos geschminkt und wirkte so beherrscht, wie sie es von ihr kannten. Spätestens jetzt wusste er, dass das alles Fassade war. In ihrem Inneren sah es völlig anders aus.
Francine warf Lucien einen schnellen Blick zu. Er schloss kurz die Augen und schüttelte leise den Kopf. Damit wollte er ausdrücken, dass sie sich keine Sorgen machen solle.
Rosalie hob ihr Glas. »Schön, dass wir hier zusammensitzen. Jetzt trinken wir auf unser gemeinsames Wohl. *Santé!*«
Francine leerte das Glas in einem Zug. Wortlos griff sie zur Flasche und schenkte sich nach.
Es war ihr nicht zu verdenken, dachte Lucien.
Rosalie sah Francine besorgt an – und stellte die Flasche ins Regal. Das hatte sie noch nie gemacht. Eigentlich mochte sie es, wenn der Marc immer in Reichweite war.

Eine halbe Stunde später lief Lucien mit Francine durch die Gartenanlage der *Villa Béatitude*. Am Springbrunnen vorbei, am Rosenbeet und an frisch gepflanzten Glyzinien. Sie sprachen kein Wort. Erst als sie sich unter einer Pergola auf eine Gartenbank gesetzt hatten, brach sie das Schweigen.

»Ich hätte nicht gedacht, dass ich dazu fähig bin«, sagte sie leise.

Er nahm ihre Hand. »Ich auch nicht. Aber Alexandre wäre stolz auf dich. Du hast dich verhalten wie eine echte Chacarasse.«

Sie sah ihn von der Seite an. »Dabei bin ich keine und werde es auch nie sein. Außerdem täuschst du dich. Alexandre hasste nichts mehr als Kontrollverlust. Sich zu beherrschen sei eine Frage der Intelligenz, hat er gesagt, und der Erziehung.«

»Dann hat er bei mir was falsch gemacht. Mir gelingt es auch nicht immer, mich zu beherrschen.«

»Heute konntest du es. Statt Kusnezow sofort zu erschießen, hast du erst mit ihm gesprochen.«

»Weil ich wollte, dass er den Mord an Alexandre gesteht.«

»Ich weiß, ich habe jedes Wort verstanden. Du hast es geschickt angestellt …«

»Ist mir nicht leichtgefallen, meinen Vater als Profikiller zu bezeichnen, um den es nicht schade sei. Aber nur so konnte ich ihn dazu bringen, die Tat zuzugeben.«

»War mir klar.« Francine atmete tief durch. Schließlich wiederholte sie mit gedämpfter Stimme Kusnezows letzte Worte: »Er hat versucht, mich zu töten, also habe ich ihn getötet …«

»So ist das in der Natur«, ergänzte Lucien, »die Stärkeren überleben.« Auch er würde dieses Geständnis nie vergessen.

»Genau genommen hatte er ja recht«, sagte sie nachdenklich. »Wäre Alexandre zum Schuss gekommen, hätte Kusnezow dafür mit dem Leben bezahlt. Und vielleicht hätte dann umgekehrt jemand versucht, *seinen* Tod zu rächen.« Sie langte sich an den Kopf. »Wie

krank ist das alles? Wie konnte deine Familie nur damit leben?«
Erwartete sie eine Erklärung? Er wüsste keine.
»Wie hast du mich eigentlich auf dem Haus gefunden?«, wechselte er das Thema.
Francine strich sich eine Locke aus der Stirn. Die Gewohnheit kannte er bereits von ihr.
»Bevor du gefahren bist, hast du deinen Rucksack kurz im Foyer abgestellt. Du erinnerst dich? Die Gelegenheit habe ich genutzt, dir einen Tracker in die Seitentasche zu schmuggeln.«
»Alternativ hättest du mich einfach fragen können, wo ich hinwollte und aus welchem Grund.«
»Hätte ich, aber du hättest mir keine Antwort gegeben.«
»Stimmt, aber ein Versuch wäre es wert gewesen.«
»Um dein Misstrauen zu wecken? Außerdem kannte ich den Grund, der war nicht schwer zu erraten.«
Lucien runzelte die Stirn. Auf die Erklärung war er gespannt.
»Mir ist das Foto von dem Mann mit dem Strohhut nicht aus dem Kopf gegangen. Rosalie hat sich verplappert und erwähnt, dass du etwas herausgefunden hast. Daraufhin hat sie sich erschrocken den Mund zugehalten, weil du ihr verboten hättest, darüber zu reden. Schon am Tag zuvor hatte ich mich gefragt, warum du auf dem Weg zu deinem Lokal einen großen Rucksack mitgenommen hast. Und dass Edmond auf deine Fragen überhaupt keine Antwort gegeben hat, habe ich dir auch nicht geglaubt …« Francine zog ein Taschentuch aus dem Ärmel und schnäuzte sich. »Außerdem habe ich dich hintergangen«, gestand sie. »Ich habe deinen Computer geöffnet und mir den Verlauf angeschaut.«
Sollte er ihr böse sein? Das brachte nichts.

»Über diesen Maxim Kusnezow hast du erstaunlich viel herausgefunden …«

»Ich habe mir Mühe gegeben.«

»… aber offenbar nicht alles. Vor seiner steilen Karriere als Oligarch war Kusnezow nämlich beim Militär. Dort hat er eine Einheit kommandiert, die auf Nahkampf spezialisiert war.«

Das hatte er tatsächlich übersehen. Plötzlich war klar, warum Kusnezow persönlich erschienen war. Leibwächter wie den Mann mit dem roten Barett brauchte er in seiner Situation dennoch. Wahrscheinlich stammten sie alle aus seiner alten Einheit. Wenn es aber darum ging, einen Feind auszuschalten, der es auf sein Leben abgesehen hatte, nahm er diesen Fehdehandschuh selbst auf. Für ihn war das eine Frage der Ehre.

»Ich denke, dass sich auch Alexandre in Kusnezow getäuscht hat«, fuhr sie fort. »Ich stelle mir den Ablauf so vor, dass Kusnezow und seine Leute Alexandre auf dem Dach entdeckt haben …«

»Wahrscheinlich mit einer Überwachungskamera, die auf dem Zugang positioniert war.«

Sie sah ihn überrascht an. »Woher weißt du das?«

»Ich weiß es nicht, aber ich vermute es.«

»Das wäre eine Erklärung. Jedenfalls könnte ich mir vorstellen, dass Alexandre auf Kusnezow angelegt hatte. Bevor er abdrücken konnte, ist er im Haus verschwunden. Alexandre hat geduldig auf seine Rückkehr gewartet …«

Ähnliches hatte er sich auch schon überlegt.

»Oder Kusnezow war noch gar nicht erschienen. Auch dann hätte er warten müssen.«

»Seine Leibwächter waren jedenfalls da«, kombinierte sie weiter. »Auch der Mann mit dem roten Barett. Alexandre

konnte nicht ahnen, dass Kusnezow schon zu ihm unterwegs war ...«
Wieder zog Francine ihr Taschentuch aus dem Ärmel. Diesmal, um sich Tränen von der Wange zu wischen.
Genauso könnte es sich zugetragen haben, dachte Lucien. Plötzlich passte alles zusammen.
»Du bist mir also nachgefahren?«, kam er auf den Beginn ihres Gesprächs zurück.
Sie nickte. »Hat etwas gedauert. Ich musste erst in meine Wohnung und die Pistole holen.«
»Das hast du in der kurzen Zeit geschafft?«
»Ich bin zweimal geblitzt worden, aber das war mir egal. Ich hatte Angst, ich könnte zu spät kommen.«
»Zu spät wofür?«
»Du hattest die lange grüne Tasche umhängen. Mir war klar, dass da keine Angel drin war.«
»Aber einen Plan hattest du nicht?«
»Nein, keinen Plan. Wie auch?«
Sie beugte sich nach vorne und stützte ihren Kopf in die Hände. Die Haare fielen ihr übers Gesicht. Er hörte sie schluchzen.
Lucien gestand sich ein, dass auch er keinen Plan gehabt hatte. Jedenfalls keinen, der zu Ende gedacht war. Mithilfe der Drohne wollte er den Mann mit dem roten Barett aufs Dach locken und ihm ein Geständnis abpressen. Um dann was zu tun?
Er legte einen Arm um Francines Schultern.
»Es ist vorbei. Alles ist vorbei ...«, sagte er leise. »Morgen fahren wir nach Roquebrune und legen Alexandre Blumen aufs Grab.«
»Ja, das machen wir. Weiße Tulpen, die mochte er.«
»Tulipes blanches ...«
»Und eine rote Rose, von mir.«

56

Am Abend saß Lucien in Villefranche auf seinem Balkon. Das *P'tit Bouchon* würde heute ohne ihn auskommen müssen. Er wäre nicht fähig, sich auf die Alltäglichkeiten seines Restaurants zu konzentrieren. Nicht an einem Tag wie heute. Er wollte keine Gäste sehen oder gar mit ihnen höflich belanglose Worte wechseln. Auch interessierte ihn nicht, was Roland in seiner Küche zusammenrührte. Den Service wusste er bei Paul in guten Händen. Viel konnte nicht schiefgehen – nicht mehr als sonst auch.

Lucien schloss die Augen und ließ die Geschehnisse der letzten Stunden Revue passieren. Zunächst war alles nach Plan gelaufen. Auch der Trick, seine Drohne quasi als »Lockvogel« einzusetzen, hatte funktioniert. Und dann … dann war alles anders gekommen als erwartet. Statt des von ihm verdächtigten Leibwächters war Kusnezow persönlich aufgetaucht. Eine faustdicke Überraschung. Aber eine, die im Ergebnis zweifelsfrei offenbarte, wer für den Tod seines Vaters wirklich verantwortlich war. Wenn man so wollte, ein direkter Rollentausch: Das Opfer war zum Jäger geworden und der Jäger zum Opfer.

Lucien empfand Genugtuung, dass er Kusnezow dazu gebracht hatte, den Mord an seinem Vater zu gestehen. Mord? Ja, denn ein Schuss in den Rücken war heimtückisch und grausam. Auch wenn sein Vater das Gleiche vorgehabt hatte – ein Schuss über große Entfernung. Ebenfalls mit der Absicht, ein Leben auszulöschen. Kusnezows Leben. Moralisch erkannte Lucien keinen großen Unterschied. Sein Vater hätte gegen Bezahlung gemordet, Kusnezow war dem zuvorgekommen und hatte Gleiches mit Gleichem vergolten. Vielleicht war dessen Motiv sogar nachvollziehbarer, weil es ja schließlich um seinen eigenen Kopf ging. Wenn man so wollte eine erweiterte Form der Selbstverteidigung. Seinem Vater dagegen war es »nur« darum gegangen, einen Auftrag auszuführen. Mit geschäftsmäßiger Routine, mit Vertrag und geregeltem Honorar. Kein Verteidiger würde auf mildernde Umstände plädieren. Auch wäre die Entschuldigung nicht strafmindernd, dass die Chacarasse dies eben schon seit Generationen so betrieben. Halt ein Familienerbe, das jedem Nachfahren bereits in die Wiege gelegt wurde. Faktisch müssten alle seine Vorfahren im Nachhinein zur Höchststrafe verurteilt werden, überlegte Lucien. Früher hätte man ihnen unter der Guillotine den Kopf abgeschlagen. Vielleicht war es sogar mal geschehen? In der Familienchronik stand nichts davon. Womöglich aber hatte man dieses Kapitel diskret unterschlagen.

Lucien stellte fest, dass er sich mit seinen Gedanken von dem entfernte, was ihm eigentlich wichtig war: nämlich die Geschehnisse des zurückliegenden Tages zu verarbeiten. Schuldfrage hin oder her. Einen entscheidenden Unterschied gab es eben doch: Kusnezow hatte nicht irgendjemanden erschossen, sondern seinen Vater – und er hatte es gestanden. Laut und vernehmlich!

Und dann? Ab da war nichts mehr nach Plan gelaufen. Wobei er sich erneut selbstkritisch die Frage stellte, an welchen Plan er gerade dachte. Schließlich hatte er nie weiter als bis zu einem Geständnis vorausgeblickt. Dass plötzlich Francine als Racheengel auf der Bühne erscheinen könnte, wäre ihm im Traum nicht eingefallen. Wie die Nemesis in der griechischen Mythologie, die Göttin des Zorns und der Rache. Eine Verwandlung, die er Francine nie zugetraut hätte.

Lucien gestand sich ein, dass ihm Francine eine Entscheidung abgenommen hatte. Durfte er sie dafür verurteilen? Ganz gewiss nicht. Sie hatte nur das getan, wozu ihm wohl der Mut gefehlt hätte.

Er überlegte, was mit Kusnezows Leiche passiert war. Seine Männer könnten ihn einfach auf dem Dach liegen lassen. Irgendwann würde ihn jemand finden. Ein Techniker der Klimaanlagen zum Beispiel oder ein Schornsteinfeger. In einem zweifellos sehr unansehnlichen Zustand. Die mediterrane Sonne war gnadenlos – auch zu Leichen. Wäre er wirklich Ornithologe, würde er auch die Vögel in Betracht ziehen. Auf jeden Fall würde sich die Polizei schwertun, Kusnezows Identität festzustellen, ebenso den genauen Todeszeitpunkt und erst recht den Tathergang.

Doch wie wahrscheinlich war es, dass Kusnezows Männer ihn einfach liegen ließen? Sie schuldeten ihm einen würdigeren Abschied.

Sich aus dem Staub zu machen, um gleich danach die Polizei zu verständigen, war ebenfalls keine realistische Option. Denn in der Folge würde es zu Ermittlungen kommen. So etwas fürchteten bewaffnete Söldner wie der Teufel das Weihwasser.

Und der Mann mit dem roten Barett? Abgesehen von Kopfschmerzen dürfte es ihm wieder gut gehen. Aber er würde nicht verstehen, wie ihm das hatte passieren können. Die Verletzung seines Egos würde länger nachwirken.

Lucien kam zu der Schlussfolgerung, dass sie Kusnezows Leiche mitgenommen hatten. Vielleicht geschah das sogar genau jetzt mit der einbrechenden Dunkelheit? In den nächsten Tagen oder Wochen würden seine Unterstützer dafür sorgen, dass er eine angemessene Trauerfeier bekam. Und weil er wohl auch als Leiche nicht zurück in seine Heimat durfte, würde er irgendwo in dieser Gegend auf einem Friedhof seine letzte Ruhe finden. Gestorben eines natürlichen Todes. Vielleicht an einem Herzinfarkt, überlegte Lucien. Wie sein Vater … Dann hätten sie zumindest diese Lüge gemeinsam.

Lucien stand auf und ging in die Küche. Er entkorkte eine Flasche Wein und goss sich ein Glas ein. *»Obligé aux vivants et aux morts«*, zitierte er leise das Familienmotto. Er verstand es immer weniger.

Zurück auf dem Balkon, stellte er sich die Frage, wie es weitergehen sollte. Francine hatte er versprochen, morgen mit ihr zum Familiengrab nach Roquebrune zu fahren. Aber vorher, nahm er sich vor, würde er seinem Onkel Edmond einen Besuch abstatten. Schließlich hatte er eine interessante Neuigkeit für ihn. Auf seine Reaktion war er schon gespannt. Auch hatte er einige dringliche Fragen …

57

Sein mittlerweile zur Gewohnheit gewordenes Frühstück mit Rosalie hatte sie auf der Terrasse vorbereitet. Mit Blick auf das Rosenbeet, dahinter der Springbrunnen und die Zypressen.

Obwohl Rosalie wusste, dass Lucien zum *petit-déjeuner* nicht sehr viel mehr als einen *café noir* benötigte, hatte sie Orangen ausgepresst, im Korb lagen warme Brioches und Croissants, dazu gab es Honig und selbst gemachte Marmeladen. Eine Schale mit *fraises* und *framboises*. Kaffee in der Pressstempelkanne. Sogar ein kleines Omelett hatte sie gebacken.

»Rosalie, was ist in dich gefahren?«, fragte er.

Sie sah ihn verständnislos an. »Wo willst du hinfahren?«

Lucien lachte. »*Pardon,* ich habe mich unklar ausgedrückt. Ich wollte mich nur für dieses großartige Frühstück bedanken und fragen, warum du dir solche Mühe gegeben hast. Sogar mit Stoffservietten und dem feinen Silberbesteck. Ist mir irgendwas entgangen?«

»Denk mal nach!«

»Wir haben keinen Feiertag, das weiß ich sicher, weil das *P'tit Bouchon* ganz normal geöffnet hat.«

»Macht ihr an Feiertagen zu? Könnt ihr euch das leisten?«

»An manchen schon, hängt vom Feiertag ab.«

»Du hast noch einen Versuch, sonst räume ich alles ab, und du kannst dir deinen Kaffee selbst machen.«

»Vielleicht wolltest du mir einfach eine Freude bereiten?«

»Womit hättest du dir das verdient? Gestern hast du sogar Francine zum Heulen gebracht.«

»War nicht meine Schuld.«

»Lucien, du bist ein hoffnungsloser Fall. Aber ich will mal nicht so sein und helfe dir auf die Sprünge: Heute hätte deine liebe Mutter …«

Er schlug sich gegen die Stirn. »Sag bloß, sie hätte heute Geburtstag?«

»*Exactement!* Wieso um Himmels willen kannst du dir das Datum nicht merken?«

»Den Geburtstag meiner Mutter weiß ich natürlich, ich wusste nur nicht, welches Datum wir heute haben. Das weiß ich fast nie, warum auch?«

»Weil du einfach in den Tag hineinlebst. So warst du schon immer. Ich habe den Frühstückstisch so gedeckt, wie sie es gerne hatte. Später können wir mit einem Glas Champagner auf die Contessa anstoßen. Sie war eine großartige, warmherzige Frau, ich habe Laetitia sehr verehrt. Leider ist sie viel zu früh von uns gegangen.«

Das ist sie wirklich, dachte Lucien. Er vermisste seine Mutter sehr. Ob er seinen Vater je so vermissen würde?

»Rosalie, ich danke dir …«

»Ich hätte auch eine Kerze angezündet, aber ich habe das Feuerzeug nicht gefunden.«

»Ich werde es später nachholen. Ich hatte sowieso vor, mit Francine nach Roquebrune auf den Friedhof zu fahren. Dort werde ich auf dem Grab zwei Kerzen anzünden. Eine für meine Mutter zum Geburtstag. Und die zweite für meinen Vater, weil …«

Er sprach nicht weiter. Weil sie gestern seinen Tod gerächt hatten? Das musste Rosalie nicht wissen.
»Weil sich das so gehört«, ergänzte sie. »Immerhin war er dein Vater. Und der Contessa war er immer ein guter Ehemann, das weißt du. Er hat sie von ganzem Herzen geliebt.«
Contessa? Tatsächlich wurde sie aufgrund ihrer italienischen Herkunft von allen so genannt. Nicht Comtesse – obwohl sie mit einem französischen Comte verheiratet war. Sie hatte sich ihre italienischen Eigenarten nie nehmen lassen.
»Das hat er«, bestätigte Lucien. »Er hat sie auf Händen getragen.«
Sie nickte. »Das hast du schön gesagt. Mit Francine war das was anderes. Aber geliebt hat er sie auch … Ihr wollt zusammen auf den Friedhof? Du weißt schon, dass sie heute nicht kommt?«
»Ja, ich weiß. Ich hol sie später in ihrer Wohnung ab. Vorher bin ich noch mit Edmond verabredet. Wir treffen uns um elf Uhr auf dem Sentier du Littoral.«
»Nicht in seinem Haus? Die frische Luft wird dem alten Griesgram guttun.« Sie legte den Kopf zur Seite und sah Lucien fragend an. »Ich hoffe, er will nicht wieder was von dir?«
»Nein, diesmal ging die Initiative von mir aus. Ich will mich nur mit ihm unterhalten.«
»Über das, was gestern passiert ist?«
Lucien lächelte. »Rosalie, du bist entschieden zu neugierig. Jetzt lass uns frühstücken und über meine Mutter reden. Was waren eigentlich ihre Lieblingsblumen?«
Er wollte sie, dachte er, später zusammen mit den weißen Tulpen auf den Grabstein legen.
»Das weißt du nicht? Lucien, ich bleib dabei, du bist ein

hoffnungsloser Fall. Musst dir schon wieder von einer alten Frau auf die Sprünge helfen lassen. Was würdest du machen, wenn ich Alzheimer hätte?«
Er grinste. »Dann hätte ich ein Problem, also unterstehe dich.«

58

Lucien war zu früh dran. Er saß an der verabredeten Stelle des Sentier du Littoral auf der hüfthohen Mauer, mit Blick auf das Meer, und ließ die Beine baumeln. Nicht die Seele, dafür fehlte jede Veranlassung. Hinter ihm die steinerne Bank, auf der Edmond wie schon beim letzten Mal nicht Platz nehmen würde, einfach weil er schon eine Sitzgelegenheit hatte – nämlich seinen Rollstuhl. Lucien hatte kein schlechtes Gewissen, dass er so dachte. Sein Onkel mochte kein Mitgefühl. Wahrscheinlich hätte er es auch nicht verdient.

Gleich neben ihm gab es in der Mauer des Küstenwanderwegs eine vergitterte Tür, die aus Sicherheitsgründen immer abgeschlossen war. Denn dahinter gab es zwar in Stein gehauene Stufen, die über steile Klippen hinunter ans Meer führten. Trat man aber daneben oder rutschte aus, würde man den Sturz womöglich nicht überleben. Als Kind war er häufig über die Tür geklettert, zusammen mit seinem älteren Bruder, und barfuß über die glitschigen Stufen nach unten geturnt. Um sich das letzte Stück zu sparen und von einem Felsen ins Meer zu hechten und um die Wette zu schwimmen. Zurück gelangten sie über eine rostige Leiter wieder auf die Felsen und zu den Stufen. Bei Brandung kam auch das einer Mutprobe gleich.

Lucien sah hinunter auf die schäumende Gischt – und dachte an früher. Unbeschwerte Zeiten waren das gewesen. Jedenfalls für ihn und seinen Bruder, die ihren Bewegungsdrang ausleben durften und zu Hause keine Strafe zu erwarten hatten, wenn sie Dinge taten, die anderen Kindern verboten waren. Jedenfalls nicht von ihrem Vater, der sie sogar ermuntert hatte, ihre Grenzen auszuloten. Ihre Mutter dagegen hätte weniger Verständnis gezeigt. Weshalb sie aufpassten, dass sie möglichst wenig mitbekam.

Aus den Augenwinkeln sah er seinen Onkel näher kommen, im Rollstuhl geschoben von seinem Butler. Lucien sprang von der Mauer und ging ihnen entgegen.

»Bonjour, mon oncle, comment ça va?«

»Wie es mir geht? Natürlich schlecht. Du weißt, dass ich solche Ausflüge hasse. Außerdem hat mein unfähiger Butler meinen Tee vergessen. Ich hoffe also sehr, dass du am Telefon nicht übertrieben und wirklich spannende Neuigkeiten hast.«

Lucien sah dem »unfähigen Butler« ins Gesicht. Er hatte nicht einmal gezuckt. Offenbar wurde er sehr gut bezahlt. Oder gehörte es zu seiner Ausbildung, solche Herabwürdigungen stoisch hinzunehmen? Wahrscheinlich beides.

»Ich würde mit dir gerne unter vier Augen sprechen«, sagte Lucien.

Edmond gab seinem Bediensteten mit der Hand ein Zeichen. Was wohl so viel bedeutete wie: Er möge sich entfernen! Der Butler arretierte beim Rollstuhl die Bremse und zog sich diskret zurück. Um die nächste Kurve, sodass er nicht mehr zu sehen war. Lucien erinnerte sich, dass sein Onkel eine Trillerpfeife hatte, um ihn später zurückzurufen.

»So, jetzt sind wir allein. Also erzähl!«
Wortlos zeigte ihm Lucien das Display seines Handys.
»Ich kann nichts sehen, die Sonne spiegelt.«
»Dann schirme sie halt mit den Händen ab, die kannst du ja bewegen.«
Lucien wusste auch nicht, warum er so gemein war.
»Mach nur so weiter, irgendwann trifft dich der Blitz beim Scheißen.«
Das war gut gekontert, dachte Lucien. Etwas ordinär, aber angemessen.
»Da liegt einer am Boden«, stellte Edmond fest, nachdem er sich das Foto angeschaut hatte. »Was ist mit ihm los?«
»Er ist tot.«
»Soll vorkommen. Warum soll mich das interessieren?«
»Weil du den Mann erkennen müsstest. Es handelt sich um Maxim Kusnezow.«
»Wirklich?« Edmond sah sich das Foto erneut an. »Hast recht, das könnte er sein.«
»Er ist es definitiv.«
»*Bon,* dann ist er es halt. Wie ist er gestorben?«
»Mit einem vollen Magazin Kugeln im Rücken.«
»Autsch ... Habe ich es mir doch gedacht, dass seine Feinde jemand anderen auf ihn ansetzen.«
Im Prinzip, dachte Lucien, hatte er recht. Er könnte ihm von den Männern mit dem Granatwerfer erzählen, aber das würde ihn nur unnötig verwirren.
»Die waren es nicht«, sagte er stattdessen.
»Dann eben nicht, ist auch egal.«
»Du hast gesagt, den Auftrag, Kusnezow umzubringen, gebe es nicht mehr. Das Honorar hättest du zurücküberwiesen. Es bliebe uns nur, den Tod meines Vaters mit Demut und Trauer hinzunehmen.«
»*C'est vrai,* das habe ich gesagt.«

»Und ich habe erwidert, dass ich das nicht kann.«
Edmond hob den Kopf und sah Lucien in die Augen.
»Sag bloß, du hast …« Er sprach nicht weiter. Weil er es nicht glauben konnte?
»Ja, ich habe ihn gestern liquidiert.«
Edmond konnte seine Überraschung nicht verbergen.
»Wie bitte, du hast Kusnezow erschossen? Lucien, das hätte ich dir nie zugetraut.«
»Weil du mich nicht kennst, mein lieber Onkel.«
Er sollte, dachte Lucien, aus der Tragödie das Beste machen. Kein Mensch würde auf Francine kommen. Edmond am allerwenigsten. Indem er die Tat für sich reklamierte, bekam er bei Edmond ein völlig neues Standing. Ab jetzt würde er ihn als gefährlichen und unberechenbaren Mann ansehen. Das konnte nur von Vorteil sein.
»Das tue ich wohl wirklich nicht … Aber warum ausgerechnet Kusnezow? Dir ging es doch nicht um den Auftrag, sondern um …«
»Um Rache, richtig. Kusnezow hat zuvor gestanden, dass er Alexandre höchstpersönlich von hinten niedergeschossen hat.«
»Nicht einer seiner Leibwächter?«
»Nein, er selbst. Seine letzten Worte werde ich nie vergessen: Er hat versucht, mich zu töten, hat er gesagt, also habe ich ihn getötet. Dann hat er noch hinzugefügt: So ist das in der Natur, die Stärkeren überleben.«
»Sonst hat er nichts gesagt?«
»Dazu hatte er keine Gelegenheit mehr, ich habe ihm ein volles Magazin in den Rücken gejagt.«
»Du hast Gleiches mit Gleichem vergolten«, sagte Edmond leise. »Dein Vater wäre stolz auf dich.«
»Weiß ich nicht. Er hat mir nicht aufgetragen, seinen Tod zu rächen.«

»Er wäre es, glaub mir.«
Edmond hatte keine Ahnung, dachte Lucien, auf wen Alexandre in Wahrheit stolz sein könnte.
»Auf dem Foto sieht es so aus, als ob jemand auf ihm liegt, oder täusche ich mich da?«
»Einer seiner Leibwächter, ich musste ihn vorübergehend außer Gefecht setzen.«
»Hat er dich gesehen?«
Die Frage war berechtigt. Machte sich sein Onkel etwa Sorgen?
»Niemand hat mich gesehen. Nicht einmal Kusnezow. Doch bei ihm wäre es egal.«
Edmond nickte zufrieden. Lucien merkte ihm an, dass seine Gedanken in eine andere Richtung gingen.
»Ich könnte versuchen, bei den ursprünglichen Auftraggebern erneut unser Honorar in Rechnung zu stellen«, sagte er prompt nach einer Weile. »Auch wenn wir den vereinbarten Termin, nun ja, um einiges überzogen haben.«
»Es gab einen Termin?«
»Ja, gab es«, erwiderte Edmond. »Aber darüber könnten unsere Auftraggeber hinwegsehen. Ich werde mal diskret vorfühlen. Ökonomisch ist der Gedanke reizvoll.«
So war Edmond, überlegte Lucien. Er dachte immer und vor allem ans Geld. Was schwachsinnig war, denn wie wollte er es im Rollstuhl je ausgeben? Doch war das nicht sein Problem. Viel mehr beschäftigte Lucien seine Bemerkung, dass es einen Termin gegeben habe.
»Edmond, könnte es sein, dass du mir einiges verschwiegen hast, was ich wissen sollte, nicht nur diesen Termin?«
»Natürlich habe ich dir einiges verschwiegen. So sind unsere Regeln.«

»Ich sagte, was ich wissen sollte«, entgegnete Lucien mit scharfer Stimme. »Fangen wir mit dem Termin an. Wann wäre der gewesen?«

»Meinetwegen, das kann ich dir verraten. Alexandre hätte ihn eingehalten. Genau am letzten Tag der gesetzten Frist.«

Edmond täuschte sich, dachte Lucien, wenn er annahm, mit dieser Information könne er ihn abspeisen.

»Warum hast du mich eigentlich nicht gefragt, wo ich Kusnezow erschossen habe?«

»Weil das keine Rolle spielt.«

»Für mich schon. Einige Meter weiter sieht man immer noch Alexandres Blut.«

»Tut mir leid für dich. Aber ich sagte doch, es spielt keine Rolle.«

»Mir ist es ein Rätsel, wie Kusnezow ihn dort aufspüren konnte. Es sei denn, er hat einen Tipp bekommen.«

Edmond hustete. Zeigte er plötzlich Nerven?

»Von wem soll er einen Tipp bekommen haben? Der Gedanke ist absurd.«

»Zunächst schon«, gab Lucien zu, »aber auf Umwegen könnte doch was dran sein. Angenommen, die Auftraggeber hätten einen Hinweis bekommen. Dann wäre doch möglich, dass es bei ihnen eine undichte Stelle gibt, zum Beispiel einen Militär, der noch zu Kusnezow hält. Der hat ihm diese Information dann zugespielt.«

Lucien hatte den Eindruck, dass sich Edmonds Gesichtsmuskeln verkrampften. Sein Onkel stand unter Stress.

»Du hast eine lebhafte Fantasie. Zudem ist schon deine erste Annahme falsch: Dein Vater hätte nie jemandem das Hausdach verraten, von dem er schießen wollte.«

»Was für ein Hausdach?«

»Hast du doch gerade erwähnt.«

»Nein, habe ich nicht.«
»Aber auf dem Foto …«
»Erkennt man nicht, dass es sich um ein Hausdach handelt. Edmond, du bist mir eine Erklärung schuldig.«
Edmond versuchte zu lachen. Mehr als ein Krächzen brachte er nicht zustande.
»Ich bin dir gar nichts schuldig. Schreib dir das hinter die Ohren.«
Sein Onkel, dachte Lucien, war verschlossen und starrsinnig. Mit Worten würde man ihn kaum überzeugen können. Fragte sich, wie weit er gehen durfte. Einerseits war Edmond der Bruder seines Vaters. Sie würden auch in Zukunft miteinander auskommen müssen. Andererseits konnte er darauf keine Rücksicht nehmen, wenn er die Wahrheit erfahren wollte.
»Du sagst mir jetzt, was du weißt, oder …«
»Oder was? Willst du mir drohen? Mich vielleicht mit meinem Rollstuhl umschmeißen? Mach dich nicht lächerlich.«
Edmond griff zur Trillerpfeife, um seinen Butler herbeizurufen. Lucien riss sie ihm aus der Hand und warf sie über die Mauer. Dann löste er am Rollstuhl die Bremse. Mit einem Fußtritt stieß er die Tür auf, durch die es hinaus auf die Felsen ging und hinunter zum Meer. Er hatte bei seinem Kommen das Schloss geknackt und die Tür nur angelehnt. Sie war gerade breit genug, dass Edmonds Rollstuhl durchpasste.
»Bist du wahnsinnig?«, rief der und versuchte, sich irgendwo festzuhalten. Vergeblich. Seine Hände fanden keinen Halt.
Lucien schob Edmond energisch hinaus auf die Felsen. Von unten war die Brandung zu hören. Im letzten Moment stoppte er. Edmond klammerte sich verzweifelt am

Rollstuhl fest. Was absurd war, denn im Zweifel würde er mit ihm zusammen in die Tiefe stürzen.
»Tut mir wirklich leid«, rief Lucien. »Aber ich bin wütend, und da habe ich mich nicht unter Kontrolle. Du sagst mir jetzt, woher du das vom Dach wusstest und wie Kusnezow meinen Vater dort überraschen konnte. Du musst dich beeilen, ich habe keinen guten Halt, ich komme schon ins Rutschen.«
»Mach keinen Scheiß, ich bin dein Onkel.«
»Ist mir gerade egal, es geht um meinen Vater.«
»Das mit dem Dach ... also ... wie soll ich das erklären ...« Edmond japste nach Luft. »Die Auftraggeber haben mich kontaktiert und gesagt, wir hätten noch vierundzwanzig Stunden ... wegen des Termins, du weißt schon. Ich hab sie beruhigt und gesagt, dass am morgigen Tag ...«
»Sprich weiter! Ich weiß nicht, wie lange ich dich noch halten kann.«
»Dass alles vorbereitet sei und Kusnezow von einem ... einem Scharfschützen erledigt würde, sobald er die ... die Terrasse seines Penthouses betritt. Aus großer Entfernung vom ... vom Dach eines Hauses ...«
»Woher wusstest du das?«
»Von Alexandre. Ich ... ich wollte wissen, wie er es macht.«
»Ich dachte, darüber habt ihr nie gesprochen.«
»Ab und zu doch. Diesmal ... diesmal, weil ich mir Sorgen wegen des Termins gemacht habe. So, und jetzt zieh mich endlich zurück!«
»Warum sollte ich das tun? Lieber würde ich dich über die Klippen stoßen.«
Tatsächlich musste sich Lucien beherrschen. Denn plötzlich war klar, wie Kusnezow seinen Vater hatte überraschen können. Edmond hatte die Details ausgeplaudert,

die über einen Maulwurf beim Auftraggeber zu Kusnezow gelangt waren. Er kannte den Tag, an dem das Attentat erfolgen sollte, er wusste von einem Scharfschützen und von einem Dach. Seine Leute hatten die infrage kommenden Häuser in aller Eile mit Kameras bestückt. Am Tag zuvor hatte sich sein Vater wahrscheinlich davon überzeugt, dass das Dach »sauber« war. Er konnte nicht wissen, dass sich das über Nacht geändert hatte. Kusnezow selbst hatte sich im Haus verborgen, um kein Ziel abzugeben. Sobald sie Alexandre auf dem Monitor entdeckt hatten, war er sofort losgerannt …

»Ich wollte Alexandre nicht verraten, das musst du mir glauben«, rief Edmond hysterisch. »Er war doch mein Bruder.«

Lucien hörte, wie sich auf dem Küstenwanderweg eine Gruppe lärmender Kinder näherte.

»Halt dich fest!«, sagte Lucien. Dann zog er den Rollstuhl zurück. Dabei kam er tatsächlich ins Rutschen. Eine erwachsene Begleitperson kam ihm zu Hilfe.

»*Mon Dieu,* wo kommen Sie denn her?«

»Mein Onkel wollte die Aussicht genießen. Er liebt das Meer, und ich kann ihm keinen Wunsch abschlagen.«

»Das ist doch viel zu gefährlich. Bitte machen Sie das nie wieder.«

»Nein, nie wieder«, ächzte Edmond.

»Der gute Mann zittert ja am ganzen Körper.«

»Das tut er immer, er hat Parkinson.«

59

Es wäre übertrieben zu behaupten, sein Treffen mit Edmond hätte einen harmonischen Ausklang gefunden. Dazu war es, nun ja, zu kontrovers verlaufen. Aber sie hatten sich am Ende ohne wüste Beschimpfungen getrennt. Anlass hätten beide gehabt. Edmond, weil er auf dem Felsvorsprung offenbar wirklich Todesängste ausgestanden hatte. Umgekehrt auch Lucien, weil er jetzt wusste, dass sich sein Onkel durch unbedachte Äußerungen am Tod seines Vaters schuldig gemacht hatte. Edmond war keine Ausrede eingefallen. Zurück auf dem Küstenwanderweg, hatte er, zwar in Sicherheit, aber noch unter Schock, erneut seinen Fehler zugegeben. Allerdings habe er nicht ahnen können, hatte er kurzatmig zu seiner Verteidigung vorgetragen, dass es beim Auftraggeber offenbar eine undichte Stelle gab. Ahnen nicht, hatte Lucien erwidert, aber die Möglichkeit hätte er in Betracht ziehen müssen. Schließlich mache er den Job schon ewig. Jetzt müsse er mit der Schuld leben, seinen Bruder ans Messer geliefert zu haben.

Während sich Lucien dies alles durch den Kopf gehen ließ, saß er auf der Gartenbank unter der Pergola. Hier hatte er erst gestern mit Francine gesprochen. Hier hatte er den Arm um sie gelegt und versucht, sie zu beruhigen.

»Es ist vorbei. Alles ist vorbei …«, hatte er gesagt. Und so war es auch.
Blieb die Frage, wie sich Edmond ihm gegenüber in Zukunft verhalten würde. Würde er versuchen, ihn für seine Attacke zu bestrafen? Wie könnte eine solche Strafe aussehen? Viele Möglichkeiten hatte sein Onkel nicht. Vor allem würde er sich seiner Geschäftsgrundlage berauben. Einen anderen Chacarasse gab es nicht, der seine Aufträge erledigen könnte. Faktisch, überlegte Lucien, saß er am längeren Hebel. Kam hinzu, dass sein Onkel ihn mittlerweile als gefährlich einstufte. Edmond glaubte, dass er in Lyon Didier Pascal umgebracht hatte. Beim Journalisten Luigi Zanarella war er kurz davorgestanden, ihn in San Remo unter Wasser zu ziehen. Maxim Kusnezow hatte er in Nizza regelrecht hingerichtet. Und die Aktion mit dem Rollstuhl auf dem Sentier du Littoral hätte auch anders enden können.
Davon zumindest glaubte Lucien ausgehen zu können: Sein Onkel würde ihn fortan mit mehr Respekt behandeln.
Und umgekehrt? Bei ihm hatte Edmond jeden Respekt verloren. Alles sprach dafür, dass er durch seine Unvorsichtigkeit seinen Vater in eine Falle hatte tappen lassen. Dafür konnte er Edmond nicht zur Rechenschaft ziehen. Aber er würde es nie vergessen …
»Was sitzt du hier so dumm herum?«, riss ihn Rosalie aus seinen Gedanken. Er hatte sie nicht kommen hören. Der Springbrunnen hatte ihre Schritte übertönt. »Wolltest du nicht Francine abholen und mit ihr zum Friedhof fahren?«
»Ich brauch nur ein paar Minuten, dann breche ich auf.«
»Aber nicht in dieser zerschlissenen Hose. Und du solltest dir auch ein anständiges Hemd anziehen.«

»*Je vais le faire*«, sagte er geistesabwesend. »Hatte ich sowieso vor.«
Sie sah ihn zweifelnd an. »Hat dich dein Gespräch mit Edmond so durcheinandergebracht?«
»Mein Gespräch? Ach so, nein. Aber jetzt habe ich einen schwerwiegenden Grund mehr, meinen Onkel nicht zu mögen.«
»Ich hab auch einen Grund«, sagte sie leise.
Er warf ihr einen überraschten Blick zu.
»Erzähl!«
Rosalie schüttelte den Kopf. »Musst du nicht wissen. Ist persönlich und liegt schon ewig zurück.«
Was verstand sie unter *persönlich,* überlegte Lucien.
»Kannst dich mir ruhig anvertrauen.«
»Es reicht, dass dein Vater davon wusste. Und der Pfarrer in meiner Kirche. Beide leben nicht mehr. Sie haben mein Geheimnis mit ins Grab genommen. Da ist es gut aufgehoben.«
Sein Vater und der Pfarrer wussten davon? Warum gerade die beiden? Lucien schwante, dass Rosalies Grund, Edmond nicht zu mögen, tiefer ging.
Er machte eine einladende Handbewegung. »Komm, setz dich zu mir auf die Bank.«
»Aber ich will nicht darüber reden.«
Trotzdem nahm sie Platz. War das gerade ein Seufzen? Obwohl sie ihn neugierig gemacht hatte, beschloss er, ihren Wunsch zu respektieren.
»Musst du nicht«, sagte er. Doch würde er sich ihre Andeutung merken. Irgendwann würde er sie dazu bringen, ihm das »Geheimnis« zu verraten.
»Genau genommen habe ich es leichter als du«, stellte sie nach einer Weile fest. »Edmond und ich können uns aus dem Weg gehen …«

War das der Grund, überlegte er, warum ihn sein Onkel partout nicht in der *Villa Béatitude* besuchen wollte? Weil er dort auf Rosalie treffen würde?
»Aber *du* kommst von ihm nicht los«, fuhr sie fort. »Genauso wenig, wie es dein Vater geschafft hat. Euch verbindet das Erbe der Chacarasse. Das ist euer Schicksal.«

Eine Stunde später fuhr Lucien mit dem alten Citroën DS nach Monte Carlo. Edmonds Villa in Beaulieu ließ er im wahrsten Sinne des Wortes links liegen. Auf der Basse Corniche ging es über Èze-sur-Mer und Cap d'Ail zum nahe gelegenen Fürstentum Monaco. Von seinem Vater kannte er die Geschichte, dass diese Küstenstraße im 19. Jahrhundert nur gebaut wurde, um den Glücksspielern eine schnelle Anreise zum Spielcasino in Monte Carlo zu ermöglichen. Weiter oben am Berg verlief die Moyenne Corniche und darüber die Grande Corniche, die schon die alten Römer angelegt hatten. Er dachte an seinen älteren Bruder Raymond, der vor zwei Jahren mit seinem Motorrad auf der kurvigen Route de la Turbie, die von dort nach Monte Carlo führte, tödlich verunglückt war. Wäre das nicht passiert, befände *er* sich heute in seiner Situation. Oder ganz anders: Raymond hätte anstelle seines Vaters den Auftrag, Kusnezow zu ermorden, übernommen. Dann wäre sein Vater noch am Leben. Raymond aber wahrscheinlich tot, doch das war er sowieso. Machte es Sinn, grübelte Lucien, über solche theoretischen Schicksalswendungen nachzudenken? Natürlich nicht, denn was geschehen war, war geschehen. Das Leben war unumkehrbar.
Die Realität war, dass *er* jetzt im Auto seines Vaters saß, um Francine abzuholen. In einem gebügelten weißen Hemd und sauberen Jeans. Die Budapester aus Cordovan-

Leder hatte Rosalie auf Hochglanz poliert. Im Kofferraum die Blumensträuße. Einen für seinen Vater – und einen zweiten für seine Mutter Laetitia zum Geburtstag. Warum war er noch nie auf die Idee gekommen, seinem Bruder Blumen hinzulegen? Die Antwort war einfach: Weil sich Jungs keine Blumen schenkten. Dagegen hatte er ihm schon einmal einen Stein auf die Grabplatte gelegt. Er hatte ihn aus den Seealpen von einer Wanderung mitgebracht, die sie früher mal zusammen unternommen hatten. Einige Monate hatte der Stein auf dem Grab gelegen, dann war er plötzlich weg. Tatsächlich dachte er relativ wenig an seinen Bruder, ohne zu wissen, warum. Auch hatte er sich nie genauer für Raymonds Motorradunfall interessiert. Er kannte die Stelle, wo er von der Straße abgekommen war. Makabrerweise ganz in der Nähe von der Haarnadelkurve, die Gracia Patricia von Monaco im September 1982 zum Verhängnis geworden war. Die Fürstin hatte sich damals auf der Fahrt von der Sommerresidenz Roc Agel zurück nach Monte Carlo befunden, war von der Straße abgekommen und mit ihrem alten Rover in die Tiefe gestürzt. Mit im Auto ihre Tochter Stéphanie, die den Unfall mit einer Gehirnerschütterung und einer schweren Wirbelverletzung überlebte. Bis heute rankten sich Gerüchte um dieses Unglück. Die unbewiesenen Spekulationen reichten von der Annahme, nicht die Fürstin, sondern ihre minderjährige Tochter sei gefahren, bis hin zu Verschwörungen oder einem möglichen Anschlag der Mafia. Warum war ihm nie der Gedanke gekommen, auch bei Raymonds Unfall könnte etwas nicht stimmen? Weil er das Leben bis vor Kurzem immer von der leichten Seite genommen und Dinge selten hinterfragt hatte? Weil sein Vater nie eine Andeutung gemacht hatte?

Nach den Ereignissen der letzten Zeit betrachtete Lucien vieles in einem anderen Licht, vor allem zog er manches in Zweifel. Genauso wenig, wie sein Vater an einem Herzinfarkt gestorben war, musste Raymonds Unfall mit dem schweren Motorrad auf einen Fahrfehler zurückzuführen sein. Es stimmte zwar, dass sein Bruder oft sehr schnell unterwegs gewesen war, aber er war auch Rennen gefahren und beherrschte die Maschine perfekt. Warum sollte ausgerechnet er einfach so von der Straße abkommen?

Lucien fasste einen Entschluss: Sobald er die aktuellen Geschehnisse verarbeitet hatte und wieder Ruhe in sein Leben eingekehrt war, würde er sich mit dem »Unfall« seines Bruders beschäftigen – und herausfinden, ob es wirklich einer gewesen war …

Er war so in Gedanken verloren, dass er in Monte Carlo eine Abzweigung übersah. Er musste umdrehen, um zu Francines Apartmenthaus zu gelangen. Sie stand schon vor der Tür und erwartete ihn. Zum ersten Mal seit der Trauerfeier trug sie Schwarz. Ein schwarzes Kostüm, schwarze Nylons und schwarze Pumps.

Sie sah fantastisch aus … Doch sollte er so was nicht denken. Erst recht nicht an einem Tag wie heute.

60

Auf der kurzen Fahrt nach Roquebrune-Cap-Martin und zum Cimetière de Saint-Pancrace sprachen sie kaum ein Wort. Lucien verschwieg seine Unterredung mit Edmond. Obwohl sie das unmittelbar etwas anging. Aber er wusste nicht, wie Francine auf die Nachricht reagieren würde, dass sein Onkel eine Mitschuld an Alexandres Tod trug.
Vom Parkplatz gingen sie schweigend zur Grabstätte der Grafen von Chacarasse. Er mit zwei Blumensträußen. Sie mit einer roten Rose. Für den überwältigenden Blick über die Dächer von Roquebrune hinunter auf das Meer und das angrenzende Monte Carlo fehlte beiden der Sinn. In Gedanken waren sie bei den Verstorbenen – vor allem bei dem, dessen Name ganz oben eingemeißelt war: Alexandre Comte de Chacarasse.
Er legte die Blumen auf die Grabplatte.
»Warum zwei Sträuße?«, fragte sie.
Er hoffte, die Antwort würde sie nicht verletzen.
»Der zweite ist für meine Mutter, sie hätte heute Geburtstag.«
»Schön, dass du an sie denkst. Dein Vater hat unter ihrem Tod sehr gelitten.«
Das hatte er wirklich, dachte Lucien. Laetitia war seine große Liebe gewesen. Doch das Schicksal hatte es später

noch einmal gut mit ihm gemeint. Er hatte Francine kennengelernt und mit ihr ein neues Glück gefunden.
»Bis du in sein Leben getreten bist. Durch dich hat er aus dem tiefen Loch herausgefunden. Dafür bin ich dir unendlich dankbar.«
»Musst du nicht, ich habe es ja nicht für ihn getan, sondern für mich.«
Lucien dachte über ihre Worte nach. Er verstand, wie sie es meinte. Liebe war ja kein selbstloses Geschenk an einen anderen. Letztlich machte man es sich auch selbst. Er gestand sich ein, dass er eine solche Liebe noch nie empfunden hatte. Er hatte ein Talent dafür, sich Hals über Kopf zu verlieben. Aber das war etwas ganz anderes – und hatte in seinem Leben noch nie lange angehalten. Er sah Francine von der Seite an. Könnte er erklären, was er für sie empfand? Hatte er sich in sie verliebt? Nein, nicht verliebt – und genau das verwirrte ihn.
Francine kniete sich hin und legte die Rose aufs Grab. Eine ganze Weile verharrte sie in dieser Position. Dann richtete sie sich langsam wieder auf.
»Ich muss dir was sagen«, flüsterte sie.
»Sprichst du mit mir oder mit Alexandre?«, fragte er, weil sie den Blick unverändert auf den Grabstein gerichtet hatte.
»Mit euch beiden«, antwortete sie jetzt mit festerer Stimme.
Er spürte, dass es ihr nicht leichtfiel, auszusprechen, was ihr auf dem Herzen lag. Er gab ihr die Zeit, die sie offenbar brauchte.
»Ich bin …«, fuhr sie schließlich fort. Und nach einer kurzen Pause: »Ich bin schwanger.«
Lucien stand da wie vom Blitz getroffen. Im ersten Moment überlegte er, wie das sein konnte. Er hatte mit

Francine ja überhaupt nicht geschlafen. Erst dann kapierte er, dass Francine von seinem Vater schwanger war.
Wortlos nahm er sie in den Arm. Eine ganze Weile standen sie einfach nur da. Jeder mit seinen Gedanken – und Gefühlen.
»Seit wann weißt du es?«, fragte er irgendwann.
»Seit heute Vormittag.«
»Ich freue mich, aber wie geht es dir dabei?«
»Kann ich nicht sagen. Ist ja noch ganz neu für mich. Alexandre ist tot. Und jetzt erwarte ich ein Kind von ihm. Das muss ich erst mal rationalisieren.«
So war Francine, dachte er, sie musste alles erst mit dem Verstand erfassen. Daher auch ihre Beherrschtheit. Nur gestern hatte sie in Nizza die Kontrolle verloren. Vielleicht hatten durch die Schwangerschaft ihre Hormone verrücktgespielt?
»Mein Vater wäre stolz und glücklich«, sagte er, »die Chacarasse bekommen Nachwuchs.«
»Stimmt nicht«, korrigierte sie ihn. »Alexandre und ich waren nicht verheiratet. Ob Junge oder Mädchen, ich werde keinen Chacarasse auf die Welt bringen.«
Wieder einmal hatte sie einen logischen Schritt weiter gedacht. Denn natürlich hatte sie recht.
»Das muss nicht so sein. Ich könnte das Kind adoptieren.«
»Dann wärst du mit deinem Adoptivkind verschwistert.«
»Wo ist das Problem? Oder möchtest du nicht, dass dein Kind den Namen Chacarasse trägt?«
»Habe ich mir noch nicht überlegt.«
Dass ihm eine weitere Möglichkeit einfiel, behielt er für sich. Er könnte Francine heiraten.

Erneut nahm er sie in die Arme.
»Wir werden eine Lösung finden.«
»Wir?«
»Ja, natürlich. Mein Vater, du und ich. Wir sind eine Familie.«

ÉPILOGUE

Die Wochen vergingen. Noch konnte Francine vor Rosalie verbergen, dass sie in anderen Umständen war. Doch das war nur eine Frage der Zeit, denn die alte Haushälterin hörte zwar schlecht, hatte aber einen ausgeprägten siebten Sinn und detektivisches Gespür. Wie sie ihr die Schwangerschaft erklären würden, hatte Lucien mit Francine noch nicht besprochen. Theoretisch könnten sie ja auch behaupten, das Kind sei von ihm.

Eines Tages rief Achille Giraud von der Gendarmerie an. Er wolle Lucien nur noch mal danken, dass er ihm den Tipp mit den Attentätern gegeben hatte. Übrigens hätten sie sich getäuscht. Ihr geplanter Angriff habe nicht dem nahe gelegenen Botschaftsgebäude gegolten, sondern einem Exilpolitiker aus einer ehemaligen asiatischen Sowjetrepublik. Das habe der schwer verletzte Attentäter verraten, nachdem er aus dem Koma erwacht sei. Maxim Kusnezow habe der Mann geheißen, den sie mit ihrem Granatwerfer hatten auslöschen wollen. Dass dabei auch seine gesamte Entourage in die Luft gesprengt worden wäre, hätten sie billigend in Kauf genommen. Jedenfalls sei dieser Kusnezow untergetaucht. Keiner wisse, wo er sich jetzt aufhalte. Aber das spiele nun auch keine Rolle mehr. Je weiter weg, desto besser. Achille Giraud kündigte für einen der nächsten Tage seinen Besuch im P'tit Bouchon *an. Lucien nahm sich vor, ihm nicht schon wieder die Zeche zu erlassen. Es reichte völlig, dass er dem Capitaine bald wieder einen Umschlag mit dem »Beitrag zu seinen Lebenshaltungskosten« zustecken würde.*

In einer italienischen Zeitung las er ein Interview mit dem Investigativjournalisten Luigi Zanarella. Offenbar hatte er sich aus dem Versteck bei seiner Schwester in den Marken herausgewagt. Er wähnte sich sicher, weil der korrupte Parlamentsabgeordnete Riccardo Silvestri noch immer in Untersuchungshaft saß. Außerdem schien ein Wunschtraum von Zanarella in Erfüllung zu gehen: Man hatte ihn für einen renommierten Journalistenpreis vorgeschlagen.

Ebenfalls aus den Medien wusste Lucien, dass ein griechischer Geschäftsmann namens Thanos Pavlidis bei einem Hubschrauberabsturz ums Leben gekommen war. Weder wurde über seine Waffengeschäfte berichtet noch über Diamanten, an denen Blut klebte. Lucien empfand kein übergroßes Mitleid. Allerdings zog er in Zweifel, dass der Hubschrauberabsturz wirklich ein Unfall war.

Der Bericht veranlasste Lucien, eine schon länger gehegte Absicht in die Tat umzusetzen. Er fuhr in die Altstadt von Nizza und beteiligte Chantal alias Natalie alias Chloé am Verkauf der von ihr gestohlenen Diamanten. Natürlich nur in bescheidenem Rahmen. Den Haupterlös hatte Francine an Hilfsorganisationen überwiesen, die sich um Opfer von Tretminen kümmerten. Weil er auf einen persönlichen Kontakt mit Chloé keinen Wert legte, deponierte er einen Umschlag mit dem Geld während ihrer Abwesenheit auf ihrem Küchentisch. Statt eines Absenders ließ er sich von Marilyn Monroe inspirieren und notierte: Diamonds are a girl's best friend. *Er streichelte ihre Katze Choupette und schloss die Wohnung mit dem Dietrich hinter sich sorgfältig ab.*

Mit Onkel Edmond traf er sich in dessen Pavillon zum Tee. Ein Grand Cru mit Aromen von Jasmin, Kardamom und Zitronengras. Sie verloren kein Wort über ihre letzte Begegnung auf dem Sentier du Littoral. Auch nicht darüber, dass Edmond nach Luciens Überzeugung eine Mitschuld am Tod seines Vaters trug. Es war nicht mehr zu ändern. Ebenso war nicht zu ändern, dass er von ihm weiter Aufträge erhalten würde. Aber auch, dass er den festen Vorsatz hatte, sie nicht auszuführen. Weshalb auch in Zukunft seine Kreativität gefordert war. Und womöglich Francines Unterstützung. Sicher half dabei, dass er in Edmonds Augen mittlerweile ein gefährlicher, sogar leicht irrer Killer war.

Von seiner Cousine Carlotta in Saint-Paul-de-Vence hörte er, dass es ihr gut ging. Thibaut habe Hals über Kopf seine Wohnung aufgelöst und den Ort mit unbekanntem Ziel verlassen. Das habe sie nur Lucien zu verdanken. Sie küsse und umarme ihn. Und hoffe auf ein baldiges Wiedersehen. Lucien musste sich noch darüber klar werden, ob das mit dem Wiedersehen wirklich eine gute Idee war. Carlottas Dankbarkeit barg einige zwischenmenschliche Risiken – eröffnete aber auch reizvolle Perspektiven.

Im Restaurant P'tit Bouchon *herrschte das übliche Chaos. Aber die Gäste waren glücklich und die Tische jeden Abend komplett belegt. Mehr konnte er sich nicht wünschen. Roland, sein Maître de Cuisine, hatte sich in den Kopf gesetzt, ein Buch über die provenzalische Küche zu schreiben. Jetzt probierte er ständig neue Rezepte. Bei einigen weigerte sich Lucien, sie auf die Karte zu setzen. Sein Souschef Alain fuhr weiterhin jeden Morgen nach Nizza, um frischen Fisch zu kaufen – und sich danach wieder aufs Ohr zu legen. Paul kümmerte sich in bewährter Manier um den Service – und bewies jeden Abend aufs Neue, dass man sich auch mit der Figur eines Catchers mit tänzerischer Geschmeidigkeit durch die eng gestellten Tische bewegen konnte.*

Und Rosalie? Sie war so herzlich wie immer. Er fuhr sie zu ihrem kleinen Laden nach Nizza, wo sie ihre Gesundheitstees kaufte und natürliche Arzneimittel gegen Migräne sowie die von ihr gepriesene Wundersalbe gegen trockene Haut. Nur von dem Akutspray gegen Fußpilz wollte sie nichts mehr wissen. Rosalie hatte Angst, es sich in den Rachen zu sprühen, weil sie es erneut mit ihrem Einschlafspray verwechselte. Mit dem Hörgerät kam er nicht weiter. Rosalie beharrte darauf, dass er nur lauter sprechen müsse, dann verstehe sie alles – sogar seine lieb gemeinten Frechheiten.

In den Katakomben fand Lucien eine Mappe mit Unterlagen zum Motorradunfall seines Bruders Raymond. Fotos von der zerstörten Maschine, Polizeiprotokolle, Skizzen vom Unfallhergang, Zeugenaussagen … Je häufiger und intensiver er sich alles ansah, desto weniger glaubte er an einen Unfall. Was immer auch damals passiert war, er würde versuchen, es herauszufinden. Auch wenn er sich mit Raymond nicht immer verstanden hatte, war er doch sein Bruder gewesen. Und hätte er keinen Unfall gehabt, würde er heute an seiner Stelle Edmonds Aufträge entgegennehmen. In diesem Fall, dachte Lucien, hätte er sein unbeschwertes Leben weiterführen können … Aber er dachte noch etwas: nämlich, dass sein jetziges, neues Leben viel aufregender war. Und dass er es trotz aller Schwierigkeiten und Gewissenskonflikte nicht mehr missen wollte. Was ihn zur Einsicht brachte, dass er eben doch ein echter Chacarasse war – mit einem kleinen genetischen Defekt: Die Kunst des Tötens hatte er zwar erlernt, aber es lag ihm nicht im Blut, jemanden umzubringen!

Die handelnden Personen im Roman sind frei erfunden. Jede Ähnlichkeit und Namensgleichheit mit lebenden (oder toten) Personen wäre rein zufällig.